The Urbana Free Library

To renew materials call
217-367-4057

EL PRÍNCIPE LEOPARDO

E L I Z A B E T H   H O Y T

E L PRÍNCIPE

LEOPARDO

Titania Editores
ARGENTINA - CHILE - COLOMBIA - ESPAÑA
ESTADOS UNIDOS - MÉXICO - URUGUAY - VENEZUELA

Título original: *The Leopard Prince*
Editor original: Warner Books, Nueva York
Traducción de Marta Torent López de Lamadrid

Copyright © 2007 *by* Nancy M. Finney
This edition published by arrangement with Warner Books, New York, Usa
All Rights Reserved
© 2009 de la traducción *by* Marta Torent López de Lamadrid
© 2009 *by* Ediciones Urano, S.A.
   Aribau, 142, pral. - 08036 Barcelona
   www.titania.org
   atencion@titania.org

ISBN: 978-84-96711-57-0
Depósito legal: B-4.155-2009

Fotocomposición: A.P.G. Estudi Gràfic, S.L. - Torrent de l'Olla, 16-18 - 08012 Barcelona
Impreso por Romanyà Valls, S.A. - Verdaguer, 1 - 08786 Capellades (Barcelona)

Impreso en España - *Printed in Spain*

Para mi hermana, SUSAN.
Ningún personaje imaginario ha sido lastimado
durante la redacción de este libro.

Capítulo 1

*T*ras el accidente del carruaje y un poco antes de que los caballos huyeran, lady Georgina Maitland reparó en que el administrador de sus tierras era un hombre. Bueno, es decir, naturalmente que sabía que Harry Pye era un hombre. No tenía la falsa ilusión de que fuese un león o un elefante, ni una ballena, ni ciertamente ningún otro miembro del reino animal (si podía llamarse animal a una ballena y no simplemente un pez muy grande). Lo que quería ella decir era que su *masculinidad* se había hecho de pronto muy evidente.

George arrugó la frente mientras estaba de pie en la desierta carretera que conducía a East Riding, en Yorkshire. A su alrededor, las colinas cubiertas de aulaga se extendían hasta el horizonte gris. Estaba anocheciendo rápidamente, temprano debido a la tormenta. Podrían haber estado en los confines de la Tierra.

—¿Usted cree que la ballena es un animal o un pez muy grande, señor Pye? —gritó ella al viento.

Harry Pye se encogió de hombros. Unos hombros cubiertos únicamente por una empapada camisa de lino que tenía pegada a él de un modo estéticamente agradable. Se había sacado previamente el abrigo y el chaleco para ayudar a John, el cochero, a desaparejar a los caballos del carruaje volcado.

—Un animal, mi lady. —La voz del señor Pye era, como siempre, uniforme y profunda, con una especie de tono grave hacia el final.

George no lo había oído alzar la voz ni manifestar ninguna clase de pasión. No cuando ella le había insistido en acompañarlo a su finca de Yorkshire; no cuando había empezado a llover, reduciendo la velocidad de su viaje a un lento arrastre; no cuando el carruaje había volcado hacía veinte minutos.

«¡Qué irritante era!»

—¿Cree que podrá enderezar el carruaje? —George tiró de su capa empapada hasta cubrirse el mentón mientras contemplaba los restos de su vehículo. La puerta colgaba de una bisagra, que golpeaba a causa del viento; dos ruedas estaban aplastadas, y el eje trasero había quedado en un extraño ángulo. Era una pregunta totalmente estúpida.

El señor Pye no indicó de acción ni de palabra que estuviese al tanto de la estupidez de su pregunta.

—No, mi lady.

George suspiró.

En realidad, era casi un milagro que ni ellos ni el cochero hubiesen resultado heridos ni hubiesen muerto. La lluvia había vuelto las carreteras resbaladizas a causa del barro, y al tomar la última curva el carruaje había empezado a patinar. Desde el interior, el señor Pye y ella habían oído gritar al cochero mientras trataba de equilibrar el vehículo. Harry Pye había saltado desde su asiento al de ella, casi como un gato enorme. Se había agarrado con fuerza a ella antes de que George pudiera siquiera articular palabra. Su calor la había rodeado, y con la nariz íntimamente hundida en su camisa había inspirado el aroma de la ropa limpia y la piel de hombre. Para entonces el carruaje se había ladeado, y fue evidente que caerían en la cuneta.

Lenta y terriblemente el armatoste había volcado con un estrepitoso chirrido. Los caballos habían relinchado en la parte delantera y el carruaje gemido como si protestase por su destino. Ella se había agarrado al abrigo del señor Pye mientras su mundo se volvía del revés, y éste gimió de dolor. Entonces dejaron de moverse de nuevo. El vehículo descansaba sobre un lateral, y el señor Pye sobre ella como una inmensa y cálida manta. Sólo que Harry Pye era mucho más rígido que cualquier manta que ella hubiera tocado nunca con anterioridad.

Él se había disculpado con suma corrección, se desenredó de ella y subió al asiento para empujar con fuerza la puerta que estaba sobre ellos. Había salido a rastras y después tiró de ella y la sacó. George se frotó la muñeca que él había sujetado. Harry Pye era asombrosamente fuerte; algo que uno jamás diría al verlo. En un momento dado, casi todo su peso había colgado del brazo de él, y ella no era una mujer menuda.

El cochero soltó un grito que se llevó el viento, pero bastó para devolverla al presente. La yegua que él había estado desaparejando estaba libre.

—Cochero, cabalgue hasta el siguiente pueblo si es tan amable —ordenó Harry Pye—. Averigüe si nos pueden enviar otro carruaje. Yo me quedaré aquí con la señora.

El cochero subió al caballo y saludó con la mano antes de desaparecer bajo el aguacero.

—¿A qué distancia está el siguiente pueblo? —inquirió George.

—Entre quince y veinticinco kilómetros. —Él soltó una rienda de uno de los caballos.

Ella lo examinó mientras trabajaba. Aparte de estar empapado, el aspecto de Harry Pye no difería en absoluto del que tenía esta mañana cuando habían partido de una posada de Lincoln. Seguía siendo un hombre de estatura media. Bastante delgado. Su pelo era marrón; ni castaño ni cobrizo, simplemente marrón. Lo llevaba atado en una sencilla cola, sin tomarse la molestia de peinarlo con pomada o polvos. Y vestía de marrón: pantalones, chaleco y abrigo, como para camuflarse. Solamente sus ojos, de un oscuro verde esmeralda, que en ocasiones emitían destellos de lo que podría ser emoción, le daban algún color.

—Lo digo únicamente porque tengo bastante frío —musitó George.

El señor Pye levantó rápidamente la mirada. Clavó los ojos en sus manos, temblorosas junto a su cuello, y a continuación la desvió hacia las colinas que había tras ella.

—Lo lamento, mi lady. Debería haberme dado cuenta antes de que tiene frío. —Se volvió al atemorizado caballo capón que estaba intentando liberar. Sus manos debían de estar tan entumecidas como las de ella, pero trabajaba sin detenerse—. No lejos de aquí hay una cabaña de pastores. Podemos montar este caballo y ése. —Él asintió indicando la yegua que estaba al lado del capón—. El otro está cojo.

—¿En serio? ¿Cómo lo sabe? —George no se había fijado en que el animal estuviese herido. Los tres caballos del carruaje que quedaban temblaban y ponían los ojos en blanco ante el pitido del viento. El caballo que Harry Pye había señalado no parecía en peor estado que el resto.

—Prefiere apoyarse en la pata delantera derecha —gruñó el señor Pye, y de repente los tres caballos estuvieron desatados del carruaje, aunque seguían aparejados entre sí—. Ya, ya, precioso. —Agarró al caballo que iba delante y lo acarició; su bronceada mano derecha se movía con ternura sobre el cuello del animal. Le faltaban las dos articulaciones de su dedo anular.

George giró la cabeza para observar las colinas. Los criados (en realidad un administrador de tierras era simplemente una especie de criado de mayor rango) no deberían tener género. Naturalmente, uno sabía que eran personas con sus propias vidas y todo eso, pero facilitaba mucho las cosas considerarlos asexuales. Como una silla. Uno quería una silla en la que sentarse cuando estaba cansado. Nadie pensaba mucho en las sillas de otro modo, y así era como debería ser. ¡Qué desagradable tener que preguntarse si la silla se habría fijado en que a uno le goteaba la nariz, desear saber en qué pensaba o ver que la silla tenía unos ojos bastante bonitos! No es que las sillas tuvieran ojos, ni bonitos ni lo contrario, pero los hombres sí.

Y Harry Pye los tenía.

George lo miró de nuevo.

—¿Qué haremos con la yegua?

—Tendremos que dejarla aquí.

—¿Bajo la lluvia?

—Sí.

—Eso no es bueno para ella.

—No, mi lady. —Los hombros de Harry Pye se encogieron otra vez, una reacción que a George le resultaba curiosamente fascinante. ¡Ojalá pudiera pedirle que lo hiciera más a menudo!

—Tal vez podríamos llevarla con nosotros.

—Imposible, mi lady.

—¿Está seguro?

Sus hombros se tensaron y el señor Pye volvió lentamente la cabeza. Con el destello de los relámpagos que iluminaron la carretera en ese instante, George vio que sus ojos verdes brillaban y un escalofrío ascendió por su espalda. A continuación, el trueno que siguió al destello retumbó como el anuncio del apocalipsis.

George dio un respingo.

Harry Pye se enderezó.

Y los caballos huyeron al galope.

—¡Oh, no! —exclamó lady Georgina, con la lluvia goteando por su estrecha nariz—. Me da la impresión de que estamos en un pequeño aprieto.

«Un pequeño aprieto», en efecto. Estaban pero bien fastidiados. Harry miró con los ojos entornados hacia la carretera, donde los caballos habían desaparecido, galopando como si el mismísimo demonio estuviera persiguiéndolos. No había ni rastro de los estúpidos animales. A la velocidad que habían salido galopando no se detendrían antes de unos ochocientos metros o más. Era inútil ir tras ellos con este aguacero. Desvió la mirada hacia la que era su jefa desde hacía menos de seis meses. Los aristocráticos labios de lady Georgina estaban azules, y la piel que adornaba la capucha de su capa se había convertido en un revoltijo empapado. Se parecía más a una pilluela con ropa de gala hecha jirones que a la hija de un conde.

¿Qué hacía ella aquí?

De no ser por lady Georgina, él habría cabalgado desde Londres hasta su finca de Yorkshire. Habría llegado el día antes a la Mansión Woldsly, y ahora mismo estaría disfrutando de una cena caliente frente a la chimenea de su propia cabaña. No congelándose de pies a cabeza, en medio de la carretera, bajo la lluvia y con la luz desvaneciéndose aprisa. Pero en su último viaje a Londres para informarle de sus fincas, lady Georgina había decidido regresar con él a la Mansión Woldsly. Lo que había implicado coger el carruaje, ahora volcado cual montón de madera rota en la cuneta.

Harry se tragó un suspiro.

—¿Puede caminar, mi lady?

Lady Georgina abrió desmesuradamente los ojos, azules como los huevos de un tordo.

—¡Oh, sí! Llevo haciéndolo desde que tenía once meses.

—Bien. —Harry se puso su chaleco y su abrigo, sin molestarse en abotonar ninguno de los dos. Estaban empapados como el resto de su persona. Se arrastró por el carruaje ladeado para coger las mantas de viaje del interior del vehículo. Afortunadamente aún estaban secas. Las enrolló juntas y echó mano del farol todavía encendido del carruaje; entonces agarró a lady Georgina del codo, por si ponía mal el pie y caía sobre su aristocrático y pequeño trasero, y empezó a ascender con dificultad la colina cubierta de aulaga.

Al principio, su insistencia en viajar hasta Yorkshire a Harry le había parecido un capricho infantil de esa feliz mujer que jamás se planteaba de dónde procedían la comida que había en su mesa o las joyas que llevaba en el cuello. En su opinión, aquellos que no trabajaban para ganarse la vida, a menudo tenían ideas frívolas. Pero cuanto más tiempo pasaba en su compañía, más empezaba a dudar de que ella fuese una mujer de ésas. Decía cosas absurdas, cierto, pero casi al instante comprobaba que lo hacía porque a ella le divertía. Era más inteligente que la mayoría de las damas de clase alta. Le daba la impresión de que lady Georgina tenía una buena razón para viajar con él a Yorkshire.

—¿Falta mucho? —La señora estaba jadeando, y su rostro normalmente pálido lucía dos manchas rojas.

Harry escudriñó las colinas anegadas en busca de un punto de referencia en la oscuridad. ¿Estaba ese roble torcido creciendo sobre un crestón que le resultaba familiar?

—No mucho.

Al menos eso esperaba él. Hacía años que había recorrido estas colinas a caballo por última vez, y podría haberse equivocado en la ubicación de la cabaña. O bien podría haberse desplomado desde la última vez que la vio.

—Confío en que tenga habilidad para encender hogueras, señor P-pye. —Su nombre castañeteaba entre los dientes de George.

Ella necesitaba entrar en calor. Si no daban pronto con la cabaña, él tendría que crear un refugio con las mantas de viaje del carruaje.

—¡Oh, sí! Llevo haciéndolo desde que tenía cuatro años, mi lady.

Eso mereció una sonrisa sarcástica. Sus ojos se encontraron y él deseó... un rayo repentino interrumpió su pensamiento a medias y con el destello vio una pared de piedra.

—Está ahí. —«Gracias a Dios.»

Por lo menos la diminuta cabaña aún seguía en pie. Cuatro paredes de piedra con un techo de paja negro por el paso del tiempo y la lluvia. Apoyó el hombro contra la puerta resbaladiza, y tras uno o dos empujones, ésta cedió. Harry entró dando un traspié y sostuvo en alto el farol para iluminar el interior. Pequeñas siluetas se escabulleron entre las sombras. Reprimió un escalofrío.

—¡Uf! ¡Qué mal huele! —Lady Georgina entró y agitó la mano delante de su nariz rosada como para ahuyentar el hedor a moho.

Él cerró la puerta de un portazo tras ella.

—Lo siento, mi lady.

—¿Por qué no me dice simplemente que cierre el pico y dé las gracias por no estar bajo la lluvia? —George sonrió y se descubrió la capucha.

—Me parece que no. —Harry caminó hasta la chimenea y encontró varios leños medio quemados. Estaban cubiertos de telarañas.

—¡Oh, vamos, señor Pye! Sabe que eso es lo que le gu-gustaría. —Sus dientes aún castañeteaban.

Había cuatro sillas de madera desvencijadas rodeando una mesa ladeada. Harry dejó el farol sobre la mesa y levantó una silla. La golpeó con fuerza contra la chimenea de piedra. Se rompió en pedazos, el respaldo se soltó y el asiento se astilló.

A sus espaldas, lady Georgina gritó.

—No, mi lady —replicó él.

—¿De veras?

—Sí. —Se arrodilló y empezó a colocar pequeñas astillas de la silla junto a los leños carbonizados.

—Muy bien. Entonces supongo que debo de ser simpática. —Harry la oyó acercar una silla—. Parece muy eficaz lo que está haciendo ahí.

Él acercó la llama del farol a las astillas de madera. Prendieron y añadió trozos más grandes de la silla, con cuidado para no sofocar la llama.

—Mmm... ¡qué agradable! —A sus espaldas, la voz de George sonó gutural.

Durante unos instantes Harry se quedó paralizado, pensando en lo que sus palabras y su tono podrían implicar en un contexto distinto. A continuación desechó los pensamientos y se volvió.

Lady Georgina alargó las manos hacia el fuego. Su cabello pelirrojo se estaba secando formando rizos perfectos alrededor de su frente, y su piel blanca brillaba a la luz de la lumbre. Todavía temblaba.

Harry se aclaró la garganta.

—Creo que debería quitarse el vestido mojado y envolverse con las mantas. —Fue a zancadas hasta la puerta, donde había dejado las mantas del carruaje.

Oyó a sus espaldas una carcajada jadeante.

—No creo haber oído nunca una sugerencia tan indecorosa propuesta tan adecuadamente.

—No era mi intención ser indecoroso, mi lady. —Le entregó las mantas—. Lamento si la he ofendido. —Fugazmente sus ojos encontraron los de ella, tan azules y risueños; entonces se volvió de espaldas.

Tras él se produjo un frufrú. Trató de controlar sus pensamientos. No se imaginaría sus pálidos hombros desnudos sobre...

—No es usted indecoroso, como bien sabe, señor Pye. Es más, empiezo a pensar que le resultaría imposible serlo.

«¡Si ella supiera!» Harry se aclaró la garganta, pero no hizo ningún comentario. Se obligó a sí mismo a recorrer la pequeña cabaña con la mirada. No había aparador en la cocina, únicamente la mesa y las sillas. Una lástima. Su estómago estaba vacío.

El frufrú junto al fuego cesó.

—Ahora ya puede girarse.

Se preparó mentalmente antes de mirar, pero lady Georgina estaba envuelta en pieles. Se alegró de ver que sus labios estaban más rosados.

Ella extrajo un brazo desnudo del hatillo de ropa para señalar una manta que había al otro lado de la chimenea.

—He dejado una para usted. Estoy demasiado cómoda para moverme, pero cerraré los ojos y prometo no mirar si también desea desvestirse.

Harry apartó la vista con dificultad de su brazo y la miró a sus astutos ojos azules.

—Gracias.

El brazo desapareció. Lady Georgina sonrió, y sus párpados se cerraron.

Durante un momento Harry se limitó a observarla. Los arcos rojizos de sus pestañas se movían rápidamente sobre su piel pálida, y una sonrisa revoloteaba en su boca torcida. Su nariz era afilada y demasiado larga, los ángulos de su rostro un tanto demasiado pronunciados. Cuando estaba de pie casi le igualaba en estatura. No era una mujer hermosa, pero se descubrió a sí mismo teniendo que controlar su mirada cuando estaba junto a ella. Había algo en el meneo de sus labios cuando estaba a punto de mofarse de él. O en el modo en que sus cejas se enarcaban en su frente cuando sonreía. Los ojos de Harry se veían atraídos por su rostro como las limaduras de hierro cerca de un imán.

Se sacó las prendas de ropa superiores y se envolvió con la última manta libre.

—Ya puede abrir los ojos, mi lady.

Georgina los abrió de golpe.

—Bueno, ahora ambos parecemos rusos abrigados para el frío siberiano. Lástima que no tengamos también un trineo con cascabeles. —Alisó la piel de la manta sobre su regazo.

Él asintió. El fuego crujía en medio del silencio mientras él procuraba pensar en cómo más podía cuidar de ella. No había nada para comer en la cabaña; nada que hacer salvo esperar a que amaneciera. ¿Cómo se comportaban los miembros de la clase alta cuando estaban solos en sus palaciegas salas de estar?

Lady Georgina estaba tirando de los pelos de su manta, pero de repente juntó sus manos como para aquietarlas.

—¿Sabe alguna historia, señor Pye?

—¿Alguna historia, mi lady?

—Mmm..., historias. Cuentos, más bien. Yo las recopilo.

—¿En serio? —Harry estaba desconcertado. La forma de pensar de la aristocracia en ocasiones era realmente asombrosa—. ¿Cómo, si me permite la pregunta, lleva a cabo la recopilación?

—Indagando. —¿Se estaba riendo de él?—. Le sorprenderían las historias que la gente recuerda de su juventud. Naturalmente, las antiguas niñeras y demás son las mejores fuentes. Creo que a todos mis conocidos les he pedido que me presenten a sus antiguas niñeras. ¿La suya vive todavía?

—Yo no tuve una niñera, mi lady.

—¡Oh! —Las mejillas de George se sonrojaron—. Pero alguien...
¿su madre?, debió de contarle cuentos de hadas de pequeño.

Él se movió para poner en la chimenea otro trozo de la silla rota.

—El único cuento de hadas que recuerdo es *Las habichuelas mágicas*.

Lady Georgina le lanzó una mirada de compasión.

—¿No recuerda nada mejor que eso?

—Me temo que no. —Los demás relatos que conocía no eran precisamente adecuados para que los oyera una dama.

—Bueno, hace poco oí uno bastante interesante. Me lo contó la tía de mi cocinero cuando vino a Londres a ver a su sobrino. ¿Le gustaría que se lo contara?

«No.» Lo último que necesitaba era intimar con su jefa más de lo que la situación ya le había forzado a hacerlo.

—Sí, mi lady.

—Había una vez un gran rey al que le servía un leopardo encantado. —George meneó el trasero en la silla—. Sé lo que está pensando, pero el cuento no va así.

Harry pestañeó.

—¿Mi lady?

—No. El rey muere enseguida, de modo que él no es el héroe.
—Ella lo miró expectante.

—¡Ah...! —A Harry no se le ocurrió nada más que decir.

Pareció suficiente.

Lady Georgina asintió.

—El leopardo llevaba una especie de cadena de oro alrededor de su cuello. Verá, estaba esclavizado, pero no sé cómo llegó eso a producirse. La tía del cocinero no me lo dijo. De cualquier forma, cuando el rey se estaba muriendo hizo prometer al leopardo que serviría al *siguiente* rey, su hijo. —Ella arqueó las cejas—. Lo que, en cierto modo, no parece muy justo, ¿verdad? Me refiero a que normalmente liberan al leal sirviente en ese momento. —Volvió a removerse en la silla de madera.

Harry se aclaró la garganta.

—Quizás estaría más cómoda en el suelo. Su capa está más seca. Podría colocarla a modo de jergón.

Ella le sonrió de forma deslumbrante.

—¡Qué buena idea!

Él extendió la capa y enrolló su propia ropa para hacer una almohada.

Envuelta en mantas, lady Georgina anduvo arrastrando los pies y se dejó caer en la tosca cama.

—Así mejor. Usted también podría venir a tumbarse; lo más probable es que estemos aquí hasta mañana.

«¡Jesús!»

—No creo que sea lo más aconsejable.

Ella lo miró desde su afilada nariz.

—Señor Pye, esas sillas son duras. Por favor, al menos venga a tumbarse sobre la capa. Prometo no morderlo.

A él se le tensó la mandíbula, pero realmente no tenía elección. Era una orden velada.

—Gracias, mi lady.

Harry se sentó con cautela a su lado (ni en broma se echaría al lado de esta mujer, lo ordenara o no) y dejó un espacio entre sus cuerpos. Se abrazó las rodillas dobladas con los brazos y procuró no reparar en el perfume de George.

—Es usted un tozudo, ¿verdad? —musitó ella.

Él la miró fijamente.

Ella bostezó.

—¿Dónde estábamos? ¡Ah, sí! Entonces lo primero que hace el joven rey es ver un cuadro de una hermosa princesa y se enamora de ella. Se lo enseña un cortesano, o un mensajero o algo así, pero eso no importa.

George volvió a bostezar, esta vez con un chillido, y por alguna razón el pene de Harry reaccionó al sonido. O quizá fuera su perfume, que le llegaba hasta la nariz quisiera o no. Olía a especias y flores exóticas.

—La princesa tiene la piel tan blanca como la nieve, los labios tan rojos como rubíes, el pelo negro como, mmm... el alquitrán o algo similar, etcétera, etcétera. —Lady Georgina hizo una pausa y miró fijamente hacia el fuego.

Él se preguntó si ella habría acabado y su tormento finalizado.

Entonces ella suspiró.

—¿Se ha fijado alguna vez en que estos príncipes de los cuentos de hadas se enamoran de princesas hermosas sin saber nada sobre ellas? Los labios de color rubí están muy bien y son muy bonitos, pero ¿y si resulta que la princesa se ríe de forma extraña o chasquea la lengua al comer? —Se encogió de hombros—. Claro que los hombres de ahora son igual de propensos a enamorarse de unos brillantes rizos morenos, así que supongo que no debería protestar por cosas sin importancia. —De pronto abrió mucho los ojos y volvió la cabeza para mirar a Harry—. Sin ánimo de ofender.

—No me ha ofendido —dijo Harry con seriedad.

—Mmm... —Parecía que George titubeaba—. Sea como sea, el joven rey se enamora de este retrato y alguien le dice que el padre de la princesa la entregará al hombre que pueda traerle el Caballo de Oro, que en ese momento estaba en manos de un ogro terrible. De modo que —lady Georgina se volvió de cara al fuego y apoyó una mejilla en una mano— manda buscar al Príncipe Leopardo y le pide que se marche deprisa y le traiga el Caballo de Oro, ¿y qué cree usted que pasa?

—No lo sé, mi lady.

—Pues que el leopardo se convierte en un hombre. —Ella cerró los ojos y susurró—: Imagíneselo. Desde el principio había sido un hombre...

Harry esperó, pero en esta ocasión la historia no continuó. Al cabo de un rato oyó un suave ronquido.

Tiró de las mantas hasta el cuello de George y le arrebujó el rostro. Sus dedos le rozaron la mejilla, y se detuvo, examinando el contraste de los tonos de sus pieles. Su mano era oscura en comparación con la piel de ella; sus dedos ásperos mientras que ella era lisa y suave. Con su pulgar le acarició lentamente las comisuras de la boca. ¡Qué tibieza! Casi reconocía su aroma, como si lo hubiera inspirado en otra vida o tiempo atrás. Le producía deseos.

Si ella fuese una mujer diferente, si éste fuese un lugar diferente, si él fuese un hombre diferente... Harry interrumpió el susurro de su mente y retiró su mano. Se tumbó junto a Lady Georgina, con cuidado de no tocarla. Clavó los ojos en el techo y desterró todo pensamiento, todo sentimiento. A continuación cerró los ojos, aun cuando sabía que tardaría un buen rato en dormirse.

Le hacía cosquillas la nariz. George le dio un zarpazo y notó las pieles. A su lado, algo crujió y luego hubo silencio. Giró la cabeza. Unos ojos verdes encontraron los suyos, desagradablemente despiertos a tan tempranas horas del día.

—Buenos días. —Sus palabras salieron como el croar de una rana. George se aclaró la garganta.

—Buenos días, mi lady. —La voz del señor Pye era suave y profunda, como el chocolate caliente—. Si me disculpa.

Se levantó. La manta que sujetaba se deslizó por un hombro, mostrando la piel bronceada antes de que Harry se cubriera de nuevo. Andando en silencio, se escurrió por la puerta.

George frunció la nariz. ¿No había nada que perturbara a este hombre?

De pronto se le ocurrió lo que debía de estar haciendo fuera. Su vejiga le envió una señal de alarma. Rápidamente se levantó con dificultad y se puso su arrugado vestido aún húmedo, abrochándose tantos corchetes como pudo. No logró llegar a todos los corchetes, y la cintura debía de estar sin abrochar, pero al menos la prenda no se le caería. George se puso la capa para ocultar su espalda y luego siguió al señor Pye afuera. En el cielo flotaban nubes negras, que amenazaban lluvia. Harry Pye no estaba visible por ningún sitio. Mirando a su alrededor, eligió un cobertizo ruinoso detrás del que orinar y lo bordeó pesadamente.

Cuando salió por detrás del cobertizo, el señor Pye estaba de pie frente a la cabaña abotonándose su abrigo. Se había vuelto a anudar una cola, pero su ropa estaba arrugada y su pelo no tan arreglado como habitualmente. Al pensar en el aspecto que ella misma debía de tener, George notó que sonreía divertida y poco compasiva. Ni siquiera Harry Pye podía pasar la noche sobre el suelo de una cabaña y no sufrir los efectos a la mañana siguiente.

—Cuando esté lista, mi lady —dijo él—, sugiero que regresemos a la carretera. Quizás el cochero esté esperándonos allí.

—¡Oh, eso espero!

Desandaron sus pasos de la noche anterior. Con luz y cuesta abajo a George le sorprendió descubrir que no estaba a tanta distancia. No tardaron en ascender la última pendiente y pudieron ver la carretera. Estaba desierta, a excepción del carruaje destrozado, en estado aún más lamentable a la luz del día.

Ella suspiró.

—Bueno, supongo que simplemente tendremos que empezar a andar, señor Pye.

—Sí, mi lady.

Caminaron con dificultad por la carretera. Una desagradable y húmeda neblina se suspendía sobre el suelo, con un ligero olor a podrido. Se coló debajo de su vestido y trepó por sus piernas. George se estremeció. Anhelaba una taza de té caliente y quizás un bollo con miel y mantequilla goteando por los lados. Casi gimió al pensarlo y luego se dio cuenta de que se oía un estruendo a sus espaldas.

El señor Pye alzó el brazo para hacerle señas al carro de un granjero que tomaba la curva.

—¡Hola! ¡Deténgase! Oiga, necesitamos que nos lleve.

El granjero tiró de las riendas de su caballo hasta que se paró. Levantó el ala de su sombrero y miró fijamente.

—Es el señor Pye, ¿verdad?

El señor Pye se puso tenso.

—Sí, así es. De la finca Woldsly.

El granjero escupió en la carretera, esquivando por poco las botas del señor Pye.

—Lady Georgina Maitland necesita ser llevada a Woldsly. —El rostro de Harry Pye no cambió, pero su voz se había vuelto tan fría como la muerte—. El carruaje que ha visto allí atrás era suyo.

El granjero desvió la vista hacia George como si reparase en ella por primera vez.

—Sí, señora, espero que no resultase herida en el choque.

—No. —Ella sonrió encantadora—. Pero necesitamos que nos lleve, si no le importa.

—Encantado de ayudar. Detrás hay sitio. —Por encima de su hombro el granjero señaló con un pulgar sucio hacia la tarima del carro.

Ella le dio las gracias y rodeó el carro a pie. Titubeó al ver la altura de los tablones. Le llegaban a la clavícula.

El señor Pye se detuvo junto a ella.

—Con su permiso. —Apenas esperó a que ella consintiera antes de agarrarla por la cintura y levantarla para subirla.

—Gracias —dijo George sin aliento.

Ella observó mientras él colocaba las palmas de sus manos sobre la plataforma y saltaba con facilidad felina. El carro empezó a dar sacudidas justo cuando él pasaba sobre los tablones y cayó contra un lateral.

—¿Está bien? —George le ofreció una mano.

El señor Pye no la aceptó y se incorporó.

—Muy bien. —Le lanzó una mirada a George—. Mi lady.

No dijo nada más. George se reclinó y contempló el paisaje al pasar. Aparecieron campos de color verde grisáceo con bajas tapias de piedra y a continuación la fantasmagórica neblina los volvió a ocultar. Tras la noche anterior debería haberse alegrado del viaje, por muchos baches que pudiese haber. Pero había algo en la hostilidad del granjero hacia el señor Pye que la inquietaba. Parecía personal.

Llegaron a una cuesta, y George observó con deleite a un rebaño de ovejas pastando en una ladera cercana. Estaban de pie como pequeñas estatuas, quizá congeladas por la niebla. Únicamente sus cabezas se movían mientras comían la aulaga. Unas cuantas estaban tumbadas. George arqueó las cejas. Las del suelo estaban muy quietas. Se inclinó hacia delante para ver mejor y oyó que Harry Pye soltaba en voz baja una palabrota a su lado.

El carro se detuvo con brusquedad.

—¿Qué les pasa a esas ovejas? —le preguntó George al señor Pye.

Pero fue el granjero quien respondió con voz desapacible:

—Están muertas.

Capítulo 2

*G*eorge! —Lady Violet Maitland cruzó corriendo las enormes puertas de roble de la Mansión Woldsly, haciendo caso omiso del murmullo reprobador de su dama de compañía, la señorita Euphemia Hope.

Violet apenas se abstuvo de poner los ojos en blanco. Euphie era una vieja compañera, una mujer menuda y redonda como una manzana, de pelo gris y mirada dulce, que prácticamente se veía forzada a hablar entre dientes por todo lo que ella hacía.

—¿Dónde has estado? Te esperábamos hace días y... —Se detuvo derrapando sobre el patio de gravilla para mirar fijamente al hombre que ayudaba a su hermana a bajar del extraño carruaje.

Cuando ella se acercó el señor Pye levantó la vista y asintió, su rostro, como siempre, era una careta inexpresiva. ¿Qué hacía viajando con George?

Violet lo miró con los ojos entornados.

—Hola, Euphie —dijo George.

—¡Oh, mi lady, qué felices estamos de que haya llegado! —exclamó la dama de compañía—. El tiempo *no* ha sido todo lo bueno que podía esperarse, y nos ha *inquietado* bastante su seguridad.

George sonrió a modo de respuesta y rodeó a Violet con sus brazos.

—Hola, cariño.

El cabello anaranjado de su hermana, varios tonos más claro que el suyo, de color fuego y abundante olía a jazmín y a té, los olores más reconfortantes del mundo. Violet notó que le escocían los ojos por las lágrimas.

—Lamento haberte preocupado, pero no creo haber llegado tan tarde. —George besuqueó su mejilla y retrocedió para contemplarla.

Violet se volvió apresuradamente para inspeccionar el carruaje, un viejo trasto bastante destartalado que no encajaba en absoluto con George.

—¿Qué haces viajando por ahí en eso?

—Bueno, es una larga historia. —George se descubrió la capucha. Estaba increíblemente mal peinada, incluso en su propia opinión—. Te lo contaré mientras tomamos un té. Estoy sencillamente muerta de hambre. En la posada donde cogimos el carruaje sólo comimos unos cuantos bollos. —Miró al administrador e inquirió con bastante timidez—: ¿Le gustaría unirse a nosotras, señor Pye?

Violet contuvo el aliento. «Que diga que no. Que diga que no. Que diga que no.»

—No, gracias, mi lady. —El señor Pye hizo una siniestra reverencia—. Si me disculpan, hay diversas cuestiones en la finca de las que debería ocuparme.

Violet exhaló con fuerza, aliviada.

Para su horror, George insistió.

—Seguro que esas cuestiones podrán esperar otra media hora aproximadamente —dijo con su maravillosa y amplia sonrisa.

Violet miró fijamente a su hermana. ¿En qué estaba pensando?

—Me temo que no —contestó el señor Pye.

—¡Oh, muy bien! Supongo que por eso lo he contratado, después de todo. —George sonó arrogante, pero por lo menos el señor Pye ya no vendría a tomar el té.

—Lo siento, mi lady. —De nuevo hizo una reverencia, esta vez un poco rígida, y se alejó andando.

Violet casi se compadeció de él; casi, pero no del todo. Pasó un brazo por debajo del de su hermana mientras se volvían para entrar en Woldsly. La mansión tenía cientos de años y estaba integrada en el paisaje como si hubiera crecido allí, un aspecto natural de las colinas circundantes. La hiedra verde se encaramaba por la fachada de ladrillo de cuatro pisos. Las enredaderas se podaban despejando las altas ventanas con parteluz. Había un sinfín de chimeneas trepando sobre los tejados inclinados de la mansión que parecían excursionistas en una montaña. Era una casa acogedora, que encajaba a la perfección con la personalidad de su hermana.

—El cocinero ha hecho tartaletas de crema de limón esta misma mañana —dijo Violet mientras subían las amplias escaleras frontales—. Euphie lleva todo el día soñando con ellas.

—¡Oh, no, mi lady! —exclamó la dama de compañía tras ellas—. Realmente no creo que haya soñado con las tartaletas. No con las de limón, de cualquier forma. Cuando se trata de pastelillos *rellenos*, sí reconozco que demuestro cierta debilidad, no del todo *refinada*, me temo.

—Eres la mismísima personificación del refinamiento, Euphie. Todos nos afanamos por seguir tu ejemplo —comentó George.

La anciana se enorgulleció como una gallina gris enana.

Violet sintió una punzada de culpabilidad por exasperarse siempre tanto con la pobre mujer. Hizo la solemne promesa de intentar ser más amable con ella en el futuro.

Atravesaron la inmensa doble puerta de roble de la mansión, donde George saludó con la cabeza a Greaves, el mayordomo. La luz se colaba por la ventana en forma de media luna que había sobre las puertas, iluminando las paredes de color café con leche y el viejo suelo de parqué del vestíbulo.

—¿Has encontrado algo con lo que pasar el tiempo en Woldsly? —preguntó George mientras seguían andando por el pasillo—. Confieso que me sorprendió que dijeras que querías rusticar aquí tan sólo con Euphie. Es un sitio apartado para una quinceañera. Aunque, naturalmente, siempre eres bienvenida.

—He estado haciendo dibujos —contestó Violet, manteniendo su voz cuidadosamente suave—. El paisaje de aquí es distinto al de Leicestershire. Y mamá se estaba poniendo bastante pesada en casa. Asegura que ha encontrado un nuevo tumor en su pierna derecha y ha hecho venir a un curandero belga que le administra cierto producto asqueroso que huele como la col hervida. —Violet intercambió una mirada con George—. Ya sabes cómo es.

—Sí, lo sé. —George le dio unas palmaditas en el brazo.

Violet apartó la vista, aliviada por no tener que seguir explicando. Su madre había estado prediciendo su propia muerte desde antes de que Violet naciera. La condesa pasaba la mayor parte del tiempo en cama, atendida por una paciente criada. De vez en cuando, sin embargo, mamá se ponía histérica por algún nuevo síntoma. Cuando eso ocurría, a Violet la volvía prácticamente loca.

Entraron en la salita rosa, y George se quitó los guantes.

—Entonces, dime, ¿por qué me escribiste esa carta...?

—¡*Chsss*! —Violet movió con brusquedad la cabeza hacia Euphie, que estaba ocupada dándole a la criada instrucciones para que trajese el té.

George arqueó las cejas pero se dio por aludida bastante deprisa, afortunadamente. Cerró la boca y tiró los guantes sobre una mesa.

Violet dijo con voz clara:

—Ibas a contarnos por qué cambiaste de carruaje.

—¡Oh, eso! —George frunció la nariz—. Mi carruaje se salió de la carretera ayer noche. Fue bastante impresionante, la verdad. ¿Y qué crees que pasó entonces? —Tomó asiento en uno de los sofás de color azafrán, apoyó un codo en el respaldo y la cabeza en la palma de su mano—. Los caballos huyeron. Nos dejaron al señor Pye y a mí completamente a nuestra suerte... sólo que estábamos empapados, naturalmente. *Y en medio de quién sabe dónde.*

—¡Dios...! —Violet captó la mirada de censura de Euphie y cambió de exclamación a media frase—. ¡Por favor! ¿Qué hicisteis?

En ese momento entraron varias criadas con bandejas cargadas con el té y George alzó una mano, dándole a entender a Violet que continuaría cuando lo hubieran dejado sobre la mesa. Unos instantes más tarde, Euphie le sirvió una taza.

—¡Ah...! —George suspiró de satisfacción con ella en las manos—. Creo que, si se tomara en cantidades suficientes, el té curaría las peores enfermedades mentales.

Violet dio botes con impaciencia en su asiento hasta que su hermana captó la indirecta.

—Sí, bueno, por suerte el señor Pye conocía una cabaña cercana —George se encogió de hombros—. De modo que pasamos la noche allí.

—¡Oh, mi lady! Usted sola y el señor Pye, que ni siquiera está casado. —Daba la impresión de que la noticia de que George había pasado una noche entera con un hombre a Euphie la sorprendía más que el accidente del carruaje en sí—. No, no creo, *no* creo que pudiese usted sentirse cómoda. —Se reclinó y se abanicó la cara, haciendo que los lazos de color castaño rojizo de su sombrero se agitaran.

Violet puso los ojos en blanco.

—No es más que el administrador de las *tierras*, Euphie. No es que sea un caballero procedente de una buena familia. Además —añadió con pragmatismo—, George tiene veintiocho años. Es demasiado mayor para provocar un escándalo.

—Gracias, querida. —contestó George bastante mordaz.

—¡Un escándalo! —Euphie sujetó con fuerza el platillo de su taza—. Sé que tendrá usted sus propios jueguecillos, lady Violet, pero no creo que debamos emplear la palabra *escándalo* tan a la ligera.

—No, no, por supuesto que no —musitó George en tono conciliador mientras Violet apenas podía evitar poner los ojos en blanco... *otra vez*.

—Me temo que todo este desasosiego me ha cansado. —Euphie se levantó—. ¿Le supondría una molestia terrible que me acostara un rato, lady Violet?

—No, naturalmente que no. —Violet reprimió una sonrisa. Cada día después del té, puntual como un reloj, Euphie se inventaba una excusa para acostarse un rato. Al igual que hasta entonces, hoy había contado con la costumbre de su dama de compañía.

La puerta se cerró detrás de Euphie, y George miró a Violet.

—Bueno, tu carta era tremendamente dramática, querida. Creo que usaste la palabra *diabólico* dos veces, lo cual parece improbable teniendo en cuenta que me has convocado en Yorkshire, normalmente un lugar de lo menos diabólico. Espero que sea importante. He tenido que rechazar cinco invitaciones, incluido el baile otoñal de máscaras de Oswalt, que este año prometía estar lleno de polémica.

—Es importante. —Violet se inclinó hacia delante y susurró—: ¡Alguien está envenenando las ovejas de las tierras de lord Granville!

—¿Sí? —George frunció las cejas y pegó un mordisco a su tartaleta.

Violet exhaló con exasperación.

—¡Sí! Y el envenenador es de tu finca. Quizá de la propia Mansión Woldsly.

—Esta mañana hemos visto varias ovejas muertas junto a la carretera.

—¿No estás preocupada? —Violet se puso de pie de un salto y caminó delante de su hermana—. Los criados no hablan de otra cosa. Los granjeros locales rumorean que hay una bruja, y lord Granville dice que serás tú la responsable, si el envenenador es de esta finca.

—¿En serio? —George se introdujo el resto de tartaleta en la boca—. ¿Cómo sabe que las ovejas han sido intencionadamente envenenadas? ¿No podrían simplemente haber comido algo que les sentara mal? O lo que es más probable, ¿haber muerto por enfermedad?

—Las ovejas murieron de repente, de golpe...

—Entonces ha sido una enfermedad.

—¡Y junto a sus cuerpos se encontraron plantas venenosas cortadas!

George se sentó hacia delante para servirse otra taza de té. Parecía un tanto divertida.

—Pero si nadie sabe quién es el envenenador..., no se sabe, ¿verdad? Violet sacudió la cabeza.

—Entonces, ¿cómo saben que es un hombre de la finca Woldsly?

—¡Por las huellas! —Violet se detuvo con los brazos en jarras frente a su hermana.

George enarcó una ceja.

Violet se inclinó hacia delante con impaciencia.

—Antes de escribirte encontraron *diez* ovejas muertas en un campo de Granville arrendado a un granjero justo pasado el arroyo que divide las fincas. Había huellas con barro que conducían desde los cuerpos hasta la orilla del arroyo... huellas que continuaban en el otro lado del arroyo, en *tus* tierras.

—Mmm... —George eligió otra tartaleta—. Eso no suena demasiado concluyente. Me refiero a que ¿y si alguien de las tierras de lord Granville cruzó el arroyo y luego volvió para dar a entender que venía de Woldsly?

—*Geor*-ge. —Violet se sentó al lado de su hermana—. En la finca de Granville nadie tiene motivos para envenenar a las ovejas. Pero hay alguien en Woldsly que sí los tiene.

—¿Qué? ¿Quién? —George levantó la tartaleta hacia su boca.

—Harry Pye.

George se quedó helada con la tartaleta aún merodeando junto a sus labios. Violet sonrió triunfalmente. Al fin había acaparado toda la atención de su hermana.

George dejó con cuidado la tartaleta otra vez en su plato.

—¿Qué posibles motivos podría tener mi administrador para matar a las ovejas de lord Granville?

—Venganza. —Al ver la mirada de incredulidad de George, Violet asintió con la cabeza—. El señor Pye le guarda rencor al señor Granville por algo que éste hizo en el pasado.

—¿El qué?

Violet se desplomó en el sofá.

—No lo sé —confesó—. Nadie me lo ha dicho.

George empezó a reírse.

Violet cruzó los brazos.

—Pero debe de haber sido algo terrible ¿no? —inquirió haciéndose oír por encima de las carcajadas de George—. Para que años después haya vuelto y llevado a cabo su diabólica venganza.

—¡Oh, cariño! —exclamó George—. Los criados o quienquiera que te haya estado contando esas historias te han engañado. ¿En serio puedes imaginarte al señor Pye merodeando por ahí tratando de darles a las ovejas hierbajos venenosos? —De nuevo estalló en enormes carcajadas.

Violet hurgó malhumorada en los restos de la tartaleta de limón. Sinceramente, el problema principal de los hermanos mayores era que nunca la tomaban a una en serio.

—Lamento no haber estado con usted, mi lady, cuando tuvo el accidente —resopló Tiggle detrás de George a la mañana siguiente. La doncella estaba abrochando una interminable hilera de corchetes en el vestido tipo saco de color zafiro que George había decidido ponerse.

—No sé qué habrías hecho, salvo acabar en la cuneta con nosotros. —George se dirigió a Tiggle por encima de su hombro—. Además, estoy convencida de que disfrutaste yendo a ver a tus padres.

—Eso es verdad, mi lady.

George sonrió. Tiggle se había ganado un día extra de vacaciones para pasarlo con su familia. Y dado que su padre era el propietario de la posada de Lincoln en la que se habían detenido de camino a Woldsly, pareció el momento adecuado para proseguir el viaje y dejar que Tiggle se reuniera con ellos al día siguiente. Pero debido al accidente, Tiggle no había llegado tanto más tarde que ellos. Lo que estaba bien, porque ella se habría hecho un desastre arreglándose su propio pelo. Tiggle tenía manos de artista cuando se trataba de domar su revoltijo de rizos.

—Es sólo que no me gusta pensar que estuvo usted sola con ese señor Pye, mi lady. —Tiggle habló con un hilo de voz.

—¿Por qué no? Se comportó como un perfecto caballero.

—¡Eso espero! —Tiggle parecía indignada—. Aun así. Es un poco seco ¿no? —Dio un tirón final y retrocedió—. Bien, ya está.

—Gracias. —George se alisó la parte delantera de su vestido.

Tiggle la había servido desde antes de que George se pusiera de largo, hacía ahora muchos años. Probablemente había atado y desatado mil vestidos y se había lamentado con George de su encrespado cabello rojo anaranjado. El pelo de la propia Tiggle era de un liso rubio dorado, el color favorito de todos esos cuentos de hadas. Sus ojos eran azules, y sus labios del requerido rojo rubí. De hecho, era una mujer muy bella. Si la vida de George fuera un cuento de hadas, ella debería ser el patito feo y Tiggle la princesa del cuento.

George anduvo hasta su tocador.

—¿Por qué crees que el señor Pye es seco? —Abrió su joyero y empezó a rebuscar las perlas.

—Nunca sonríe, ¿verdad? —A través del espejo pudo ver a Tiggle recogiendo su camisón—. Y la forma como mira un cuerpo. Me hace sentir como una vaca que él estuviera evaluando, tratando de valorar si criaré bien otra temporada o si debería enviarme al matadero. —Tiggle sostuvo en alto el vestido que George había llevado durante el accidente y lo examinó con seriedad—. Aun así, hay un montón de chicas por aquí que lo encuentran atractivo.

—¡Oh! —La voz de George sonó como un chillido. Se sacó la lengua a sí misma frente al espejo.

Tiggle no levantó la vista, tenía el entrecejo fruncido por un agujero que había encontrado cerca del dobladillo del vestido.

—Sí, las criadas de la cocina hablan de sus maravillosos ojos y su bonito trasero.

—¡Tiggle! —A George se le cayó su pendiente de perlas. Rodó por encima de la superficie lacada del tocador y se detuvo junto a una pila de lazos.

—¡Vaya! —Tiggle se llevó la mano a la boca—. Lo siento, mi lady. No sé qué me ha hecho decir eso.

George no pudo evitar reír tontamente.

—¿Es eso de lo que se habla en la cocina? ¿De los traseros de los señores?

El rostro de Tiggle se sonrojó, pero sus ojos brillaron.

—Gran parte del tiempo, me temo.

—Quizá debería pasar por la cocina más a menudo. —George se inclinó hacia delante para mirarse con detenimiento en el espejo mientras se ponía un pendiente—. Varias personas, entre ellas lady Violet, dicen haber oído rumores acerca del señor Pye. —Retrocedió y giró la cabeza de un lado a otro para contemplar los pendientes—. ¿Tú has oído algo?

—¿Rumores, mi lady? —Tiggle dobló el vestido despacio—. Desde que he llegado todavía no he bajado a la cocina. Pero sí que oí algo mientras estaba en la posada de mi padre. Había un granjero que estaba de paso y vivía en las tierras de Granville. Comentó que el administrador de Woldsly estaba dando problemas, hiriendo a los animales y gastando bromas en los establos de Granville. —Tiggle miró a George a los ojos a través del espejo—. ¿Es eso a lo que se refiere, mi lady?

George inspiró y sacó el aire lentamente.

—Sí, es exactamente a lo que me refiero.

Esa tarde, Harry se encorvó sobre su silla de montar bajo la incesante llovizna. Había esperado que lo citaran en la mansión casi desde el momento en que habían llegado a la finca Woldsly. Sorprendentemente, lady Georgina había tardado un día entero con su noche en mandarlo buscar. Espoleó a su yegua para que trotara por el largo y sinuoso camino de entrada a la Mansión Woldsly. Quizá fuese porque era una dama.

Cuando al principio supo que el propietario de las múltiples fincas que él administraría era una mujer, se quedó desconcertado. Las mujeres no solían poseer tierras a su nombre. Normalmente, si tenían una finca, había un hombre (un hijo o un marido o un hermano) detrás, el verdadero poder a la hora de gobernar las tierras. Pero aunque lady Georgina tenía tres hermanos, era la propia dama la que controlaba. Y es más, había recibido las tierras en herencia, no por contraer matrimonio. Lady Georgina no se había casado nunca. Una tía le había dejado todo a ella y, al parecer, en el testamento estipuló que ella misma llevase las riendas de sus propiedades y se quedase con sus ingresos.

Harry resopló. Estaba claro que la anciana no toleraba a los hombres. La gravilla crujió bajo los cascos de la yegua zaina mientras él entraba en el gran patio que había frente a la Mansión Woldsly. Lo atravesó hacia el patio de los establos, saltó de su caballo y le tiró las riendas a un joven.

Éstas cayeron sobre los adoquines.

La yegua retrocedió nerviosa, con las riendas colgando. Harry se detuvo y alzó la vista para mirar a los ojos al mozalbete. El chico lo miró fijamente, con el mentón levantado, los hombros rectos. Se parecía a un joven San Esteban aguardando su lapidación. ¿Desde cuándo tenía él tan mala reputación?

—Cógelas —le ordenó Harry en voz baja.

El joven vaciló. Las piedras de la lapidación parecían más afiladas de lo que se había esperado.

—Ahora —susurró Harry. Dio media vuelta sin molestarse en comprobar que el chico hubiera obedecido a su orden, y se fue a grandes zancadas hacia la mansión, subiendo de dos en dos los escalones que conducían a la puerta principal.

—Informe a lady Georgina Maitland de que estoy aquí —le dijo a Greaves. Arrojó su tricornio a las manos de un criado y entró en la biblioteca sin esperar a que le enseñaran el camino.

Altas ventanas con cortinas de terciopelo de color verde musgo recorrían el lado opuesto de la sala. De haber sido el día soleado, las ventanas habrían bañado la biblioteca de luz. Pero no era soleado. El sol llevaba semanas sin brillar en esta región de Yorkshire.

Harry cruzó la sala y miró fijamente por la ventana. Campos y pastos uno detrás de otro se extendían hasta donde alcanzaba la vista, una colcha de retazos verdes y marrones. Las tapias de piedra en seco que dividían los campos habían aguantado durante siglos desde antes de que él naciera y seguirían durante siglos después de que sus huesos se hubieran convertido en polvo. En su mente era un hermoso paisaje, un paisaje que le atenazaba el corazón cada vez que lo veía, pero algo andaba mal. Los campos deberían haber estado llenos de segadores y carromatos, recogiendo el heno y el trigo. Pero los cereales estaban demasiado húmedos para la siega. Si no dejaba de llover pronto... Sacudió la cabeza. El trigo se pudriría o tendrían que cortarlo húmedo, en cuyo caso se pudriría en los graneros.

Cerró el puño sobre el marco de la ventana. ¿Le importaba a ella siquiera las consecuencias que su despido tendría para estas tierras?

La puerta se abrió a sus espaldas.

—Señor Pye, creo que debe de ser usted uno de esos odiosos madrugadores.

Él relajó la mano y se volvió.

Lady Georgina caminó tranquilamente hacia él con un vestido de un tono más intenso que el azul de sus ojos.

—Cuando le he mandado buscar esta mañana a las nueve, Greaves me ha mirado como si estuviese loca y me ha informado de que seguramente hacía horas que usted se había marchado de su cabaña.

Harry hizo una reverencia.

—Lamento haberla importunado, mi lady.

—Ya puede lamentarlo. —Lady Georgina se sentó en un sofá negro y verde, reclinándose con indiferencia, con su falda azul extendida a su alrededor—. Greaves tiene una habilidad natural para hacerle sentirse a una como un bebé balbuciente en un andador. —George se estremeció—. No quiero ni pensar lo horrible que tiene que ser trabajar de criado a sus órdenes. ¿No va a sentarse?

—Si lo desea, mi lady. —Harry eligió un sillón. ¿Adónde quería ir a parar?

—Lo deseo. —Detrás de ella, la puerta se abrió de nuevo, y dos criadas entraron trayendo unas bandejas repletas—. No solamente eso, sino que me temo que insistiré en que también se tome un té.

Las criadas colocaron la tetera, las tazas, los platos, y el resto de confusos objetos de un té aristocrático en una mesa baja que había entre ellos, y se marcharon.

Lady Georgina levantó la tetera de plata y sirvió.

—Bien, deberá tener paciencia conmigo y procurar no fulminarme con la mirada. —George rechazó el intento de disculpa de Harry—. ¿Toma azúcar y leche?

Él asintió.

—Vale, entonces una buena ración de ambas cosas, ya que estoy convencida de que en el fondo es un goloso. *Y dos* trozos de mantecado. Tendrá que soportarlo como un soldado. —Le ofreció el plato.

Él la miró a los ojos, curiosamente desafiante. Titubeó un instante antes de coger el plato. Durante una fracción de segundo, sus dedos rozaron los de ella, tan suaves y cálidos, y luego se retrepó. El mantecado estaba tierno y crujiente. Se comió el primer trozo en dos bocados.

—¡Bravo! —George suspiró y se acomodó entre los cojines con su propio plato—. Ahora sé cómo se sintió Aníbal tras la conquista de los Alpes.

Harry notó una mueca en su boca mientras la observaba por encima del borde su taza. Los Alpes se habrían sorprendido y habrían considerado un honor que lady Georgina hubiera caminado hacia ellos con un ejército de elefantes. Su cabello pelirrojo era un halo alrededor de su rostro. Podría haber tenido un aspecto angelical, de no ser tan pícara su mirada. Pegó un mordisco al mantecado, y se le rompió. Cogió una miga de su plato con el dedo y se lo chupó de una forma muy poco propia de una dama.

Harry cerró los puños. *No*. De esta mujer no.

Dejó su taza de té con cuidado.

—¿Por qué quiere hablar conmigo, mi lady?

—Bueno, esto es bastante incómodo. —George dejó su propia taza—. Me temo que la gente ha estado esparciendo historias sobre usted. —Alzó una mano y empezó a enumerar con sus dedos—. Uno de los criados, el chico limpiabotas, cuatro... no, cinco de las criadas, mi hermana, Tiggle y hasta Greaves. ¿Puede creerlo? Me sorprendí un poco. Jamás pensé que se relajaría lo bastante como para rumorear. —Miró a Harry.

Éste le devolvió la mirada impasible.

—Y todos desde ayer mismo por la tarde cuando llegamos. —Se había quedado sin dedos y dejó caer la mano.

Harry no dijo nada. Sintió que se le retorcía el pecho, pero eso era inútil. ¿Por qué iba ella a ser diferente de todas las demás?

—Todos parecen tener la impresión de que ha estado usted envenenando a las ovejas del vecino con cierta clase de hierbajo. Aunque —arrugó la frente— no sé con seguridad por qué todo el mundo les da tanta importancia a las ovejas, y menos cuando ya están muertas.

Harry la miró con fijeza. Seguro que bromeaba. Claro que no había que olvidar que era de la ciudad.

—Las ovejas son la columna vertebral de esta región mi lady.

—Sé que todos los granjeros de los alrededores las crían. —Miró con detenimiento la bandeja de pasteles, con la mano suspendida sobre ésta, aparentemente eligiendo un dulce—. Estoy segura de que la gente se encariña con su ganado...

—No son mascotas.

Ante la brusquedad de su tono, George levantó la vista y frunció las cejas.

Harry era un impertinente, lo sabía, pero ¡maldita sea!, era preciso que ella lo supiera.

—Son su vida. Las ovejas son la carne de un hombre y su ropa. El ingreso para pagar al terrateniente su cuota. Lo que mantiene con vida a su familia.

George se quedó inmóvil, sus ojos azules solemnes. Él sintió que algo ligero y frágil lo conectaba con esta mujer, que estaba tan por encima de su posición social.

—La pérdida de un animal puede significar que no haya ningún vestido nuevo para una esposa. Quizás escasez de azúcar en la despensa. Un par de ovejas muertas podrían impedir que los hijos de un hombre tuvieran zapatos para el invierno. En una mala racha, un granjero —se encogió de hombros— quizá no pueda pagar el arriendo, quizá tenga que matar al resto de su rebaño para alimentar a su familia.

George abrió mucho los ojos.

—En esto radica la ruina. —Harry asió el brazo del sofá, intentando explicar, intentando hacerle entender—. De ahí los hospicios.

—¡Ah...! Entonces la cosa es más grave de lo que yo sabía. —Ella se reclinó con un suspiro—. Supongo que debo actuar. —Miró a Harry aparentemente pesarosa.

Ya estaba, por fin. Harry se preparó para lo que seguiría.

La puerta principal se cerró de un portazo.

Lady Georgina ladeó la cabeza.

—¿Qué...?

Algo retumbó en el vestíbulo, y Harry se puso de pie de un brinco. Acaloradas voces y una pelea estaban cada vez más cerca. Se puso entre la puerta y lady Georgina. Movió su mano izquierda hacia la caña de su bota.

—La veré ahora, ¡maldito sea! —La puerta se abrió de golpe e irrumpió un hombre de rostro rubicundo.

Greaves lo seguía, jadeando, con la peluca torcida.

—Mi lady, lo siento mucho...

—Está bien —lo tranquilizó lady Georgina—. Puede marcharse.

Parecía que el mayordomo quería protestar, pero captó la mirada de Harry.

—Mi lady. —Hizo una reverencia y cerró la puerta.

El hombre se volvió y pasó de largo por delante de Harry con la mirada dirigida hacia lady Georgina.

—¡Esto no puede continuar, señora! Ya he tenido bastante. Si usted no puede controlar a ese bastardo al que ha contratado, yo mismo me ocuparé del asunto y será un gran placer hacerlo.

Empezó a avanzar: su rostro tosco y sonrojado contrastaba con su peluca blanca empolvada, y con sus puños cerrados y amenazantes junto a su cuerpo. Tenía prácticamente el mismo aspecto que aquella mañana de hacía dieciocho años. Los ojos marrones de pesados párpados eran bonitos incluso a su edad. Tenía los hombros y los brazos de un hombre corpulento; grueso, como un toro. Los años habían acortado su diferencia de estatura, pero él seguía siendo media cabeza más bajo. Y la mueca de desdén de sus gruesos labios... sí, sin duda, eso no había cambiado. Se llevaría consigo hasta su tumba el recuerdo de esa mueca.

Ahora el hombre estaba a su lado, sin prestarle atención, su mirada clavada únicamente en lady Georgina. Harry alargó su mano derecha; su brazo era una sólida barrera que interceptaba el paso del otro hombre. El intruso hizo ademán de atravesar la barrera, pero él se mantuvo firme.

—Pero ¿qué...? —El hombre dejó de hablar y miró fijamente la mano de Harry. Su mano derecha.

La mano a la que le faltaba un dedo.

Lentamente, el otro hombre levantó la cabeza y le miró a los ojos. El reconocimiento encendió su mirada.

Harry mostró sus dientes en una sonrisa, aunque nunca en su vida había estado menos divertido.

—Silas Granville. —Omitió el título nobiliario deliberadamente.

Silas se tensó.

—¡Maldito seas, Harry Pye!

Capítulo 3

No era de extrañar que Harry Pye nunca sonriera. La expresión de su rostro en ese momento bastaba para aterrorizar a un niño pequeño. A George se le cayó el alma a los pies. Había más bien esperado que todos los rumores sobre el señor Pye y lord Granville fuesen simplemente eso: historias inventadas para entretener a los granjeros aburridos. Pero a juzgar por las miradas de asco que los dos hombres estaban intercambiando, no sólo se conocían, sino que, ciertamente, tenían un desagradable pasado.

George suspiró. Esto complicaba las cosas.

—¡Si, canalla! ¿Cómo te atreves a mirarme después del vergonzoso destrozo que has ocasionado en mi finca? —Lord Granville gritó directamente a la cara del señor Pye, la saliva volaba.

Harry Pye no contestó, pero había en sus labios una sonrisa de increíble irritación. George hizo una mueca de disgusto. Casi podía solidarizarse con lord Granville.

—Primero las triquiñuelas en mis establos, los cabestros cortados, el pienso estropeado, los carruajes destrozados. —Lord Granville se dirigía a George, pero en ningún momento apartó los ojos del señor Pye—. ¡Después la matanza de ovejas! Únicamente en las últimas dos semanas mis granjeros han perdido más de quince buenos animales. Antes de eso, veinte. Y todo esto empezó cuando él volvió por esta región, contratado por usted, señora.

—Tenía unas referencias magníficas —musitó George.

Lord Granville se volvió en dirección a ella. George reculó, pero el señor Pye se movió pausadamente a la vez que el corpulento hombre, poniéndose siempre entre ellos. Su demostración de protección no hizo sino que enfurecer más a lord Granville.

—He dicho que ya basta. Exijo que despida a este... ¡este sinvergüenza! —lord Granville escupió la palabra—. Siempre acaba habiendo sangre. Como su padre antes que él, está entre los criminales más viles.

George inspiró.

El señor Pye no habló, pero un suave sonido emergió de sus labios contenidos.

¡Dios! Sonó como un gruñido. George se apresuró a hablar.

—Verá, lord Granville, creo que se ha precipitado bastante acusando al señor Pye. Al fin y al cabo, ¿tiene motivos para suponer que es mi administrador en lugar de otra persona quien está ocasionando los daños?

—¿Motivos? —Lord Granville dijo la palabra entre dientes—. ¿Motivos? Sí, tengo motivos. Hace veinte años el padre de este hombre me agredió. Por poco me mató; estaba completamente loco.

George enarcó las cejas. Le lanzó una mirada al señor Pye, pero éste había controlado su rostro con su acostumbrada impasibilidad.

—No veo por qué...

—Él también me agredió. —Lord Granville hundió un dedo en el pecho del administrador de fincas—. Se unió a su padre para tratar de asesinar a otro señor de la zona.

—Pero... —Ella miró a uno y otro hombre: el primero, la mismísima personificación de la ira, el otro, sin demostrar ninguna expresión en absoluto—, pero él apenas era adulto hace veinte años. Debía de ser un chico de... de...

—Doce años. —El señor Pye habló por primera vez desde que había pronunciado el nombre del otro hombre. Habló en voz baja, casi susurrando—. Y fue hace dieciocho años para ser exactos.

—Doce años son más que suficientes para asesinar a un hombre. —Lord Granville desechó la objeción con la palma de su mano—. Es por todos sabido que los canallas vulgares maduran temprano... lo mejor para que las sabandijas se reproduzcan. A los doce era tan hombre como lo es ahora.

George parpadeó ante esta ultrajante afirmación, hecha con una cara de absoluta seriedad y que, al parecer, lord Granville consideraba cierta. Miró de nuevo al señor Pye, pero en todo caso parecía aburrido. Era evidente que había oído esta acusación u otras muy parecidas con anterioridad. Se preguntó fugazmente con qué frecuencia había escuchado semejantes estupideces en su infancia.

Ella sacudió la cabeza.

—Sea como sea, mi lord, no parece que tenga pruebas concluyentes de la actual culpabilidad del señor Pye. Y realmente siento...

Lord Granville arrojó algo a los pies de lady Georgina.

—Tengo pruebas. —Su sonrisa fue sumamente detestable.

George frunció las cejas y contempló el objeto que había junto a la punta de su zapato bordado. Era una pequeña figura de madera. Se inclinó para cogerla, una pequeña figurilla de color melaza, no mayor que la base de su pulgar. Sus rasgos estaban parcialmente ocultos por el barro seco. Le dio la vuelta y frotó la suciedad. Apareció un erizo tallado con exquisita precisión. El artista había aprovechado hábilmente una mancha oscura de la madera para destacar las púas del dorso del diminuto animal. ¡Qué monada! George sonrió de placer.

Entonces fue consciente del silencio que había en la habitación. Levantó la vista y percibió el espantoso silencio con que el señor Pye miraba fijamente la talla de su mano. ¡Dios!, seguro que en realidad él no había...

—Creo que eso basta como prueba —afirmó lord Granville.

—¿Qué...?

—Pregúntele a él. —Granville señaló el erizo, e instintivamente George cerró los dedos como para protegerlo—. ¡Venga, pregúntele quién ha hecho eso!

Ella miró al señor Pye a los ojos. ¿Había un destello de pesar en ellos?

—Lo hice yo —confesó él.

George sostuvo con cuidado la talla entre sus dos manos y las acercó a su pecho. Su siguiente pregunta era inevitable:

—¿Y qué tiene que ver el erizo del señor Pye con sus ovejas muertas?

—Ha sido encontrado junto al cuerpo de un carnero en mi finca. —Los ojos de lord Granville contenían el brillo perverso del triunfo—. Esta misma mañana.

—Ya veo.

—De modo que como mínimo debe despedir a Pye. Redactaré los cargos y una orden para su arresto. Entretanto, estará bajo mi tutela. Al fin y al cabo, soy el corregidor de esta región. —Lord Granville estaba casi alegre por su victoria—. Quizá pueda prestarme a un par de fuertes criados.

—No lo creo. —George sacudió la cabeza pensativa—. No, me temo que, simplemente, eso no será así.

—¿Se ha vuelto usted loca, señora? Me ofrezco a solucionarle el problema... —Lord Granville dejó la frase a medias con impaciencia. Se dirigió hacia la puerta, agitando su mano—. Muy bien, me limitaré a regresar a mi finca a caballo y traeré a mis propios hombres para arrestar a este tipo.

—No, no lo creo —repuso George—. El señor Pye sigue siendo empleado mío. Debe dejarme manejar este asunto como yo considere oportuno.

Lord Granville se detuvo y se giró.

—Está usted loca. Me llevaré a este hombre al anochecer. No tiene derecho...

—Tengo todo el derecho —lo interrumpió George—. Éste es mi administrador, mi casa, mi *finca*. Y usted no es bienvenido en ella. —Dando rápidas y grandes zancadas, sorprendió a ambos hombres pasando junto a ellos antes de que pudieran oponerse. Abrió la puerta de golpe y siguió andando hacia el vestíbulo—. ¡Greaves!

El mayordomo debía de estar rondando cerca, porque apareció con asombrosa celeridad. Iba acompañado de los dos criados más corpulentos que George tenía a su servicio.

—Lord Granville ya se marcha.

—Sí, mi lady. —Greaves, el más perfecto de los mayordomos, no demostró ninguna satisfacción mientras se apresuraba a ofrecerle a lord Granville su sombrero y sus guantes, pero su paso era más enérgico que habitualmente.

—Se arrepentirá de esto. —Lord Granville sacudió la cabeza despacio, pesadamente, como un toro embravecido—. Me aseguraré de ello.

De repente el señor Pye estuvo al lado de George. Ella se imaginó que podía sentir su calor aun cuando él ni siquiera la rozaba.

—La puerta está por aquí, mi lord —anunció Greaves, y los criados se movieron para flanquear a lord Granville.

George contuvo el aliento hasta que las grandes puertas de roble se cerraron con un golpe. Entonces sacó el aire.

—Bueno, por lo menos está fuera de la mansión.

El señor Pye la rozó al pasar junto a ella.

—No he acabado de hablar con usted —le dijo George, irritada. El hombre podía al menos darle las gracias antes de irse—. ¿Adónde va?

—Tengo una serie de preguntas que necesitan respuesta, mi lady. —Hizo una ligera reverencia—. Prometo venir a verla mañana por la mañana. Cuanto tenga que decirme podrá decírmelo entonces.

Y se fue.

George abrió el puño lentamente y volvió a mirar el pequeño y delicado erizo.

—¿Y qué pasa si lo que tengo que decirle no puede esperar hasta mañana?

¡Maldito fuera Harry Pye y también esa bruja arrogante! Silas Granville espoleó a su capón negro para que galopara mientras dejaba atrás la verja de la Mansión Woldsly. El animal trató de respingarse ante el aguijonazo de las espuelas, pero él no estaba para tonterías. Tiró con crueldad de las riendas, hundiendo el bocado en los tiernos laterales de la boca del caballo hasta que el animal saboreó el cobre de su propia sangre. El capón se sometió.

¿Con qué fin protegía lady Georgina a Harry Pye? Él no tardaría mucho en volver, y cuando lo hiciera, se aseguraría de traer a un pequeño ejército. Ella no podría impedir que se llevase a Pye a rastras.

El capón titubeó ante el vado del arroyo que dividía sus tierras de la finca Woldsly. Aquí el arroyo era ancho y poco profundo. Silas espoleó al caballo, que se zambulló en el agua. Brillantes gotas de sangre se arremolinaron y mezclaron con la corriente, y fueron arrastradas río abajo. Las colinas ascendían a partir del arroyo, ocultando el camino de entrada a la casa Granville. En la vereda había un hombre a pie, que llevaba cestos en un yugo colgado sobre sus hombros. Se desplazó hacia un lateral al oír el ruido de los cascos del capón. Cuando Silas lo adelantó a caballo, el hombre se quitó el gorro. Él no se molestó en saludarlo.

Su familia había poseído estas tierras desde la época de los Tudor. Los Granville se habían casado, reproducido y muerto aquí. Algunos habían sido débiles y otros habían sido desmedidos con la bebida o las mujeres, pero eso no tenía importancia. Lo que importaba era la tierra, ya que la finca era el cimiento de su riqueza y de su poder; la base de su poder. Nadie (especialmente un administrador de tierras de baja ralea) pondría en peligro ese cimiento. No mientras la sangre aún palpitara en sus venas. La pérdida de dinero por las ovejas muertas en sus tierras era mínima, pero la pérdida de orgullo (de honor) era demasiado grande para soportarla. Él jamás olvidaría la insolencia total del joven rostro de Pye hacía casi veinte años. Incluso mientras le cortaban el dedo, el muchacho lo había mirado fijamente a los ojos y se había reído con desdén. Pye nunca se había comportado como debería hacerlo un granjero. Era importante que él hiciese una demostración de castigo contra Harry Pye por su afrenta criminal.

El caballo capón torció por la verja amurallada y Silas lo espoleó para que volviera a galopar. Coronó una pendiente y apareció la casa de los Granville. De granito gris, cuatro plantas de altura, con alas que formaban un cuadrado rodeando un patio interior, esa casa se erguía sobre el paisaje circundante. El edificio era imponente y de aspecto severo, concebido para decirle *aquí está la autoridad* a cualquiera que lo viera.

Silas avanzó a medio galope hasta la puerta principal. Frunció la boca con disgusto al ver la silueta de color carmesí y plata en los escalones.

—Thomas. Pareces un sodomita con ese atuendo. —Descabalgó y le lanzó las riendas a un caballerizo—. ¿Cuánto me han costado esas prendas en el sastre?

—Hola, padre. —El rostro de su hijo mayor se sonrojó—. La verdad es que no ha sido tan caro. —Thomas clavó los ojos en la sangre de los laterales de la boca del capón, que jadeaba. Se relamió los labios.

—¡Dios! Te has sonrojado como una niña. —Silas pasó rozando junto al chico—. Ven arriba y cena conmigo, señorito afeminado.

Sonrió burlón mientras su hijo titubeaba tras él. El chico no tenía muchas opciones, ¿verdad? No, a menos que por la noche le hubieran crecido un par de testículos. Silas entró en el comedor pisando con fuerza, perversamente contento al ver que la mesa no estaba puesta.

—¿Dónde demonios está mi cena?

Los sirvientes brincaron, las criadas corretearon y el mayordomo balbució disculpas. Enseguida estuvo la mesa puesta y ellos dos se sentaron a cenar.

—Come un poco de esto. —Con un tenedor Silas señaló la carne cruda en medio de un charco de sangre que estaba en el plato de su hijo—. Quizá te crezca pelo en el pecho. O en alguna otra parte.

Thomas aventuró una media sonrisa al oír el anzuelo que le había echado su padre y encogió un hombro nervioso.

¡Jesús! ¿Cómo se le había podido ocurrir en su día que la madre de este chico sería una buena progenitora? Su descendiente, el fruto de sus entrañas (cosa que nunca puso en duda, porque su difunta esposa no tuvo ánimos para ponerle los cuernos) estaba sentado frente a él y jugueteaba con su carne. Ese hijo había heredado su altura y sus ojos marrones, pero eso era todo. Su nariz demasiado larga, su boca de labios finos y su naturaleza endeble eran todo de su madre. Silas resopló con fastidio.

—¿Pudiste ver a lady Georgina? —Thomas había ingerido un mordisco de la ternera y la masticaba como si tuviese estiércol en la boca.

—¡Oh, sí! Vi a esa bruja arrogante. La vi en la biblioteca de Woldsly. Y a Harry Pye, ¡malditos sean sus ojos verdes! —Alargó el brazo para coger un panecillo.

Thomas dejó de masticar.

—¿Harry Pye? ¿El mismo Harry Pye que solía vivir aquí? ¿No un hombre diferente con el mismo nombre? Me refiero al administrador de lady Georgina.

—Sí, su *administrador*. —La voz de Silas se elevó en la última palabra con un afectado falsete. Su hijo se ruborizó de nuevo—. No seré capaz de olvidar esos ojos verdes en un futuro inmediato.

—Supongo que no.

Silas miró a su hijo con dureza, con los ojos entornados.

—¿Harás que lo detengan? —Thomas habló deprisa, con un hombro alzado.

—En cuanto a eso, tengo un ligero problema. —Silas levantó las comisuras de su labio superior—. Al parecer, lady Georgina no quiere que su administrador sea arrestado, niñata estúpida. —Tomó otro trago de cerveza—. No cree que la prueba sea lo bastante concluyente. Probablemente, al ser de Londres, el ganado muerto no le importe en absoluto, *mi* ganado muerto.

—¿La figurilla tallada no la convenció?

—No, no lo hizo. —Silas se sacó un poco de cartílago de entre sus dientes frontales—. En cualquier caso, es absurdo dejar que una mujer tenga tantas tierras. ¿Para qué las quiere? Probablemente le interesen más los guantes y el último baile de Londres que su finca. La anciana debió dejársela a un hombre. O hacer que ella se casara para que tuviera un marido que se ocupara de la finca.

—Tal vez... —Thomas vaciló—. Tal vez yo podría hablar con ella.

—¿Tú? —Silas echó atrás la cabeza y se rió hasta que se empezó a atragantar. A sus ojos asomaron lágrimas y tuvo que tomarse una copa.

Thomas estaba callado al otro lado de la mesa.

Silas se enjugó los ojos.

—No es que se te den bien las damas, ¿verdad, Tommy, mi chico? No eres como tu hermano, Bennet. A ese chico le hicieron la primera mamada cuando todavía estaba en edad escolar.

Thomas tenía la cabeza agachada. Sus hombros subían y bajaban con espasmos.

—¿Alguna vez has llegado a tener relaciones sexuales con una chica? —le preguntó Silas en voz baja—. ¿Alguna vez has tocado unas tetas suaves y grandes? ¿Alguna vez has olido el olor a pescado de un coño ardiente? —Se reclinó, manteniendo la silla en equilibrio sobre dos patas, y observó a su hijo—. ¿Alguna vez has metido tu polla en una mujer deseosa y la has follado hasta que chillara?

Thomas dio un respingo. Su tenedor resbaló de la mesa y cayó repiqueteando en el suelo.

Silas se sentó hacia delante. Las patas delanteras de su silla se apoyaron con un golpe.

—Suponía que no.

Thomas se levantó tan repentinamente que su silla cayó con estrépito.

—Bennet no está aquí, ¿verdad? Y probablemente no vaya a venir pronto.

Silas frunció la boca al oír aquello.

—Soy tu primogénito. Algún día estas tierras serán mías. Deja que intente hablar con lady Georgina.

—¿Por qué? —Silas ladeó la cabeza.

—Puedes ir allí y llevarte a Pye a la fuerza —dijo Thomas—. Pero es probable que no nos ganemos el cariño de ella. Y mientras sea nuestra vecina, es necesario que tengamos buenas relaciones. Él es únicamente su administrador. No me puedo creer que ella esté dispuesta a iniciar una pela por ese hombre.

—Sí, bueno, no creo que puedas empeorar las cosas. —Silas apuró su cerveza y dejó su copa con un fuerte ruido—. Te doy un par de días para que intentes hacer entrar en razón a esa mujer.

—Gracias, padre.

Silas hizo caso omiso del agradecimiento de su hijo.

—Y cuando fracases, si tengo que hacerlo echaré abajo las puertas de Woldsly y sacaré a Harry Pye arrastrándolo por el pescuezo.

Harry se estremeció mientras guiaba a su yegua zaina subiendo por el camino que conducía a su cabaña. Con sus prisas por interrogar a los granjeros de Granville esa mañana, no se había tomado la molestia de coger una capa. Ahora hacía rato que había anochecido, y las noches de otoño eran frías. Sobre su cabeza, las hojas de los árboles vibraban por el viento.

Debería haber esperado y dejar que lady Georgina le dijera lo que sea que fuese a decirle esta mañana. Pero el hecho de que alguien estuviese intentando enérgicamente implicarlo en los asesinatos de las ovejas lo había urgido a salir de la biblioteca. ¿Qué estaba pasando? Desde hacía semanas corrían malintencionados rumores apuntando a que él era el asesino. Cotilleo que había empezado prácticamente desde el momento en que se había encontrado la primera oveja muerta hacía un mes. Pero él le había quitado importancia a las habladurías. No se podía arrestar a un hombre por las habladurías. Las pruebas eran harina de otro costal.

Su cabaña se encontraba apartada del camino de acceso principal a la Mansión Woldsly, construida, sólo Dios sabía por qué, en un bosquecillo. Al otro lado del camino estaba la cabaña del guarda, una construcción mucho más grande. Podría haber echado al guarda y haberse quedado con la casa más grande nada más llegar a Woldsly. Al fin y al cabo, un administrador gozaba de más estatus que un simple guarda. Pero el hombre tenía esposa y familia, y la cabaña pequeña estaba más alejada del camino y escondida entre los árboles. Tenía más intimidad. Y él era un hombre que apreciaba su privacidad.

Saltó de la yegua y la condujo hasta el diminuto cobertizo que había pegado a la parte trasera de la cabaña. Harry encendió el farol que colgaba en el interior de la puerta y le sacó la silla y la brida al caballo. Un cansancio de cuerpo y de ánimo se instaló en sus extremidades. Pero cepilló con esmero a la yegua, le dio de beber y también una ración extra de avena. A temprana edad su padre le había inculcado la importancia de que uno cuide de sus animales.

Con una última palmadita a la yegua ya adormilada, cogió el farol y abandonó el cobertizo. Rodeó la cabaña por el trillado sendero hacia la puerta. Al aproximarse a la entrada principal, su paso vaciló. Una luz titilaba a través de la ventana de su cabaña.

Harry apagó el farol. Retrocedió hasta los matorrales que había junto al sendero y se acuclilló para pensar. A juzgar por el tamaño de la luz, parecía una sola vela. No se movía, así que probablemente estaba sobre la mesa del interior. Quizá la señora Burns la había dejado encendida. La esposa del guarda en ocasiones venía a limpiar y le dejaba comida hecha. Pero la señora Burns era una mujer ahorradora, y Harry dudaba que desperdiciase una vela (incluso una vela de sebo como las que él usaba) en una cabaña vacía.

Alguien lo esperaba dentro.

¿Y no era raro después de haber discutido con Granville esa misma mañana? Si pretendían agredirlo, seguramente habrían tomado la precaución de esperarlo a oscuras. Al fin y al cabo, él no había sospechado nada hasta que había visto la luz. De haber estado su cabaña a oscuras, habría entrado tan tranquilo y confiado como un cabrito recién nacido. Harry resopló en voz baja. De modo que *ellos*... quienesquiera que fueran... estaban muy seguros de sí mismos esperándolo en su propia casa. Suponían que aun con la luz tan obviamente visible a través de las ventanas, él sería lo bastante estúpido o temerario para entrar sin dudarlo.

Y quizá tuviesen razón.

Harry dejó el farol en el suelo, extrajo la navaja de su bota y se incorporó en silencio de su posición agazapada. Se movió con sigilo hasta la pared de la cabaña. Su mano izquierda sostenía la navaja junto a su muslo. En silencio avanzó rozando la pared de piedra hasta que llegó a la puerta. Asió el picaporte y lo abrió lentamente. Cogió aire y abrió la puerta de golpe.

—Señor Pye, había empezado a pensar que jamás vendría a casa. —Lady Georgina estaba arrodillada junto a su chimenea; parecía completamente impasible por su repentina entrada—. Me temo que soy un desastre encendiendo fuegos, de lo contrario habría preparado un poco de té. —Se levantó y se sacudió el polvo de sus rodillas.

—Mi lady. —Él se inclinó y pasó su mano izquierda por la parte superior de su bota para enfundar la navaja—. Naturalmente, es un honor tener su compañía, pero también estoy sorprendido. ¿Qué está haciendo en mi cabaña? —Harry cerró la puerta tras él y caminó hasta la chimenea, cogiendo la vela encendida a su paso.

Ella se apartó mientras él se acuclillaba junto al hogar.

—Me temo que detecto cierto sarcasmo en su tono.

—¿De veras?

—Mmm... Y se me escapa el motivo. Al fin y al cabo, ha sido usted quien me ha rehuido esta mañana.

La dama estaba resentida.

Los labios de Harry esbozaron una sonrisa mientras encendía el fuego ya preparado.

—Mis más humildes disculpas, mi lady.

—¡Uf! Todavía no he conocido a un hombre que fuera realmente humilde. —Por el sonido de su voz, lady Georgina estaba deambulando por la sala a sus espaldas.

¿Qué veía ella? ¿Qué le parecía este pequeña cabaña? Harry repasó mentalmente el interior de su cabaña: una mesa de madera y unas sillas, bien hechas, pero que a duras penas eran el lujo almohadillado de las salas de estar de la mansión. Un escritorio donde él guardaba los registros y libros de contabilidad de su trabajo. Una serie de estantes con diversos y toscos utensilios de cerámica de cocina: dos platos, dos tazas, un cuenco, una tetera, tenedores y cucharas, y una olla de acero. A un lado había un puerta sin duda abierta, de modo que ella pudo ver su estrecha cama, los colgadores que contenían su ropa y el tocador con la jofaina y la jarra de barro.

Él se puso de pie y se volvió.

Lady Georgina estaba escudriñando su habitación.

Harry suspiró en silencio y anduvo hasta la mesa. Sobre ésta había una cazuela tapada con un plato. Levantó el plato y echó un vistazo al interior de la cazuela. Estofado de cordero que le había dejado la señora Burns, ahora frío, pero aun así bienvenido.

Regresó junto a la chimenea para llenar el hervidor de hierro con agua y colgarlo sobre el fuego.

—¿Le importa si como, mi lady? Todavía no he cenado.

Ella se giró y lo miró fijamente como si su mente hubiese estado en alguna otra parte.

—Por favor, adelante. No quisiera que me acusara de impedirle comer.

Harry se sentó a la mesa y con una cuchara se sirvió un poco de estofado en un plato. Lady Georgina se acercó, miró con curiosidad lo que cenaba y luego caminó hasta la chimenea.

Él la observó mientras comía.

Ella examinó las tallas de animales que revestían la repisa.

—¿Ha hecho usted todos estos? —Señaló una ardilla con una nuez entre sus patas y lo miró de nuevo.

—Sí.

—Así es como lord Granville supo que usted había hecho el erizo. Había visto antes sus creaciones.

—Sí.

—Pero a *usted* no lo había visto, por lo menos durante largo tiempo. —Ella se giró totalmente para mirarlo.

«Una vida entera.» Harry se sirvió un poco más de estofado.

—No.

—Entonces, ¿tampoco había visto sus figurillas durante largo tiempo? De hecho, desde que era usted un niño. —Lady Georgina frunció las cejas mientras señalaba la ardilla—. Porque diga lo que diga lord Granville, a los doce años todavía no se es más que un niño.

—Tal vez. —El hervidor empezó a echar vapor. Harry se levantó, cogió la tetera marrón de su aparador y puso cuatro cucharadas de té. Cogió un trapo para levantar el hervidor del fuego. Lady Georgina se apartó a un lado y observó mientras él echaba el agua hirviendo.

—¿Tal vez, qué? —Ella arrugó la frente—. ¿A qué pregunta ha contestado realmente?

Harry dejó la tetera sobre la mesa y la miró por encima de su hombro.

—¿Cuál era realmente la pregunta? —Se sentó de nuevo—. Mi lady.

Ella parpadeó y dio la impresión de que reflexionaba. A continuación colocó la ardilla en su sitio y cruzó la sala hasta los estantes. Cogió las dos tazas y un paquete de azúcar, y llevó todo hasta la mesa. Se sentó frente a él y sirvió el té.

Harry se quedó inmóvil.

Lady Georgina le estaba preparando su té, en su propia casa, en su propia mesa, igual que haría una mujer de campo, atendiendo a su esposo tras un duro día de trabajo. No era en absoluto como esta mañana en la biblioteca de ella. Ahora mismo parecía una esposa. Lo cual era un pensamiento ridículo porque ella era la hija de un conde. Sólo que en ese momento no parecía una dama. No mientras le ponía azúcar en su taza y lo removía para él. Parecía únicamente una mujer; una mujer muy atractiva.

«¡Maldita sea!» Harry trató de obligar a su pene a bajar de nuevo, pero esa parte de su cuerpo nunca había atendido a razones. Probó el té e hizo una mueca de disgusto. ¿Habría otros hombres que tuvieran erecciones mientras tomaban una taza de té?

—¿Demasiado azúcar? —Ella miró con preocupación hacia la taza de Harry.

El té estaba bastante dulce para su gusto, pero no se le ocurriría decirlo.

—Está excelente, mi lady. Gracias por servírmelo.

—De nada. —Lady Georgina tomó un sorbo de su propio té—. Bien, en cuanto a cuál es realmente la pregunta... ¿Cómo exactamente conoció a lord Granville en el pasado?

Harry cerró los ojos. Estaba demasiado cansado para esto.

—¿Importa, mi lady? En cualquier caso, pronto me despedirá.

—¿Qué le ha hecho pensar eso? —Lady Georgina frunció las cejas. Entonces captó su mirada—. No pensará que *yo* creo que mató a esas ovejas, ¿verdad? —Abrió los ojos desmesuradamente—. Lo piensa.

Volvió a dejar su taza sobre la mesa con un brusco golpe seco. Parte del té se derramó por el borde.

—Sé que no siempre parezco muy seria, pero le ruego me disculpe por haberme comportado como una completa mentecata. —Lo miró con semblante ceñudo mientras estaba de pie, con los brazos en jarras como la reina guerrera Boadicea, aunque pelirroja. Todo lo que necesitaba era una espada y una cuadriga.

—¡Harry Pye, usted no ha envenenado a esas ovejas más de lo que podría haberlo hecho yo!

Capítulo 4

Como ocurría con los gestos solemnes, el fracaso fue considerable.

El señor Pye arqueó de pronto una sola ceja.

—Dado que sería sorprendente —dijo en ese tono tremendamente áspero— que usted, mi lady, pudiera jamás envenenar al ganado, debo de ser inocente.

—¡Ufff...! —Recuperando su dignidad, George caminó hasta la chimenea y fingió interesarse otra vez por las figurillas—. Todavía no ha contestado a mi pregunta. No crea que no me he dado cuenta.

Normalmente, en ese momento ella diría algo frívolo y estúpido, pero de algún modo con él simplemente no podía hacerlo. Resultaba difícil quitarse la máscara, pero no quería hacerse la boba con él. Quería que tuviera mejor concepto de ella.

Parecía muy cansado; las arrugas alrededor de su boca se habían intensificado y el viento le había desordenado el pelo. ¿Qué había estado haciendo toda la tarde para cansarse tanto? A George no se le pasó por alto el modo en que él había entrado en la cabaña, inesperadamente y medio acuclillado, sus ojos verdes desafiantes. Le había recordado un gato asilvestrado acorralado. Pero a continuación se había erguido introduciendo algo en su bota, y de nuevo volvió a ser su administrador flemático. Quizá George se hubiese imaginado la violencia que había visto en sus ojos, pero lo dudaba.

Harry Pye suspiró y apartó su plato.

—Mi padre se llamaba John Pye. Era el guardabosques de Silas Granville cuando yo era pequeño. Vivíamos en la finca de Granville, y crecí allí.

—¿En serio? —George se volvió hacia él—. ¿Cómo pasó de ser el hijo de un guardabosques a un administrador de fincas?

Él se tensó.

—Tiene mis referencias, mi lady, le aseguro...

—No, no. —Ella cabeceó con impaciencia—. No pretendía cuestionar sus credenciales. Es pura curiosidad. Tiene que reconocer que es un salto considerable. ¿Cómo lo hizo?

—Trabajando duro, mi lady. —Seguía con los hombros tensos.

George enarcó las cejas y esperó.

—A los dieciséis años conseguí un trabajo de guardabosques en una gran finca. El administrador de esa finca descubrió que yo sabía leer y escribir y sumar. Me contrató como una especie de aprendiz. Cuando hubo una vacante en una finca vecina más pequeña, me recomendó. —Se encogió de hombros—. Desde allí fui ascendiendo a base de esfuerzo.

Ella golpeteó la repisa de la chimenea con los dedos. La historia no debía de quedarse ahí. Pocos hombres de la edad del señor Pye gestionaban fincas tan grandes como la suya y, en cualquier caso, ¿cómo había recibido educación? Pero ese asunto podía esperar hasta más tarde. En este momento había cuestiones más acuciantes. Cogió un conejo y acarició su suave dorso.

—¿Qué pasó cuando tenía doce años?

—Mi padre y Granville tuvieron una pelea —dijo el señor Pye.

—¿Una pelea? —George devolvió el conejo a su sitio y cogió una nutria. Docenas de pequeñas tallas de madera atestaban la repisa, todas hechas con gran precisión. La mayoría eran animales salvajes, aunque reparó en un perro pastor. La fascinaban. ¿Qué clase de hombre tallaba semejantes cosas?—. Lord Granville aseguró que su padre intentó matarlo. Eso parece mucho más que una pelea.

—Mi padre lo golpeó. Solamente eso. —Habló despacio, como si eligiera las palabras con cuidado—. Sinceramente, dudo que su intención fuera matar a Granville.

—¿Por qué? —George dejó la nutria al lado del conejo y formó un pequeño círculo con una tortuga y una musaraña—. ¿Por qué atacó a su patrono y señor?

Silencio.

George esperó, pero Harry no respondió. Tocó un ciervo, apoyado sobre tres patas, la cuarta levantada como si fuese a huir.

—¿Y usted? ¿Quiso usted matar a lord Granville cuando tenía doce años?

De nuevo se hizo el silencio, pero al fin Harry Pye habló.

—Sí.

Ella soltó el aire lentamente. Un plebeyo, niño o no, podía ser colgado por intentar matar a un lord.

—¿Qué hizo lord Granville?

—Mandó azotarnos a mi padre y a mí.

Las palabras cayeron en el silencio como guijarros en un estanque. Frías. Simples. Revelaban la violencia con que unos azotes castigarían el cuerpo de un niño. Su alma.

George cerró los ojos. ¡Oh, Señor! «No pienses en ello. Forma parte del pasado. Céntrate en el presente.»

—Entonces sí tiene motivos para matar a las ovejas de la finca de lord Granville. —George abrió los ojos y los clavó en un tejón.

—Sí, mi lady, los tengo.

—¿Y esta historia es de conocimiento público en la comarca? ¿Saben otras personas que tiene semejante enemistad con mi vecino? —Colocó el tejón junto al ciervo. La cabeza de la pequeña criatura estaba levantada, mostrando los dientes. Eso la convertía en un enemigo formidable.

—Yo no oculté mi pasado ni quién era cuando regresé como administrador de Woldsly. —El señor Pye se puso de pie y acercó la tetera hasta la puerta. La abrió y arrojó a los arbustos el poso—. Hay algunos que recuerdan lo que sucedió hace dieciocho años. Fue un escándalo en aquel entonces. —De nuevo apareció su tono de sequedad.

—¿Por qué regresó usted a esta comarca? —inquirió ella, preguntándose si estaría buscando venganza de algún modo—. Parece una ligera coincidencia que trabaje en la finca que linda con aquella en la que creció.

Él titubeó con la tetera colgándole de una mano.

—No es ninguna coincidencia, mi lady. —Se dirigió intencionadamente hacia el aparador, de espaldas a ella—. Fui detrás de este trabajo en cuanto surgió. Como usted ha dicho, crecí aquí. Es mi hogar.

—¿No tuvo nada que ver con lord Granville?

—Bueno... —el señor Pye la miró por encima de su hombro, había un brillo de picardía en sus ojos verdes—, no me pareció mal que a Granville le molestara verme por aquí.

George notó que las comisuras de sus labios se levantaban.

—¿Todo el mundo sabe lo de sus tallas? —Con la mano señaló hacia la colección de animales.

Harry había sacado un barreño y jabón, pero se detuvo para lanzar una mirada a los animales que revestían la repisa de la chimenea.

—Probablemente no. Cuando vivía aquí de pequeño tan sólo hice unas cuantas tallas. —Se encogió de hombros y empezó a lavar las cosas del té—. Mi padre era conocido por sus tallas. Él me enseñó.

Lady Georgina cogió un trapo del estante, agarró una taza de té que el señor Pye había lavado y empezó a secarla. Él la miró de reojo, y ella creyó haberlo sorprendido. Bien.

—Entonces quienquiera que puso el erizo junto a la oveja muerta o lo conoce a usted de antes o ha estado en esta cabaña desde que usted se instaló.

Él sacudió la cabeza.

—Las únicas visitas que he tenido son del señor Burns y su esposa. Le pago un poco para que me limpie y me cocine de vez en cuando. —Señaló con el mentón la cazuela vacía que había contenido su cena.

George sintió una oleada de satisfacción. Harry Pye no había traído aquí a ninguna mujer. Pero luego frunció las cejas.

—Quizá se lo haya contado en confianza a una mujer con la que ha estado saliendo.

Ella contrajo la cara. No era el más sutil de los comentarios. ¡Dios!, él debía pensar que era una torpe. Sin mirar, George alargó una mano para coger otra taza de té y chocó con la mano de Harry Pye, cálida y resbaladiza por el jabón. Ella alzó la vista y se encontró con sus ojos esmeralda.

—No he salido con ninguna chica. No desde que entré a trabajar para usted, mi lady. —Harry cogió la cazuela para lavarla.

—¡Ah, bien! Bueno. Eso reduce un poco las posibilidades. —¿Podría parecer más boba si se esforzara?—. ¿Y sabe quién podría haber robado el erizo? Deduzco que lo cogieron de la repisa de su chimenea.

Harry Pye lavó la cazuela y levantó el barreño. Lo llevó hasta la puerta y tiró el agua con la que había lavado. Reparó en la puerta abierta.

—Cualquiera pudo haberlo cogido, mi lady. —Señaló el picaporte. No había cerrojo.

—¡Oh! —musitó George—. Eso *no* reduce las posibilidades.

—No, mi lady. —Él caminó con tranquilidad hacia la mesa, la lumbre iluminaba un lado de su cara y dejaba la otra mitad a oscuras. Sus labios sonrieron. ¿La consideraba divertida?

—¿Adónde ha ido esta mañana? —inquirió ella.

—Fui a interrogar a los granjeros que encontraron la oveja muerta y mi talla. —Se detuvo sólo a un palmo y medio de distancia de George.

Ella pudo sentir el calor de su pecho casi tocando el suyo. ¿Estaba Harry mirando fijamente su boca?

Lo estaba.

—Me preguntaba si uno de ellos había dejado el erizo. Pero eran hombres a los que no conocía, y me parecieron bastante honestos.

—Entiendo. —George tenía la garganta seca. Tragó saliva. Harry era su administrador, ¡por el amor de Dios! Lo que sentía no era en absoluto adecuado—. Bien. —George dobló el trapo y lo guardó en el estante—. Pues mañana tendremos que investigar un poco más.

—¿*Tendremos*, mi lady?

—Sí. Yo lo acompañaré.

—Esta misma mañana lord Granville la ha amenazado. —Harry Pye ya no contemplaba su boca. De hecho, la miraba a los ojos con el ceño fruncido.

George sintió una punzada de decepción.

—Necesitará mi ayuda.

—No necesito su ayuda, mi lady. No debería deambular por el campo mientras... —Dejó la frase inacabada porque de pronto lo asaltó un pensamiento—. ¿Cómo ha venido hasta mi cabaña?

«Ups.»

—¿Andando?

—¿Ha...? ¡Hay más de un kilómetro y medio desde aquí hasta Woldsly! —El señor Pye hizo una pausa y suspiró con fuerza de esa manera en que suspiran algunos hombres cuando una mujer dice algo especialmente estúpido.

—Andar es un buen ejercicio —explicó George con amabilidad—. Además, estoy en mi propia finca.

—Aun así, ¿me promete, por favor, no dedicarse a pasear sola, mi lady? —Sus labios se tensaron—. ¿Hasta que esto haya terminado?

—Muy bien, prometo no salir sola. —George sonrió—. Y, a cambio, usted puede prometer llevarme en sus investigaciones.

Harry Pye entornó los ojos.

George irguió la espalda.

—Al fin y al cabo, soy su jefa, señor Pye.

—Muy bien, mi lady. La llevaré conmigo.

No era el más cortés de los acatamientos, pero bastaría.

—Bueno, podemos empezar por la mañana. —George se puso la capa sobre sus hombros—. Sobre las nueve estaría bien. Iremos en mi calesa.

—Como usted desee, mi lady. —El señor Pye avanzó hacia la puerta de la cabaña precediendo a George—. La acompañaré andando hasta Woldsly.

—No será necesario. He pedido que me trajeran el carruaje alrededor de las nueve. Ya debería estar aquí.

Y efectivamente, cuando el señor Pye abrió la puerta, un lacayo esperaba con discreción en el sendero. El administrador de George observó al hombre. Debió de dar su aprobación, porque asintió con la cabeza.

—Buenas noches, mi lady.

—Hasta mañana por la mañana. —George se cubrió el pelo con la capucha—. Buenas noches.

Anduvo hacia el lacayo y después lanzó una mirada por encima de su hombro. Harry Pye permanecía de pie en el umbral de la puerta, su silueta recortada por la lumbre que había a sus espaldas.

George no pudo ver la expresión de su cara.

—¿Qué haces levantada tan temprano? —Violet miró fijamente a su hermana, ya vestida y corriendo escaleras abajo a las (retrocedió hasta su habitación para comprobar la hora) ocho de la mañana.

—¡Oh, hola querida! —George hizo un leve giro en las escaleras para mirar hacia ella—. Mmm..., simplemente voy a dar un paseo en calesa.

—¿A dar un paseo en calesa? —repitió Violet—. ¿Tú sola? ¿A las ocho de la mañana?

George bajó la barbilla, pero sus mejillas se estaban sonrosando.

—Me acompañará el señor Pye. Quiere enseñarme varias cosas de la finca. Arrendatarios y muros, y cosechas y cosas por el estilo supongo. Tremendamente aburrido, pero necesario.

—¡El señor Pye! Pero George, no puedes ir sola con él.

—¿Por qué no? Después de todo es el administrador de mi finca. Es su trabajo mantenerme informada sobre los asuntos de la propiedad.

—Pero...

—De verdad que debo irme, querida. El hombre es capaz de irse sin mí, si llego tarde. —Y tras eso, George casi corrió escaleras abajo.

Violet la siguió más lentamente, su frente fruncida, pensativa. ¿Qué tramaba George? No era posible que todavía confiara en su administrador, ¿verdad? No después de las acusaciones que había oído, no después de que lord Granville hubiera irrumpido ayer en la mansión. Quizá su hermana estaba intentando averiguar más cosas sobre el señor Pye por sí misma. Pero en ese caso, ¿por qué se había ruborizado?

Violet saludó con la cabeza a los criados mientras entraba en la salita donde se servía el desayuno. Tenía la habitación dorada y azul claro para ella sola; Euphie jamás se levantaba antes de las nueve de la mañana, ni siquiera en el campo. Fue hasta el aparador y se sirvió un bollo y una loncha de jamón ahumado, y a continuación se sentó a la bonita mesa dorada. Únicamente entonces reparó en la carta que había junto a su plato. La letra estaba particularmente inclinada hacia la izquierda.

—¿Cuándo ha llegado esto? —Se apresuró demasiado a tomar un sorbo de té y se quemó la boca.

—Esta mañana, mi lady —musitó uno de los criados.

Era una pregunta estúpida y no debería haberla formulado, pero se había demorado en abrir la carta. La cogió y la giró para abrir el sello con un cuchillo para la mantequilla. Inspiró hondo antes de desdoblar el papel y luego le costó soltarlo. Era importante que no revelara sus emociones delante de los criados, pero resultaba difícil. Sus peores temores se habían materializado. Había tenido dos meses de respiro, pero ahora eso se había acabado.

Él la había encontrado.

«Uno de los problemas con las mujeres, y hay muchos, es que no les importa demasiado entrometerse en los asuntos de un hombre.» Harry Pye recordó las palabras de su padre al ver el carruaje de lady Georgina a las ocho y media de la mañana siguiente.

No quería correr riesgos, su señora. Había conducido la vieja calesa hacia la parte del camino de acceso a Woldsly que cruzaba con el atajo a su cabaña. Era imposible que él huyera de la finca sin que ella lo viera. Y George llegaba media hora antes de su acordada hora de encuentro a las nueve en punto. Era casi como si ella hubiera temido que él intentara marcharse sin ella. Y dado que Harry había planeado exactamente eso, la aparición de ella fue aún más molesta.

—Buenos días. —Lady Georgina saludó alegremente con la mano.

Llevaba una especie de vestido rojo y blanco estampado que debería haber desentonado con su cabello pelirrojo, pero no lo hacía. En la cabeza llevaba un sombrero de ala ancha inclinado hacia abajo por delante y levantado por detrás, donde estaba su pelo concentrado. Lazos rojos en la copa del sombrero se agitaban con la brisa. Tenía un aspecto delicado y aristocrático, como si saliese a hacer un picnic al campo.

—Le he pedido al cocinero que prepare comida —anunció ella a medida que Harry se acercaba, confirmando los peores temores de éste.

Él evitó a tiempo dirigir la mirada hacia el cielo. «Que Dios me ayude.»

—Buenos días, mi lady.

Era otro día triste y gris. Sin duda les llovería antes de que transcurriera la mañana.

—¿Le gustaría conducir? —Lady Georgina se deslizó por el asiento para hacerle sitio.

—Si no le importa, mi lady. —Harry subió, haciendo que la calesa se balanceara sobre sus ruedas de gran tamaño.

—¡Oh, no! No me importa en absoluto. —Harry pudo sentir su mirada mientras cogía las riendas—. Naturalmente, puedo conducir yo; al fin y al cabo, es como he llegado hasta aquí esta mañana. Pero encuentro mucho más agradable contemplar el paisaje sin preocuparme de los caballos y el camino y todo eso.

—Desde luego.

Lady Georgina se sentó hacia delante, sus mejillas ruborizadas por el viento. Tenía los labios ligeramente separados como una niña que espera con ansia un dulce. Harry notó que una sonrisa se formaba en sus propios labios.

—¿Adónde iremos hoy? —inquirió ella.

Él clavó los ojos de nuevo en el camino.

—Quiero ir a ver a otro de los granjeros que ha perdido varias ovejas. Necesito averiguar qué mató a los animales exactamente.

—¿No fue un hierbajo venenoso?

—Sí —contestó Harry—. Pero ninguna de las personas con las que he hablado parecen saber de qué tipo, y podrían ser varias. El acónito es venenoso, aunque no abunda en estas zonas. Algunas personas cultivan belladona y dedaleras en sus jardines; ambas pueden matar a las ovejas y también a las personas. Y hay plantas comunes, tales como la atanasia, que crece en forma silvestre en los pastos y que puede matar a las ovejas, si la comen en suficiente cantidad.

—No tenía ni idea de que había tanto veneno creciendo en el campo. Es casi para echarse a temblar. ¿Qué usaban los Médicis?

—¿Los Médicis?

Lady Georgina movió inquieta sus pequeñas posaderas sobre el asiento del carruaje.

—Ya sabe, esos italiano deliciosamente horribles con los anillos venenosos que iban matando a cualquiera que los mirara con recelo. ¿Qué cree que empleaban?

—No lo sé, mi lady. —¡Cómo pensaba esta mujer!

—¡Oh! —Parecía decepcionada—. ¿Qué me dice del arsénico? Eso es muy venenoso, ¿verdad?

—Es venenoso, pero el arsénico no es una planta.

—¿No? Entonces, ¿qué es?

Harry no tenía ni idea.

—Una especie de concha marina que se muele hasta convertirla en polvo, mi lady.

Hubo una breve pausa mientras George pensaba en ello.

Harry contuvo el aliento.

Por el rabillo del ojo, la vio mirándolo de reojo.

—Eso se lo ha inventado.

—¿Mi lady?

—Esa historia de que el arsénico es una *especie de concha marina*. —Para imitarlo, bajó el tono de voz en las últimas palabras.

—Le aseguro —Harry siguió hablando con suavidad— que es una concha marina rosácea que únicamente se encuentra en el Mar Adriático. Los granjeros locales recogen las conchas con largos rastrillos y tamices. Anualmente hay un festival para celebrar la cogida. —Se esforzó para impedir que sus labios le temblaran burlones—. El Asalto Anual de Arsénico del Adriático.

Silencio (y, estaba bastante seguro), silencio de asombro tras oír eso. Harry sintió una oleada de orgullo. No todos los hombres podían lograr que lady Georgina se quedara sin habla.

Aunque no duró mucho.

—Tendré que vigilarlo de cerca, señor Pye.

—¿Mi lady?

—Porque es usted *perverso*. —Pero sus palabras temblaron como si apenas contuviese la risa.

Él sonrió. No se había sentido tan relajado en mucho, mucho tiempo. Hizo aminorar el ritmo del caballo cuando llegaron al riachuelo que separaba la finca de lady Georgina de las tierras de Granville. Escudriñó el horizonte. El suyo era el único vehículo que había en el camino.

—Estoy convencida de que lord Granville no cometería la imprudencia de atacarnos aquí.

Él le lanzó una mirada con las cejas levantadas.

Ella frunció el ceño impaciente:

—Lleva observando las colinas desde que nos hemos acercado al riachuelo.

¡Vaya, se había dado cuenta! Harry se recordó a sí mismo que no debía subestimarla, aun cuando jugara a ser una boba aristocrática.

—Granville tendría que estar loco para intentar un ataque. —Lo que no significaba que no lo estuviera.

Los segadores recogían cebada a su derecha. Normalmente los segadores cantaban mientras trabajaban, pero éstos lo hacían en silencio.

—Lord Granville tiene a sus empleados en el campo en un día nebuloso —constató lady Georgina.

Él apretó sus labios para omitir un comentario acerca de las prácticas agrícolas de Granville.

De pronto a George le sobrevino un pensamiento.

—No he visto a nadie en mis campos desde mi llegada a Woldsly. ¿Le preocupa que los granjeros puedan contraer fiebres intermitentes?

Harry la miró fijamente. «Ella no lo sabía.»

—Los cereales está aún demasiado húmedos para almacenarlos. Solamente un idiota ordenaría a los segadores que salieran en una mañana como ésta.

—Pero —ella frunció sus cejas— ¿no es necesario recogerlos antes de que hiele?

—Sí, pero si los cereales están mojados es totalmente inútil recogerlos. Simplemente se echarían a perder en los cajones de almacenaje. —Harry sacudió la cabeza—. Esos trabajadores están malgastando sus fuerzas con unos cereales que, de todas formas, se pudrirán.

—Ya veo. —Dio la impresión de que lady Georgina reflexionaba sobre eso durante unos instantes—. ¿Qué hará, pues, con la cosecha de Woldsly?

—No hay nada que hacer, mi lady, salvo rezar para que cesen las lluvias.

—Pero si la cosecha se estropea...

Él se irguió un poco en el asiento.

—Sus ingresos de la finca disminuirán considerablemente este año, me temo, mi lady. Si el tiempo despeja, quizás obtengamos todavía la mayoría de la cosecha, tal vez toda ella. Pero cada día que pasa disminuye esa probabilidad. Los arrendatarios de sus tierras necesitan esas cosechas para alimentar a sus familias, y también para pagarle a usted su cuota. A los granjeros no les sobrará mucho...

—¡No me refiero a eso! —Ahora lo miraba ceñuda, parecía ofendida—. ¿Me considera tan... *frívola* como para que me importen más mis ingresos que la capacidad de un arrendatario para alimentar a sus hijos?

A Harry no se le ocurrió nada que decir. Su experiencia era que todos los terratenientes se preocupaban ciertamente más de sus ingresos que del bienestar de la gente que trabajaba sus tierras.

Ella prosiguió:

—Naturalmente, los eximiremos del dinero del arriendo que me deban este año, si la cosecha sale mal. Y concederé préstamos asequibles a cualquier granjero que pueda necesitar uno para que le ayude a pasar el invierno.

Harry parpadeó, sobresaltado por una repentina ligereza en su corazón. La oferta de lady Georgina era más que generosa. Le había quitado una carga de sus hombros.

—Gracias, mi lady.

Ella bajó la vista hacia sus manos enguantadas.

—No me dé las gracias —contestó con brusquedad—. Debería haberme dado cuenta. Y lamento haberme enfadado con usted. Me avergüenza saber tan poco sobre mi propia finca. Debe de pensar que soy una idiota.

—No —dijo él en voz baja—, tan sólo una dama de ciudad.

—¡Ah..., señor Pye! —Ella sonrió, y a Harry le pareció que sentía calor en el pecho—. Siempre tan diplomático.

Coronaron una pendiente, y Harry aminoró el ritmo para torcer por un camino lleno de surcos. Esperaba que no perdieran una rueda en los baches. El camino conducía a la cabaña de un arrendatario, amplia y baja, con un techo de paja. Entonces hizo frenar al caballo y saltó de la calesa.

—¿Quién vive aquí? —preguntó lady Georgina mientras él iba hasta su lado para ayudarle a bajar.

—Sam Oldson.

Un terrier peludo salió corriendo de detrás de la construcción y empezó a ladrarlos.

—¡Sam! —chilló Harry—. ¡Está usted ahí, Sam! ¿Está en casa?

No estaba dispuesto a acercarse más a la cabaña con ese perro gruñendo con tal seriedad. Era un perro más bien pequeño, cierto, pero los pequeños eran más propensos a morder.

—¿Sí? —Un hombre corpulento que llevaba un sombrero de paja de segador salió del cobertizo—. ¡Cállate, perro! —le rugió al terrier que aún ladraba—. ¡Vete por ahí!

El perro escondió su rabo entre las piernas y se sentó.

—Buenos días. —Lady Georgina habló alegremente junto a Harry.

Sam Oldson se sacó el sombrero de la cabeza, dejando al descubierto una maraña de pelo moreno.

—Señora. No la había visto. —Se pasó una mano por el cabello, levantándolo aún más, y miró con impotencia hacia la cabaña—. Mi esposa no está en casa. Visitando a su madre está, de lo contrario estaría aquí fuera ofreciéndole una bebida y algo para comer.

—No pasa nada, señor Oldson. Hemos venido inesperadamente, lo sé. —Lady Georgina le sonrió.

Harry se aclaró la garganta.

—Le presento a lady Georgina Maitland, de Woldsly. —Se pensó mejor lo de presentarse a sí mismo, aunque Sam no era ningún estúpido. Ya estaba empezando a fruncir el ceño—. Hemos venido a preguntarle acerca de las ovejas que perdió. Las que fueron envenenadas. ¿Las encontró usted mismo?

—Sí. —Sam escupió sobre el polvo, junto a sus pies, y el terrier se encogió ante su tono de voz—. Fue hace poco más de dos semanas. Había enviado a mi hijo a traerlas y vino enseguida corriendo. Dijo que era mejor que fuese a verlo yo mismo. Allí estaban, tres de mis mejores ovejas hembra, tumbadas de lado con la lengua fuera y trozos de hojas verdes todavía en sus bocas.

—¿Sabe qué habían comido? —inquirió Harry.

—Perejil falso. —El rostro de Sam se volvió morado—. Algún hijo de puta había cortado perejil falso y se lo había dado de comer a mis ovejas. Y yo le dije a mi hijo, le dije, que cuando le pusiera las manos encima al maleante que había matado a mis ovejas, desearía no haber nacido nunca, lo desearía.

Hora de irse. Harry agarró a lady Georgina por la cintura y la subió al asiento del carruaje. Ella soltó un grito.

—Gracias. —Harry bordeó aprisa la parte frontal del carruaje, vigilando a Sam Oldson con la mirada. El perro había empezado a gruñir de nuevo.

—Oiga, ¿por qué está haciendo preguntas? —Sam empezó a caminar hacia ellos.

El perro se abalanzó hacia ellos y Harry saltó al carruaje y sujetó las riendas.

—Que pase un buen día, Sam.

Hizo girar la cabeza del caballo y lo puso a trotar camino abajo. A sus espaldas, Sam respondió algo no apto para los oídos de una dama. Harry hizo una mueca de disgusto y le lanzó una mirada a lady Georgina, pero ésta parecía más pensativa que contrariada. Quizá no hubiese entendido las palabras.

—¿Qué es el perejil falso? —preguntó ella.

—Es un hierbajo que crece en lugares húmedos, mi lady. Aproximadamente de la altura de un hombre con pequeñas flores blancas en la parte superior. Es un poco parecido al perejil o las zanahorias silvestres.

—Nunca había oído hablar de él. —Lady Georgina tenía las cejas fruncidas.

—Probablemente lo conozca por su otro nombre —dijo Harry—: Cicuta.

Capítulo 5

*S*abe que la primera vez que lo vi no me cayó bien? —comentó lady Georgina con indiferencia mientras la vieja calesa traqueteaba al pasar sobre un bache del camino.

Bajaban despacio por un sendero que conducía a la cabaña de Tom Harding. Éste había perdido dos ovejas la pasada semana. Harry tan sólo esperaba no estar tentando su suerte y la de lady Georgina, permaneciendo tanto tiempo en la finca de Granville. Apartó su atención de los pensamientos sobre la cicuta y las ovejas muertas, y la miró fijamente a ella. ¿Cómo se supone que debía contestar a una pregunta como ésa?

—Estaba usted tan rígido, era tan correcto. —Ella giró su sombrilla—. Y tuve la inconfundible sensación de que usted me miraba con desprecio como si yo tampoco le cayera especialmente bien.

Harry recordó la entrevista mantenida muchos meses antes en la residencia londinense de lady Georgina. Ella lo había hecho esperar en una bonita salita rosa durante más de una hora. Entonces entró de sopetón, hablándole como si ya se conocieran. ¿Le había dirigido él una mirada fulminante? No lo sabía, pero era probable. En aquel entonces ella se ajustaba a todas las expectativas que él tenía sobre una dama aristocrática.

Era curioso cómo había cambiado su manera de verla desde entonces.

—Seguramente es por eso por lo que a Violet le cae mal —dijo ella ahora.

—¿Qué? —Harry había perdido el hilo de la conversación. Otra vez.

Ella gesticuló con una mano.

—La dureza, la corrección que destila. Creo que por eso a Violet usted no le gusta mucho.

—Lo siento, mi lady.

—No, no, no es necesario que se disculpe. La culpa no es suya.

Harry arqueó una ceja.

—Es de nuestro padre. —Lady Georgina le lanzó una mirada y debió de detectar el desconcierto en su rostro—. Era severo y también terriblemente correcto. Seguro que usted le recuerda a él.

—¿Ha dicho ella que yo le recuerdo a su padre? ¿A un conde?

—No, por supuesto que no. Dudo que haya percibido el parecido superficial de una manera consciente.

Harry hizo una mueca.

—Me halaga que me compare con su padre, mi lady, superficialmente o no.

—¡Oh, Dios, y ahora está usando ese horrible tono áspero!

Harry le echó una mirada de sobresalto.

Ella abrió los ojos desmesuradamente.

—Cuando lo oigo, nunca sé si debería arrojarme por un acantilado o simplemente escabullirme en algún rincón e intentar volverme invisible.

Lady Georgina jamás podría volverse invisible. Al menos no para él. Harry olería su exótico perfume, aunque sólo fuera eso. Se enderezó.

—Le aseguro...

—No importa. —Ella lo interrumpió con un gesto de la mano—. Si alguien tiene que disculparse, ésa debería ser yo. Mi padre era un hombre temible, y no tenía derecho a compararlos a los dos.

¿Cómo contestar a eso?

—¡Ah...!

—No es que viésemos tanto a mi padre, naturalmente. Sólo una vez a la semana, en ocasiones menos, cuando la niñera nos hacía bajar para la inspección.

¿Inspección? Harry nunca entendería a los ricos.

—La verdad es que era de lo más aterrador. Yo nunca podía comer con anterioridad, de lo contrario corría el peligro de sacar la comida encima de sus botas, y *eso* sí que hubiera sido un horror. —George se estremeció al pensarlo—. Nos poníamos en fila, mis hermanos y yo, todos en una fila. Frotados, pulidos y en silencio, esperábamos a que nuestro padre diera su aprobación. Bastante, bastante angustioso, se lo aseguro.

Él le lanzó una mirada. A pesar de sus palabras el rostro de lady Georgina era afable, casi indiferente, pero no se le dio tan bien disimular la voz. Una semana antes Harry no lo habría notado, pero hoy detectó la tensión. Su padre debía de ser un auténtico bastardo.

Ahora lady Georgina miraba fijamente sus manos, entrelazadas sobre su regazo.

—Y, ¿sabe?, por lo menos nos teníamos los unos a los otros, mis hermanos y yo, cuando éramos inspeccionados. Pero Violet es la más pequeña. Tuvo que pasar sola por ello cuando los demás crecimos y nos marchamos.

—¿Cuándo murió el conde?

—Hace ya cinco años. Participaba en una cacería de zorros, estaba muy orgulloso de su criadero de perros zorreros, cuando su caballo frenó de golpe delante de un seto. El caballo se quedó atrás, pero mi padre salió volando y se desnucó. Ya estaba muerto cuando lo trajeron a casa. Mi madre sufrió un ataque de histeria y permaneció en cama el año siguiente entero. Ni siquiera se levantó para el funeral.

—Lo siento.

—Yo también. Sobre todo por Violet. Mi madre siempre ha estado delicada; eso dice ella. Dedica una gran cantidad de su tiempo a inventarse enfermedades y luego a pedir el más novedoso y absurdo tratamiento. —De repente George hizo una pausa y respiró.

Harry esperó, manejando las riendas mientras el caballo trotaba tomando una curva.

Entonces ella dijo en voz baja:

—Lo siento. Debe de pensar que soy terrible.

—No, mi lady. Creo que su hermana es afortunada por tenerla.

Entonces ella sonrió, esa intensa y amplia sonrisa que a él le ponía nervioso y le cortaba la respiración.

—Gracias. Aunque ahora mismo no sé si ella estaría de acuerdo con usted.

—¿Por qué dice eso, mi lady?

—No sé por qué exactamente —contestó ella despacio—. Pero me da la impresión de que algo anda mal. Está enfadada conmigo... no, no es así de simple. Está distante, como si me estuviese ocultando algo.

De esto no entendía nada, pero Harry lo intentó.

—Quizá simplemente sea que está saliendo del cascarón.

—Quizá. Pero Violet siempre ha sido una chica muy alegre y abierta, y hemos estado muy unidas. Siendo como es nuestra madre, bueno, he tenido que intervenir. Estamos más unidas que la mayoría de las hermanas. —Ella le sonrió con picardía—. Por eso estoy tan segura del motivo por el cual desconfía de usted.

—Sin duda tendrá razón en eso. —Habían llegado a una verja, y Harry hizo detener al caballo—. Pero se equivoca en lo otro.

—¿En qué?

Él ató las riendas y se levantó disponiéndose a saltar de la calesa.

—Usted nunca me ha caído mal, mi lady.

La clave del éxito de un picnic al aire libre estaba en los envases. George miró con detenimiento la cesta de mimbre y canturreó en señal de aprobación. Los alimentos blandos, como los pasteles de crema, por ejemplo, acababan indudablemente mal por mucho que la cesta se manejase con cuidado. Extrajo un poco de jamón ahumado y lo dejó en una tabla para cortar junto al queso y el pan crujiente. Si uno olvidaba utensilios importantes, es probable que acabara teniendo que partir las cosas con sus propias manos. Lady Georgina le pasó el sacacorchos al señor Pye. Asimismo era de suma importancia que los alimentos no se echaran a perder durante la jornada. A continuación sacó una tarta de pera. Y los pequeños detalles no debían ser olvidados para poder tener un picnic realmente espléndido. George extrajo un pequeño tarro de pepinillos en vinagre y suspiró de satisfacción.

—Simplemente adoro los picnics.

El señor Pye, que forcejeaba con el corcho de una botella de vino blanco, alzó la vista y le sonrió.

—Ya lo veo, mi lady.

Durante unos instantes, George sintió que se perdía en esa sonrisa, la primera sonrisa amplia que jamás había visto en el rostro de Harry.

El corcho salió con un suave «pop». El señor Pye sirvió una copa del líquido transparente y se la dio a ella. George tomó un sorbo, saboreando el trozo de tarta en su lengua, y luego dejó la copa sobre la manta en la que se habían sentado. Una mariposa blanca que había estado descansando en la manta levantó el vuelo.

—¡Mire! —George señaló el insecto—. Me pregunto de qué clase será.

—Es una mariposa de la col, mi lady.

—¡Oh! —Ella frunció la nariz—. ¡Qué nombre tan feo para una cosa tan hermosa!

—Sí, mi lady. —El tono de Harry era serio. ¿Se estaba riendo de ella?

El último granjero al que habían ido a ver no estaba en casa, y al alejarse de la solitaria cabaña ella había insistido en que pararan a comer. El señor Pye había encontrado una herbosa colina junto al camino. La vista desde lo alto de la colina era magnífica. Incluso en un día nublado como éste podían ver kilómetros a lo lejos, quizás hasta el siguiente condado.

—¿Cómo conocía este sitio? —inquirió ella mientras pinchaba pepinillos con un tenedor.

—Solía venir aquí de pequeño.

—¿Solo?

—A veces. De niño tenía un pequeño pony, y solía salir a pasear. Me preparaba un picnic, no tan espléndido como éste, por supuesto, pero suficiente para contentar a un chico durante todo el día.

George escuchó con el pepinillo clavado en el tenedor y sostenido en el aire.

—Eso suena fabuloso.

—Lo era. —Harry apartó la vista.

Ella miró su pepinillo con el ceño fruncido y a continuación se lo introdujo en la boca.

—¿Iba solo o había otros chicos de la zona acompañándolo? —George entornó los ojos por encima del hombro de Harry. ¿Era un hombre a caballo lo que subía por el camino?

—Normalmente iba con un amigo.

Sin duda, era un hombre a caballo.

—Me pregunto quién es ése.

Él se volvió para mirar a sus espaldas. Su espalda se tensó.

—¡Maldita sea!

—¿Sabe quién es?

El jinete se aproximaba, y a juzgar por sus estrechos hombros, no era lord Granville.

—Tal vez. —El señor Pye seguía mirando fijamente.

El jinete estaba ahora al pie de la colina. Levantó la vista hacia ellos.

—¡Maldita sea! —exclamó el señor Pye.

George sabía que debería haberse alarmado, pero daba la impresión de que él no se había dado cuenta de que había dicho una palabrota (dos veces) delante de ella. Dejó el tarro de pepinillos lentamente.

—Hola —saludó el hombre—. ¿Les importa que me una a ustedes?

Ella tuvo la sensación de que el señor Pye se disponía a contestar con una negativa a este saludo amistoso, de modo que respondió:

—En absoluto.

El hombre descabalgó, ató su caballo y empezó a subir la cuesta. George no pudo evitar fijarse en que, a diferencia de cuando el señor Pye había subido la colina, el hombre estaba jadeando en el momento en que se reunió con ellos.

—¡Vaya! Menuda subida, ¿eh? —Extrajo un pañuelo y se enjugó la sudorosa cara.

George lo miró fijamente con curiosidad. Vestía y hablaba como un caballero. Alto y de huesos largos, tenía una halagadora sonrisa en sus labios finos, y sus ojos castaños le resultaba familiares.

—Lamento importunarlos, pero he reparado en el carruaje y se me ha ocurrido presentarme. —Hizo una reverencia—. Thomas Granville a su servicio. ¿Y usted es...?

—Georgina Maitland. Éste es...

Pero el señor Granville la interrumpió:

—¡Ah...! Me lo imaginaba... o más bien es lo que *esperaba*. ¿Puedo? —Señaló la manta.

—Por favor.

—Gracias. —El señor Granville se sentó cuidadosamente—. De hecho, quería disculparme por el comportamiento de ayer de mi padre. Me ha dicho que la había ido a ver y que habían discrepado. Y conociendo a mi padre...

—Es muy amable por su parte.

—Además somos vecinos. —El señor Granville agitó la mano distraídamente—. He pensado que tiene que haber un modo de poder arreglar esto pacíficamente.

—¿Cómo? —La palabra del señor Pye cayó en la conversación, echándola por tierra.

George lo miró con dureza.

El señor Granville se giró para hablar, vio la cara del señor Pye y se puso a toser.

El señor Pye le dio una copa de vino.

—Harry —dijo el señor Granville con voz entrecortada cuando pudo respirar—. No me había dado cuenta de que eras tú hasta que he visto...

—¿Cómo —inquirió Harry Pye— pretendes arreglar el problema sin derramamiento de sangre?

—Tendrá que acabarse, por supuesto..., el envenenamiento de las ovejas, me refiero. Y los demás destrozos.

—Eso está claro, pero ¿cómo?

—Me temo que tendrás que marcharte, Harry. —El señor Granville levantó un hombro bruscamente—. Aun cuando reembolsaras el coste del ganado y los destrozos de los establos de mi padre, él no piensa dejar el tema. Ya sabes cómo es.

El señor Granville descendió la mirada hacia la mano derecha mutilada de Harry Pye, que descansaba sobre su rodilla. George siguió su mirada y sintió que una oleada de frío recorría su cuerpo cuando vio que Harry doblaba los dedos que aún tenía.

—¿Y si no me voy? —replicó el señor Pye con una voz terriblemente serena, como si estuviese preguntando qué hora era.

—No tienes alternativa. —El señor Granville miró a George, aparentemente en busca de apoyo.

Ella arqueó las cejas.

Thomas Granville se volvió de nuevo al señor Pye.

—Es para bien, Harry. No seré responsable de lo que ocurra si no te vas.

Harry Pye no contestó. Sus ojos verdes se habían vuelto glaciales.

Nadie habló durante un incómodo *lapsus* de tiempo.

De repente, el señor Granville dio un manotazo sobre la manta.

—¡Qué asco de bichos! —Levantó la mano y George vio que había aplastado la mariposa de la col.

Debió de emitir algún sonido.

Ambos hombres la miraron, pero fue el señor Granville el que habló:

—La mariposa. Salen de los gusanos que devoran los cultivos de hoja. Son repugnantes. Todos los granjeros las odian.

El señor Pye y ella permanecieron en silencio.

El señor Granville se ruborizó.

—Bien, debo irme. Gracias por la comida. —Se puso de pie y bajó la colina hasta su caballo.

Harry Pye lo observó mientras se iba, con los ojos entornados.

George miró hacia el tarro de pepinillos que estaba junto a su mano. Ya no le apetecían. Suspiró con tristeza. Un picnic perfecto estropeado.

—No le cae bien. —Lady Georgina arrugó la frente, con la vista clavada en la manta del picnic. Estaba intentando doblarla, pero se estaba haciendo un lío.

—¿Quién? —Harry se la quitó y la sacudió, después le dio las esquinas de un extremo.

—Thomas Granville, naturalmente. —Ella sostuvo su lado de la manta con desgana, como si no supiese qué hacer. ¿No había doblado nunca una sábana?—. Ha dicho una palabrota cuando lo ha visto, no pensaba invitarlo a que se uniera a nosotros y, cuando lo ha hecho, a duras penas se ha mostrado educado con él.

—No, Thomas Granville no me cae bien. —Harry retrocedió para tensar la manta, entonces juntó sus esquinas de forma que entre ellos quedó colgando un rectángulo. Ella le copió. Doblaron la manta una vez más y luego él caminó hacia delante para coger el extremo que ella sostenía. La miró a los ojos.

Estaban muy cerca.

—¿Por qué? ¿Qué le pasa con el señor Granville?

«Que es hijo de su padre.»

—No confío en él.

—Él lo conoce. —La cabeza de George estaba ladeada, como si fuese un tordo curioso—. Se conocían mutuamente.

—Sí.

Ella abrió la boca, y él esperaba más preguntas, pero George se limitó a cerrar los labios de nuevo. Recogieron el resto del picnic en silencio. Él le cogió la cesta, y bajaron hasta la calesa que los aguardaba. Harry guardó la cesta debajo del asiento y a continuación se volvió hacia ella, endureciendo sus rasgos. Últimamente le costaba más controlar sus emociones cuando ella estaba cerca.

Ella lo miró con unos pensativos ojos azules.

—¿Quién cree que está envenenando a las ovejas?

Él le rodeó la cintura con las manos.

—No lo sé. —Harry notó la rigidez de su corsé y debajo de eso, el calor. La subió a la calesa y la soltó antes de que ella pudiera percibir el deseo en su mirada. De un salto, subió junto a ella al asiento, y soltó las riendas.

—Quizá sea Thomas Granville —conjeturó lady Georgina.

—¿Por qué?

—¿Para que parezca que es usted quien comete el delito? ¿Para enfurecer a su padre? ¿Porque odia el olor de la lana mojada? No lo sé.

Harry podía sentir su mirada sobre él, pero mantuvo los ojos al frente mientras guiaba de nuevo al caballo hacia el camino. Si el conductor no prestaba atención, al caballo capón le gustaba jugar al despiste. Pensó en las palabras de George. ¿Thomas? ¿Por qué iba Thomas...?

Un sonido parecido al vapor escapándose de una cazuela con tapa salió de los labios de George.

—No es necesario que me culpe a mí de la arrogancia de ese hombre, ¿sabe? Ya le he dicho que yo no creo que usted matara a las ovejas.

Lo miraba con semblante ceñudo. ¿Qué había hecho él ahora?

—Lo siento, mi lady. Estaba pensando.

—Bien, pues procure pensar en voz alta. No me manejo bien en los silencios tensos. Me ponen nerviosa.

Los labios de Harry se curvaron con un espasmo.

—Recordaré eso.

—Hágalo.

Viajaron otros cuatrocientos metros en silencio antes de que ella volviese a hablar.

—¿Qué más hacía cuando era pequeño?

Él le dirigió una mirada.

Ella la captó.

—Seguro que puede contarme eso. No es posible que toda su infancia sea un secreto.

—No, pero no es muy interesante. Principalmente ayudaba a mi padre.

Ella se inclinó hacia él.

—¿Y...?

—Caminábamos por la finca, comprobábamos las trampas, vigilábamos que no hubiera cazadores furtivos. Eso es lo que hace un guardabosques. —Le sobrevino un recuerdo de las fuertes y curtidas manos de su padre colocando con delicadeza una trampa. Era curioso que pudiera recordar sus manos, pero no su rostro.

—¿Y encontraron a algún cazador furtivo?

—Sí, naturalmente. —Harry se alegró de que no le temblara la voz—. Siempre hay cazadores furtivos y Granville tenía más de los debidos porque era muy cruel con sus arrendatarios. Muchos cazaban furtivamente para comer.

—¿Qué hacía su padre? —La mano de lady Georgina, que había estado reposando en su regazo, se deslizó, descansando ahora junto al muslo de Harry.

Él mantuvo la mirada al frente y se encogió de hombros.

—Por lo general, hacía la vista gorda. Si cazaban demasiado, les decía que cazaran en otra parte.

—Pero eso le habría causado problemas con su patrono ¿no? Si lord Granville hubiera averiguado que su padre no estaba deteniendo a todos los cazadores furtivos.

—Tal vez. Si Granville lo hubiera averiguado. Pero resulta que no lo hizo. —Se había interesado por otros temas, ¿verdad?

—Me habría gustado conocer a su padre —comentó ella pensativa. Harry hubiera jurado que sentía sus dedos presionando contra la pierna.

Él la miró con curiosidad.

—¿De veras? ¿A un guardabosques?

—Sí. ¿Qué más hacía cuando era pequeño?

¿Qué quería de él? ¿Por qué todas estas preguntas y por qué la mano contra su pierna? Sentía como si los dedos de George le atravesaran ardientes sus pantalones hasta la piel que había debajo.

—Eso es casi todo, mi lady. Deambular por la finca, comprobar las trampas, buscar huevos de pájaros...

—¿Huevos de pájaros?

—Sí. —Harry le lanzó una mirada a George, después a su mano—. De pequeño solía coleccionarlos.

Ella tenía las cejas fruncidas y no pareció reparar en su mirada.

—Pero ¿dónde los encontraba?

—En los nidos. —George daba la impresión de que estaba aún perpleja, de modo que se explicó—: Hay que observar a los pájaros en primavera. Ver adónde van. Más tarde o más temprano, todos regresan a sus nidos. Las cornejas a las chimeneas, los chorlitos a los matorrales, las palomas a las copas de los árboles y los tordos a los nidos en forma de cuenco de las ramas de los setos. Hay que esperar y observar, y con paciencia, uno ve dónde están los huevos. Entonces se puede coger uno.

—¿Sólo uno?

Él asintió.

—Nunca más de uno, ya que mi padre decía que era un pecado robar todos los huevos de un nido. Yo observaba al pájaro y lenta, lentamente me acercaba a rastras hasta que podía coger un huevo. La mayoría de las veces tenía que esperar a que el pájaro abandonara el nido. Pero en ocasiones, si iba con cuidado, podía alargar la mano justo por debajo del pájaro...

—¡No! —Ella se rió de él, el rabillo de sus ojos azules se arrugó y de pronto a Harry le dio la impresión de que el corazón le daba un vuelco. Quizá no le importara realmente el motivo de sus preguntas con tal de que se las hiciera—. Ahora sí que me toma el pelo.

—Es verdad. —Él sintió que esbozaba una sonrisa—. Alargaba la mano por debajo del pájaro, notaba su pequeño cuerpo plumífero palpitante y caliente sobre mis dedos, y robaba un huevo directamente de su nido.

—¿En serio?

—En serio.

—Probablemente me engañe otra vez, señor Pye, pero por alguna razón le creo. —Ella sacudió la cabeza—. ¿Y después de eso qué hacía con los huevos? ¿Comérselos?

—¿Comérmelos? ¡Jamás! —Él abrió los ojos desmesuradamente en una mirada de exagerado horror que a ella pareció divertirla. Eso le gustó a Harry, y lo desconcertó. Esta absurda conversación no se parecía a ninguna otra que pudiese recordar. Los hombres lo tomaban completamente en serio. Las mujeres se sentían un tanto intimidadas por él; nadie se reía tontamente de sus palabras ni intentaba...

—Entonces, ¿qué hacía con los huevos? —La mirada de George era de nuevo burlona.

Harry por poco soltó una palabrota; estaba de lo más sorprendido. ¿Estaba lady Georgina (la hija de un *conde*, ¡por el amor de Dios!) flirteando con él?

Había perdido el juicio.

—Cogía un alfiler y hacía un diminuto agujero en cada extremo del huevo y lo dejaba secar. Junto a mi cama había un estante con una fila entera de huevos, marrones y blancos y de color azul pálido. Azules como... —Harry perdió el hilo. «Azules como sus ojos», quiso decir, pero de pronto recordó que esta mujer era su patrona y él su sirviente. ¿Cómo iba a olvidar ese hecho? Molesto consigo mismo, miró de nuevo al frente.

Ella no pareció notar su pausa.

—¿Todavía tiene los huevos? Me gustaría verlos.

Habían tomado una curva del camino y Harry vio que una maraña de ramas bloqueaban el paso. Un árbol había caído en sentido transversal al camino.

—¡Vaya! —Harry frunció las cejas. El camino de por sí apenas era lo bastante amplio para la calesa. Se las verían y desearían para dar la vuelta al carruaje. ¿Qué...?

Cuatro hombres salieron súbitamente de detrás de las ramas enmarañadas. Eran corpulentos, su aspecto era perverso y cada uno de ellos sostenía una navaja en la mano.

«Mierda.»

Capítulo 6

George chilló al tiempo que Harry Pye hizo un heroico intento por hacer girar al caballo. El camino era demasiado estrecho, y los hombres se abalanzaron sobre él en cuestión de segundos. El señor Pye le dio una patada al primero en el pecho con su pie enfundado en una bota. El segundo y el tercero cayeron sobre él y lo sacaron del carruaje a rastras. El cuarto le propinó un terrible golpe en la mandíbula.

«¡Oh, Dios mío!» Lo matarían. George sintió que un segundo chillido se le atascaba en la garganta. La calesa dio una sacudida cuando el caballo se medio encabritó. Estaba asustado e intentaba huir, el estúpido animal, aun cuando no tenía adónde ir. Desesperada, George se puso a buscar las riendas en el suelo de la calesa, soltando improperios en voz baja y golpeándose la cabeza contra el asiento.

—¡Cuidado! ¡Tiene una navaja!

Ésa no era la voz del señor Pye. George se aventuró a levantar la cabeza y, para su alivio, vio que Harry Pye ciertamente tenía una navaja. Sostenía una delgada y reluciente cuchilla en su mano izquierda. Incluso a esta distancia parecía bastante peligroso. Estaba agazapado en el camino en una extrañamente grácil posición de lucha, ambas manos frente a él. Además, daba la impresión de que sabía lo que hacía. A uno de los rufianes le sangraba la mejilla. Pero los otros tres formaban un círculo, intentando rodearlo, y el asunto no tenía buen aspecto.

La calesa dio otro bandazo. George perdió de vista la escena de la acción al caerse y golpearse el hombro con el asiento.

—¿Por qué no te quedas quieta, bestia estúpida? —musitó.

Las riendas se estaban deslizando hacia delante, y si se le escapaban, jamás conseguiría controlar la calesa. Los que peleaban proferían gritos y gruñidos, mezclados con el horrible sonido de los puños impactando en la carne. No se atrevía a levantar la vista de nuevo. Se sujetó al asiento con una mano para mantener el equilibrio y con la otra trató con esfuerzo de alcanzar las escurridizas riendas. «Casi.» Las yemas de sus dedos rozaron el cuero, pero el caballo dio una sacudida enviándola otra vez contra el asiento. Apenas mantuvo el equilibrio. ¡Si el caballo se limitara a quedarse quieto!

Un.

Segundo.

Más.

George se agachó y se levantó triunfalmente con las riendas. Rápidamente tiró de ellas, prestándole poca atención a la boca del caballo, y las ató al asiento. Se aventuró a lanzar una mirada. A Harry Pye le sangraba la frente. En el momento en que George miró, un asaltante se abalanzó sobre él por su derecha. El señor Pye se giró con un enérgico movimiento y le dio una patada al otro hombre en las piernas. El segundo agresor arremetió contra su brazo izquierdo. El señor Pye se retorció y realizó una especie de maniobra, demasiado deprisa para que ella la viera. El hombre gritó y se tambaleó hacia atrás con una mano ensangrentada. Pero el primer hombre aprovechó la distracción. Golpeó una y otra vez al señor Pye en el estómago. Harry gimió con cada puñetazo, doblándose e intentando valientemente blandir su navaja.

George accionó el freno del carruaje.

El tercer hombre y el cuarto avanzaron. El primero le dio un puñetazo más al señor Pye, y éste cayó de rodillas, tenía arcadas.

El señor Pye se moría.

«¡OhDiosmíoohDiosmíoohDiosmío!» George gateó bajo el asiento y extrajo un bulto envuelto en arpillera. Sacó la tela, cogió una de las dos pistolas de duelo con la mano derecha, la alzó con el brazo estirado, apuntó al hombre que estaba sobre el señor Pye, y disparó.

¡Pum!

El estallido por poco la dejó sorda. George entornó los ojos por el humo y vio que el hombre se alejaba haciendo eses y con la mano en el costado. ¡Le había dado al bastardo! Se estremeció de alegría sanguinaria. Los hombres que quedaban, incluido Harry Pye, se habían vuelto hacia ella con diversos grados de sobresalto y horror en sus expresiones. George levantó la segunda pistola y apuntó a otro hombre.

Éste dio un respingo y se agachó.

—¡Gorblimey! ¡Tiene una pistola!

Por lo visto la idea de que ella pudiera ser peligrosa ni se les había pasado por la cabeza.

Harry Pye se levantó, giró en silencio y le dio una cuchillada al hombre que tenía más cerca.

—¡Jesús! —gritó éste, llevándose una mano a su cara ensangrentada—. ¡Vámonos, chicos! —Los atacantes dieron media vuelta y se fueron corriendo por donde habían venido.

De pronto, en el camino reinó el silencio.

George oyó que la sangre corría por sus venas. Dejó con cuidado las pistolas en el asiento.

El señor Pye seguía mirando en la dirección por donde los hombres habían desaparecido. Debió de decidir que se habían ido, ya que bajó la mano que blandía la navaja e, inclinándose, la introdujo en su bota. Después se volvió hacia George. La sangre de la herida de la frente se había mezclado con el sudor y le había manchado un lado de la cara. Tenía mechones sueltos de su cola pegados a ella. Inhaló profundamente, las aletas de la nariz se inflaron mientras procuraba recuperar el aliento.

George se sentía extraña, casi enfadada.

Él caminó hacia ella, arrastrando las botas sobre las piedras del camino.

—¿Por qué no me dijo que había traído pistolas? —La voz de Harry era áspera y grave. Reclamaba una disculpa, una concesión, incluso sumisión.

George no tenía ganas de hacer nada de eso.

—Yo... —empezó a decir con firmeza, con vehemencia, incluso arrogancia.

No tuvo oportunidad de terminar porque él estaba frente a ella. La agarró por la cintura y la bajó bruscamente del carruaje. George se medio cayó sobre él. Puso las manos en los hombros de Harry para evitar perder el equilibrio. Él tiró de ella hacia sí hasta que sus senos quedaron absolutamente aplastados contra su pecho, lo cual, curiosamente, le resultó muy agradable. Entonces, George levantó la cabeza para preguntarle exactamente qué creía que estaba a punto...

¡Y él la besó!

Unos labios sensuales y firmes que sabían al vino que habían bebido en la comida. Se movían encima de los suyos con un ritmo insistente. Podía sentir cómo le pinchaba la incipiente barba de Harry y la lengua, deslizándose sobre el pliegue de sus labios hasta que ella los abrió y luego... *¡Guau!* Alguien gemía, y muy posiblemente fuese ella, porque nunca, nunca, *nunca* en toda su vida la habían besado así. La lengua de Harry estaba literalmente dentro de su boca, acariciando y tentando a la suya. George estaba a punto de derretirse; quizá ya se estuviera derritiendo, se sentía absolutamente húmeda. Y luego él atrajo su lengua hacia su propia boca y la succionó, y George perdió todo control y rodeó el cuello de Harry con sus brazos y le succionó a su vez la lengua.

Pero el caballo (estúpido, *estúpido* animal) eligió ese momento para relinchar.

El señor Pye apartó la cabeza con brusquedad. Miró a su alrededor.

—No me puedo creer que haya hecho esto.

—Ni yo —repuso George. Intentó que él bajara de nuevo la cabeza con el fin de que volviera a hacerlo.

Pero de repente Harry la levantó y la subió al asiento del carruaje. Mientras ella aún parpadeaba, él fue hasta el otro lado y se subió de un salto.

El señor Pye colocó la pistola todavía cargada en el regazo de George.

—Este lugar es peligroso. Podrían decidir volver.

—¡Oh!

Durante toda su vida a George le habían advertido que los hombres eran esclavos de sus deseos, que apenas contenían sus impulsos. Una mujer (una dama) debía ser muy, muy prudente en sus acciones para no encender la pólvora que era la libido de un hombre. Las consecuencias de la dejadez de una dama nunca se explicaban del todo, pero las insinuaciones eran ciertamente espantosas. George suspiró. ¡Qué desalentador encontrarse ahora con que Harry Pye era la excepción a la regla de la inestabilidad masculina!

Harry maniobró para girar la calesa, maldiciendo y siendo alternativamente zalamero con el caballo. Al fin, logró que éste diera la vuelta por donde habían venido y lo puso al trote rápido. Ella lo observó. La expresión de su rostro era seria. No había ni rastro de la pasión con la que la había besado hacía tan sólo unos instantes.

Bien, si él podía ser sofisticado, entonces ella también podía.

—¿Cree que lord Granville ha hecho que esos hombres nos atacaran, señor Pye?

—Únicamente me han atacado a mí. Pero, sí, podría ser lord Granville. Es lo más probable. —Harry parecía pensativo—. Pero Thomas Granville ha subido por el camino tan sólo unos minutos antes que nosotros. De haber trabajado para él, podría haber advertido a los asaltantes.

—¿Cree que está aliado con su padre, a pesar de sus disculpas?

El señor Pye sacó un pañuelo de un bolsillo interior y le enjugó suavemente la mejilla a George con una mano. El pañuelo se manchó de sangre. Él debía de haberle pasado su sangre al besarla.

—No lo sé, pero hay una cosa de la que estoy seguro.

George se aclaró la garganta.

—¿De qué, señor Pye?

Él guardó su pañuelo.

—De que ahora ya puede llamarme Harry.

Harry empujó para abrir la puerta de Cock and Worm y de inmediato se vio envuelto en humo. West Dikey, el pueblo más próximo a la Mansión Woldsly, era apenas lo bastante grande para preciarse de tener dos tabernas. La primera, White Mare, era un edificio de entramado de madera con unas cuantas habitaciones y podía considerarse una *posada*. Debido a ello, servía comidas y atraía a clientes de lo más respetables: viajeros de paso, comerciantes locales, e incluso a la alta burguesía.

La taberna Cock and Worm era adonde iba el resto de la gente.

Con una serie de salas deslucidas con vigas a la vista que habían sido causa de que más de un cliente se diera un tremendo golpe en la cabeza, Cock and Worm tenía unas ventanas permanentemente ennegrecidas por el humo de las pipas. Un hombre podía sentarse aquí con tranquilidad sin que su propio hermano lo reconociera.

Harry se abrió paso entre la multitud hasta la barra, pasando por delante de una mesa de obreros y granjeros. Uno de los hombres (un granjero llamado Mallow) alzó la vista y lo saludó con un movimiento de cabeza cuando él pasó. Harry le devolvió el saludo, sorprendido pero satisfecho. Allá por el mes de junio Mallow le había pedido ayuda para solventar una disputa que estaba manteniendo por culpa de la vaca de su vecino. La vaca no paraba de escaparse de su cercado y en dos ocasiones le había pisoteado las lechugas del huerto. Pues bien, Harry había solucionado el problema ayudando al anciano vecino a construir un nuevo cercado para su vaca. Pero Mallow era un hombre taciturno y nunca le había dado las gracias por las molestias que se había tomado. Entonces él dio por sentado que era un ingrato; obviamente, se había equivocado.

El pensamiento lo animó mientras llegaba hasta la barra. Esta noche Janie estaba trabajando. Era la hermana de Dick Crumb, el dueño de Cock and Worm, y a veces ayudaba en la barra.

—¿Sí? —masculló ella. Janie le habló al aire que había encima del hombro derecho de Harry. Con las uñas de los dedos tamborileaba con arritmia sobre la barra.

—Una pinta de cerveza bitter.

Ella dejó la cerveza delante de él, y Harry deslizó unos cuantos peniques sobre la deteriorada barra.

—¿Está Dick esta noche? —preguntó Harry en voz baja.

Janie estaba lo bastante cerca para oírlo, pero su rostro carecía de expresión. Había vuelto a tamborilear.

—¿Janie?

—Sí. —Ahora ella clavó los ojos en el codo izquierdo de Harry.

—¿Está Dick?

Ella se volvió y entró en la parte trasera.

Harry suspiró y encontró una mesa vacía junto a una pared. Con Janie resultaba difícil saber si había ido a decirle a Dick que él estaba allí, a buscar más cerveza o si simplemente se había ido harta de su pregunta. En cualquier caso, podía esperar.

Se había vuelto completamente loco, loco de atar. Harry tomó un sorbo de su cerveza y se enjugó la espuma de los labios. Era la única explicación de que hubiera besado a lady Georgina esta tarde. Había andado hacia ella, con la cabeza ensangrentada y dolor de barriga por los golpes. En absoluto era su intención besarla. Entonces, de algún modo ella había acabado en sus brazos, y nada en el mundo iba a impedir que la saboreara. Ni la posibilidad de que lo atacaran de nuevo. Ni el dolor de sus extremidades. Ni siquiera el hecho de que ella fuera una aristócrata, ¡Dios santo!, con todo lo que eso significaba para él y sus fantasmas.

Una locura. Simple y llanamente. No tardaría en correr por la calle principal, desnudo y mostrando su pene. Apesadumbrado, tomó otro sorbo. ¡Y qué escena tan magnífica sería, teniendo en cuenta el estado de su pene últimamente!

Él era un hombre normal. Había deseado a una mujer con anterioridad. Pero en aquellas ocasiones o se había acostado con ella, si estaba libre, o se había conformado con su mano, y listos. Nunca había tenido esta dolorosa sensación de desasosiego, un anhelo de algo que sabía perfectamente que no podía tener. Miró su jarra con el ceño fruncido. Quizá fuese el momento de pedir otra cerveza.

—Espero que esa mirada no vaya dirigida a mí, muchacho. —Dos jarras cayeron con fuerza frente a él, la espuma derramándose por sus bordes—. A ésta invita la casa.

Dick Crumb deslizó su barriga, cubierta por un delantal manchado, debajo de la mesa y tomó un sorbo de su jarra. Sus pequeños ojos de cerdito se cerraron de éxtasis mientras la cerveza bajaba por su garganta. Extrajo un trapo de franela y se enjugó la boca, la cara y la cabeza calva. Dick era un hombre voluminoso y sudaba constantemente; la bóveda desnuda de su cabeza brillaba de color rojo grasiento. Llevaba una diminuta coleta gris, hecha con los mechones grasientos de pelo que aún tenía pegados a los lados y la parte posterior de la cabeza.

—Janie me ha dicho que estabas aquí fuera —dijo Dick—. Hacía tiempo que no venías.

—Hoy me han atacado cuatro hombres. En la finca de Granville. ¿Sabes algo del asunto? —Harry levantó su jarra y observó a Dick por encima del borde. Hubo un ligero destello en sus ojos de cerdito. ¿Alivio?

—¿Cuatro hombres, dices? —Dick resiguió con el dedo un cerco de humedad sobre la mesa—. Tienes suerte de estar vivo.

—Lady Georgina llevaba un par de pistolas.

Las cejas de Dick se arquearon de pronto hasta donde debería haber estado el nacimiento de su pelo.

—¿Ah, sí? Entonces estabas con esa señora.

—Sí.

—Bien. —Dick se retrepó y levantó su rostro hacia el techo. Sacó el trapo de franela y empezó a enjugarse la cabeza.

Harry permaneció en silencio. Dick estaba pensando, y de nada serviría darle prisa. Tomó un sorbo de su cerveza.

—Verás —empezó a decir Dick inclinándose hacia delante—, los hermanos Timmons suelen venir por la noche, Ben y Hubert. Pero esta noche únicamente ha venido Ben, y cojeaba un poco. Me ha dicho que le ha dado una coz un caballo, pero eso no parece muy probable, ¿no crees?, porque los Timmons no tienen caballos. —Asintió triunfalmente y volvió a coger su jarra.

—¿Para quién trabajan los Timmons, lo sabes?

—Bi-en. —Dick alargó la palabra mientras se rascaba la cabeza—. Verás, son unos manitas, pero principalmente ayudan a Hitchcock, un arrendatario de Granville.

Harry asintió sin mostrar sorpresa.

—Granville estaba detrás de esto.

—Yo no he dicho eso.

—No, porque no ha hecho falta.

Dick se encogió de hombros y levantó su jarra.

—Entonces —dijo Harry en voz baja—, ¿quién crees que mató a las ovejas de Granville?

Dick, sorprendido mientras tragaba, se atragantó. De nuevo sacó el trapo de franela.

—En cuanto a eso —dijo entrecortadamente cuando pudo volver a hablar—, supuse como todo el mundo en esta zona que habías sido tú.

Harry entornó los ojos.

—¿De veras?

—Parecía lógico, por lo que Granville os hizo a ti y a tu padre.

Harry permaneció en silencio.

Lo cual debió de incomodar a Dick, que agitó la mano en el aire.

—Pero después de reflexionar un poco sobre ello, no me pareció apropiado. Conocí a tu padre, y John Pye jamás habría puesto en peligro el sustento de otro hombre.

—¿Ni siquiera en nombre de Granville?

—Tu padre era honesto, muchacho. No era capaz de matar a una mosca. —Dick levantó su jarra a modo de brindis—. Era honesto.

Harry permaneció en silencio mientras observaba cómo el otro hombre rendía su homenaje. A continuación se removió en el asiento.

—Si a mí me has descartado, ¿quién crees que está envenenando a las ovejas?

Dick frunció el ceño mirando el fondo de su jarra vacía.

—Como bien sabes, Granville es un tipo duro. Hay quienes dicen que el diablo cabalga sobre su espalda. Es como si sintiese feliz causando dolor a los demás. Aparte de con tu padre, la emprendió con más personas a lo largo de los años.

—¿Con quién?

—Un montón de hombres fueron expulsados de unas tierras que sus familias habían sembrado durante décadas. Cuando hay un mal año, Granville no hace concesiones a la hora de cobrar su dinero —comentó Dick lentamente—. Luego estuvo Sally Forthright.

—¿Qué pasó con ella?

—Era la hermana de Martha Burns, la esposa del guarda de Woldsly. Se dice que Granville se lió con ella, y la chica acabó muerta en un pozo. —Dick sacudió la cabeza—. No tenía más de quince años.

—Conociendo a Granville —dijo Harry escudriñando el fondo de su propia jarra—, probablemente haya muchas como ella en esta región.

—Sí. —Dick inclinó el rostro hacia un lado y lo enjugó con el trapo. Suspiró con fuerza—. Mal asunto. No me gusta hablar de eso.

—A mí tampoco, pero alguien está matando a esas ovejas.

De repente Dick se apoyó en la mesa. Su aliento impregnado de cerveza bañó a Harry mientras le susurraba:

—Entonces quizá deberías centrarte un poco más en la finca de Granville. Dicen que éste trata a su primogénito como si fuese un excremento en su té. El hombre debe de tener tu edad, Harry. ¿Te imaginas lo que un trato así le haría a tu alma después de treinta años?

—Sí —afirmó Harry—. Tendré presente a Thomas. —Apuró su jarra y la dejó en la mesa—. ¿No se te ocurre nadie más?

Dick cogió las tres jarras con una mano y se puso de pie. Titubeó:

—Podrías tratar de hablar con la familia de Annie Pollard. No sé qué paso ahí, pero fue malo, y Granville estaba en medio de ello. Y... ¿Harry?

Harry se había levantado y puesto el sombrero.

—¿Sí?

—Aléjate de las damas aristócratas. —Los ojos de cerdito miraban tristes y viejos—. No te convienen en absoluto, chico.

Era bien pasada la medianoche, la luna llena estaba suspendida en lo alto como una hinchada y pálida calabaza, cuando Harry atravesó las verjas de Woldsly aquella noche de madrugada. Lo primero que vio fue el carruaje de lady Georgina parado en el camino de acceso. Los caballos, dormidos, tenían la cabeza agachada, y el cochero le lanzó una mirada llena de rabia cuando él torció por el sendero que conducía a su cabaña. Era evidente que el hombre llevaba un buen rato esperando.

Harry sacudió la cabeza. ¿Qué hacía ella en su cabaña, por segunda noche consecutiva? ¿Estaba decidida a acosarlo y llevarlo prematuramente a la tumba? ¿O lo veía a él como algo con lo que divertirse aquí en el campo? El último pensamiento le hizo fruncir el entrecejo mientras llevaba a su yegua al cobertizo. Aún fruncía el ceño cuando entró en su cabaña. Pero la escena que vieron sus ojos lo hizo detenerse y suspirar.

Lady Georgina estaba dormida en su silla de respaldo alto.

Junto a ella, el fuego se había reducido a unas incandescentes ascuas. ¿Se lo había encendido el cochero o esta vez lo había conseguido hacer ella sola? Su cabeza estaba inclinada hacia atrás, su largo y delgado cuello confiadamente expuesto. Se había tapado con una capa, pero ésta se había escurrido formando un sedoso charco a sus pies.

Harry volvió a suspirar y recogió la capa, colocándola suavemente sobre lady Georgina. Ella no se movió para nada. Él se quitó su propia capa, la colgó en un colgador junto a la puerta y se acercó a atizar las ascuas. En la repisa de la chimenea, los animales tallados habían sido colocados de dos en dos, unos de cara a otros como si estuvieran bailando un reel escocés. Los miró fijamente unos instantes, preguntándose cuánto tiempo llevaría ella esperando. Puso más leña en el fuego y se incorporó. A pesar de la hora y de haberse bebido dos pintas, no estaba soñoliento.

Fue hasta los estantes, bajó una caja y la llevó hasta la mesa. En su interior había una pequeña navaja con empuñadura de nácar y un trozo de madera de cerezo de aproximadamente el tamaño de medio palmo suyo. Se sentó frente a la mesa y le dio la vuelta a la madera en sus manos, frotando las vetas con un pulgar. En un principio tenía pensado tallar un zorro (la madera era del color naranja rojizo de la piel de un zorro), pero ahora no estaba seguro. Cogió la navaja y realizó el primer corte.

El fuego crepitó y cayó un leño.

Al cabo de un rato, Harry levantó los ojos. Lady Georgina lo observaba; su mejilla era acunada por la palma de una mano. Sus ojos se encontraron y él desvió de nuevo la vista hacia la talla.

—¿Es así como las hace todas? —Su voz era grave y gutural tras el sueño.

¿Hablaba así por las mañanas, acostada en sus sábanas de seda, con su cuerpo tibio y húmedo? Harry desechó el pensamiento y asintió.

—Es una bonita navaja. —Lady Georgina cambió de posición para mirarlo de frente, cruzando sus pies sobre la silla—. Mucho más bonita que la otra.

—¿Qué otra?

—La de aspecto repugnante que tiene en su bota. Ésta me gusta más.

Él realizó un corte superficial y una viruta rizada de madera cayó sobre la mesa.

—¿Se la dio su padre? —Ella hablaba lentamente, soñolienta, y él se excitó.

Harry abrió el puño y contempló la empuñadura nacarada, recordando.

—No, mi lady.

Al oír eso, ella levantó un poco la cabeza.

—Creía que yo lo iba a llamar Harry y que usted podría llamarme George.

—Yo no dije eso.

—Pues no es justo. —Lady Georgina frunció las cejas.

—La vida es rara, mi lady. —Él se encogió de hombros, tratando de aliviar la tensión. Naturalmente, la tensión estaba sobre todo en sus testículos, no en sus hombros. Y, con toda seguridad, encogerse de hombros no aliviaría sus testículos.

Ella lo miró fijamente un minuto entero y a continuación se volvió para mirar la lumbre.

Harry notó en qué momento dejaba ella de mirarlo.

Lady Georgina inspiró.

—¿Recuerda el cuento de hadas que le conté, el del leopardo encantado que en realidad era un hombre?

—Sí.

—¿Mencioné que llevaba un collar de oro en el cuello?

—Sí, mi lady.

—¿Y que en el collar había una diminuta corona con una esmeralda? ¿Se lo dije? —Lady Georgina se había vuelto de nuevo hacia él.

Él arrugó el entrecejo concentrado en su madera de cerezo.

—No me acuerdo.

—En ocasiones olvido los detalles. —Ella bostezó—. Bien, en realidad era un príncipe y en su collar había una diminuta corona con una esmeralda, del mismo color verde que los ojos del Príncipe Leopardo...

—Eso no estaba en el cuento anterior, mi lady —intervino él—. El color de sus ojos.

—Acabo de decirle que en ocasiones olvido los detalles. —Lady Georgina parpadeó con expresión inocente.

—Ya. —Harry empezó a tallar otra vez.

—En cualquier caso, el joven rey había enviado al Príncipe Leopardo a arrebatarle el Caballo de Oro al ogro malvado. Recuerda esa parte, ¿verdad? —No esperó a obtener respuesta—. De modo que el Príncipe Leopardo se convirtió en un hombre y sostenía la corona con la esmeralda en su collar de oro...

Harry levantó la vista cuando ella perdió el hilo.

Lady Georgina miraba fijamente al fuego y golpeteaba sus labios con un dedo.

—¿Ha supuesto que eso es lo *único* que llevaba puesto?

¡Oh, Dios, acabaría con él! Su pene, que había empezado a relajarse, se irguió de nuevo.

—Me refiero a que, si antes era un leopardo, no es muy factible que fuera vestido, ¿verdad? Y luego, cuando se convirtió en un hombre, bien, supongo que tendría que estar desnudo ¿no?

—Sin duda. —Harry se removió en su silla, contento de que la mesa ocultara su regazo.

—Mmm... —Lady Georgina reflexionó unos instantes más, y luego cabeceó—. Así que allí estaba él de pie, evidentemente desnudo, agarrando la corona, y dijo: «Deseo una armadura impenetrable y la espada más fuerte del mundo». ¿Y qué cree que sucedió?

—Obtuvo la armadura y la espada.

—Bueno, sí. —A lady Georgina parecía molestarle que él hubiese adivinado lo que cualquier niño de tres años podría adivinar—. Pero no eran armas normales. La armadura era de oro puro y la espada estaba hecha de cristal. ¿Qué le parece eso?

—Me parece que no es muy práctico.

—¿Qué?

—Apuesto a que esta historia se la inventó una mujer.

Ella lo miró enarcando las cejas.

—¿Por qué?

Harry se encogió de hombros.

—La espada se rompería nada más blandirla, y la armadura cedería incluso a un golpe flojo. El oro es un metal blando, mi lady.

—No había pensado en eso. —Ella golpeteó de nuevo sus labios.

Harry continuó tallando. «Mujeres.»

—Debían de estar encantadas, también. —Lady Georgina apartó el problema de los pertrechos defectuosos—. De modo que el Príncipe Leopardo fue y consiguió el Caballo de Oro...

—¿Qué? ¿Así sin más? —Él la miró con fijeza, una extraña sensación de frustración le inundaba el pecho.

—¿A qué se refiere?

—Entonces, ¿no hubo una gran pelea? —Harry gesticuló con la madera en la mano—. ¿Un forcejeo a muerte entre este Príncipe Leopardo y el ogro malvado? El ogro debía de ser un tipo duro; otros debían de haber intentado arrebatarle antes su trofeo. ¿Qué hacía a nuestro protagonista tan especial como para poderlo vencer?

—La armadura y...

—Y la estúpida espada de cristal. Sí, de acuerdo, pero debía de haber otros que tuviesen armas mágicas...

—¡Es un Príncipe Leopardo encantado! —Ahora lady Georgina estaba enfadada—. Es mejor y más fuerte que todos los demás. Podría haber derrotado al ogro malvado de un solo golpe. Estoy convencida.

Harry sintió subir el calor a su rostro, y sus palabras brotaron con demasiada rapidez.

—Si es tan poderoso como para hacer eso, mi lady, entonces, ¿por qué no se libera a sí mismo?

—Yo...

—¿Por qué no simplemente se aleja de reyes malcriados y tareas absurdas? ¿Por qué está siquiera sumido en la esclavitud? —Tiró su talla. La navaja fue brincando por toda la mesa y cayó al suelo.

Lady Georgina se agachó para cogerla.

—No lo sé, Harry. —Entonces le ofreció a él la navaja sobre la palma de su mano extendida—. No lo sé.

Él ignoró su mano.

—Es tarde. Creo que será mejor que se vaya ya a su finca, mi lady.

Ella dejó la navaja en la mesa.

—Si no fue su padre quien le dio esto, entonces ¿quién lo hizo?

Lady Georgina formulaba todas las preguntas equivocadas. Todas las preguntas que él no contestaría, que *no podía* contestar, ni a sí mismo ni a ella, y aun así no paraba. ¿Por qué jugaba a este juego con él?

En silencio, Harry cogió la capa de George y la sostuvo para ella. Ésta lo miró a la cara y luego se giró con el fin de que él se la pusiera sobre los hombros. El perfume de sus cabellos le llegó a él a la nariz, y cerró los ojos sintiendo algo muy parecido a la agonía.

—¿Volverá a besarme? —susurró ella. Seguía de espaldas a él.

Él retiró sus manos.

—No.

Pasó por delante de ella a zancadas y abrió la puerta. Debía tener las manos ocupadas para no sujetar a lady Georgina y atraer su cuerpo hacia el suyo propio y besarla hasta que no hubiera mañana.

Sus miradas se encontraron, y los ojos de George eran unos profundos pozos azules. Un hombre podía sumergirse en ellos sin importarle en absoluto en qué momento se ahogaría.

—¿Ni siquiera si yo quiero que me bese?

—Ni siquiera entonces.

—Muy bien. —Lady Georgina pasó junto a él y salió a la noche—. Buenas noches, Harry Pye.

—Buenas noches, mi lady. —Harry cerró la puerta y se apoyó en ella, respirando el rastro de su perfume suspendido en el aire.

A continuación se enderezó y se alejó de la puerta. Tiempo atrás se había quejado del orden de las cosas que lo consideraba a él inferior a hombres carentes de inteligencia y de ética. No había tenido importancia.

Ya no se quejaba del destino.

Capítulo 7

*T*iggle, ¿por qué crees que los caballeros besan a las damas? —George se ajustó la pañoleta de gasa metida en el escote de su vestido.

Hoy llevaba un vestido de color limón con estampado de pájaros turquesa y escarlata. Minúsculos volantes de color escarlata recubrían el escote cuadrado, y de los codos caían cascadas de encaje. El atuendo entero era simplemente delicioso, como ella misma diría.

—Sólo hay una razón por la que un hombre besa a una mujer, mi lady. —Tiggle tenía varias horquillas entre los labios mientras le arreglaba el pelo a George, y sus palabras no se entendían del todo—. Porque quiere acostarse con ella.

—¿Siempre? —George arrugó la nariz mirándose en el espejo—. Me refiero a que, ¿no es posible que bese a una mujer simplemente para demostrar, no sé, amistad o algo?

La doncella resopló y colocó una horquilla en el peinado de George.

—No es muy probable. No, a menos que considere que el sexo forma parte de la amistad. No, tenga presentes mis palabras, mi lady: la mejor mitad de la mente de un hombre se dedica a pensar en cómo conseguir llevarse a una mujer a la cama. Y el resto... —Tiggle retrocedió para examinar su creación— probablemente al juego y a los caballos, o cosas así.

—¿En serio? —George se distrajo pensando en todos los hombres que conocía, mayordomos, cocheros, sus hermanos, vicarios, caldereros, y toda suerte de hombres, entregados a pensar principalmente en el sexo—. Pero ¿qué pasa con los filósofos y los hombres de letras? Es evidente que dedican bastante tiempo a pensar en otra cosa.

Tiggle sacudió la cabeza.

—Cualquier hombre que no piense en el sexo es que tiene algún problema, mi lady, sea filósofo o no.

—¡Oh! —George empezó a colocar las horquillas que había sobre el tocador formando un dibujo en zigzag—. Pero ¿qué pasa si un hombre besa a una mujer y luego se niega a volverlo a hacer? ¿Aun cuando se lo anime a ello?

Hubo un silencio a sus espaldas. George levantó la vista para encontrar la mirada de Tiggle en el espejo.

La doncella tenía dos arrugas en el entrecejo que antes no habían estado allí.

—Entonces debe de tener una muy buena razón para no besarla, mi lady.

George dejó caer los hombros con brusquedad.

—Naturalmente, según mi experiencia —Tiggle habló con cautela— los hombres pueden ser persuadidos para que besen y hagan otras cosas con una facilidad tremenda.

George abrió los ojos desmesuradamente.

—¿De verdad? ¿Incluso aunque se muestren... reacios?

La doncella asintió una vez con la cabeza.

—Incluso contra su propia voluntad. Bueno, no pueden evitarlo los pobrecillos, ¿verdad? Simplemente están hechos así.

—Ya veo. —George se puso de pie y, con impulsividad, abrazó a la otra mujer—. Tus conocimientos son de lo más interesante, Tiggle. No te imaginas lo útil que ha sido esta conversación.

Tiggle parecía alarmada.

—Pero tenga cuidado, mi lady.

—¡Oh, lo tendré! —George salió de su habitación.

Bajó corriendo las escaleras de caoba y entró en la soleada salita donde se servía el desayuno. Violet ya estaba bebiendo té sentada a la mesa dorada.

—Buenos días, cariño. —George fue hasta el aparador y le complació ver que el cocinero había hecho arenques ahumados con mantequilla.

—¿George?

—¿Sí, querida? —Con unos arenques la mañana empezaba como la seda. Si había arenques, el día nunca podía ser del todo malo.

—¿Dónde estuviste anoche?

—¿Anoche? Estuve aquí ¿no? —Se sentó frente a Violet y cogió su tenedor.

—Me refiero a antes de que volvieras. A la una en punto de la madrugada, debería añadir. —La voz de Violet era un tanto estridente—. ¿Dónde estabas entonces?

George suspiró y bajó el tenedor. Pobres arenques.

—Salí a hacer un recado.

Violet miró a su hermana de un modo que a George le recordó una institutriz del pasado. Aunque una persona así habría superado con creces la década de la cincuentena. ¿Cómo podía, entonces, una chica que difícilmente había finalizado su etapa escolar lograr una expresión tan adusta?

—¿Un recado a medianoche? —inquirió Violet—. ¿Qué podías estar haciendo?

—Fui a consultarle al señor Pye, por si te interesa, querida, sobre las ovejas envenenadas.

—¿El señor Pye? —chilló Violet—. Pero ¡si el señor Pye es quien está envenenando a las ovejas! ¿Qué es lo que necesitas consultarle?

George miró atónita, sorprendida ante la vehemencia de su hermana.

—Bueno, ayer entrevistamos a uno de los granjeros y nos dijo que el veneno empleado era cicuta. Y cuando nos dirigíamos a interrogar a otro granjero, se produjo un incidente en el camino.

—Un incidente.

George hizo una mueca de disgusto.

—Tuvimos ciertos problemillas con unos hombres que atacaron al señor Pye.

—¿Atacaron al señor Pye? —Violet dio un respingo—. ¿Mientras tú estabas con él? Debieron de hacerte daño.

—El señor Pye se defendió muy bien solo, y yo había llevado las pistolas que me dejó tía Clara.

—¡Oh, George! —suspiró Violet—. ¿Acaso no ves los problemas que te está causando ese hombre? Tienes que entregárselo a lord Granville para que pueda ser debidamente castigado. Me he enterado de cómo echaste a lord Granville el otro día cuando vino a buscar al señor Pye. Lo haces, simplemente, para llevar la contraria; lo sabes.

—Pero es que no creo que él sea el envenenador. Pensé que lo entenderías.

Ahora era Violet la que miraba atónita.

—¿A qué te refieres?

George se levantó para servirse un poco más de té.

—No creo que un hombre del carácter del señor Pye cometiera un delito como ése.

Se volvió a la mesa y se encontró a su hermana boquiabierta, horrorizada.

—No te habrás enamorado del señor Pye, ¿verdad? Es horrible cuando una dama de tu edad empieza a fantasear con un hombre.

«¿Fantasear?» George se tensó.

—En contra de tu opinión, a los veintiocho años uno no chochea todavía.

—No, pero es una edad en la que una dama debería saber comportarse.

—¿Qué quieres decir con eso?

—Deberías tener cierto sentido del decoro a estas alturas. Deberías tener más dignidad.

—¡Dignidad!

Violet dio una palmada en la mesa, haciendo que la cubertería de plata repiqueteara.

—No te importa lo que los demás piensen de ti. No...

—¿De qué estás hablando? —inquirió George, verdaderamente confusa.

—¿Por qué me haces esto? —sollozó Violet—. No es justo. Sólo porque tía Clara te dejara un montón de dinero y de tierras te crees que puedes hacer lo que quieras. *Nunca* te paras a pensar en aquellos que te rodean y en cómo tus acciones pueden afectarles.

—¿Qué problema tienes? —George dejó su taza—. Sencillamente no creo que un *amor* que yo pueda o no tener sea en absoluto de tu incumbencia.

—Me incumbe cuando lo que haces repercute en la familia. En *mí.* —Violet se levantó tan bruscamente que su taza de té se volcó. Una fea mancha marrón empezó a expandirse por el mantel—. Sabes perfectamente que no es correcto estar a solas con un hombre como el señor Pye y, sin embargo, tienes sórdidas citas románticas con él por las noches.

—¡Violet! ¡Ya basta! —A George la sorprendió su propia rabia. Casi nunca le levantaba la voz a su hermana pequeña. Se apresuró a alzar una mano para apaciguarla, pero ya era demasiado tarde.

Violet estaba roja como la remolacha y tenía lágrimas en los ojos.

—¡Muy bien! —gritó—. ¡Haz el ridículo con un palurdo de baja ralea! ¡De todas formas, es probable que sólo le interese tu dinero! —Las últimas palabras se suspendieron horriblemente en el aire.

Violet pareció afligida unos instantes; después se giró enérgicamente y salió corriendo por la puerta.

George apartó su plato a un lado y apoyó la cabeza en los brazos. Al fin y al cabo, no era un día para comer arenques.

Violet subió aporreando las escaleras con los pies, veía borroso. ¿Por qué? ¡Oh! ¿Por qué tenían que cambiar las cosas? ¿Por qué no podía todo quedarse igual? Al llegar arriba, torció a la derecha, zanqueando lo más deprisa posible con su voluminosa falda. Frente a ella se abrió una puerta. Trató de escabullirse pero no fue lo bastante rápida.

—Está bastante sonrojada, querida. ¿Algo anda mal? —Euphie la miró con preocupación, obstaculizándole el acceso a su propia habitación, al fondo del pasillo.

—Es que... tengo un ligero dolor de cabeza. Ahora iba a tumbarme. —Violet esbozó una sonrisa.

—¡Son horribles los dolores de cabeza! —exclamó Euphie—. Enviaré a una criada con una palangana de agua fresca para que le alivie la frente. Asegúrese de ponerse un paño húmedo y cambiarlo cada diez minutos. Bueno, ¿dónde habré puesto mis polvos? Son muy útiles para el dolor de cabeza.

Violet tuvo ganas de gritar mientras Euphie empezó a agitarse con un nerviosismo que dio la impresión de que duraría horas.

—Gracias, pero creo que me encontraré bien si simplemente me tumbo. —Violet se inclinó hacia delante y susurró—: Tengo la menstruación, ya sabes.

Si algo podía detener a Euphie, era mencionar esas *cosas de muje-*

res. Se puso intensamente colorada y desvió la mirada como si Violet llevase un cartel que anunciara su estado.

—¡Oh, *comprendo*, querida! Bien, pues, vaya a acostarse ya. Y yo veré si puedo encontrar mis polvos. —Se medio cubrió la boca con la mano y dijo entre dientes—: También son buenos para *eso*.

Violet suspiró, dándose cuenta de que le sería imposible conseguir marcharse sin aceptar la ayuda de Euphie.

—Eres un encanto. Quizá se los puedas dar a mi criada cuando los encuentres.

Euphie asintió, y después de otras tantas instrucciones detalladas sobre cómo tratar con *eso*, afortunadamente Violet pudo escapar. Una vez en su habitación, cerró la puerta con pestillo y a continuación atravesó la estancia para sentarse junto a la ventana. Su dormitorio era uno de los más bonitos de Woldsly, aunque ni mucho menos el más grande. De las paredes colgaba una seda a rayas de color amarillo pálido y azul, y la alfombra era una antigua persa en azules y rojos. Normalmente, a Violet le encantaba su habitación. Pero ahora había empezado de nuevo a llover fuera y el viento escupía gotas de agua contra la ventana que golpeteaban en los cristales. ¿Había acaso brillado el sol desde su llegada a Yorkshire? Apoyó la frente en el cristal y observó cómo su aliento empañaba la ventana. El fuego de la chimenea se había apagado, y la estancia estaba oscura y fría, en perfecta armonía con su estado de ánimo.

Su vida se hacía añicos por completo, y la culpa era toda suya. Los ojos le volvieron a escocer y los enjugó irritada. En los últimos dos meses había llorado lo bastante como para poner a flote una flota de barcos, y no le había ayudado lo más mínimo. ¡Oh, ojalá se pudiera retroceder y tener una segunda oportunidad para volver a hacer las cosas! No lo volvería a hacer jamás, no, si tuviese una segunda oportunidad. Sabría que los sentimientos (tan desesperados y acuciantes en un momento) se desvanecen pronto.

Abrazó un cojín de seda azul contra su pecho al tiempo que la ventana se desdibujaba ante sus ojos. De nada había servido huir. Había creído que, sin duda, marchándose de Leicestershire, pronto lo olvidaría. Pero no lo había olvidado, y ahora todos sus problemas la habían seguido hasta Yorkshire. Y George (la seria de George, su atípica hermana mayor que se había quedado definitivamente para vestir santos con su melena suelta y su amor por los cuentos de hadas), actuaba de forma extraña, apenas reparando para nada en ella y pasando todo su tiempo con ese hombre horrible. George era tan ingenua; probablemente no se le había ocurrido pensar que el antipático señor Pye iba detrás de su fortuna.

O peor.

Bien, sobre eso por lo menos podía hacer algo al respecto. Violet saltó del asiento junto a la ventana y corrió hasta su escritorio. Abrió cajones y rebuscó en ellos hasta que dio con una hoja de papel para escribir. Sacando el tapón de su tintero, se sentó. George no la escucharía jamás, pero había una persona a la que tenía que obedecer.

Sumergió la pluma en la tinta y empezó a escribir.

—¿Por qué no se ha casado nunca, señor *Pye*? —Lady Georgina hizo hincapié en su apellido simplemente para irritarlo, estaba del todo convencido.

Hoy llevaba un vestido amarillo con unos pájaros estampados que él no había visto nunca antes; algunos de ellos tenían tres alas. Harry debía reconocer que le sentaba bien. Lady Georgina llevaba una de esas pañoletas que las mujeres se metían en el corpiño. Era casi transparente, insinuando de manera seductora sus pechos. Eso también lo irritaba. Y el hecho de que estuviera de nuevo a su lado en la calesa, a pesar de sus firmes objeciones, era prácticamente la gota que colmaba el vaso. Al menos la incesante lluvia hoy había remitido un poco, aunque el cielo estaba de un gris siniestro. Harry esperaba que pudieran llegar a la primera cabaña antes de estar calados hasta los huesos.

—No lo sé. —Harry habló lacónicamente, un tono que jamás habría empleado con ella una semana antes. El caballo pareció que notaba su humor y se puso a amblar, dando sacudidas a la calesa. Harry tiró de las riendas para que la jaca regresara al sendero—. Supongo que todavía no he encontrado a la mujer adecuada.

—¿Quién sería la mujer adecuada?

—No lo sé.

—Alguna idea tendrá —afirmó ella con aristocrática seguridad—. ¿Se ve a sí mismo con una chica de cabellos dorados?

—Yo...

—¿O prefiere a las doncellas morenas? En cierta ocasión conocí a un hombre que únicamente quería bailar con damas bajitas y morenas, aunque a decir verdad ninguna de ellas quería bailar con *él*, pero por lo visto a él no se le ocurrió pensar en eso.

—No soy exigente con respecto al pelo —musitó él cuando ella hizo un alto para respirar. Lady Georgina abrió la boca de nuevo, pero él ya tenía bastante—. Y usted, ¿por qué no se ha casado, mi lady?

¡Bien! Ahora la pelota estaba en el tejado de lady Georgina.

Ella no se azoró:

—Es bastante difícil encontrar a un caballero que prometa. A veces pienso que sería más fácil encontrar un ganso que pusiera huevos de oro de verdad. En realidad, muchos caballeros de la alta sociedad tienen serrín en el cerebro. Consideran que saber de caza o de perros perdigueros es suficiente y no les preocupa nada más. Y a la hora del desayuno hay que hablar de *algo* en la mesa. ¿Acaso no sería horrible que en el matrimonio hubiera un montón de incómodos silencios?

Harry no había pensado nunca en ello.

—Si usted lo dice.

—Lo digo. No hay nada como el tintineo de los cubiertos de plata contra la porcelana y el ruido de los sorbos al beber té. Horrible. Luego están los que llevan corsé y usan pintalabios y lunares falsos. —Frunció la nariz—. ¿Tiene idea de lo poco apetecible que es besar a un hombre que lleva los labios pintados?

—No. —Harry frunció las cejas—. ¿Y usted?

—Bueno, no —confesó ella—, pero sé de buena tinta que no es una experiencia que una quisiera repetir.

—¡Ah! —Eso fue prácticamente lo único que Harry pudo decir, pero por lo visto bastó.

—He estado prometida en una ocasión. —Lady Georgina miró distraída hacia un rebaño de vacas frente a las que pasaban.

Harry se enderezó.

—¿En serio? ¿Qué pasó? —¿Le habría dado calabazas algún señor de poca monta?

—Sólo tenía diecinueve años, que, a mi juicio, es una edad bastante peligrosa. Se es lo bastante mayor para saber algunas cosas, pero uno no tiene la sabiduría suficiente para darse cuenta de que hay otras muchas que *no* sabe. —Lady Georgina hizo una pausa y miró a su alrededor—. ¿Adónde vamos hoy exactamente?

Habían entrado en la finca de Granville.

—A la cabaña de los Pollard —anunció él. ¿Qué habría sucedido con su compromiso?—. Me estaba hablando de cuando tenía diecinueve años.

—De pronto Paul Fitzsimmons y yo nos prometimos; así se llamaba, ¿sabe?

—Esa parte la entiendo —Harry casi gruñó—, pero ¿cómo se prometieron y cómo acabó aquello?

—Estoy un poco confusa con respecto a cómo nos comprometimos.

Él la miró arqueando las cejas.

—Es verdad. —Ahora lady Georgina parecía que estaba a la defensiva—. Estaba en un baile paseando con Paul por la terraza, hablando de la peluca del señor Huelly, era *rosa* ¿se lo imagina?, y luego, de repente, ¡*boom*! Nos habíamos prometido. —Ella lo miró como si eso fuera absolutamente lógico.

Harry suspiró. Aquello sería probablemente lo máximo que le sonsacaría.

—¿Y cómo se rompió el compromiso?

—No mucho tiempo después descubrí que mi amiga del alma, Nora Smyth-Fielding, estaba enamorada de Paul. Y cuando me di cuenta de eso, tardé poco en comprender que él estaba enamorado de ella. Aunque —lady Georgina arrugó las cejas— sigo sin entender por qué me pidió que me casara con él, cuando era tan evidente que adoraba a Nora. Tal vez estuviera confuso, pobre hombre.

«Pobre hombre, ¡y un cuerno!» Este Fitzsimmons debía de ser tonto.

—¿Qué hizo usted?

Ella se encogió de hombros.

—Rompí nuestro compromiso, naturalmente.

Naturalmente. Lástima que él no hubiera estado allí para enseñarle a ese desgraciado cómo había que comportarse. Daba la impresión de que al tipo le hubiera convenido un puñetazo en la nariz. Entonces dijo gruñendo:

—No me extraña que después de estar con él le costara confiar en un hombre.

—Yo no lo vi así. Pero ¿sabe?, creo que el mayor obstáculo para encontrar marido es la herencia de tía Clara.

—¿Cómo es posible que una herencia sea un obstáculo? —inquirió él—. Yo hubiera dicho que eso atraería en masa a los hombres como un cadáver a los cuervos.

—Un símil delicioso, *señor Pye*. —Lady Georgina lo miró con los ojos entornados.

Él hizo una mueca de disgusto.

—Me refería...

—A lo que *yo* me refería es a que, debido a la herencia de tía Clara, nunca tendré que casarme por razones económicas. De ahí que sea mucho menos acuciante fijarme en un hombre como marido.

—¡Oh!

—Lo cual no me impide fijarme en los hombres con otros fines.

¿Otros fines? Harry la miró.

Ella se había ruborizado.

—Que no sean el matrimonio, quiero decir.

Harry intentó desarrollar esa enrevesada afirmación, pero ya había hecho torcer la calesa por un camino lleno de baches. Ahora tiró del caballo hasta detenerlo junto a una cabaña destartalada. De no habérselo dicho, jamás habría imaginado que alguien vivía aquí. Construida con la misma forma que la cabaña de los Oldson, ésta era muy diferente. El techo de paja estaba negro y destrozado, y una parte había caído en el interior. Las malas hierbas crecían a lo largo del sendero de entrada y la puerta colgaba de una bisagra.

—Quizá debería quedarse aquí, mi lady —intentó él. Pero lady Georgina ya estaba bajando de la calesa sin su ayuda.

Harry rechinó los dientes y le ofreció un brazo intencionadamente. Ella lo aceptó sin protestar, envolviéndole el brazo con sus dedos. Podía sentir su calor a través del abrigo y eso, en cierto modo, lo calmó. Caminaron hasta la puerta y llamó esperando no tirar al suelo la cabaña entera.

Se oyeron sonidos de movimiento procedentes del interior, y luego silencio. Nadie contestó detrás de la puerta, y Harry la aporreó de nuevo y esperó. Estaba levantando el brazo para probar una tercera vez cuando la vieja madera se abrió con un crujido. Un niño de aproximadamente ocho años apareció callado ante ellos. Su pelo, grasiento y demasiado largo, caía sobre sus ojos marrones. Iba descalzo y llevaba una ropa que se había vuelto gris con los años.

—¿Está tu madre en casa? —inquirió Harry.

—¿Quién es, muchacho? —La voz era áspera, pero no contenía malicia.

—Unos terratenientes, abuela.

—¿Qué? —Apareció una mujer detrás del chico. Era casi tan alta como un hombre, huesuda y de aspecto fuerte pese a su edad, pero sus ojos estaban desconcertados y temerosos, como si unos ángeles se hubieran detenido frente a su puerta.

—Tenemos algunas preguntas que hacerle. Sobre Annie Pollard —anunció Harry. La mujer se limitó a seguir mirando fijamente; ya podría él haberle estado hablando en francés—. Ésta es la cabaña de los Pollard, ¿verdad?

—No me gusta hablar de Annie. —La mujer miró hacia el chico, que no había apartado la vista del rostro de Harry. Le propinó bruscamente unos cachetes en la nuca—. ¡Anda, vete a buscar algo que hacer!

El niño ni siquiera parpadeó; simplemente pasó de largo y desapareció por la esquina de la cabaña. Quizás era así como su abuela le hablaba siempre.

—¿Qué quiere saber de Annie? —preguntó la mujer.

—Tengo entendido que tuvo una relación con lord Granville —empezó a decir él con cautela.

—¿Una relación? Sí, es una bonita palabra para referirse a ello. —La mujer esbozó una sonrisa y dejó ver unos huecos donde habían estado sus dientes frontales. Su lengua rosa se asomó al exterior—. ¿Por qué quiere información sobre eso?

—Alguien está matando ovejas —declaró Harry—. Tengo entendido que Annie o quizás alguien cercano a ella podría tener motivos para hacerlo.

—Yo no sé nada de esas ovejas. —La mujer empezó a cerrar la puerta.

Harry metió su bota en la abertura.

—¿Y Annie?

La abuela se estremeció.

Al principio Harry pensó que tal vez la había hecho llorar, entonces ella levantó la cabeza y él vio que su cara estaba partida por una grotesca sonrisa.

—Quizás ella sí, Annie sí —dijo resoplando—. Si están al tanto de cómo se vive en el fuego del infierno.

—Entonces, ¿está muerta? —Lady Georgina habló por primera vez. La claridad de su tono parece que le hizo a la mujer ponerse más seria.

—Si no lo está, podría estarlo. —Se apoyó con cansancio en la puerta—. Verán, su nombre era Annie Baker. Estaba casada. Al menos lo estuvo hasta que *él* se puso a perseguirla como un perro.

—¿Lord Granville? —musitó lady Georgina.

—Sí, el mismísimo Diablo. —La mujer se chupó el labio superior—. Annie dejó a Baker. Fue la puta de Granville mientras él la deseó, que no fue mucho tiempo. Volvió aquí muy embarazada y se quedó simplemente el tiempo suficiente para parir. Después volvió a irse. Lo último que oí fue que se abría de piernas por una copa de ginebra. —Pareció repentinamente melancólica—. Una chica que se vende a cambio de una ginebra no puede durar mucho ¿no?

—No —contestó Harry en voz baja.

Lady Georgina parecía impresionada, y Harry lamentó no haber podido convencerla de que se quedara en la Mansión Woldsly. La había arrastrado hasta una pocilga.

—Gracias por hablarnos de Annie, señora Pollard. —Harry le habló con suavidad a la anciana. Pese a su dura actitud, debía de dolerle hablar de viejas heridas—. Sólo tengo una pregunta más y luego ya no volveremos a molestarla. ¿Sabe qué fue del señor Baker?

—¡Oh, él! —La señora Pollard agitó una mano como si ahuyentase una mosca—. Baker se lió con otra chica. Tengo entendido que incluso se casó con ella, aunque no debió de poder hacerlo por la Iglesia, porque ya estaba casado con Annie. No es que a Annie le importe. Ya no. —Y cerró la puerta.

Harry frunció las cejas, y en ese momento decidió que ya había interrogado suficiente a esa mujer.

—Vamos, mi lady. —Agarró a lady Georgina por el codo y la condujo de vuelta por el sendero. Mientras la ayudaba a subirse a la calesa, echó un vistazo atrás.

El chico estaba apoyado en la esquina de la cabaña, cabizbajo, un pie descalzo encima del otro. Probablemente hubiese oído todo cuanto su abuela había dicho sobre su madre. No había suficientes horas al día para solucionar todos los problemas de este mundo. Había oído decir eso mismo a su padre, con bastante frecuencia, cuando él era pequeño.

—Espere un momento, mi lady. —Harry recorrió a zancadas la poca distancia que lo separaba del niño.

Éste levantó la vista con cautela cuando se le acercó, pero por lo demás no se movió.

Harry lo miró.

—Si muere o te quedas sin ella, ven a buscarme. Me llamo Harry Pye. Repítelo.

—Harry Pye —susurró el chico.

—Bien. Ten, a ver si te compra un poco de ropa.

Harry colocó un chelín en la mano del muchacho y regresó a la calesa sin esperar un agradecimiento. Había sido un gesto sentimental y probablemente inútil. Había tantas posibilidades de que la mujer empléase el chelín para ginebra como para comprarle al niño ropa nueva. Subió a la calesa, ignorando la sonrisa de lady Georgina, y cogió las riendas. Cuando miró de nuevo hacia el chico, éste tenía los ojos clavados en la moneda de su mano. Se fueron.

—¡Qué historia tan tremenda! —La sonrisa de lady Georgina había desaparecido.

—Sí. —Harry la miró de soslayo—. Siento que la haya oído. —Puso a trotar al caballo. Lo mejor sería que saliesen de la finca de Granville lo antes posible.

—No creo que nadie de esa familia pueda estar envenenando a las ovejas. La mujer es demasiado anciana y temerosa, el niño demasiado pequeño, y da la impresión de que el marido de Annie ha seguido con su vida. A menos que Annie haya vuelto...

Harry sacudió la cabeza.

—Si lleva todo este tiempo yendo de bar en bar, no es una amenaza para nadie.

A ambos lados del camino las ovejas pacían, una escena apacible pese a las nubes bajas y el creciente viento. Harry escudriñó el paisaje que los rodeaba. Después de lo de ayer, debía estar alerta por si lo asaltaban.

—¿Hay otro granjero al que visitar hoy? —Lady Georgina se sujetó el sombrero sobre su cabeza con una mano.

—No, mi lady. Yo... —Coronaron una pendiente y Harry avistó lo que había al otro lado. Tiró de las riendas bruscamente—. ¡Maldita sea!

La calesa se bamboleó hasta detenerse. Entonces él miró fijamente hacia los tres bultos de lana que yacían justo al otro lado de la tapia de piedra en seco que bordeaba el camino.

—¿Están muertas? —susurró lady Georgina.

—Sí. —Harry ató las riendas, puso el freno y saltó de la calesa.

No eran los primeros en hacer el descubrimiento. Un lustroso caballo castaño estaba atado a la tapia, sacudiendo la cabeza nervioso. El dueño, un hombre, estaba de espaldas a ellos, inclinado sobre una de las ovejas tendidas. Pero en ese momento se incorporó, revelando su estatura. Su cabello era castaño. El corte de su abrigo, agitado por el viento, era el de un caballero. ¡Sólo le podía pasar a él que Thomas diera primero con las ovejas envenenadas!

El hombre se volvió y Harry perdió el hilo de sus pensamientos. Durante unos instantes no pudo pensar en absoluto.

Los hombros de aquel hombre eran más anchos que los de Thomas, su pelo de un tono más claro, rizado junto a las orejas. Su cara era ancha y atractiva; unas líneas de expresión enmarcaban sus sensuales labios, y sus ojos tenían pesados párpados. No podía ser.

El hombre se acercó y saltó con facilidad la tapia de piedra. A medida que se aproximó, sus ojos verdes relucieron como el fósforo. Harry sintió que lady Georgina se ponía a su lado. Cayó en la cuenta distraídamente de que se había olvidado de ayudarle a bajar de la calesa.

—Harry —oyó que decía ella—, no me había dicho que tenía un hermano.

Capítulo 8

*H*abía sido siempre su perdición: no pensar bastante antes de hablar. Y eso mismo pensó con bastante énfasis cuando ambos hombres se volvieron para mirarla sorprendidos. ¿Cómo iba ella a saber que era una especie de oscuro secreto? Jamás había visto unos ojos tan verdes como los de Harry, y sin embargo aquí estaban, los mismos ojos verdes, mirándola fijamente desde el rostro de otro hombre. Es verdad que el otro hombre era más alto, y sus rasgos estaban moldeados de otro modo. Pero mirándolos a los ojos ¿quién podría sacar cualquier otra conclusión salvo que eran hermanos? Ciertamente, no podía culpársele.

—¿Harry? —El desconocido avanzó hacia delante—. ¿*Harry*?

—Éste es Bennet Granville, mi lady. —Harry se había recuperado más deprisa que el otro hombre y ahora estaba impasible—. Granville, lady Georgina Maitland.

—Mi lady. —El señor Granville hizo la debida reverencia—. Es un honor conocerla.

Ella hizo lo propio y musitó de memoria las palabras adecuadas.

—Y Harry. —Durante unos instantes, aparecieron unos destellos de emoción en los ojos verde esmeralda del señor Granville; a continuación se controló a sí mismo—. Ha... pasado mucho tiempo.

George por poco resopló. Dentro de más o menos un año sería tan experto como Harry en ocultar sus pensamientos.

—¿Cuánto exactamente?

—¿Qué? —El señor Granville parecía sobresaltado.

—Dieciocho años. —Harry se giró y les lanzó una mirada a las ovejas, obviamente esquivando el tema—. ¿Han sido envenenadas?

El señor Granville parpadeó, pero no tardó en entender de qué hablaba Harry.

—Me temo que sí. ¿Quieres echar un vistazo? —Se volvió y se encaramó de nuevo al muro.

¡Oh, Santo Dios! George puso los ojos en blanco hacia el cielo. Por lo visto los dos hombres pretendían ignorar su desliz y el hecho de que no se habían visto en dieciocho años.

—¿Mi lady? —Harry le ofreció a George su mano, supuestamente para ayudarle a subirse a la tapia.

—Sí, de acuerdo. Voy.

Él la miró con extrañeza. Cuando ella colocó su mano en la de Harry, en lugar de simplemente sujetarla, éste la atrajo hacia sí y luego la levantó para sentarla sobre la tapia. George reprimió un chillido. Los pulgares de Harry estaban justo bajo sus senos, y sus pezones de pronto adquirieron sensibilidad. Harry le lanzó una mirada de advertencia.

¿A qué venía eso? Ella sintió que se ruborizaba.

Harry saltó el muro y caminó hasta el señor Granville. George, que tuvo que apañárselas sola, pasó las piernas al otro lado y saltó sobre el pasto que había tras el muro. Los hombres estaban examinando un montón de malas hierbas mustias.

—No hace mucho que están aquí. —Harry tocó un tallo mojado con la punta del zapato—. Probablemente las hayan dejado a lo largo de la noche. Es cicuta de nuevo.

—¿De nuevo? —El señor Granville, acuclillado junto a las plantas, alzó la vista hacia él.

—Sí. Llevamos semanas con esto. ¿No te lo han dicho?

—Acabo de llegar de Londres. Ni siquiera he estado aún en la finca. ¿Quién está haciendo esto?

—Tu padre cree que soy yo.

—¿Tú? ¿Por qué iba él...? —El señor Granville dejó de hablar; entonces se rió en voz baja—. Por fin está pagando por sus pecados.

—¿Tú crees?

«¿Qué está ocurriendo aquí?» George miró a uno y otro hombre respectivamente, intentando descifrar el trasfondo.

El señor Granville asintió.

—Hablaré con él. Veré si consigo que se olvide de ti y se centre en quien realmente está haciendo esto.

—¿Te escuchará? —Harry hizo una mueca de cinismo.

—Tal vez. —Los dos hombres intercambiaron una mirada. Pese a sus diferentes estaturas y rasgos, sus expresiones eran sorprendentemente similares. Irradiaban seriedad.

—Intente que su padre lo escuche, señor Granville —pidió George—. Ya ha amenazado con arrestar a Harry.

Harry miró ceñudo a George, pero el señor Granville sonrió encantador.

—Haré cuanto pueda, mi lady, por *Harry*.

George cayó en la cuenta de que, de manera bastante inapropiada, había estado llamando al señor Pye por su nombre de pila. «¡Oh, qué desastre!» Levantó la cabeza hacia el cielo y sintió que una gota de agua le golpeaba en la nariz.

El señor Granville hizo otra reverencia.

—Es un placer haberla conocido, lady Georgina. Espero que podamos volver a vernos en circunstancias más agradables.

Harry se pegó más a Georgina, colocando una mano en la parte inferior de su espalda. Ahora ella tuvo la sensación de que Harry miraba ceñudo al señor Granville.

Lady Georgina sonrió todavía más abiertamente a su vecino.

—Desde luego.

—Me alegro de verte, Harry —dijo el señor Granville.

Éste se limitó a asentir con la cabeza.

El joven titubeó, a continuación se volvió deprisa y saltó la tapia. Subió a su caballo y le hizo dibujar media circunferencia para despedirse con la mano antes de irse a medio galope.

—¡Será fanfarrón! —exclamó Harry en voz baja.

George dejó escapar un suspiro y le espetó:

—¿Es eso todo lo que tiene que decir al ver a su hermano por primera vez después de dieciocho años?

Él arqueó las cejas mirándola, en silencio.

Ella levantó los brazos indignada y caminó pisando con fuerza hasta el muro de piedra; entonces se puso nerviosa al ver que no hallaba un punto de apoyo donde introducir el zapato. Unas manos fuertes la agarraron por detrás, otra vez bajo sus senos. Y en esta ocasión sí que chilló.

Harry la levantó y la apretó contra su pecho.

—No es mi hermano —le gruñó al oído, enviando toda suerte de curiosos escalofríos por su cuello y a otras partes. ¿Quién sabía que los nervios del cuello estaban conectados con...?

La dejó con bastante firmeza sobre la tapia.

Ella bajó de ésta con dificultad y caminó hacia la calesa.

—Entonces, ¿qué relación tiene con usted?

En lugar de ofrecerle la mano para que subiera al carruaje, Harry volvió a cogerla de la cintura. Tal vez George se acostumbrase a esto.

—Era un compañero de juegos de la infancia, mi lady. —La dejó en el asiento.

George lamentó que él retirara sus manos.

—¿Jugó con Thomas y Bennet Granville de pequeño? —Ella estiró el cuello para seguirlo con la mirada mientras él rodeaba la calesa.

Empezaron a caer más gotas de agua.

—Sí. —Harry subió y cogió las riendas—. Me crié en la finca, ¿recuerda? Thomas es más o menos de mi edad y Bennet varios años más pequeño. —Guió al caballo hasta el camino y lo puso a trotar.

—Pero ¿no los había visto desde que usted se marchó de la finca de Granville?

—Yo era... *soy*... el hijo del guardabosques. —Un músculo se tensó en su mandíbula—. No había razón alguna para que nos viéramos.

—¡Oh! —Lady Georgina reflexionó sobre eso—. ¿Eran buenos amigos? Me refiero a si le caían bien Bennet y Thomas.

La lluvia arreció. George se envolvió en su capa y esperó que no se le estropease el vestido.

Harry la miró como si ella hubiese preguntado algo tremendamente estúpido.

—Éramos unos niños que crecían juntos. No importaba demasiado que nos cayéramos bien mutuamente. —Estuvo brevemente pendiente del caballo y a continuación dijo casi a regañadientes—: Supongo que me llevaba mejor con Bennet, aun cuando Thomas se llevaba menos tiempo conmigo. Thomas siempre me pareció un remilgado. No le gustaba pescar ni explorar ni otras cosas que les gusta hacer a los chicos por temor a ensuciarse la ropa.

—¿Es por eso por lo que en la actualidad no se fía de Thomas?

—¿Porque era un remilgado de pequeño? No, mi lady. Soy más sensato que eso. De pequeño siempre intentaba que su padre lo favoreciese. Dudo que haya cambiado mucho simplemente porque ahora sea un hombre. Y como Granville me odia... —Dejó su frase inacabada y se encogió de hombros.

«Que su padre lo favoreciese.» Un hijo primogénito normalmente obtenía eso sin pedirlo. ¡Qué extraño que Thomas Granville no lo tuviera! Pero George sentía curiosidad por algo más.

—¿Así que pasó usted mucho tiempo en compañía de Bennet cuando eran pequeños?

La lluvia goteaba por el ala del tricornio de Harry.

—Jugábamos y yo asistía a sus clases, si el profesor estaba ese día de buen humor... y si Granville no estaba por ahí.

Ella frunció las cejas.

—¿Si lord Granville no estaba por ahí?

Harry asintió con seriedad.

—El hombre me odiaba, incluso entonces. Decía que yo tenía demasiado orgullo para ser hijo de un guardabosques. Pero el profesor también sentía antipatía hacia su jefe. Creo que darme clases a mí era su pequeña venganza.

—Es así como aprendió a leer y a escribir.

Harry asintió.

—A Bennet se le daban mejor que a mí las letras, aun cuando él fuera más pequeño, pero yo lo superaba en matemáticas. De modo que, sí, pasaba bastante tiempo con él.

—¿Qué ocurrió?

Harry la miró.

—Su padre azotó a mi padre cuando yo tenía doce años y él diez.

George pensó en cómo sería si ella hubiese perdido a un ser querido a los doce años. A alguien a quien veía cada día. Alguien con quien discutía y jugaba. Alguien que daba por sentado que siempre estaría allí. Sería como si le amputaran una pierna.

¿Hasta dónde llegaría uno para enmendar semejante agravio?

Se estremeció y levantó la vista. Estaban junto al riachuelo que separaba la finca de Granville de la suya propia. Harry hizo aminorar la marcha del caballo al paso para sumergirse en el vado. Ahora la lluvia caía con fuerza, haciendo que el agua fangosa saltara. George miró río abajo, donde la profundidad del agua aumentaba y giraba formando remolinos. Allí había una silueta flotando.

—Harry. —George le tocó en el brazo y señaló.

Él soltó una palabrota.

El caballo retrocedió con dificultad y Harry detuvo la calesa, apresurándose a atar las riendas. La ayudó a bajar, antes de caminar hasta el margen del riachuelo que había frente a ella. Mientras lo seguía, sus zapatos se hundieron en el barro. Cuando le dio alcance, vio que Harry permanecía inmóvil. Entonces entendió por qué. El cuerpo de una oveja giraba lentamente en el agua; la lluvia que caía a cántaros sobre la lana hacía que el animal se moviera de un modo extraño; parecía estar vivo.

George se estremeció.

—¿Por qué no se lo lleva la corriente?

—Está atado. —Con semblante serio, Harry inclinó la cabeza hacia una rama que colgaba encima del agua.

George vio que alrededor de la rama había atada una cuerda, que desaparecía debajo del agua. Probablemente, el otro extremo estaba atado de alguna manera a la oveja.

—Pero ¿por qué iba alguien a hacer una cosa así? —Sintió que un escalofrío descendía por su espalda—. Es una locura.

—Tal vez para contaminar el riachuelo. —Harry se sentó y empezó a quitarse las botas.

—¿Qué hace?

—Voy a cortar la cuerda. —Se desabotonó el abrigo—. Irá a parar a la orilla, más lejos, corriente abajo, y un granjero sacará al animal. Por lo menos no contaminará el riachuelo entero.

Ahora estaba en mangas de camisa, empapado por la lluvia. Harry extrajo la navaja de su bota y se deslizó por la orilla hasta el riachuelo. El agua le llegaba a la altura de medio muslo, pero al ir adentrándose lentamente, enseguida le llegó a la altura del pecho. La lluvia había hecho que el arroyo normalmente tranquilo borbotara.

—Tenga cuidado —le pidió George. Si perdía pie, podía verse arrastrado por la corriente. ¿Sabría nadar?

Harry no respondió a su petición y siguió vadeando. Cuando llegó hasta la cuerda, la agarró por donde se tensaba sobre el agua y empezó a cortar. Los ramales se destrenzaron con rapidez y de pronto la oveja se alejó río abajo dando vueltas. Harry se giró y empezó a salir vadeando; el agua se arremolinaba furiosamente a su alrededor. Entonces resbaló y su cabeza desapareció debajo del agua sin emitir sonido alguno.

«¡Oh, Dios!» A George le dio un vuelco el corazón. Se dirigió hacia la orilla sin saber qué podría hacer. Pero entonces Harry se puso otra vez de pie, con el cabello mojado y pegado a sus mejillas. Salió del agua y escurrió la parte frontal de su camisa, transparente ahora por el agua. George pudo ver sus pezones y los tirabuzones de vello oscuro donde la camisa se pegaba a su pecho.

—Algún día me gustaría ver a un hombre desnudo —comentó.

Harry se quedó helado.

Se incorporó lentamente tras ponerse las botas. Sus ojos verdes encontraron los de George, y ella podría haber jurado que en éstos ardía un fuego.

—¿Es eso una orden, mi lady? —preguntó él, con voz tan grave que era casi un siniestro ronroneo.

—Yo... —«¡Oh, Dios mío, sí!» Una parte de George deseaba desesperadamente ver a Harry Pye quitándose esa camisa. Ver cómo eran sus hombros y su vientre desnudos. Averiguar si realmente tenía rizos de pelo en su pecho. Y después de eso... si se sacaba los pantalones... La verdad es que no pudo evitarlo. Sus ojos descendieron hacia esa parte de la anatomía masculina donde una dama nunca, *jamás*, bajo ningún concepto dejaba que se dirigiese su mirada. El agua había hecho una magnífica tarea moldeando los pantalones de Harry sobre sus extremidades inferiores.

George inspiró. Abrió la boca.

Y Harry soltó una palabrota y apartó la vista. Un carro y un pony subían por el camino.

¡Vaya, maldita sea!

—No es posible que creas que Harry Pye está envenenando a tus ovejas. —Bennet articuló las palabras como una pregunta, pero las expresó como una afirmación.

No hacía ni dos minutos que había vuelto y el muchacho ya se estaba poniendo en su contra. Claro que el chico siempre había estado de parte de Pye. Silas resopló.

—No es que lo crea, es que *sé* que Pye las está matando.

Bennet frunció las cejas y se sirvió una copa de whisky. Levantó la licorera en cuestión.

Silas sacudió la cabeza y se reclinó en la silla forrada de cuero detrás del escritorio de su despacho. Esta habitación era su predilecta, le daba una sensación de total masculinidad. Las cornamentas colgadas en la pared rodeaban todo el despacho, justo por debajo del techo. Una enorme chimenea negra ocupaba la pared entera del otro extremo de la habitación. Sobre ésta había un cuadro clásico: *El Rapto de las Sabinas*. Hombres morenos desgarrando la ropa de unas jóvenes de hermosa piel que gritaban. En ocasiones se excitaba únicamente contemplándolo.

—Pero ¿con veneno? —Bennet se dejó caer en una silla y empezó a golpetear el brazo de ésta con los dedos.

Su hijo pequeño lo exasperaba; pero incluso ahora, no podía evitar sentirse orgulloso de él. Éste debería haber sido su heredero. Thomas jamás tendría las narices de enfrentarse a él. En cambio, éste lo había sabido en el instante en que lo vio por primera vez, llorando y con la cara roja, en brazos de su madre. Había observado el rostro del bebé y una voz en su interior le había susurrado que *éste* (éste por encima de todos los demás) sería el hijo del que él, Silas, estaría orgulloso. De modo que lo arrancó de los brazos de esa puta y se lo llevó a casa. Su esposa había hecho pucheros y había llorado, pero él no tardó en hacerle saber que no cambiaría de opinión y ella había tenido que ceder. Quizás algunos todavía recordaran que Bennet no había sido un hijo legítimo, que había salido de las entrañas de la mujer del guarda, pero no se atrevían a decirlo en voz alta.

No, mientras Silas Granville administrara esta finca.

Bennet sacudió la cabeza.

—El veneno no es el método que Harry emplearía si quisiera vengarse de ti. Adora las tierras y a la gente que las cultiva.

—¿Adora las tierras? —se mofó Silas—. ¿Cómo puede ser? No posee tierra alguna. No es más que un guardián remunerado. Las tierras de las que se ocupa y en las que trabaja pertenecen a otra persona.

—Pero los granjeros siguen recurriendo a él ¿no? —inquirió Bennet en voz baja, con los ojos entornados—. Le preguntan su opinión; siguen sus consejos. Incluso muchos de tus propios arrendatarios recurren a Harry cuando tienen un problema... o por lo menos eso hacían antes de que empezara todo esto. No se atreverían a recurrir a ti.

Un doloroso pinchazo sacudió la sien izquierda de Silas.

—¿Por qué deberían hacerlo? Yo no soy el guardián de la taberna, alguien sobre el que los granjeros tengan que vomitar sus problemas.

—No, no te interesan los problemas que puedan tener otras personas, ¿verdad? —dijo Bennet arrastrando las palabras—. Pero su respeto, su lealtad... ésa es otra historia.

Silas contaba con la lealtad de los lugareños. ¿Acaso no lo temían? Estúpidos y apestosos campesinos, ¡cómo se les ocurría pedirle consejo a uno de los suyos simplemente porque había subido un poco de categoría! Silas notó que el sudor goteaba por su nuca.

—Pye tiene envidia de sus superiores. Le gustaría ser un aristócrata.

—Aun cuando tuviese envidia, no emplearía ese método para vengarse de sus *superiores*, tal como tú lo llamas.

—¿Método? —Silas dio un golpe en su escritorio con la palma de la mano—. Hablas como si fuese un príncipe maquiavélico en lugar de un vulgar administrador de fincas. Es hijo de una puta y un ladrón. ¿Qué clase de método crees que usaría en lugar de envenenar a hurtadillas a los animales?

—Una puta. —Bennet apretó los labios mientras se servía un dedo más de whisky. Probablemente fuese así como pasaba todo su tiempo en Londres: bebiendo y con mujeres—. Si la madre de Harry, *mi* madre, era una puta, ¿por culpa de quién crees que fue?

Silas lo miró con semblante ceñudo.

—¿Qué te has creído, hablándome a mí en ese tono? Soy tu padre, jovencito. Nunca olvides eso.

—Como si pudiese olvidar que me engendraste. —Bennet soltó una fuerte carcajada.

—Deberías estar orgulloso... —empezó a decir Silas.

Su hijo se rió con sarcasmo y apuró su copa.

Silas se puso de pie.

—¡Yo te salvé, muchacho! De no ser por mí...

Bennet arrojó su copa contra la chimenea. La copa se rompió en pedazos, lanzando los brillantes fragmentos sobre la alfombra.

—¡De no ser por ti, habría tenido una madre, no a la gélida bruja de tu mujer, que era demasiado engreída para darme cariño!

Silas barrió los papeles que había sobre su escritorio con el brazo.

—¿Es eso lo que quieres, chico? ¿La teta de una madre para mamar?

Bennet se puso lívido.

—Nunca lo has entendido.

—¿Entender? ¿Qué hay que entender entre vivir la vida en la mugre o en una mansión? ¿Entre ser un bastardo muerto de hambre o un aristócrata que puede costearse todos los caprichos? Te di eso. Te lo di todo.

Bennet cabeceó y anduvo hasta la puerta con aire majestuoso.

—Deja en paz a Harry.

Cerró la puerta a sus espaldas.

Silas levantó el brazo para darle un golpe a lo único que había aún en su escritorio, la escribanía, pero se detuvo al verse la mano. Estaba temblando. Bennet. Se desplomó en su silla.

Bennet.

Lo había educado para ser fuerte, asegurándose de que podía montar a caballo como un demonio y pelear como un hombre. Siempre había favorecido al chico, sin ocultarlo. ¿Por qué debería ocultarlo? ¿Acaso no podían ver todos que éste era el hijo del que un hombre podía estar orgulloso? A cambio había esperado... ¿qué? No simpatía o amor, sino respeto, naturalmente. Sin embargo, su segundo hijo lo trataba como si fuera un montón de estiércol. Venía a la finca únicamente para pedir dinero. Y ahora se ponía de parte de un criado de baja estofa en contra de su propio padre. Silas se apartó del escritorio. Necesitaba ocuparse de Harry Pye antes de que se convirtiese en una amenaza aún mayor. No podía consentir que Pye se interpusiese entre Bennet y él.

La puerta se abrió un resquicio y Thomas se asomó como una niña tímida.

—¿Qué quieres? —Silas estaba demasiado cansado para gritar.

—He visto que Bennet se iba corriendo. Ha vuelto, ¿eh? —Thomas entró en la habitación.

—¡Oh, sí! Ha vuelto. ¿Y por eso has entrado sin permiso en mi despacho? ¿Para comentar la noticia de que tu hermano ha vuelto?

—He oído algunas de las cosas que le has dicho. —Thomas avanzó despacio varios pasos más como si se acercase a un jabalí enfurecido—. Y quería mostrarte mi apoyo. En lo de castigar a Harry, me refiero. Resulta bastante obvio que él es quien está haciendo esto; es algo que ve cualquiera.

—Encantador. —Silas miró a su hijo mayor esbozando una sonrisa—. ¿Y en qué puedes tú ayudarme exactamente?

—El otro día hablé con lady Georgina. Intenté decírtelo. —El músculo de debajo del ojo derecho de Thomas había empezado a temblar.

—¿Y te dijo que nos entregaría a Pye, atado con un bonito lazo, cuando así lo quisiéramos?

—N-no, ella parecía encantada con él. —Thomas se encogió de hombros—. Al fin y al cabo, es mujer. Pero quizá si hubiese más pruebas, si tuviésemos hombres vigilando a las ovejas...

Silas se rió entre dientes con voz ronca.

—Como si en el condado hubiese suficientes hombres para vigilar cada noche a todas las ovejas de mi finca. No hagas el idiota queriendo ayudarme. —Atravesó el despacho hasta la licorera de whisky.

—Pero si hubiese pruebas que lo vincularan...

—Ella no aceptaría nada salvo una confesión firmada de Pye. *Tenemos* pruebas: la talla de Pye, hallada justo al lado de la oveja muerta, y ella sigue creyendo que él es inocente. Sería diferente si en lugar de una oveja, un hombre o... —Silas se detuvo a mitad de frase, con la mirada perdida clavada en su copa recién servida. A continuación echó hacia atrás la cabeza y empezó a reírse, grandes y estridentes carcajadas que sacudieron su silueta y derramaron el whisky de su copa.

Thomas lo miró como si hubiera perdido la razón.

Silas le dio unas palmadas al chico en la espalda, casi tirándolo al suelo.

—Sí, le daremos pruebas, muchacho. Pruebas que ni siquiera ella podrá ignorar.

Thomas sonrió trémulamente, el muy mariposón.

—Pero no tenemos ninguna prueba, padre.

—¡Oh, Tommy, hijo mío! —Silas tomó un sorbo de whisky y le guiñó un ojo—. ¿Quién dice que las pruebas no pueden crearse?

—Eso es todo. Puedes tomarte el resto de la noche libre. —George sonrió de una manera que esperaba que fuera informal. Como si siempre le pidiera a Tiggle que se retirase antes de la cena.

Por lo visto no funcionó.

—¿Todo, mi lady? —La doncella se irguió tras guardar un montón de sábanas—. ¿A qué se refiere? Después se desvestirá, ¿verdad?

—Sí, naturalmente. —George sintió calor en el rostro—. Pero he pensado que esta noche puedo hacerlo sola.

Tigle la miró fijamente.

George asintió con seguridad.

—Estoy convencida de que seré capaz. De modo que puedes irte.

—¿Qué se trae entre manos, mi lady? —Tiggle puso los brazos en jarras.

Éste era el problema de tener los mismos criados durante muchos años. Una no inspiraba el debido respeto.

—Tengo un invitado a cenar. —Agitó una mano con ligereza—. Simplemente he pensado que no querrías esperarme.

—Es mi trabajo esperarla —contestó Tiggle con recelo—. ¿La doncella de lady Violet se toma también la noche libre?

—En realidad... —George pasó la yema de un dedo por su tocador—. Es una cena muy íntima. Violet no asistirá a ella.

—¡No...!

La exclamación de la doncella fue interrumpida por unos golpes en la puerta. ¡Maldita sea! Esperaba que a estas horas Tiggle ya estuviese fuera.

George abrió la puerta.

—En mi salita, por favor —les dijo a los criados que estaban al otro lado.

—Mi lady —dijo Tiggle entre dientes mientras George pasaba de largo dirigiéndose a la puerta que daba a la salita.

George la ignoró y abrió la puerta. En la salita, los criados estaban atareados recolocando los muebles y poniendo la mesa que habían tenido que traer. En la chimenea titilaba el fuego.

—¿Qué...? —Tiggle siguió a George hasta la salita pero al instante se calló en presencia de otros sirvientes.

—¿Es así como lo quiere, mi lady? —inquirió uno de los criados.

—Sí, está muy bien. Ahora, asegúrese de avisar al cocinero cuando llegue el señor Pye. Querremos la cena enseguida.

Los criados se marcharon haciendo una reverencia, lo cual, lamentablemente, liberó a la doncella de su autoimpuesto silencio.

—¿Viene el señor Pye a cenar? —Tiggle parecía escandalizada—. ¿Con usted, mano a mano?

George levantó la barbilla hacia arriba.

—Sí, conmigo.

—¡Oh, Dios mío! ¿Por qué no me lo ha dicho, mi lady? —Tiggle se volvió bruscamente y regresó corriendo a la habitación.

George la siguió con la mirada.

La doncella asomó la cabeza por el marco de la puerta, y la llamó con urgencia:

—¡Deprisa, mi lady! No hay mucho tiempo.

Reaccionando como si le hubieran dado un empujón, George la siguió hasta la habitación.

Tiggle ya estaba en el tocador, rebuscando entre las botellas. Cogió un pequeño frasco de cristal mientras ella se acercaba.

—Con esto bastará. Exótico, pero no excesivo. —Arrancó la pañoleta que llevaba su señora alrededor del cuello.

—¿Qué estás...? —George se llevó las manos a su escote repentinamente desnudo.

La doncella le apartó las manos. Quitó el tapón de cristal del frasco y lo pasó suavemente por el cuello de George y entre sus senos. El olor a sándalo y a jazmín flotó en el aire.

Tiggle puso de nuevo el tapón en la botella y retrocedió para mirarla con ojos escrutadores.

—Mejor los pendientes granates.

George buscó obedientemente en su joyero.

A sus espaldas Tiggle suspiró.

—¡Lástima que no pueda arreglarle otra vez el pelo, mi lady!

—Estaba bien hace un momento. —George se concentró frente al espejo mientras se cambiaba de pendientes.

—Hace un momento yo no sabía que vendría un caballero.

George se enderezó y se giró.

Tiggle la examinó con las cejas fruncidas.

Entonces ella se pasó una mano con timidez por el vestido de terciopelo verde. Una hilera de lazos negros, que se repetían en los codos, recorrían el corpiño de arriba abajo.

—¿Estoy bien?

—Sí —afirmó Tiggle tajante—. Sí, mi lady, creo que está muy bien. —Anduvo con rapidez hasta la puerta.

—Tiggle —la llamó George.

—¿Mi lady?

—Gracias.

La doncella se ruborizó literalmente.

—Buena suerte, mi lady. —Sonrió abiertamente y desapareció.

George volvió tranquilamente a la salita y cerró la puerta que daba a su habitación. Se sentó en uno de los sillones junto a la chimenea y al instante se levantó de un salto; después caminó hasta la repisa de la chimenea y echó un vistazo al reloj que había sobre ésta. Pasaban cinco minutos de las siete en punto. Quizás el señor Pye no tuviese reloj o quizá simplemente fuese impuntual por costumbre; o quizá no tuviese intención de venir...

Alguien llamó a la puerta...

George se quedó helada y miró fijamente hacia allí.

—Adelante.

Harry Pye abrió la puerta. Titubeó, observándola con la puerta todavía entornada tras él.

—¿No piensa entrar?

Él entró pero dejó la puerta abierta.

—Buenas noches, mi lady. —Su aspecto era de lo más enigmático.

George empezó a balbucir.

—Pensé que podríamos cenar tranquilamente para discutir sobre el envenenamiento y el ataque y lo que tal vez convendría hacer...

Aparecieron varios criados en la puerta («¡gracias a Dios!») y empezaron a poner la mesa. Detrás llegaron más sirvientes, llevando fuentes con tapa y vino. Hubo una actividad frenética. Harry y ella observaron en silencio mientras los sirvientes organizaban la comida. Al fin, la mayoría salieron, quedando únicamente un criado para servir la cena. Ese caballero de buenos modales apartó sus sillas, primero la de George y luego la de Harry. Se sentaron y él se dispuso a servir la sopa con un cucharón.

En la habitación reinaba un silencio sepulcral.

George miró al criado y a Harry respectivamente.

—Creo que nos las arreglaremos solos, gracias.

El criado hizo una reverencia y se fue.

Y se quedaron solos. George le lanzó una mirada a Harry, que estaba mirando la sopa con el ceño fruncido. ¿No le gustaba el consomé?

Ella partió su panecillo, un trueno en la quietud.

—Espero que no se haya resfriado por haberse metido en el riachuelo esta tarde.

Harry levantó su cuchara.

—No, mi lady.

—Porque el agua parecía tremendamente fría.

—Estoy bien, mi lady. Gracias.

—Bueno. Vale... eso es bueno. —George comió y trató de pensar frenéticamente en algo que decir. Su mente estaba completamente en blanco.

De pronto Harry dejó su cuchara.

—¿Por qué me ha hecho venir aquí esta noche?

—Acabo de decirle...

—Que quería hablar del envenenamiento y el ataque, sí, lo sé. —Harry se levantó de la mesa—. Pero prácticamente se le ven los pechos y ha hecho que los sirvientes se retiren. Los *otros* sirvientes. ¿Por qué me quiere aquí en realidad? —Permaneció de pie casi amenazadoramente, su mandíbula tensa, sus manos cerradas en un puño.

—Yo... —A George se le aceleró el pulso. Sus pezones se habían excitado en el momento en que él había dicho *pechos*.

Los centelleantes ojos de Harry descendieron y ella se preguntó si él lo sabría.

—Porque no soy lo que cree que soy —dijo Harry sin alterar la voz mientras rodeaba la mesa hacia ella—. No soy un criado que salta ante uno de sus ruegos y luego se tumba cuando usted haya acabado conmigo. —Su voz era cada vez más grave—. No soy alguien a quien pueda despachar como a esos criados, como a todas las demás personas de esta mansión. Soy un hombre que tiene sangre en las venas. Si empieza algo conmigo, no espere que me convierta en un perrito faldero que jadea cuando usted lo llama. —Harry la sujetó por la parte superior de los brazos y la atrajo hacia su duro cuerpo—. No espere que sea su sirviente.

George pestañeó. La idea de confundir a este hombre, que verdaderamente reaccionaba ante el peligro, con un perro faldero era absurda.

Harry arrastró lentamente un dedo por el borde de su corpiño, observando su reacción.

—¿Qué quiere de mí, mi lady?

Los pechos de George parecían estar hinchándose.

—Yo... —No podía pensar mientras él la tocaba; no sabía qué decir. ¿Qué quería oír él? George miró alrededor de la habitación en busca de ayuda, pero únicamente vio el montón de comida y las fuentes—. En realidad, no estoy segura. No tengo ninguna experiencia en esto.

Harry hundió dos dedos por dentro de su corpiño y le acarició el pezón. Ella se estremeció. «¡Oh, Dios mío!» Entonces se lo pellizcó, enviando chispas directamente a sus rincones más íntimos. George cerró los ojos.

Sintió que el aliento de Harry acariciaba su mejilla.

—Cuando lo averigüe, mi lady, hágamelo saber.

Y al marcharse, cerró la puerta discretamente.

Capítulo 9

*E*sa noche Bennet entró en Cock and Worm justo pasadas las doce. La taberna estaba abarrotada, había mucho ruido a esas horas, y el humo de un sinfín de pipas se suspendía en una nube cerca del techo. Harry estaba sentado en una oscura esquina y observó al joven señor Granville moverse con el modo de andar excesivamente prudente del hombre ya medio borracho. Entrar en un lugar con mala fama como la taberna Cock and Worm teniendo uno los sentidos mermados no era un acto especialmente inteligente, pero eso no era de su incumbencia. Un aristócrata que arriesgaba su propia seguridad no era asunto suyo, ni ahora ni nunca.

Harry tomó un sorbo de su jarra e intercambió su mirada con las dos prostitutas locales que intentaban obtener negocio. La más joven de las chicas, una rubia, estaba sentada en el regazo de un hombre de rostro rubicundo. Tenía los pechos justo debajo de su barbilla, como si le preocupara que él fuese miope. Los ojos del hombre estaban vidriosos, y la prostituta hacía sigilosos movimientos en la parte frontal de sus pantalones. No pasaría mucho tiempo antes de que los dos llegasen a un acuerdo.

La segunda prostituta, una chica pelirroja, captó su mirada y sacudió la cabeza. Ya había intentado seducirlo y él la había rechazado. Naturalmente, si ahora le enseñaba la cartera, ella no tardaría en sonreírle. Cuanta más cerveza bebía, más empezaba a replantearse lo de haber rechazado a la pelirroja. Llevaba días caliente, y el objeto de su erección, pese a su ofrecimiento, probablemente no le ayudase ahora, ¿verdad que lady Georgina no lo haría?

Harry miró su cerveza con semblante ceñudo. ¿Qué tramaba su lady Georgina invitándolo a sus estancias privadas? No lo que él había querido pensar, eso seguro. La dama era virgen, y la primera norma de las aristócratas solteras era: «Conserva tu virginidad. Hagas lo que hagas, no vayas por ahí regalándosela a los criados». La dama buscaba la emoción de uno o dos besos robados. Él era un fruto prohibido para ella. Menos mal que había resistido a sus halagos. Pocos hombres de los que conocía podrían haberlo hecho. Asintió y brindó por su propia cordura.

Pero entonces recordó el aspecto que tenía lady Georgina horas antes esa noche. Sus ojos eran tan azules y tan confiados, contradiciendo la tentación de su pronunciado escote. Sus senos parecía que resplandecían a la luz del fuego. Pensar en ella incluso ahora hacía que su pene, excesivamente sensible, reaccionara. Frunció las cejas, disgustado por su propia debilidad. De hecho, ninguno de los hombres que conocía...

¡Pum!

Harry se volvió bruscamente.

El joven señor Granville se deslizó sobre una mesa, de cabeza, tirando al suelo vasos llenos de cerveza. Cada vaso detonó con una pequeña y líquida explosión al impactar en el suelo.

Harry tomó otro sorbo de su jarra. Esto no era asunto suyo.

Los hombres de la mesa no estaban contentos. Un tipo con unas manos grandes como jamones levantó a Bennet con fuerza por la pechera de su camisa. Éste arremetió contra el otro hombre, golpeándolo en un lado de la cabeza.

«No era asunto suyo.»

Otros dos hombres lo agarraron por las muñecas, juntándolas con brusquedad en su espalda. El hombre de enfrente hundió su puño en la barriga de Bennet. Éste se dobló por el dolor. Trató de dar patadas, pero estaba respirando bilis por el puñetazo en el estómago. Sus pies quedaron muy lejos de su agresor. Detrás de ellos, una mujer alta echó hacia atrás la cabeza y se rió borracha. Le resultaba familiar, ¿no era...? El hombretón desplazó el puño hacia atrás preparándose.

«No era asunto suyo. No era... ¡oh, al diablo!»

Harry se levantó y sacó la navaja de su bota con un solo movimiento. Nadie se estaba fijando en él y antes de que alguien se diera cuenta ya se había abalanzado sobre el hombre que se disponía a golpear a Bennet. Desde este ángulo, una rápida puñalada en el costado seguida por una torcedura de muñeca lo mataría incluso antes de caer al suelo. Pero el objetivo de Harry no era matarlo. En su lugar le hizo un corte en la cara. La sangre salió a borbotones, cegando al hombre, que gritó y soltó a Bennet. Entonces Harry le propinó una cuchillada a uno de los que le sujetaban las muñecas a Bennet, y luego agitó la hoja de su navaja ante la mirada del segundo hombre.

Éste levantó las manos.

—¡Espera! ¡Espera! ¡Sólo le estábamos enseñando modales!

—Ya basta —susurró Harry.

El hombre parpadeó.

Harry se agachó (a tiempo para proteger su cabeza pero no su hombro) mientras una silla se estrellaba contra su costado. Se volvió y dio un navajazo. El hombre que tenía detrás chilló, apretándose el muslo sangriento. Otra colisión y el *porrazo* de carne contra carne. Entonces cayó en la cuenta de que Bennet estaba de pie espalda con espalda con él. El aristócrata no iba tan borracho como había creído. Por lo menos podía pelear.

Tres hombres atacaron de golpe.

Harry se echó a un lado, dejando que un hombre pasara de largo dándole un puñetazo y un empujón. Después, otro, de pelo rubio con una navaja, se abalanzó sobre él. Éste tenía cierta experiencia peleando con navaja y agarró una capa con la mano que tenía libre para impedirle usar su puñal. Pero no había peleado en los mismos sitios que él.

Ni nunca había peleado por su vida.

Harry le arrebató la capa de un tirón. El hombre se tambaleó, procuró recuperar el equilibrio y descubrió que lo había cogido por el pelo. Harry echó hacia atrás su cabeza, arqueando su cuello, y le apuntó a los ojos con la punta de la navaja. Testículos y ojos. Ésas eran las dos cosas que los hombres más temían perder. Amenazando cualquiera de las dos, se conseguía toda la atención de un hombre.

—Suéltala —le ordenó Harry entre dientes.

El sudor y el pis le agredieron las aletas de la nariz. El hombre de pelo rubio había perdido el control de su vejiga. Asimismo había soltado su navaja, a la que él le propinó una patada. Ésta se desplazó por el suelo rebotando, deslizándose debajo de una mesa. La taberna estaba en silencio. Lo único que se oía era la dificultosa respiración de Bennet y los sollozos de una de las prostitutas.

—Deja que se vaya. —Dick Crumb salió de la parte trasera.

—Diles que retrocedan. —Harry señaló con la barbilla a los tres hombres que aún estaban de pie.

—Obedeced. Es mejor no meterse con Harry cuando tiene el día.

Nadie se movió.

Dick levantó la voz.

—¡Obedeced! Habrá más cerveza para todo el que quiera.

La alusión a la cerveza fue mágica. Los hombres refunfuñaron pero se apartaron. Harry bajó la mano. El hombre de pelo rubio cayó de rodillas, gimoteando.

—Será mejor que saques a Granville de aquí —musitó Dick mientras pasaba con las jarras de cerveza.

Harry agarró a Bennet del brazo y lo empujó hacia la puerta. El joven se tambaleaba, pero al menos se mantenía erguido. Fuera, el aire era frío y Bennet jadeó. Alargó una mano para apoyarse en la fachada de la taberna, y por un instante Harry creyó que iba a vomitar. Pero entonces se enderezó.

La yegua zaina estaba al lado de un capón castaño más grande.

—Vamos —dijo Harry—, será mejor estar fuera antes de que acaben de beber.

Montaron y se fueron. Había empezado a lloviznar de nuevo.

—Supongo que debería darte las gracias —comentó Bennet de repente—. No pensé que acudieras en ayuda de un Granville.

—¿Siempre empiezas las peleas sin nadie que te respalde?

—No-o. —Bennet hipó—. Esto no estaba previsto.

Cabalgaron en silencio. Harry se preguntó si Bennet se habría quedado dormido. Los caballos cruzaron chapoteando los charcos del camino.

—No sabía que podías pelear así. —La voz imprecisa de Bennet le llegó a través del tamborileo de la lluvia.

Harry guñó.

—Hay muchas cosas que no sabes de mí.

—¿Dónde aprendiste?

—En los hospicios.

Harry creyó que lo había hecho callar con su dura afirmación, pero entonces Bennet se rió entre dientes.

—Mi padre es un cabronazo, ¿verdad?

No hubo necesidad de contestar a eso. Coronaron una pendiente y llegaron al río.

—Será mejor que no me sigas acompañando. No estás a salvo en la finca de los Granville. —Bennet lo escudriñó en la oscuridad—. Quiere matarte, ¿lo sabías?

—Sí. —Harry tiró de las riendas y giró la cabeza de la yegua.

—¿Nunca más me volverás a llamar por mi nombre? —Bennet parecía melancólico. Quizás ya hubiese entrando en la fase sentimental de la borrachera.

Harry espoleó a su caballo camino abajo.

—Te he echado de menos, Harry. —La voz de Bennet flotó en el aire nocturno a sus espaldas y desapareció como un fantasma.

Éste no respondió.

Frente a la taberna Cock and Worm, Silas salió de entre las sombras y observó con amargura mientras su querido hijo se alejaba con el hombre que más odiaba en el mundo.

—Tu chico morirá, pero será a manos del administrador de Woldsly —dijo una cercana voz beoda arrastrando las palabras.

Silas se volvió y aguzó la vista hacia la oscura callejuela que había entre la taberna y el edificio contiguo.

—¿Quién eres? ¿Cómo te atreves a hablarme así?

—Sólo soy un pajarito. —Una desagradable risita de mujer.

Silas sintió que la presión aumentaba en su sien.

—Sal de ahí o te...

—¿Me... qué? —repuso la voz con desdén. Apareció un rostro, fantasmagórico entre las sombras. Estaba arrugado y fatigado y pertenecía a una anciana a la que Silas no recordaba haber visto nunca—. ¿Qué me harás? —repitió ella, riéndose burlona como un demonio—. Ha estado matando a tus ovejas durante semanas y tú no has hecho nada. No eres más que un viejo. ¡Viejo Granville, señor de nada! ¿Qué se siente al ser dominado por el nuevo líder?

La mujer se volvió y se tambaleó calle abajo, con una mano extendida para mantener el equilibrio apoyada en la pared.

Silas dio dos pasos y se abalanzó sobre ella.

—¡Dios! Los huevos pasados por agua están buenísimos esta mañana. —George puso mentalmente los ojos en blanco ante su propia fatuidad.

Ella, Violet y Euphie estaban sentadas a la mesa del desayuno. Como venía siendo habitual desde hacía varios días, su hermana rehusaba hablar con ella salvo para mantener las más desganadas conversaciones, obligándola a hacer comentarios sobre los huevos.

—Mmm... —Violet levantó un hombro.

Por lo menos aún estaba viva. ¿Qué le había pasado a su vivaz hermana pequeña? ¿La que era constitucionalmente incapaz de reprimir una exclamación sobre cada pequeño detalle?

—A mí me gustan los huevos pasados por agua —comentó Euphie con voz aflautada desde el otro extremo de la mesa—. Naturalmente, es muy importante que estén un poco *crudos* y no hechos del todo.

George arrugó el entrecejo mientras tomaba un sorbo de té. ¿Acaso Euphie no había reparado en el silencio casi sepulcral de la joven que estaba a su cargo?

—Los riñones también son buenos —continuó Euphie—. Si están hechos con mantequilla. Pero no puedo soportar el jamón por la mañana. Lo cierto es que no sé cómo puede soportarlo nadie.

Quizás hubiese llegado el momento de encontrar una dama de compañía más joven para Violet. Euphie era un encanto, pero un tanto despistada a veces.

—¿Te gustaría salir hoy a montar? —inquirió George. Quizá lo único que necesitaba Violet era aire fresco—. El otro día vi un paisaje precioso y pensé que si te llevabas tus lápices, podrías dibujarlo. Tony dice...

—Lo siento. —Violet se levantó de su silla de un salto—. Es que... es que hoy no puedo ir.

Salió corriendo de la habitación.

—La gente joven es tan impredecible, ¿verdad? —Euphie parecía perpleja—. Cuando yo era pequeña, estoy convencida de que mi madre me dijo un centenar de veces: «Euphemia, no te precipites. El verdadero sello de distinción de una dama es su habilidad para permanecer tranquila».

—Muy instructivo, sin duda —repuso George—. ¿Sabes qué es lo que le preocupa a Violet?

—¿Lo que le preocupa, mi lady? —Euphie ladeó la cabeza como un pájaro—. De hecho, no me consta que esté *preocupada*. Creo que cualquier pequeño cambio en su comportamiento habitual podría ser atribuido a su juventud y a ciertos acontecimientos *mensuales*. —Se ruborizó y rápidamente tomó un sorbo de té.

—Ya veo. —George analizó a la mujer de cierta edad cuidadosamente. Quizá sería mejor que trabajase como dama de compañía de mamá. Sin duda, allí sus despistes no serían perjudiciales—. Bien, gracias por tu perspicacia. Y ahora, si me disculpas... —George se puso de pie y salió de la salita del desayuno mientras Euphie aún murmuraba su consentimiento.

Corrió escaleras arriba hasta la habitación de Violet.

—¿Violet, querida? —George llamó a su puerta.

—¿Qué quieres? —La voz de su hermana sonaba sospechosamente áspera.

—Quería hablar contigo, si es posible.

—Vete. No quiero ver a nadie. Tú nunca me entiendes. —La llave giró en la cerradura.

Violet le había impedido entrar.

George miró fijamente la puerta. Muy bien, pues. Desde luego no pensaba enzarzarse en una discusión a través de la madera maciza. Atravesó el pasillo dando pisotones. Euphie estaba en su propio mundillo, Violet enfurruñada, y Harry... George abrió la puerta de su dormitorio con tanto ímpetu que ésta chocó contra la pared. Y Harry no aparecía por ninguna parte. Ella se había presentado con la calesa en su cabaña a las siete de esta mañana, y él ya se había marchado. ¡*Cobarde*! Y los hombres creían que las mujeres eran débiles. Probablemente habría salido a hacer cosas de hombres llevado por la falsa ilusión de que había trabajo que hacer, cuando en realidad no hacía más que evitarla. ¡Ja! Bien, a ese juego podían jugar dos. Se sacó con dificultad su vestido de día y se puso precipitadamente un traje de montar. Dio una vuelta entera sobre sí misma para intentarse abrochar los corchetes de la espalda antes de admitir la derrota y llamar a Tiggle.

La doncella llegó con la misma expresión medio apesadumbrada medio reconfortante que había adoptado desde la desastrosa noche anterior.

Al verla, George por poco perdió el control.

—Ayúdame a abrocharme esto, por favor. —Se puso de espaldas.

—¿Va a salir a montar, mi lady?

—Sí.

—¿Con este tiempo? —Tiggle miró con reservas hacia la ventana. Una rama mojada de un árbol daba latigazos contra ella.

—Sí. —George contempló la rama del árbol con semblante ceñudo. Por lo menos no había relámpagos.

—Ya veo. —Tiggle se agachó detrás de ella para llegar a los corchetes de su cintura—. ¡Qué lástima lo de anoche! Que el señor Pye rechazase su invitación.

George se tensó. ¿Se compadecían ahora de ella todos los criados?

—No me rechazó. Bueno, no exactamente.

—¡Oh!

George pudo notar cómo el calor se expandía por su cara. ¡Al diablo con las complexiones pálidas!

—Me preguntó qué quería de él.

Tiggle, que estaba recogiendo el vestido de día que George se había quitado, se detuvo y la miró con fijeza.

—¿Y qué respondió, mi lady? Si no le importa que se lo pregunte.

George levantó las manos en el aire.

—No sabía qué decir. Masculló algo así como que nunca había hecho esto antes y él se fue.

—¡Oh! —Tiggle arqueó las cejas.

—¿Qué quiere que le diga? —George anduvo hasta la ventana—. «¿Quiero que se desnude, Harry Pye?» Seguro que normalmente se hace con más finura que eso. ¿Y por qué me pregunta por mis intenciones? No me creo que la mayoría de los *affairs de coeur* empiecen con semejante observación de legista. Me sorprende que no me las pidiera por escrito: «Yo, lady Georgina Maitland, exijo que el señor Harry Pye haga el amor conmigo con suma delicadeza». ¡Por favor!

Hubo silencio a sus espaldas. George hizo una mueca de disgusto. Había dejado atónita a Tiggle. ¿Acaso el día podía ser...?

La doncella se echó a reír.

George se volvió.

Su doncella estaba doblada, intentando recobrar el aliento.

—¡Oh, mi lady!

George hizo otra mueca enfadada.

—No tiene gracia.

—No, naturalmente que no. —Tiggle se mordió el labio, claramente esforzándose por contenerse—. Es sólo que... «Quiero que se desnude, Ha-Ha-Harry Pye.» —De nuevo estalló en risas.

George se sentó pesadamente en el borde de la cama.

—¿Qué voy a hacer?

—Lo siento, mi lady. —Tiggle se sentó junto a ella, con el vestido aún en sus brazos—. ¿Es eso lo que quiere de Harry Pye? ¿Un *affaire*?

—Sí. —George frunció la nariz—. No lo sé. Si lo hubiese conocido en un baile, no le habría pedido un *affaire*.

George habría bailado con él, luego flirteado e intercambiado ingeniosas bromas. Él le habría enviado flores a la mañana siguiente y quizá le habría pedido dar una vuelta por el parque en carruaje. La habría cortejado.

—Pero a un administrador de fincas no le invitan a los bailes a los que usted asiste, mi lady —constató Tiggle con tranquilidad.

—Exacto. —Por alguna razón ese simple hecho obligó a George a parpadear para ahuyentar las lágrimas.

—Bien, pues... —Tiggle suspiró y se levantó—, como no hay ninguna otra opción, quizá deba usted decirle lo que me ha dicho. —Sonrió sin mirarla a los ojos y abandonó la habitación.

George se dejó caer sobre su cama. «¡Ojalá...!» Suspiró. Si los deseos fuesen caballos, entonces los mendigos montarían a caballo.

Harry cerró la puerta de su cabaña y apoyó en ella la cabeza. Todavía podía oír cómo la lluvia golpeaba sobre la madera. Los cereales se estaban pudriendo en los campos, y él no podía hacer una maldita cosa al respecto. Pese al amable ofrecimiento de lady Georgina de hacer préstamos a los arrendatarios, estos perderían un montón de dinero, un montón de *comida*, si la cosecha se iba a pique. Y no sólo eso, sino que hoy se habían encontrado más ovejas muertas en la finca de Granville. La audacia del envenenador estaba aumentando. En la última semana había actuado tres veces, matando a más de una docena de animales. Hasta el más leal de los arrendatarios de Woldsly lo miraba ahora con recelo. ¿Y por qué no? Para muchos él era un forastero aquí.

Se apartó de la puerta y dejó el farol encima de la mesa junto a una carta que había abierto esta mañana. La señora Burns le había dejado la cena, pero no la tocó. En lugar de eso encendió la chimenea y puso el hervidor de agua a calentar.

Había salido a caballo antes del amanecer y había estado trabajando desde entonces, examinando las cosechas. Ya no podía seguir soportando lo mal que olía su propio cuerpo. Rápidamente se desnudó de cintura para arriba y puso el agua caliente en una palangana. Apenas estaba tibia, pero la empleó para lavarse debajo de los brazos, el pecho y la espalda. Finalmente, llenó la palangana de agua limpia y sumergió en ella la cabeza y la cara. El agua fresca se deslizó por su rostro, goteando por la barbilla. Le dio la impresión de que no únicamente limpiaba la suciedad de la jornada, sino también todas las angustias mentales: la frustración y la rabia y la impotencia. Harry cogió un trapo y se secó la cara.

Llamaron a la puerta.

Se quedó helado, con el trapo aún en su mano. ¿Habrían venido al fin los hombres de Granville a buscarlo? Apagó el farol, sacó su navaja y fue sigilosamente hasta la puerta. Se apartó a un lado y la abrió de golpe.

Fuera estaba lady Georgina, la lluvia goteando por su capucha.

—¿Puedo entrar? —Bajó la mirada y reparó en el torso desnudo de Harry. Sus ojos azules se abrieron atónitos.

Harry sintió que su pene se endurecía ante la reacción de George.

—No pensé que necesitara mi permiso para entrar, mi lady. —Volvió hacia la mesa para ponerse la camisa.

—El sarcasmo no le sienta bien. —Ella entró y cerró la puerta.

Harry destapó su cena (sopa de judías) y se sentó para tomársela.

Lady Georgina dejó su capa de cualquier manera sobre una silla. Harry sintió que clavaba los ojos en él antes de acercarse a la chimenea.

Tocó todas y cada una de las tallas de animales con la yema de un dedo y luego se volvió hacia él.

Harry tomó una cucharada de sopa. Ya estaba fría, pero seguía siendo sabrosa.

Ella arrastró los dedos por la mesa, deteniéndose al llegar a la carta. La cogió.

—¿Conoce al conde de Swartingham?

—Solemos ir a la misma cafetería en Londres. —Harry se sirvió una jarra de cerveza—. En ocasiones me escribe para hablarme de asuntos agrícolas.

—¿En serio? —George empezó a leer la carta—. Pero le habla como si lo considerase su amigo. Su lenguaje es ciertamente informal.

Harry se atragantó y le arrebató la carta de la mano, asustándola. Las cartas de lord Swartingham algunas veces podían ser pintorescas; no aptas para una dama.

—¿En qué puedo ayudarle, mi lady?

Lady Georgina se alejó de la mesa. Su comportamiento parecía fuera de lugar, y Harry necesitó un minuto para comprenderlo.

Estaba nerviosa.

Él entornó los ojos. Nunca la había visto abochornada con anterioridad.

—La última vez no me dejó acabar mi cuento —dijo ella—. Sobre el Príncipe Leopardo. —Se detuvo junto al fuego y le dedicó una expresión curiosamente vulnerable.

Con una única y fría palabra, Harry podía ahuyentar a esta mujer cuya posición era tanto más elevada que la suya. ¿Había tenido alguna vez tanto poder sobre una aristócrata? Lo dudaba. El problema radicaba en que en algún momento de la pasada semana ella había dejado de ser simplemente un miembro de la aristocracia y se había convertido en... una mujer. Lady Georgina.

Su señora.

—Por favor, cuénteme su historia, mi lady. —Harry tomó un poco más de sopa de la señora Burns, y masticó un trozo de carne de cordero.

Ella pareció que se relajaba y regresó junto a la repisa de la chimenea para juguetear con los animales tallados mientras hablaba:

—El Príncipe Leopardo venció al ogro y se llevó el Caballo de Oro. ¿Le expliqué esa parte? —George le lanzó una mirada.

Harry asintió.

—Sí, entonces... —Ella arrugó la nariz pensativa—. El joven rey, ¿lo recuerda?

—Mmm.

—Bien, el joven rey le quitó al Príncipe Leopardo el Caballo de Oro, probablemente sin siquiera un «muchas gracias», y se lo envió a la princesa —George agitó una mano—, o mejor dicho a su *padre*, el *otro* rey. Porque la princesa no tiene ninguna autoridad, ¿verdad?

Harry se encogió de hombros. El cuento de hadas era de George; ¡qué iba a saber él!

—Muy raras veces la tienen. Las princesas, quiero decir. Son siempre vendidas a viejos dragones y gigantes y demás. —Lady Georgina estaba observando un tejón con las cejas arqueadas—. ¿Dónde está el ciervo?

—¿Cómo dice?

—El ciervo. —George señaló la repisa—. No está aquí. No se le habrá caído al fuego ¿no?

—No creo, pero podría ser.

—Tendrá que encontrar otro sitio para las tallas. Aquí es demasiado peligroso. —Empezó a alinear los animales tallados al fondo de la repisa.

—Como quiera, mi lady.

—En cualquier caso —continuó lady Georgina—, el joven rey le llevó el Caballo de Oro al padre de la princesa y le dijo: «Aquí lo tiene, ¿y qué me dice, pues, de su hermosa hija?». Pero lo que el joven rey no sabía era que el Caballo de Oro podía hablar.

—¿Es un caballo de metal que habla?

Por lo visto George no lo oyó.

—Nada más salir el joven rey de la sala, el Caballo de Oro se dirigió al otro rey, el padre de la princesa... ¿me sigue?

—Mmm. —Harry tenía la boca llena.

—Bueno. Todos estos reyes resultan muy confusos. —Suspiró—. Y el Caballo de Oro le dijo: «Ése no es el hombre que me ha liberado. Han engañado a Vuestra Majestad». Y el padre de la princesa se puso furioso.

—¿Por qué? —Harry bebió un poco de cerveza—. El padre de la princesa tenía el Caballo de Oro. ¿Por qué iba a importarle quién lo robó realmente?

Ella puso los brazos en jarras.

—Porque el robo del Caballo de Oro es una prueba. El rey únicamente quiere que se case con su hija el hombre capaz de haberlo hecho.

—Ya veo. —Todo en sí parecía estúpido. ¿Acaso un padre magnánimo no mostraría más interés por el hombre más rico que por el más fuerte?—. O sea, que, entonces, en realidad no quería el Caballo de Oro.

—Seguramente también quería el Caballo de Oro, pero eso no viene al caso.

—Pero...

—Lo *importante* —lady Georgina lo fulminó con la mirada— es que el padre de la princesa se fue directamente a ver al joven rey y le dijo: «Verá, lo del Caballo de Oro está muy bien, pero lo que realmente quiero es el Cisne de Oro que pertenece a una bruja muy mala. De modo que si quiere a la princesa, vaya a buscarlo». ¿Qué le parece eso?

Harry tardó unos instantes en darse cuenta de que lo último iba dirigido a él. Tragó saliva.

—Me parece que hay un montón de animales de oro en este cuento de hadas, mi lady.

—Sí-í —afirmó lady Georgina—. Eso mismo pensé yo. Pero difícilmente podrían ser de otra cosa ¿no cree? Me refiero a que no quedaría bien que hubiera un caballo de cobre o un cisne de plomo. —Frunció las cejas y cambió un topo por un gorrión.

Harry la observó pensativo.

—¿Es eso todo, mi lady?

—¿Qué? —Ella no desvió la vista de los animalillos—. No, hay mucho más. —Pero no siguió con el relato.

Él apartó a un lado la sopa restante.

—¿Piensa contarme el resto?

—No. No ahora mismo, en cualquier caso.

Harry se levantó de la mesa y dio un paso hacia ella. No quería asustarla. Sentía como si su propio cisne de oro estuviese a su alcance.

—Entonces, ¿piensa decirme por qué ha venido realmente, mi lady? —le preguntó. Podía oler el perfume de su pelo, una exótica fragancia que olía a especias de tierras remotas.

George colocó un tordo junto a un gato. El pájaro se cayó y Harry esperó mientras ella lo enderezaba cuidadosamente.

—Necesito decirle algo. Además de lo del cuento de hadas. —George tenía el rostro medio vuelto y él pudo ver el brillante rastro de una lágrima en su mejilla.

Un hombre amable (un hombre *honorable*) la dejaría a solas. Fingiría no haber visto las lágrimas y se iría. No invadiría sus miedos y deseos. Pero hacía mucho tiempo que Harry había perdido el poco honor que alguna vez tuvo.

Y jamás había sido amable.

Le tocó el pelo con la yema de un dedo, notando los suaves mechones.

—¿Qué necesita decirme?

George se volvió para mirarlo de frente y sus ojos brillaron a la luz del fuego, vacilantes, esperanzados, y seductores como la propia Eva.

—Ya sé lo que quiero de usted.

Capítulo 10

*H*arry estaba tan cerca de ella, que su aliento le acariciaba la cara.

—¿Y qué es lo que quiere de mí, mi lady?

A George le latía el corazón en la garganta. Esto era mucho más difícil de lo que se había imaginado en su habitación de Woldsly. Tenía la sensación de que estaba desnudando su alma ante él.

—Lo quiero a usted.

Él se inclinó más hacia ella y a George le pareció notar que su lengua le tocaba la oreja.

—¿A mí?

Ella ahogó un grito. Esto era lo que la impulsaba, a pesar de su vergüenza, a pesar de su miedo: el deseo por este hombre.

—Sí. Quiero... quiero que me bese como la otra vez. Quiero verlo desnudo. Quiero que me vea desnuda. Quiero...

Pero sus pensamientos se dispersaron porque en esta ocasión se sentía segura de ello, y Harry le estaba resiguiendo el borde de su oreja con la lengua. Y si bien la *idea* de semejante caricia podía parecer bastante extraña, en realidad era *divina*. George se estremeció.

Entonces él vertió una risa sofocada en su húmeda oreja.

—Usted quiere muchas cosas, mi lady.

—Mmm. —George tragó saliva al tiempo que se le ocurría otra idea—. Y quiero que deje de llamarme *mi lady*.

—Pero si me da usted las órdenes magistralmente. —Los dientes de Harry se cerraron alrededor del lóbulo de su oreja.

George tuvo que apretar una rodilla contra otra para refrenar su propia excitación.

—A-aun así...

—Quizá debería llamarla George, como hace su hermana. —Harry subió hasta su sien depositando una hilera de besos.

Ella frunció el entrecejo mientras intentaba concentrarse en las palabras de Harry. No resultaba muy fácil.

—Bien...

—Aunque me temo que no la veo con los mismos ojos que su hermana. ¡George es un nombre tan masculino! —Una mano se desplazó hasta su pecho—. Y yo no la encuentro nada masculina. —Le rozó el pezón con el pulgar.

George dejó casi de respirar.

Entonces se lo rodeó a través de la tela de su vestido. «¡Oh, Dios mío!» No sabía que fuese posible sentir tanto con una caricia tan pequeña.

—Podría llamarla Georgina, pero es largo. —Harry observó su mano, su mirada era intensa.

«¿Qué?»

—Y luego está Gina, un apodo, pero es demasiado vulgar para usted. —Le pellizcó el pezón y ella sintió que la descarga le llegaba hasta el centro de su ser.

Gimió indefensa.

Harry levantó rápidamente la mirada hacia ella. Ya no sonreía.

—Así que, como ve, creo que tendré que seguir llamándola *mi* lady.

Bajó la cabeza. La boca de Harry cubrió la suya antes de que ella pudiera siquiera pensar. Mordiendo, lamiendo, chupando. Su beso (si a devorar con tanta voracidad podía llamársele beso) se apoderó de todos sus sentidos. George hundió los dedos en sus cabellos y se aferró a éstos como si su vida corriese peligro. «¡Oh, gracias a Dios!» Había empezado a pensar que jamás volvería a saborear a Harry. Le succionó la lengua, susurrando su placer.

Él emitió un sonido (¿un gruñido?) y sin disimulo puso una mano en sus nalgas, atrayéndola bruscamente hacia él. George se habría apostado la vida a que la dura vara que sentía presionando contra el abdomen era su virilidad. Únicamente para estar segura, se frotó contra ella, y la vara de Harry recibió casi toda su atención. Él premió su atrevimiento metiendo una rodilla entre sus piernas. El efecto fue tan excitante que ella prácticamente se olvidó de la vara. De algún modo Harry había encontrado *ese* punto, ese rincón que tanto placer podía proporcionarle. Él se lo frotó con su pierna mientras le introducía la lengua repetidas veces en la boca.

La sensación por poco le hizo a George gimotear. ¿Lo sabía Harry? ¿Tenían todos los hombres un conocimiento secreto de esa parte de la anatomía de la mujer? George le tiró del pelo hasta que los labios de Harry se separaron de los suyos. La rodilla continuaba con su desquiciador movimiento. Ella lo miró a los ojos, entornados y de un verde ardiente, y entendió que su conocimiento era demoledor. Harry sabía exactamente lo que le estaba haciendo. ¡No era justo! La tendría postrada en un charco de deseo antes siquiera de que ella pudiera descubrirlo.

—Pare.

La palabra fue más un grito sofocado que una orden, pero Harry se detuvo de golpe.

—¿Mi lady?

—He dicho que quería verlo a *usted*. —George desmontó de su rodilla. Ésa era realmente la única manera de describirlo.

Harry alargó los brazos abiertos.

—Aquí me tiene.

—*Desnudo.*

Por primera vez, hubo indicios de incomodidad en el rostro de Harry,

—Como desee mi señora. —Pero no hizo movimiento alguno.

George lo vio en sus ojos; tendría que desvestirlo ella misma. Se mordió el labio, excitada y vacilante al unísono.

—Siéntese ahí. —Señaló el sillón que había junto al fuego.

Él obedeció, reclinándose con las piernas extendidas.

Ella titubeó.

—Soy suyo para que haga conmigo lo que quiera, mi lady —dijo Harry. Las palabras sonaron como un ronroneo, como si un gato enorme le hubiera dado permiso para acariciarlo.

Si ella se mostraba ahora reacia, jamás lo averiguaría. Se arrodilló y desabotonó cuidadosamente los botones de su camisa. Las manos de Harry descansaban con naturalidad en los brazos del sillón, y él no hizo ningún movimiento para ayudarla. Ella llegó al último botón y abrió las dos mitades de su camisa, examinándolo. La trayectoria de los tendones de su cuello llegaba hasta las colinas de sus hombros, suaves y firmes. Debajo estaban sus pequeños pezones marrones, fruncidos como los suyos propios. Tocó uno con la yema de un dedo y después resiguió la cresta irregular del circundante y oscuro círculo.

Él emitió un sonido.

Ella levantó rápidamente la vista. Los ojos de Harry brillaban bajo sus párpados entornados, y tenía las aletas de la nariz infladas; por lo demás estaba quieto. Ella volvió a mirar su torso desnudo. En el centro crecía un vello oscuro, y George lo rozó para sentir su textura. Era fino, húmedo por debajo debido al sudor. Descendió siguiendo el rastro del vello hasta su vientre, donde éste rodeaba su ombligo. ¡Qué curioso! Y el vello se esparcía hasta más abajo. Debía de encontrarse con... Buscó el cierre de sus pantalones, los botones que la encerraban. Su virilidad se erguía tiesa dentro del tejido. George vio de soslayo que las manos de Harry se agarraban a los brazos del sillón, pero dejó que ella continuara. Encontró los botones. Le temblaban las manos y desabrochó un botón. Desabotonó el cierre y lo abrió lentamente mientras trataba de respirar.

Su *virilidad* se erguía sola; era más grande de lo que ella jamás se hubiera imaginado, y sobresalía por debajo de sus calzones. Las estatuas mentían. Era imposible que esto pudiese caber debajo de esas endebles hojas de higuera. Era más rojiza que la piel de su vientre, y podía ver las venas latiendo a lo largo de su extensión. La cabeza era más grande que el resto, brillante y roja. El pelo de la base estaba húmedo, y cuando ella se inclinó hacia delante (¡oh, cielos!) pudo oler a Harry. Almizcle masculino, espeso y embriagador.

George desconocía la etiqueta de la situación, si eso se hacía o no, pero se lanzó. Si muriese mañana y para la eterna salvación de su alma tuviera que dar cuenta ante las puertas del cielo y el mismísimo San Pedro, no se arrepentiría de ello: tocó el pene de Harry Pye.

Él gimió y levantó la cadera.

Pero ella estaba entretenida con su descubrimiento. La piel era suave, como el más delicado guante de un niño, y se movía independientemente del músculo que había debajo. Pasó rozando la palma de su mano por la columna hasta la cabeza del pene y vio que había una raja por la que emanaba líquido. ¿Sería ésta la semilla de la vida?

Harry volvió a gemir. Esta vez agarró a George y la sentó sobre su regazo, ocultando esa interesantísima parte de su cuerpo.

—Me matará, mi lady. —Forcejeó con los corchetes de la espalda del vestido de George—. Le prometo por la tumba de mi padre que podrá contemplar mi cuerpo desnudo durante horas, o tanto tiempo como pueda yo soportarlo, *más tarde*. Pero ahora mismo —el vestido se soltó hacia delante, y Harry tiró de él y de la combinación— necesito ver el suyo.

George frunció las cejas, dispuesta a protestar, pero él le había sacado ya el corpiño entero, y agachó la cabeza y le succionó un pezón. Ella miró fijamente la cabeza de Harry, atónita; entonces le llegó la sensación del movimiento, y tomó aire. George sabía que los hombres se volvían locos con los pechos, pero no tenía ni idea de por qué.

¡Oh, Dios! ¿Esto era normal? Quizá no importase (él deslizó la lengua hasta su otro pecho y lo succionó también), porque le parecía muy erótico. Muy evocador. Ahora, espontáneamente, las caderas de George se movieron en círculo. Él se rió entre dientes y ella sintió la vibración a través de su pezón.

Y entonces él mordió con suavidad.

—¡Oh, por favor! —A George le sorprendió la ronquedad de su propia voz. No sabía qué estaba suplicando.

Pero Harry sí lo sabía. Cambió de posición y tiró del vestido de George para sacárselo. Le quitó las chinelas de una en una y dejó que cayeran al suelo. Ella estaba sobre su regazo como una odalisca, desnuda a excepción de las medias y las ligas, su pene presionando contra su cadera. Debería de haber sentido bochorno, lo sabía. Si tuviese un poco de decoro, habría huido dando gritos. Lo cual no hacía sino poner de manifiesto lo que ella llevaba cierto tiempo sospechando: que había perdido todo sentido del decoro. Para cuando Harry levantó la cabeza y lenta, *muy* lentamente, observó con atención su cuerpo desnudo, ella arqueó literalmente la espalda como para mostrarse.

—Es tan hermosa. —La voz de Harry era gutural, grave y áspera—. Esto —tocó sus pezones hinchados— parecen bayas rojas rodeadas de nieve. Esto —pasó la mano suavemente por la curva de su vientre— es tan suave, como la pelusa. Y esto... —Desenmarañó con los dedos los rizos de color castaño rojizo que rodeaban su feminidad. Tensó brevemente la mano sobre su montículo. El rostro de Harry era carnal a la luz del fuego, sus líneas de expresión marcadamente aliviadas, los labios retirados en una sonrisa. Introdujo un largo dedo corazón entre sus pliegues.

George cerró los ojos mientras él la tocaba allí.

—¿Le gusta suave? —La rozó con el dedo—. ¿O fuerte? —La acarició.

—A-así —suspiró ella. Abrió las piernas un poco más.

—Béseme —susurró Harry, y volvió la cabeza para depositar ligeros besos sobre sus labios.

George gimió en la boca de Harry. Enredó las manos en su pelo y las paseó por la cálida piel de sus hombros. Y durante todo el rato su dedo la acarició hasta que la tensión alcanzó unos niveles insoportables, y él le metió su lengua en la boca. George se arqueó, sintiendo que el corazón se le salía del pecho y el calor se filtraba, se expandía desde su centro. Estaba conmocionada, como si hubiese emprendido un viaje sin regreso.

Él la acarició, tierno y reconfortante.

Cuando ella empezó a dejarse llevar, Harry la cogió en brazos, se levantó y anduvo hasta su dormitorio. La tumbó en su estrecha cama y retrocedió deliberadamente. La observó mientras se deshacía de la ropa restante. George permanecía echada sin rigidez, expectante ante lo que sea que él fuese a hacer a continuación. Entonces él se subió a la cama y se puso un segundo a cuatro patas; una bestia hambrienta a punto de devorar a su presa.

Su más que dispuesta presa.

—Quizá le duela. —Harry buscó su mirada.

—No me importa. —Ella tiró de su cabeza acercándola a la suya propia.

Sus labios se encontraron y él le abrió las piernas con las suyas. George lo sintió en su entrada. Harry levantó la cabeza y aguantó su peso sobre una mano, después entró con ímpetu en ella. O por lo menos eso pensó George. Él retrocedió un poco y empujó de nuevo, entrando más carne en su cuerpo. ¡Santo Dios!, ¿todo él...? Otro empujón y George ahogó un grito. Dolía. Molestaba. Quemaba. Harry le lanzó una mirada, apretó los dientes y empujó con fuerza. Sus pelvis se unieron.

Suspiró. Se sentía llena; demasiado llena.

Sobre ella, él estaba quieto. Una gota de sudor resbaló por un lado de su cara y le cayó en la clavícula.

—¿Bien? —Era un gemido.

«No.» George asintió y aventuró una sonrisa.

—Chica valiente —susurró Harry.

Éste se inclinó para besarla y movió lentamente sus caderas. Daba la impresión de que se friccionaba contra ella prácticamente sin mover su virilidad. Eso era bastante agradable. Ella exploró su espalda, los tensos músculos de los hombros, el valle de su columna, húmeda por el sudor. Bajó más y notó la flexión de sus nalgas mientras él, al fin, se adentraba en ella. No era doloroso, pero tampoco tan agradable como le había parecido antes su dedo. George se concentró en juguetear con sus lenguas. Y en hundir los dedos en los músculos de su trasero, porque le resultaban curiosamente fascinantes. Le hubiera gustado verlo de espaldas ahora mismo. Ella se sentía frágil. Él la penetraba una y otra vez. La sensación de su virilidad deslizándose y saliendo de ella era bastante interesante.

George se preguntó distraída qué aspecto debían de tener.

Entonces todo pensamiento se desvaneció, ya que él había presionado su mano contra ella *allí*. Y, de algún modo, la combinación de sus dedos y las embestidas de su pene fueron absolutamente perfectas. Entonces le agarró de las caderas y empezó a mover las suyas. Completamente carente de ritmo, aunque no parecía que importase. Casi... «¡Oh, cielos!» Vio realmente estrellas. Interrumpió su beso para arquear la cabeza contra la almohada con una dicha distinta a cuantas había sentido antes.

De repente él había salido de su cuerpo y ella sintió que un calor salpicaba su vientre. George abrió los ojos a tiempo de ver a Harry echando hacia atrás la cabeza y gritando. Se le marcaron los tendones del cuello, y su torso brillaba por el sudor.

Era la cosa más magnífica que había visto jamás.

Resultaba verdaderamente sorprendente lo sencillo que era matar.

Silas bajó los ojos y miró a la mujer que yacía en el tojo. Había tenido que arrastrarla hasta aquí después de mantenerla encerrada durante más de un día. Al fin y al cabo, lo importante había sido que muriera del modo adecuado, y él había tenido que encontrar y preparar las hierbas venenosas. Una tarea bastante fastidiosa. La mujer había acabado teniendo convulsiones, y el cuerpo estaba retorcido. Antes de morir, había vomitado y perdido el control de sus intestinos, defecando de forma asquerosa por todas partes. Se sonrió. Aparte de ser repugnante, todo el proceso le había robado demasiado tiempo.

Pero había sido sencillo.

Había elegido un pasto de ovejas de su propia finca. Aislado por la noche, pero lo bastante cerca del camino con el fin de que encontraran a la mujer antes de que se descompusiera del todo. Era importante que esto se asociara con el envenenamiento de las ovejas. Estos granjeros eran un puñado de zopencos, y si no se les proporcionaban las conexiones, posiblemente no viesen lo obvio.

Silas podría haber intentado que la mujer se bebiera el brebaje que él había preparado, pero había sido más rápido metérselo simplemente garganta abajo. A continuación se había sentado a esperar. Ella había blasfemado y protestado por su comportamiento; ya estaba borracha cuando él se la había encontrado. Entonces, al cabo de un rato, la mujer se había apretado con fuerza el estómago. Había vomitado. Se había cagado.

Y finalmente había muerto.

Silas suspiró y se desperezó, sus músculos entumecidos tras pasar tanto tiempo sentado en una roca húmeda. Se levantó y extrajo un pañuelo del bolsillo. Se acercó al apestoso cadáver y desenvolvió el ciervo tallado. Lo colocó cuidadosamente a varios pasos de la mujer. Lo bastante cerca como para que lo encontraran, pero lo bastante alejado como para que pareciera que al asesino se le había caído. Observó con ojo crítico la escena que había creado y le pareció bien.

Se sonrió y se fue.

Un peso reposaba sobre su pecho. Harry abrió los ojos pero no se movió. Vio una nube de cabellos pelirrojos flotando por su pecho y su brazo derecho.

George se había quedado a pasar la noche.

Miró hacia la ventana y blasfemó para sus adentros. Ya clareaba. Debería haberse levantado hacía una hora, y lady Georgina debería haberse ido bastante antes de eso. Pero estar aquí tumbado en una cama demasiado pequeña con su señora era agradable. Podía sentir la almohadilla de su seno contra el costado. Su aliento le caía sobre el hombro, y su brazo le cruzaba por encima del pecho como si ella se hubiese apropiado de él. Y quizá lo hubiese hecho. Tal vez él fuera como uno de los príncipes encantados de sus cuentos y ella tuviera ahora la llave de su corazón.

La llave de su mismísima alma.

Harry volvió a cerrar los ojos. Podía oler la fragancia de George mezclada con la suya. Ella se movió, descendió la mano por su vientre, casi hasta su erección matutina. Contuvo la respiración, pero se detuvo ahí.

Necesitaba orinar y, además, ella estaría demasiado dolorida esta mañana. Apartó el brazo que tenía encima suyo. Harry se incorporó. El pelo de lady Georgina era una maraña que enmarcaba su rostro. Lo retiró con suavidad, y ella frunció la nariz dormida. Él sonrió. George parecía una joven e indómita gitana. Se inclinó, besó su pezón desnudo y se levantó. Atizó el fuego, y después se puso los pantalones para salir a orinar. Cuando volvió, puso agua a hervir y echó de nuevo un vistazo a la pequeña habitación. Su señora aún dormía.

Estaba cogiendo la tetera cuando alguien empezó a aporrear la puerta de la cabaña. Se apresuró a cerrar la del dormitorio. Se hizo con su navaja y entreabrió la puerta.

Fuera había un caballero. Alto, y de pelo castaño rojizo. El desconocido agitaba una fusta en una mano huesuda. A sus espaldas vio un caballo atado.

—¿Sí? —Harry apoyó la mano derecha por encima de su cabeza. Con la otra sostenía la navaja, escondida en su lado de la jamba de la puerta.

—Estoy buscando a lady Georgina Maitland. —La voz del desconocido, entrecortada y perteneciente a la clase alta, habría paralizado a la mayoría de los hombres.

Harry arqueó una ceja.

—¿Y usted quién es?

—El Conde de Maitland.

—¡Ah...! —Harry empezó a cerrar la puerta.

Maitland encajó su fusta en el umbral para impedírselo.

—¿Sabe dónde está? —Ahora su voz era de advertencia.

—Sí —Imperturbable, Harry miró fijamente a Maitland—. Pronto estará en casa.

Había destellos de rabia en la mirada del otro hombre.

—Antes de una hora o tumbaré de una patada esta maldita choza con usted dentro.

Harry cerró la puerta.

Al volverse, vio a lady Georgina asomada desde el dormitorio. Llevaba el pelo suelto sobre los hombros y había usado una sábana para cubrirse.

—¿Quién era? —Tenía la voz ronca por el sueño.

Harry tuvo deseos de levantarla en brazos y llevarla de nuevo a su cama y hacerle olvidar el día de hoy, pero el mundo y cuanto en éste había la aguardaban.

Volvió a dejar la tetera en el estante.

—Su hermano.

Si había alguien en el mundo entero a quien una mujer no querría ver justo después de una noche de éxtasis, ése era su hermano. George jugueteó con el lazo que tenía en el cuello.

Tiggle le apartó la mano y le puso una última horquilla en el pelo.

—Ya está lista, mi lady. Más lista que nunca. —Al menos la doncella había dejado de dirigirle miradas de tristeza.

Por el contrario, ahora se compadecía. ¿Sabía todo el mundo lo que había pasado anoche? La verdad es que debería haber sido más discreta y no haberse quedado a dormir. George suspiró y contempló la posibilidad de fingir un dolor de cabeza. Pero Tony era de lo más obstinado. Quizá no la obligase a salir de su habitación para interrogarla, pero estaría esperándola frente a la puerta en cuanto ella intentara abandonar la estancia. Lo mejor sería quitárselo de encima.

Echó los hombros hacia atrás y bajó las escaleras como una cristiana que va al encuentro de un león especialmente fiero. Greaves le dedicó una mirada solidaria mientras le abría la puerta de la salita del desayuno.

Dentro, Tony estaba de pie junto a la repisa de la chimenea, mirando fijamente al fuego desde su huesuda nariz. Evidentemente, no había tocado la comida del aparador. Era la viva imagen de su difunto padre, alto y anguloso, con un rostro dominado por pómulos prominentes y gruesas cejas. La única diferencia estaba en el pelo castaño rojizo que había heredado de su madre. Eso, y el hecho de que era un hombre mucho más simpático de lo que lo fue su padre.

Habitualmente, en cualquier caso.

George reparó en que Violet estaba visiblemente ausente. También sabía muy bien por qué. Después se ocuparía de aquella sinvergüenza.

—Buenos días, Tony. —George fue paseando hasta el aparador. Arenques ahumados con mantequilla. Incluso el cocinero lo sabía. Se sirvió una ración generosa. Necesitaría estar fuerte.

—George —la saludó Tony con frialdad. Se acercó hasta la puerta y la abrió de golpe. Dos criados lo miraron, sobresaltados—. No los necesitaremos. Asegúrense de que no se nos molesta.

Los criados hicieron una reverencia.

—Sí, mi lord.

Tony cerró la puerta y tiró de su chaleco para alisarlo. George puso los ojos en blanco. ¿Cuándo se había vuelto su hermano tan estirado? Debía de haber estado ensayando en su habitación por las noches.

—¿Vas a desayunar? —inquirió ella al tiempo que se sentaba—. El cocinero ha hecho unos arenques deliciosos.

Tony ignoró su cortesía.

—¿En qué podías estar pensando? —Su tono era increíblemente arisco.

—Bien, en realidad, si quieres que te diga la verdad, no pensé en absoluto. —George tomó un sorbo de té—. Me refiero a después del primer beso. Besa muy bien.

—¡George!

—Si no querías saberlo, ¿por qué preguntas?

—Sabes perfectamente a qué me refiero. No te hagas la tonta conmigo.

George suspiró y dejó el tenedor. De todas maneras, los arenques le sabían a ceniza en la boca.

—No es de tu incumbencia.

—¡Naturalmente que me incumbe! Eres mi hermana y no estás casada.

—¿Me meto yo en tus asuntos? ¿Te pregunto yo a qué damas ves en Londres?

Tony cruzó los brazos y la miró fijamente desde su gran nariz.

—No es lo mismo y lo sabes.

—Sí —George pinchó un arenque—, pero debería serlo.

Él suspiró y retiró una silla que había frente a ella.

—Tal vez. Pero no es así como funciona el mundo. No se trata de cómo debería ser la sociedad, sino de cómo es. Y la sociedad te juzgará con bastante dureza, querida.

Ella sintió que le temblaban los labios.

—Vuelve a Londres conmigo —le sugirió Tony—. Podemos olvidar esto. Puedo presentarte a algunos hombres para...

—No es como elegir un caballo. No quiero cambiar un zaino por un castaño.

—¿Por qué no? ¿Por qué no buscas a un hombre de tu propia clase? ¿Uno que se case contigo y te dé hijos?

—Porque —respondió George despacio— no quiero simplemente a cualquier hombre. Quiero a *éste*.

Tony golpeó la mesa con la palma de su mano, sobresaltándola. Él se inclinó sobre ella.

—¿Y que el resto de la familia se vaya al infierno, y ya está? Tú no eres así. Piensa en el ejemplo que le estás dando a Violet. ¿Querrías que ella hiciera lo que haces tú?

—No. Pero no puedo vivir mi vida no siendo otra cosa que un ejemplo para mi hermana.

Tony frunció los labios.

—Tú no lo haces —lo acusó George—. ¿Puedes decir honestamente que cada vez que haces algo te paras a pensar si es un buen ejemplo para tus hermanos?

—¡Por el amor de Dios!

La puerta se abrió de golpe.

Ambos alzaron la vista sorprendidos. Tony frunció las cejas.

—Creí que había dicho que no se admitieran...

—Mi lord. Mi lady. —Harry les cerró la puerta a los dos abrumados criados que estaban fuera, y entró en la salita.

Tony se enderezó y se alejó de la mesa. Le sacaba tranquilamente media cabeza a Harry, quien pese a ser más bajo no titubeó en sus zancadas.

—¿Está usted bien, mi lady? —Harry se dirigía a George, pero en ningún momento apartó la mirada de Tony.

—Sí, gracias, Harry. —George le había asegurado con anterioridad en la cabaña que Tony jamás le haría daño, pero debía de haber decidido constatarlo por sí mismo—. ¿Le apetece un arenque ahumado?

Una comisura de los labios de Harry se levantó esbozando una sonrisa, pero Tony se anticipó a su respuesta:

—No lo necesitamos. Puede irse.

—*Tony* —protestó George boquiabierta.

—Mi lord. —Harry inclinó la cabeza. Una vez más su expresión era cuidadosamente impasible.

George tuvo la sensación de que el corazón se le partía en pedazos diminutos. «Esto no está bien.» Empezó a levantarse, pero Harry ya se dirigía hacia la puerta.

Su amante abandonó la salita, expulsado por su hermano como un vulgar criado.

Nada derrumba tanto a un hombre como no poder proteger a su amada. Harry se puso su tricornio y su capa y anduvo a zancadas hasta los establos; los talones de sus botas levantaban la gravilla. Pero lady Georgina no era realmente suya, ¿verdad? No estaba unido a ella por ley o por la sociedad. Era una mujer que le había dejado que le hiciera el amor. Una vez.

Y quizás únicamente esa vez.

Había sido la primera vez para ella e inevitablemente él le había hecho daño. Le había dado placer antes, pero ¿bastó para compensar el dolor de después? ¿Sabía ella que sólo dolía la primera vez? Quizá no le dejaría demostrarle que podía darle placer con su carne dentro de la suya.

Harry blasfemó. El caballerizo que sostenía la cabeza de su yegua lo miró con cautela. Él miró al chico con semblante ceñudo y cogió las riendas. El hecho de que deseara a lady Georgina no le ayudaba a mejorar su estado anímico. Ahora. Debajo de él o encima, no importaba; lo único que quería era hundir su miembro en ella y volver a sentir que el mundo desaparecía.

—¡Señor Pye!

Harry miró por encima de su hombro. El conde de Maitland lo estaba llamando desde los escalones de Woldsly. ¡Jesús! ¿Y ahora, qué?

—Señor Pye, si me espera mientras me traen mi caballo, me gustaría acompañarlo.

¡Vaya! No tenía otra alternativa, ¿verdad?

—Muy bien, mi lord.

Observó al conde encaminándose hacia él mientras los caballerizos corrían para cumplir sus órdenes. Aun cuando el otro hombre no se hubiera presentado esta mañana en la cabaña, Harry lo habría reconocido. Tenía los ojos de su hermana: de un azul claro y penetrante.

Trajeron un caballo ensillado, y los dos hombres se montaron. Se alejaron del patio del establo sin decir palabra. Por lo menos el conde era discreto.

En lo alto se cernían nubes oscuras, amenazando aún con más lluvias donde ya no se requería ni una gota.

Estaban prácticamente en la verja de entrada cuando el conde habló:

—Si es dinero lo que quiere, puedo darle una considerable cantidad para que se marche.

Harry miró al conde; Tony, lo llamaba lady Georgina. Su rostro era glacial, pero las comisuras de sus labios se curvaban muy ligeramente, delatando su aversión. Harry casi lo compadeció.

—No quiero dinero, mi lord.

—No me tome por un idiota. —Las aletas de la nariz de Tony se inflaron—. He visto la barraca en la que vive, y su atuendo no evidencia siquiera una fortuna modesta. Va detrás del dinero de mi hermana.

—¿No ve otro motivo para que yo busque la compañía de lady Georgina?

—Yo...

—Me pregunto si se da cuenta de lo cerca que está de insultar a mi señora —declaró Harry.

El rubor se esparció por los pómulos del otro hombre. Harry recordó que el conde era el hermano menor de lady Georgina. No podía tener más de, ¿qué?, veinticinco o veintiseis años. Sus aires de autoridad hacían que pareciera mayor.

—Si no acepta mi dinero y la deja en paz, me ocuparé de que sea despedido sin referencias —amenazó Tony.

—He sido contratado por su hermana, no por usted, mi lord.

—¿Acaso no tiene amor propio, hombre? —Tony hizo parar de golpe su caballo—. ¿Qué clase de canalla se aprovecha de una mujer solitaria?

Harry también detuvo su caballo.

—¿De verdad cree que su hermana no calaría rápidamente a un hombre que intentara aprovecharse de ella?

Tony frunció las cejas.

—La ha puesto en peligro. Violet dice que nuestra hermana fue asaltada estando en su compañía.

Harry suspiró.

—¿También le ha dicho lady Violet que lady Georgina disparó con una pistola a los agresores? —El otro hombre abrió los ojos desmesuradamente—. ¿O que, para empezar, si yo me hubiera salido con la mía, ella no habría estado conmigo en la calesa?

Tony hizo una mueca de disgusto.

—Le dio igual lo que usted opinara, ¿verdad? Es un tanto insistente.

Harry arqueó una ceja.

Tony tosió e hizo avanzar a su caballo.

—Sea como sea, un caballero no sigue volcando sus atenciones en una dama que no puede corresponder a ellas.

—Entonces, a mi juicio, tiene usted dos problemas, mi lord —anunció Harry.

Tony entornó los ojos.

—Uno, que la dama, ciertamente, corresponde a mis atenciones; y dos —Harry se volvió para mirar al conde a los ojos—, que no soy un caballero.

Capítulo 11

V iolet, abre esta puerta! —George contuvo el aliento y pegó la oreja a la madera. Nada—. Sé que estás ahí dentro. Te oigo respirar.

—No puedes —dijo su hermana con voz malhumorada desde el interior.

¡Ah!

—Violet Elizabeth Sarah Maitland. Abre esta puerta de una vez o le diré a Greaves que saque las bisagras.

—No, no lo harás. Las bisagras están dentro. —Violet sonó triunfal.

Así era, ¡qué picarona! George inspiró y apretó los dientes.

—Entonces le diré que eche la puerta abajo.

—Tú no harías eso. —La voz de Violet estaba más cerca.

—Yo que tú no lo daría por sentado. —Cruzó los brazos y dio golpecitos con un pie en el suelo.

Se oyó un chirrido al otro lado; luego la puerta se entreabrió. Se asomó un ojo empañado de lágrimas.

—¡Oh, cariño! —George empujó para abrir la puerta del todo y entró, cerrándola a sus espaldas—. Ya es hora de acabar con esto. ¿Qué te ha empujado a escribirle a Tony?

El labio inferior de Violet empezó a temblar.

—Ese hombre te tiene en sus garras. Te ha engatusado con sus caricias y sus artimañas carnales.

«¿Caricias y artimañas carnales?» George arrugó el entrecejo.

—¿Qué sabes tú de artimañas carnales?

Violet abrió los ojos desmesuradamente.

—Nada —contestó con excesiva rapidez—. Bueno, sólo lo que todo el mundo oye.

George miró fijamente a su hermana pequeña mientras ésta se ruborizaba. Siempre resultaba problemático intentar mentir teniendo la piel blanca.

—Violet —le dijo lentamente—, ¿hay algo que quieras contarme?

Violet soltó un agudo gemido y se arrojó a los brazos de George. «¡Oh, Dios mío!»

—Ya, ya, mi niña. —George se tambaleó hacia atrás (Violet era dos o tres dedos más alta que ella) y se sentó en el asiento almohadillado que había junto a la ventana—. No será para tanto.

Violet intentó hablar, se atragantó y lloró un poco más. George la acunó, musitando las necedades que uno le susurra a un niño angustiado, y apartó el pelo de la húmeda frente de su hermana.

Violet inspiró, estremeciéndose.

—Tú-tú no lo entiendes. He hecho algo realmente horroroso. —Se frotó los ojos con una mano—. He... ¡he *pecado*, George!

George no pudo evitar esbozar una sonrisa (Violet era siempre muy dramática), pero recuperó la compostura de golpe.

—Cuéntame.

—Me... me he acostado con un hombre. —Las palabras eran confusas porque Violet había enterrado la cabeza en su hermana, pero George no las confundió.

Se puso seria de inmediato, el temor se anudó en su garganta.

—¿Qué? —Apartó a Violet de su pecho—. Mírame. ¿A qué te refieres? —Tal vez su hermana hubiese de algún modo confundido los conceptos; hubiese confundido un abrazo con algo más.

Violet levantó su rostro destrozado.

—Le entregué mi virginidad a un hombre. Me salió sangre.

—¡Oh, Dios mío! —No, Violet no, su hermana pequeña no. George sintió que las lágrimas le escocían sus propios ojos, pero las ahuyentó y enmarcó la cara de su hermana con sus manos—. ¿Te obligó? ¿Te hizo daño?

—N-no. —Violet se atragantó con un sollozo—. Es casi peor. Lo hice por mi propia voluntad. Soy una libertina. U-una... *ramera*. —Se derrumbó de nuevo y ocultó su rostro en la falda de George.

George le acarició la espalda a su hermana, esperó y reflexionó. Tenía que enfocar esto bien desde el principio. Cuando Violet se volvió a calmar, George dijo:

—No creo que podamos atrevernos a decir que eres una ramera. Me refiero a que no aceptaste dinero, ¿verdad?

Violet sacudió la cabeza.

—Por supuesto que...

George alzó una mano.

—Y en cuanto a lo de ser una libertina, bueno... sólo ha habido un hombre. ¿Estoy en lo cierto?

—S-sí. —El labio inferior de Violet tembló.

—Entonces creo que tendrás que perdonar mi inclinación a afirmar que el caballero tiene por lo menos tanta culpa como tú. ¿Qué edad tiene él?

Violet parecía un poco reacia a dejar de ser rebajada a la categoría de ramera.

—Veinticinco.

¡Veinticinco! El seductor y lascivo... George respiró.

—Y ¿lo conozco? —inquirió con tranquilidad.

Violet se apartó de su hermana.

—¡No te lo diré! ¡No me obligarás a casarme con él!

George la miró fijamente; el corazón dejándole de latir en el pecho.

—¿Estás engordando?

—¡No! —El susto de Violet era sincero, gracias a Dios.

George soltó el aire con alivio.

—Entonces, ¿por qué crees que te obligaría a casarte con él?

—Bueno, quizá tú no, pero Tony... —Violet se levantó y deambuló por la habitación—. Me ha estado escribiendo cartas.

—¿Tony?

—¡No! —Violet se volvió y la miró rabiosa—. *Él.*

—¡Oh, *él*! —George frunció las cejas—. Y ¿qué te dice?

—Que quiere que me case con él. Asegura que me ama. Pero, George... —Violet cogió un candelabro de la mesilla de noche y gesticuló con él—, yo ya no lo quiero. Lo quería. Es decir, creía que lo quería. Por eso, bueno, *ya sabes.*

—Perfectamente. —George notó que se ruborizaba.

—Pero entonces después empecé a fijarme en lo separados que tenía los ojos de la nariz y en que su tono de voz es muy amanerado. —Violet se encogió de hombros y dejó el candelabro encima del tocador—. Y luego se desvaneció, el amor o lo que fuera. No lo odio; simplemente no lo quiero.

—Ya veo.

—¿Es eso lo que sientes por el señor Pye? —le preguntó Violet—. ¿Ya lo has olvidado?

George visualizó a Harry Pye: su cabeza echada hacia atrás, los tendones de su cuello tensos mientras alcanzaba el clímax encima de ella. Un lento calor le invadió las entrañas. Se sorprendió a sí misma cerrando los párpados.

Los abrió de golpe y enderezó la espalda al unísono.

—Mmm..., no exactamente.

—¡Oh! —Violet parecía desesperada—. Entonces, quizá sea sólo yo.

—No lo creo, mi amor. Quizá sea que nada más tienes quince años. O —se apresuró a añadir viendo que Violet hacía pucheros— quizá sea que simplemente él no es el hombre adecuado para ti.

—¡Oh, George! —Violet se dejó caer sobre la cama—. Jamás tendré otro pretendiente. ¿Cómo explicar que he perdido el himen? Quizá debería casarme con *él*. Ningún otro hombre me querrá nunca. —Violet clavó los ojos en el dosel de su cama—. Es sólo que no estoy segura de que pueda soportar su manera de tomar rapé durante el resto de mi vida.

—Sí, eso sería una tortura —musitó George—, pero me temo que tendré que imponerme y prohibirte que te cases con él. De modo que estás salvada.

—Eres un encanto. —Violet sonrió trémulamente desde la cama—. Pero él me ha dicho que se verá obligado a contarlo todo si no me comprometo con él.

—¡Ah...! —Si alguna vez conseguía ponerle las manos encima a ese bastardo chantajista...—. Entonces me parece que realmente tendrás que decirme su nombre, mi amor. Lo sé —alzó una mano mientras Violet empezaba a protestar—, pero es la única forma.

—¿Qué harás? —le preguntó su hermana con un hilo de voz.

George la miró a los ojos.

—Tendremos que decirle a Tony quién es para que pueda convencerlo de que no estás interesada en el matrimonio.

—Pero a Tony, ¿George? —Violet extendió los brazos en cruz sobre la cama, adoptando inconscientemente la postura de una mártir—. Sabes la frialdad y el desprecio con que observa a las personas. Me hace sentir como un gusano. Un gusano *aplastado*.

—Sí, querida, soy consciente de cómo mira —constató George—. He sido la receptora de ello precisamente esta mañana, gracias a ti.

—Te pido perdón por eso. —Violet pareció compungida antes de volver a su propio dilema—. ¡Tony me obligará a casarme con él!

—No, ahora estás siendo injusta con él —repuso George—. Es posible que haya perdido todo su sentido del humor desde que se hizo con el título, pero eso no significa que fuerce a una hermana a casarse, especialmente a su hermana de quince años.

—Aunque me haya...

—Aun así. —George sonrió—. Piensa en lo útil que será Tony para convencer a este caballero. La verdad es que es la única ventaja que le veo a tener un conde por hermano.

Esa noche, George se estremeció y se ajustó mejor la capucha de su capa alrededor de la cara. Era tarde, casi medianoche, y la cabaña de Harry estaba a oscuras. ¿Se habría ido ya a la cama quizá? En cualquier otro momento, por cualquier otra razón, habría dado media vuelta. Pero esta compulsión la empujaba a seguir. Tenía que volver a verlo. Sólo que no había venido aquí tan tarde por la noche para *verlo* ¿no? Sintió que un rubor se iniciaba en la parte alta de sus pómulos. Quería hacer más, mucho más, que ver a Harry Pye. Y no quería analizar con demasiado detenimiento las razones que había detrás de ese impulso.

Llamó a su puerta.

Se abrió casi al instante, como si él hubiera estado esperándola.

—Mi lady. —Sus ojos verdes estaban soñolientos.

Llevaba el pecho desnudo, y eso atrajo la mirada de George.

—Espero que no le importe... —empezó ella a decir insípidamente, dirigiéndose a su pezón izquierdo.

Él extendió su largo brazo y la atrajo hacia sí. Dio un portazo y la levantó apoyándola contra la puerta. Le retiró la capucha y le palpó los labios. Harry le inclinó la cabeza hacia atrás y acercó su boca a la de ella, introduciéndole la lengua entre los labios. «¡Oh, cielos, necesitaba esto!», pensó ella. ¿Se había vuelto tan lasciva tras probar sólo una vez? Las manos de Harry la agarraron por detrás de la cabeza, y ella notó que las horquillas se caían. El pelo se soltó sobre su espalda. Entonces desplazó las manos, masajeando, acariciando la espalda de Harry. Su lengua sabía a cerveza y podía oler su almizcle. Ya tenía los pezones excitados y anhelantes como si lo reconocieran a él y lo que representaba.

Harry deslizó los labios por su cuello, con la boca abierta.

—No me importa —contestó él con voz áspera.

Y mientras ella trataba de recordar a qué le había contestado, él metió la mano en su corpiño. Tiró de éste violentamente, desgarrando la delicada tela y dejando al descubierto sus pechos desnudos. George ahogó un grito y sintió que se humedecía entre sus piernas. A continuación él puso la boca en su seno, pellizcándolo. De hecho, le preocupaba que él la mordiera. Parecía animal, primario, masculino en contraste con su feminidad. Llegó a su pezón y lo mordió, un fuerte pellizco.

George no pudo evitar arquear la cabeza y gemir.

Ahora él tenía una mano bajo su falda, levantándola y empujándola como si estuviera impaciente por encontrar su centro. Ella se agarró de sus hombros cuando él encontró su objetivo. La rozó con los dedos, tocando, palpando.

Harry alzó la cabeza de su seno y se rió entre dientes.

—Estás húmeda para mí. —Su voz era enigmática. Sexual.

Entonces puso ambas manos debajo de sus piernas y la levantó, apoyando su espalda contra la puerta; todo su peso descansaba sobre él. Estaba irremediablemente abierta mientras él se movía entre sus muslos. George sintió el roce de los pantalones de Harry. Y después el roce de *él*. Abrió bien los ojos y se encontró con los suyos, brillantes y verdes como los de un depredador.

«¡Oh, Dios!»

Él osciló sus caderas, sólo un poco. Ella sintió la intrusión. Se imaginó esa ancha cabeza separando sus labios allí abajo, y jadeó con los ojos medio cerrados. Él se meneó de nuevo y su pene se introdujo un poco más.

—Mi lady. —El aliento de Harry le acarició los labios.

Con un esfuerzo, ella abrió los ojos.

—¿Qué? —dijo respirando con dificultad. Se sentía borracha, aturdida, como si flotara en un maravilloso ensueño.

—Espero que no le importe —se meneó— mi atrevimiento.

«¿Qué?»

—No. *Esto*..., no me importa. —George apenas podía articular las palabras.

—¿Está segura? —Él le lamió el pezón, el malvado, y ella dio un respingo.

Estaba tan sensible, que la sensación era casi dolorosa. «Ésta me la pagará.»

Él se meneó.

«En otro momento.»

—Completamente —gimió George.

Harry sonrió abiertamente, pero una gota de sudor resbaló por su sien.

—Entonces, con su permiso.

No esperó a que ella asintiera, sino que introdujo toda la extensión de su pene en ella, levantándola contra la puerta y dando con maravillosa precisión en *ese* lugar. George rodeó a Harry con sus piernas, sus brazos y su corazón. Él reculó con una lentitud desesperante y repitió el proceso, esta vez pivotando un poco al penetrarla. El impacto envió destellos de éxtasis que recorrieron todo su cuerpo.

Se iba a morir de placer.

Él reculó de nuevo, y ella pudo sentir cómo cada centímetro se arrastraba contra su carne sensible. Esperó, suspendida en el tiempo y el aire, a que él la penetrase una vez más. Y Harry lo hizo; su pene se introdujo en ella y con la pelvis friccionó su centro expuesto. Entonces por lo visto él perdió el control. Inició un ritmo rápido, sus movimientos eran cortos y bruscos; pero igual de eficaces, ¡maldito fuera! Y se inició para ella, expandiéndose en ondas que parecían no tener fin. George no podía recuperar el aliento, no podía ver ni oír, únicamente podía gemir con primitiva desinhibición y abrir la boca y llenarla con el hombro de Harry, salado y caliente.

Le *mordió*.

Él eyaculó, saliendo de ella repentinamente, pero manteniendo los brazos a su alrededor mientras entre convulsiones y espasmos volcaba entre ellos su secreción. Harry se apoyó en ella; su peso la mantenía pegada a la pared al tiempo que ambos respiraban profunda y entrecorta-damente. George se sentía pesada. Lánguida. Como si nunca pudiera volver a mover sus extremidades. Acarició el hombro de Harry, fro-tando la señal de la mordedura que le había dejado.

Él suspiró en sus cabellos, y dejó que las piernas de George caye-ran al suelo mientras la sujetaba.

—Me gustaría poderla llevar a mi cama, pero me temo que me aca-ba de dejar sin fuerzas, mi lady. Eso —se apartó de ella lo suficiente como para mirarla a los ojos—, si tiene intención de quedarse toda la noche.

—Sí. —George comprobó el estado de sus piernas. Temblorosas pero pasables. Se dirigió hacia la pequeña habitación—. Me quedaré a pasar la noche.

—¿Y su hermano? —inquirió él a sus espaldas.

—Mi hermano no controla mi vida —contestó George altiva—. Además, he salido inadvertidamente por la puerta de servicio.

—¡Ah! —Él la había seguido hasta el dormitorio, y ahora ella vio que Harry llevaba una palangana con agua.

George arqueó las cejas.

—Tendría que haber hecho esto ayer noche. —¿Estaba avergonza-do?

Harry dejó la palangana junto a la cama y ayudó a George a qui-tarse el vestido y la camisa, a continuación se arrodilló para sacarle los zapatos y las medias.

—Túmbese, mi lady.

George se echó boca arriba en la cama. Por alguna razón ahora se mostraba tímida cuando no lo había estado antes mientras hacían el amor como unos locos. Harry cogió un trapo y lo sumergió en la pa-langana, escurriéndolo; acto seguido lo deslizó por el cuello de Geor-ge. Ella cerró los ojos. El trapo mojado le dejó a su paso frescor y la car-ne de gallina. Oyó que Harry sumergía y escurría otra vez el trapo; el hilillo de agua en cierto modo le pareció erótico en medio del silencio de la habitación. Le lavó el pecho, los senos y por encima del vientre, dejando un rastro de calor frío.

Ahora la respiración de George se estaba acelerando, a la espera de lo que vendría a continuación.

Pero él empezó de nuevo por sus pies, arrastrando el trapo por sus pantorrillas. Con suavidad, Harry le separó los muslos y le lavó las curvas internas. Mojó el trapo, y ella sintió el frescor en su monte de venus. Él la acarició deliberadamente con el trapo entre sus pliegues y George contuvo el aliento. Entonces el peso del cuerpo de Harry abandonó la cama.

Ella abrió los ojos y lo observó mientras se quitaba los pantalones. Desnudo, con los ojos clavados en los suyos, cogió el trapo y se frotó el pecho. Lo mojó. Lo escurrió. Se lavó las axilas. El vientre.

Ella cerró los párpados y se lamió los labios.

El pene de Harry creció. George alzó la vista y sus miradas se encontraron. Él sumergió el trapo en el agua. Levantó su virilidad para lavar las pesadas bolsas de debajo. Volvió a sumergirlo en la palangana y arrastró el trapo mojado por su pene de abajo arriba, envolviéndolo, dejando la piel reluciente. Restregó el trapo en su vello púbico y luego lo tiró al suelo. Entonces se acercó a la cama con el pene erecto. George no podía sacarle los ojos de encima.

Colocó una rodilla junto a ella, haciendo que la cama se hundiera. Las cuerdas que sostenían el colchón crujieron.

—¿Piensa terminar su cuento de hadas, mi lady?

Ella parpadeó.

—¿Mi cuento de hadas?

—El del Príncipe Leopardo, el joven rey. —Harry rozó su clavícula con los labios—. La hermosa princesa, el Cisne de Oro.

—¡Ah, sí! —George se esforzó en pensar. La boca de Harry se estaba acercando a la parte inferior de su pecho izquierdo—. Creo que nos habíamos quedado en el momento en que el padre de la princesa le dice al joven rey que consiga... —Soltó un grito.

Había llegado a su pezón. Su pecho ya estaba blando de su juego anterior.

Harry levantó la cabeza.

—El Cisne de Oro que tiene la bruja malvada. —Exhaló aire fresco sobre su pezón húmedo.

George ahogó un grito.

—Sí. Naturalmente, el joven rey envió al Príncipe Leopardo a buscarlo.

—Naturalmente —susurró Harry sobre el otro pezón.

—Y el Príncipe Leopardo se convirtió en... ¡ah...!

Harry se había metido ese pezón en la boca.

Lo soltó de golpe.

—Un hombre —apuntó, y resopló.

—Mmm... —George se dejó llevar por unos segundos—. Sí. Y el Príncipe Leopardo sujetaba su corona de esmeraldas en la mano...

Le estaba depositando besos en su abdomen.

—...y deseó...

—¿Sí?

¿Le estaba lamiendo el ombligo?

—Una capa que lo volviera invisible.

—¿En serio? —Harry apoyó su mandíbula en el bajo vientre de George; sus brazos descansando sobre los huesos pélvicos de ésta.

George alargó el cuello para verlo. Estaba tumbado entre sus piernas abiertas; tenía la cara sólo a unos centímetros de su... Y parecía seriamente interesado en su historia.

—Sí, en serio. —Ella volvió a dejar caer la cabeza en la almohada—. Y se puso la capa y fue a robar el Cisne de Oro sin que la malvada bruja siquiera se diera cuenta. Y cuando regresó —¿qué hacía Harry allí abajo?—, le dio el Cisne de Oro a... ¡Oh, Dios mío!

Harry acabó sin prisas de lamerle los pliegues de su feminidad y luego besó *ese* punto. Levantó la cabeza.

—¿Forma eso parte del cuento de hadas, mi lady? —inquirió con educación.

George hundió los dedos en los sedosos cabellos de Harry.

—No. Por ahora ya he acabado de contarle el cuento. —Le empujó la cabeza de nuevo hacia abajo—. No. Pare.

Ella creyó que quizás él se había reído, puesto que le pareció notar una vibración, pero entonces Harry bajó la boca, la colocó sobre su clítoris, y lo *chupó*.

Y, francamente, después de aquello ya nada le importó.

—¿Qué sueña por las noches? —le preguntó lady Georgina mucho rato después.

—¿Eh? —Harry procuró centrar su mente. Su cuerpo era un absoluto desperdicio. Las extremidades le pesaban, estaban casi líquidas por el cansancio, y le costaba mantenerse despierto.

—Lo siento. ¿Estaba dormido?

Su señora obviamente no lo estaba. Harry podía sentir sus dedos acariciándole el vello del pecho. Hizo un esfuerzo heroico.

—No. —Abrió los ojos. Mucho—. ¿Qué me decía?

—¿Con qué sueña por las noches?

«Con ratas.» Reprimió un escalofrío.

—Con nada. —Hizo una mueca de disgusto. Eso no era lo que una dama de cuna noble quería oír—. Aparte de usted —se apresuró a añadir.

—No. —Le dio unos golpecitos en el hombro—. No estoy buscando cumplidos. Quiero saber en qué piensa. Lo que quiere. Lo que le importa.

¿Lo que le importaba? ¿A estas horas de la noche? ¿Después de haberla amado no una, sino dos veces?

—¡Ah! —Sintió que se le cerraban los párpados y procuró abrirlos de nuevo. Estaba sencillamente demasiado cansado para esto—. Me temo que soy un hombre simple, mi lady. Pienso sobre todo en la cosecha.

—¿Qué es lo que piensa? —La voz de George era resuelta.

¿Qué quería ella de él? Le acarició el pelo mientras reposaba la cabeza sobre su pecho e intentó pensar, pero era un esfuerzo demasiado grande. Dejó que sus ojos se cerraran y dijo lo que se le ocurrió:

—Bueno, me preocupa la lluvia, como sabe. Que este año no pare a tiempo. Que la cosecha se estropee. —Harry suspiró, pero ella estaba silenciosa debajo de su mano—. Pienso en la siembra del año que viene, en si deberíamos probar con el lúpulo, ya que estamos en el extremo norte.

—¿El lúpulo?

—Mmm. —Dio un bostezo gigantesco—. Es para la cerveza. Pero entonces tendríamos que encontrar un mercado para la cosecha. El cultivo sería comercial, pero ¿les bastaría a los granjeros para pasar el invierno? —George dibujó un círculo en su esternón; el roce casi le hacía cosquillas a él, que ahora se estaba despertando mientras reflexionaba sobre el problema—. Resulta difícil que los granjeros se familiaricen con una nueva cosecha. Están anclados en sus formas de hacer y no les gustan las innovaciones.

—Entonces, ¿cómo los convencería?

Harry permaneció un minuto callado, reflexionando, pero ella no lo interrumpió. Nunca le había hablado a nadie de esta idea.

—A veces pienso que una escuela de enseñanza primaria en West Dikey sería una buena idea.

—¿De veras?

—Mmm. Si los granjeros o sus hijos pudiesen leer, si recibieran formación, aunque fuese poca, la innovación quizá sería más sencilla. Y entonces cada generación estaría más instruida y a su vez estaría más abierta a nuevas ideas y maneras de hacer las cosas. Sería un progreso medido en décadas, no en años, y repercutiría no únicamente en los ingresos del terrateniente, sino también en las vidas de los propios granjeros. —Ahora Harry estaba completamente despierto, pero su señora permanecía callada. Tal vez pensara que instruir a los granjeros era una idea estúpida.

Entonces George habló.

—Tendríamos que buscar un profesor. Un caballero que fuera paciente con los niños.

Su empleo del plural le encantó a Harry.

—Sí. Alguien a quien le guste el campo y entienda las estaciones.

—¿Las estaciones? —La mano sobre el pecho de Harry se había parado.

Él la cubrió con la suya y acarició el dorso de la mano de George con el pulgar mientras hablaba.

—La primavera, fría y lluviosa, cuando los granjeros tienen que sembrar la tierra, pero no demasiado pronto o las semillas se congelarían, y todas las ovejas paren a la vez, o eso parece. El verano, largo y caluroso, vigilando el ganado bajo los cielos amplios y azules, y observando cómo crecen los cereales. El otoño, esperando que brille el sol para que la cosecha sea buena. Si sale el sol, la gente lo celebra y hay fiestas; si no, van por ahí con caras lánguidas y temerosas. Y el invierno, largo y triste, cuando los granjeros y sus familias se sientan frente a pequeños fuegos en sus cabañas, contando historias y esperando a la primavera. —Harry hizo una pausa y le apretó tímidamente el hombro a George—. Las estaciones.

—¡Cuánto sabe! —susurró ella.

—Sólo lo que pasa en esta parte de Yorkshire. Estoy convencido de que podría encontrar a muchos hombres que sepan lo mismo que yo.

Ella sacudió la cabeza, su pelo abundante rozando el hombro de Harry.

—Pero usted está atento. Usted sabe cómo piensa la gente que tiene alrededor. Lo que sienten. Yo no.

—¿A qué se refiere? —Harry intentó ver su cara, pero ella tenía la cabeza agachada contra su pecho.

—Me centro en cosas tontas como el corte de un vestido o un nuevo par de pendientes, y pierdo de vista a la gente que me rodea. No pienso en si Tiggle está siendo cortejada por un nuevo criado o en cómo Tony lo está haciendo todo solo en Londres. Viendo a Tony, nadie lo diría, parece tan grande y fuerte y que controla, pero puede sentirse solo. Y Violet... —George suspiró—. Violet ha sido seducida este verano en nuestra casa familiar de Leicestershire y yo no lo sabía. Ni siquiera me lo había imaginado.

Harry frunció las cejas.

—Entonces, ¿cómo se ha enterado?

—Me lo ha confesado ella esta misma mañana.

La cara de George seguía oculta, y él intentó apartarle el pelo de los ojos.

—Si lo mantenía en secreto, si no ha querido decírselo hasta ahora, difícilmente iba usted a saberlo. Los jóvenes a esa edad son a veces muy misteriosos.

Ella se mordió el labio.

—Pero soy su hermana. Soy la que tiene más relación con ella. Debería haberlo sabido. —Suspiró de nuevo, un sonido pequeño y triste que hizo que Harry deseara protegerla de todas las preocupaciones mundanas—. La está presionando para que se case.

—¿Quién?

—Leonard Wentworth. Es un don nadie sin blanca. La ha seducido simplemente para conseguir que ella se case con él.

Harry apretó su boca en la frente de George, sin estar seguro de qué decir. ¿Veía ella lo parecida que era la situación de su hermana a la suya? ¿Tenía miedo de que él también exigiera casarse a modo de penalización por haber hecho el amor juntos?

—Nuestra madre... —Ella titubeó, luego volvió a empezar—.

Nuestra madre no siempre está bien. Mamá tiene muchas enfermedades y achaques, la mayoría imaginarios, me temo. Pasa tal cantidad de tiempo examinándose en busca de la siguiente enfermedad que con frecuencia no repara en aquellos que la rodean. En su lugar, yo he intentado ser una madre para Violet.

—Ésa es una carga considerable.

—No necesariamente. Ésa no es la cuestión. Querer a Violet no es el problema.

Harry arrugó la frente.

—Entonces, ¿cuál es?

—Siempre he aborrecido a mamá. —George hablaba en voz tan baja que él dejó de respirar para poder oírla—. Por ser tan fría, tan poco afectuosa, tan sumamente egoísta. Yo nunca he creído ser como ella, pero quizá sí lo sea. —Finalmente miró a Harry, y él vio lágrimas de cristal en sus ojos—. Quizá lo sea.

Algo se retorció en el pecho de él. Agachó la cabeza y le lamió la sal de las mejillas. La besó suavemente, con dulzura, notando el temblor debajo de su boca, deseando conocer las palabras que la consolarían.

—Lo siento —suspiró ella—. No es mi intención cargarle con todas mis penas.

—Quiere a su hermana —repuso él—. Y yo cargaría con sus penas, mi lady, fueran cuales fueran.

Harry sintió el roce de los labios de George en su clavícula.

—Gracias.

Él escuchó, pero ella no dijo nada más y, al cabo de un rato, su respiración se reguló con el sueño. Pero Harry permaneció despierto hasta altas horas de la noche, con la vista clavada en la oscuridad y abrazando a su señora.

Capítulo *12*

*E*l trasero de lady Georgina, suave y terso, descansaba sobre su erección matutina. Harry abrió los ojos. Ella había vuelto a quedarse toda la noche. Su hombro era un confuso contorno frente a él. Tenía un brazo cubriendo su cadera, y encogió la mano para rodear su vientre.

George no se movió, su respiración suave era lenta por el sueño.

Harry ladeó la cabeza hacia delante para que el pelo de George le hiciera cosquillas en la nariz. Pudo oler ese exótico perfume que llevaba, y su pene palpitó como un perro adiestrado que se sienta ante la señal de su amo. Rebuscó en su pelo hasta que dio con su nuca, tibia y húmeda debido al sueño. Abrió la boca para saborearla.

Ella masculló algo y levantó el hombro.

Harry sonrió y desplazó la mano hacia abajo, lentamente, con disimulo, hasta que notó el arbusto de su pubis enredándose alrededor de sus dedos. Tocó su clítoris. Ese trozo del cuerpo femenino había sido su mayor descubrimiento de joven. La revelación de que las mujeres contenían semejantes secretos en sus cuerpos había sido embriagadora. Harry ni siquiera recordaba la cara de su primera amante, pero podía recordar su asombro por cómo estaban hechas las mujeres.

Ahora estimuló el clítoris de su señora. No con fuerza; en realidad, eran apenas unos toques suaves. Como ella no se movió, el atrevimiento de él aumentó y lo apretó con cuidado. Más bien lo acariciaba. George meneó las caderas. Harry le lamió la nuca y casi pudo saborear lo que había lamido anoche (el lugar donde ahora jugaban sus dedos). A ella, a su señora, le había gustado eso, cuando él la había besado, la-

169

mido y chupado allí. Había arqueado la espalda y gemido tan fuerte que él había querido reírse en voz alta. Ahora acariciaba lentamente, jugueteando con sus lisos y suaves pliegues, y notó cómo estaba cada vez más húmeda. Casi le dolía el pene, no recordaba haberlo tenido nunca tan duro. Levantó la pierna de encima de George y la extendió sobre su cadera. Ella dejó de respirar de golpe, y él sintio que una sonrisa mudaba su rostro.

Harry cogió su pene en cuestión y lo guió hacia ese lugar tibio y húmedo. Apretó el trasero y la penetró; tan tirante, tan fluido era que quiso gemir de dolor y de placer. Empujó de nuevo, suave pero firmemente, y la penetró más hondo. Una vez más, y el vello que rodeaba su pene chocó con el trasero de George. Ella estaba jadeando. Él le bajó la pierna y, al fin, no pudo evitar gemir en voz alta. *La perfección absoluta*. Harry alargó la mano y encontró otra vez su clítoris. Presionó. ¡Jesús! Podía sentir cómo George lo oprimía. En lugar de empujar, Harry se friccionó contra ella, presionando esa parte de su cuerpo hasta que ella lo volvió a oprimir.

—Harry —gimió George.

—¡Chsss...! —susurró él mientras le besaba la nuca.

Ella estaba empujando contra él. Con mucha impaciencia. Harry sonrió abiertamente y friccionó un poco más.

—Harry.

—Cariño.

—¡Fólleme, Harry!

Y él empujó con fuerza, por la sopresa y por puro deseo. ¡Santo Dios! Él nunca se había imaginado que ella conociera esa palabra, y menos aún que la llegara a decir.

—¡Ohhh, sí! —exclamó ella.

Ahora Harry la penetraba rápido y con fuerza, prácticamente fuera de control, y los gemidos de George eran muy eróticos. Cada encuentro era mejor que el anterior, y él pensó con inquietud que tal vez jamás se cansaría de ella. Que siempre la desearía tanto. Pero entonces sintió sus espasmos alrededor de él mientras la agarraba de las caderas y ese pensamiento desaparecía. Era tan tremendamente agradable que por poco lo olvidó; estuvo a punto de salir demasiado tarde. Pero al fin sacó su pene a tiempo y eyaculó, estremeciéndose sobre las sábanas junto a ella.

Harry le acarició la cadera y trató de calmar su respiración.

—Buenos días, mi lady.

—Mmm. —George se volvió para mirarlo. Tenía la cara sonrojada y somnolienta y satisfecha—. Buenos días, Harry. —Lady Georgina acercó la cara de Harry a la suya y lo besó.

Fue un contacto ligero y suave, pero algo se contrajo en el pecho de él. De pronto supo que haría cualquier cosa por ella, su señora. Mentir. Robar. Matar.

Renunciar a su amor propio.

¿Era así como se había sentido su padre? Se incorporó y cogió sus pantalones.

—¿Siempre está tan activo por la mañana? —le preguntó ella a sus espaldas—. Porque debo decirle que algunos no lo consideran una virtud.

Harry se levantó y se puso la camisa.

—Lo siento, mi lady. —Finalmente, se volvió de cara a ella.

George estaba apoyada en un codo; las sábanas de la cama le cubrían más o menos hasta la cintura. Su cabello naranja caía en cascada alrededor de sus pálidos hombros, enmarañado y alborotado. Sus pezones eran de color marrón rosado claro, rosa más oscuro en el centro. Nunca en toda su vida había visto a una mujer más hermosa.

Harry se volvió de espaldas.

—No estoy decepcionada exactamente. Más bien cansada —dijo lady Georgina—. Supongo que usted nunca pasa simplemente la mañana en cama sin hacer nada.

—No. —Harry acabó de abotonarse la camisa.

Se dirigió a la otra habitación y oyó un ligero arañazo. Se detuvo.

Lo oyó de nuevo.

Se giró y le lanzó una mirada a George.

—Creía que a su hermano no le importaba.

Lady Georgina parecía tan contrariada como podía parecer una mujer desnuda.

—No se atrevería.

Harry se limitó a arquear una ceja y cerró la puerta del dormitorio. Fue hasta la puerta de la cabaña y la abrió. Sobre el escalón había acurrucado un pequeño fardo de harapos. ¿Qué...?

El pelambre levantó la cabeza y Harry clavó los ojos en la cara del niño que había visto en la cabaña de los Pollard.

—Mi abuela se fue a beber y no volvió. —El chico lo dijo sin rodeos, como si hubiese estado esperando que algún día lo abandonaran.

—Será mejor que entres —repuso Harry.

El niño titubeó, después se levantó y se metió dentro.

Lady Georgina asomó la cabeza por el marco de la puerta del dormitorio.

—¿Quién es, Harry? —Reparó en la pequeña silueta—. ¡Oh!

Niño y dama se miraron fijamente.

Harry puso el hervidor al fuego para hacer té.

Ella reaccionó primero.

—Soy lady Georgina Maitland, de la mansión. ¿Cómo te llamas?

El niño se limitó a mirarla fijamente.

—Será mejor que inclines la cabeza cuando te habla una dama, muchacho —le dijo Harry.

Ella arrugó la frente.

—No creo que sea realmente necesario.

Pero el chico inclinó la cabeza en señal de respeto.

Lady Georgina avanzó tímidamente por la habitación. Se había puesto una sábana encima de su vestido de la noche anterior. Harry recordó que le había rasgado el corpiño.

—¿Sabe cómo se llama? —le susurró a Harry al oído.

Él sacudió la cabeza.

—¿Le apetece un té? No tengo mucho más. Un poco de pan y mantequilla.

Lady Georgina se animó, fuese por el ofrecimiento de comida o por algo que iba a hacer y que él no acababa de tener claro.

—Podemos hacer tostadas —propuso George.

Harry levantó una ceja, pero ella ya había dado con el pan y la mantequilla, el cuchillo y un tenedor torcido. Cortó el pan y obtuvo un trozo informe.

Los tres contemplaron la rebanada.

George se aclaró la garganta.

—Creo que cortar quizá sea un trabajo más para hombres. —Le pasó el cuchillo a Harry—. Ahora bien, no corte rebanadas demasiado gruesas o no se tostarán y tendrán esa espantosa parte esponjosa en el centro. Y es importante que no sean demasiado delgadas o se quemarán, y detesto las tostadas quemadas ¿usted no? —Se volvió hacia el niño, que inclinó la cabeza.

—Lo haré lo mejor que sepa —declaró Harry.

—Bueno. Yo pondré la mantequilla. Y supongo —miró al chico con seriedad— que tú puedes tostar. *Sabes* cómo tostar el pan correctamente, ¿verdad?

El chico asintió y cogió el tenedor como si fuese la espada del Rey Arturo.

No tardó en haber un montón de pan crujiente, que chorreaba mantequilla, en el centro de la mesa. Lady Georgina sirvió el té, y los tres se sentaron a tomar su desayuno.

—Me encantaría simplemente quedarme aquí —comentó George, lamiéndose la mantequilla de sus dedos—, pero supongo que tendré que volver a la mansión por lo menos para vestirme como es debido.

—¿Pidió que le mandaran el carruaje? —inquirió Harry. De lo contrario, él le prestaría su caballo.

—Yo he visto un carruaje esta mañana —intervino el chico.

—¿Te refieres a que un carruaje esperaba en el camino? —le preguntó lady Georgina.

—No. —El niño tragó un enorme bocado—. Subía por el camino de entrada al galope; pasó más bien volando.

Lady Georgina y Harry se miraron.

—¿Era negro ribeteado de rojo? —inquirió ella. El color del carruaje de Tony.

El niño alargó la mano para coger su quinta tostada y sacudió la cabeza.

—Azul. Era completamente azul.

Lady Georgina soltó una exclamación y se le atragantó el té.

Harry y el chico la miraron fijamente.

—Oscar —informó con voz entrecortada.

Él enarcó las cejas.

—Mi hermano mediano.

Harry dejó su taza de té.

—¿Cuántos hermanos tiene exactamente, mi lady?

—Tres.

—¡Demonios!

—¿Con tu administrador de fincas, Georgie? —Oscar cogió un pastelillo glaseado de la bandeja que había preparado el cocinero—. Esto no funciona así, querida. Me refiero a que —agitó el pastelillo— uno debería elegir a alguien de su propia clase o irse al otro extremo y seducir a un caballerizo joven y fornido.

Oscar le sonrió a George burlonamente, el rabillo de sus ojos castaños del color de la melaza arrugándose con picardía. Su pelo era más oscuro que el de Tony, casi moreno. Sólo cuando le daba la luz del sol podía uno distinguir los mechones rojizos.

—No me estás siendo útil. —Tony se pellizcó el puente de la nariz entre los dedos índice y pulgar.

—Sí, Oscar. —Ralph, el más pequeño de los hermanos Maitland, aportó su grano de arena. Larguirucho y huesudo, su cuerpo apenas empezaba a mostrar su corpulencia—. Georgina sería incapaz de seducir a nadie. No está casada. Debe de *haberla* seducido él, el muy sinvergüenza.

Oscar y Tony miraron fijamente a Ralph durante unos instantes, aparentemente anonadados por su explicación de lo evidente.

George suspiró, y no por primera vez desde que había entrado en su biblioteca. «Estúpida. Estúpida. Estúpida.» Nada más ver el carruaje de Oscar debería haber salido corriendo hacia las colinas con el rabo entre las piernas. Posiblemente no la habrían encontrado durante días; con suerte semanas. Podría haber dormido bajo las estrellas y vivido a base de fresas silvestres y rocío; ¡qué importaba que las fresas no dieran fruto en septiembre! Por el contrario, se había sumisamente enfundado su vestido más recatado y se había presentado antes sus tres hermanos pequeños.

Los cuales la estaban fulminando ahora con la mirada.

—De hecho, por si eso importa, creo que la seducción fue mutua.

Ralph parecía perplejo, Tony soltó un gruñido y Oscar se rió, atragantándose por poco con el pastelillo que tenía en la boca.

—No, eso no importa —replicó Tony—. Lo importante...

—Es que lo pares en seco. —Oscar acabó la frase por él. Empezó a agitar un dedo dirigido a George y se dio cuenta de que todavía tenía el pastelillo en la mano. Buscó un plato y lo dejó en él—. Ahora bien, cuando te hayas casado con un caballero apropiado, *entonces* podrás relacionarte con quienquiera...

—¡Creo que no! —Ralph se puso de pie de un brinco, un movimiento eficaz, puesto que era el más alto—. Georgina no es como las frívolas y libertinas y las busconas con las que tú sales. Ella es...

—Yo nunca, *jamás*, en toda mi vida, he estado con mujeres frívolas. —Oscar, horrorizado, enarcó una ceja dirigida a su hermano pequeño.

—Caballeros, por favor —intervino Tony—. Resérvense las bromas para después. George, ¿qué pretendes hacer con tu administrador de fincas? ¿Quieres casarte con él?

—¡Vaya!

—Pero ¡Tony! —saltaron tanto Oscar como Ralph.

Tony alzó una mano, haciéndolos callar.

—¿George?

George parpadeó. ¿Qué quería de Harry? Estar cerca de él, lo sabía, pero más allá de eso, las cosas se complicaban. ¿Por qué? ¡Oh! ¿Por qué no podía ir improvisando como siempre había hecho?

—Porque —continuó Tony— por mucho que deteste admitirlo, Oscar y Ralph tienen razón. Debes romper o casarte con ese hombre. No eres la clase de dama que adopta este tipo de comportamiento.

¡Oh, Dios! George sintió su pecho repentinamente oprimido, como si alguien se hubiese acercado a ella por detrás con sigilo y hubiese tirado de los cordeles de su corsé, tensándolos. Siempre tenía esta sensación cuando pensaba en el matrimonio. ¿Qué podía decir?

—Bien...

—Está matando ovejas. Eso dice Violet en su carta. —Ralph cruzó los brazos—. Georgina no puede casarse con un hombre que está loco.

No era de extrañar que Violet se escondiese. Debía de haber enviado cartas a todos y cada uno de sus tres hermanos. George entornó los ojos. Probablemente su hermana estuviera en las colinas en este mismo instante, tratando de averiguar precisamente cómo se las apañaba una para beber rocío.

—Has estado leyendo mi correo otra vez. —Oscar eligió una tarta de la bandeja, habiendo aparentemente olvidado el pastelillo, y la agitó delante de Ralph—. Esa carta iba dirigida a mí. La tuya no hablaba de ovejas.

Ralph abrió la boca y la cerró varias veces, como una mula que duda del bocado que tiene entre los dientes.

—¿Cómo es posible que sepas eso, si no has estado leyendo mis cartas?

Oscar sonrió con suficiencia de un modo repugnante. Algún día alguien le daría una paliza.

—Soy mayor que tú. Es mi deber vigilar a mi influenciable hermano pequeño.

¡Cataplán!

Todo el mundo se giró bruscamente hacia la chimenea, en la que había fragmentos de cristal.

Tony se apoyó en la repisa y los miró duramente y con el ceño fruncido.

—Espero que no te haya importado lo del jarrón de cristal, George.

—¿Eh? No, en...

—Bien —dijo Tony con voz entrecortada—. Bueno, pues. Por edificante que sea esta exhibición de amor fraternal, creo que nos hemos desviado de la cuestión principal. —Alzó una mano y enumeró con sus dedos de grandes nudillos—. Primero, ¿crees que Harry Pye es un loco que va por el campo matando las ovejas de Granville?

—No. —Esa quizá fuese la única cosa de la que George estaba segura.

—Muy bien. Ah-ah. —Tony negó con la cabeza mirando a Ralph, que había empezado a protestar—. ¿Confiáis los dos en el criterio de George?

—Por supuesto —repuso Ralph.

—Sin reservas —contestó Oscar.

Tony asintió, después volvió a dirigirse a ella:

—Segundo, ¿quieres casarte con Harry Pye?

—Pero ¡Tony, es un administrador de fincas! —le espetó Oscar—. Sabes que sólo está en esto por... —Hizo un alto y pareció aturdido—. Lo siento, Georgie.

George desvió el mentón. Sintió como si algo vibrara en su garganta, impidiéndole el paso del aire.

Únicamente Tony encaró la objeción de frente:

—¿Crees que quiere tu dinero, George?

—No. —*¡Qué crueles eran sus hermanos, qué crueles!*

Tony enarcó las cejas y miró deliberadamente a Oscar.

Oscar levantó los brazos y movió las palmas abiertas hacia Tony.

—¡Vale! —Oscar se retiró molesto junto a la ventana, llevándose con él su plato de comida.

—¿Quieres casarte con él? —insistió Tony.

—¡No lo sé! —George no podía respirar. ¿Cómo habían llegado al tema del matrimonio? El matrimonio era como una colcha mullida que envolvía a sus ocupantes más y más pegados el uno al otro, con el aire volviéndose escaso y rancio, hasta que morían asfixiados y ni siquiera se daban cuenta de que ya estaban muertos.

Tony cerró los ojos durante un instante, luego los abrió.

—Sé que has evitado el matrimonio hasta ahora, y puedo entenderlo. Todos podemos.

Junto a la ventana, Oscar encogió un hombro.

Ralph se miró los pies.

Tony se limitó a mirarla fijamente.

—Si te has entregado a este hombre, ¿no crees que la elección ya está hecha?

—Tal vez. —George se levantó—. Tal vez no. Pero en cualquier caso, no quiero sentirme presionada. Dadme un poco de tiempo para pensar.

Oscar alzó la vista desde la ventana e intercambió miradas con Tony.

—Te daremos tiempo —accedió Tony, y la comprensión de su mirada hizo que a ella le entraran ganas de echarse a llorar.

George se mordió el labio y se alejó hasta una pared cercana llena de libros. Resiguió los lomos con la yema de un dedo. Oyó que Ralph decía a sus espaldas:

—¿Te apetece montar un poco, Oscar?

—¿Qué? —Oscar parecía irritable; y como si tuviera otra vez la boca llena—. ¿Estás loco? Ha empezado a llover.

Un suspiro.

—De todas formas, ven conmigo.

—¿Por qué? ¡Oh! ¡*Ooh!* Sí, naturalmente. —Sus dos hermanos pequeños salieron de la biblioteca en silencio.

George casi sonrió. Oscar siempre había sido el menos perspicaz de sus hermanos. Se giró para mirar a sus espaldas. Tony miraba el fuego con el ceño fruncido. Ella hizo una mueca de disgusto. ¡Oh, maldita sea! Ayer había olvidado decírselo.

Tony debía de tener una misteriosa visión periférica. Levantó la vista bruscamente.

—¿Qué?

—¡Dios! Esto no te gustará. Quise decírtelo en cuanto llegaste y luego... —Puso la palma de una mano boca arriba—. Me temo que hay otro problema de hermanas del que tendrás que ocuparte.

—¿Violet?

George suspiró.

—Violet se ha metido en un pequeño aprieto.

Él arqueó las cejas.

—Durante el verano la sedujeron.

—¡Maldita sea, George! —exclamó Tony; su voz sonó más aguda que si hubiese chillado—. ¿Por qué no me lo dijiste de inmediato? ¿Está bien?

—Sí, está bien. Y lo siento, pero me enteré de la historia por ella ayer mismo. —George exhaló. Estaba muy cansada, pero lo mejor era acabar con el tema—. Violet no quería decírtelo; creía que la obligarías a casarse con él.

—Ésa es la reacción habitual cuando una dama de buena familia se ve en una situación comprometida. —Tony la miró ceñudo, sus cejas aterradoras—. ¿El tipo es el indicado?

—No. —George apretó los labios—. Ha estado amenazándola. Asegura que la pondrá en evidencia, si no se casa con él.

Tony permaneció unos instantes inmóvil frente a la chimenea, con una gran mano apoyada en la repisa. Con el dedo índice golpeteaba lentamente sobre el mármol. George contuvo el aliento. En ocasiones Tony podía ser increíblemente estirado y convencional. A lo mejor era por haber sido educado para ser el heredero.

—Eso no pinta bien —comentó de repente, y George soltó el aire—. ¿Quién es ese hombre?

—Leonard Wentworth. Tardé una eternidad en sonsacárselo. Sólo me lo dijo cuando le prometí no dejar que la obligaras a casarse.

—Me alegra saber que se me ha asignado el papel del padre colérico en este drama —musitó Tony—. Nunca había oído hablar de Wentworth. ¿Qué hace?

George se encogió de hombros.

—Tuve que darle vueltas, pero debe de ser uno de los jóvenes que vino con Ralph este verano. ¿Recuerdas esa fiesta con ocasión de la cacería que organizaste en junio?

Tony asintió.

—Ralph tenía tres o cuatro amigos. A dos de ellos los conozco, son los hermanos Alexander; pertenecen a una antigua familia de Leicestershire.

—Y estaba allí Freddy Barclay; no capturó ningún urogallo y los demás se burlaron por eso de él despiadadamente.

—Pero hubo otro que mató diez pájaros —comentó Tony pensativo—. Era mayor que el resto de los amigos de Ralph, estaba más cerca de mi propia edad.

—Violet dice que tiene veinticinco años. —George hizo una mueca—. ¿Te imaginas a un hombre de esa edad seduciendo a una chica que ni siquiera ha terminado el periodo escolar? Y la está presionando para casarse.

—Un cazafortunas —manifestó Tony—. ¡Maldita sea! Tendré que preguntarle a Ralph por él y averiguar dónde puedo encontrar a ese sinvergüenza.

—Lo siento —confesó George. Últimamente nada de lo que hacía parecía salir bien.

El gesto de la ancha boca de Tony se suavizó.

—No, soy yo quien lo siente. No debería enfadarme contigo por los pecados de este hombre. Oscar, Ralph y yo arreglaremos esto, no temas.

—¿Qué haréis? —inquirió George.

Tony arrugó la frente, sus gruesas cejas se juntaron. Era clavado a su padre. Durante unos instantes no respondió, y ella creyó que quizá no la había oído. Entonces él levantó la vista y George contuvo el aliento por la frialdad que vio en sus ojos azules.

—¿Qué haré? Hacerle comprender lo tremendamente absurdo que es amenazar a una Maitland —declaró—. No volverá a molestar a Violet.

George abrió la boca para pedirle detalles, pero se lo pensó mejor. Quizás en esta ocasión lo mejor sería ocuparse de sus propios asuntos.

—Gracias.

Tony enarcó una ceja.

—Al fin y al cabo, cuidar de la familia es una de mis obligaciones.

—Nuestro padre no lo hizo.

—No —admitió Tony—. No lo hizo. Y entre mamá y él es un milagro que nosotros hayamos siquiera sobrevivido. Claro que ésa es parte de la razón por la que juré hacerlo mejor.

—Y así ha sido. —¡Si ella lo hubiera hecho igual de bien con sus propias responsabilidades!

—Lo he intentado. —Tony le sonrió, su ancha boca se curvó puerilmente, y ella se dio cuenta de las pocas veces que sonreía ya. Pero entonces su sonrisa se disipó—. Me ocuparé del problema de Violet, pero no puedo hacer lo mismo por ti hasta que me digas por dónde debo empezar. Necesitas tomar una decisión sobre Harry Pye, George, y necesitas tomarla pronto.

—¿Tiene un coño de oro, Pye?

Harry se tensó y se volvió lentamente hacia su interlocutor, con la mano izquierda doblada y relajada junto a su cuerpo. Se había llevado al niño en sus rondas esta mañana después de que lady Georgina se hubiera ido de su cabaña; luego habían cabalgado hasta West Dikey con la esperanza de dar con un par de zapatos para el muchacho.

El zoquete que había hablado era el hombre de puños grandes del altercado en la taberna Cock and Worm. La herida de navaja que Harry le había ocasionado destacaba en su rostro con un color rojo amoratado. Empezaba en un lado de su frente, cruzaba el puente de su nariz y terminaba en la otra mejilla. El hombre estaba flanqueado por dos hombretones. Habían elegido un buen lugar para plantarle cara. Una calle desierta, no mucho más que una callejuela de tierra. El hedor de la cloaca abierta que atravesaba el centro de la calle era intenso bajo el sol.

—Deberías ponerte una cataplasma en eso —le recomendó Harry, asintiendo hacia la encostrada cicatriz que le cruzaba la cara. Rezumaba pus.

El otro hombre sonrió burlón, estirando el extremo de la cicatriz de su mejilla hasta que se abrió y salió sangre.

—¿Te regala cosas bonitas por hacer de semental?

—Quizá le decore la polla con anillos de oro —dijo riendo tontamente uno de los compinches del hombre.

A su lado, Harry sintió que el niño se tensaba. Le puso la mano derecha sobre el hombro.

—Si quieres, puedo abrirte esa herida —dijo Harry con suavidad—. Y drenar el veneno.

—El veneno. Sí, tú sabes de venenos, ¿verdad, Pye? —El hombre de la cicatriz se mofó divertido de su propia gracia—. Tengo entendido que ahora has dejado de envenenar animales para envenenar a mujeres.

Harry arqueó las cejas.

—¿Qué?

Su adversario interpretó correctamente su cara de extrañeza.

—Entonces, ¿no lo sabías? —El hombre ladeó la cabeza—. Esta mañana han encontrado su cuerpo en el páramo.

—¿De quién?

—Es un delito que se castiga con la horca. Asesinato. Hay quienes dicen que deberían cortarte el cuello de inmediato. Pero tú has estado ocupado con tu señora ¿no?

El hombretón se inclinó hacia delante, y Harry bajó su mano izquierda hasta su bota.

—¿Te dice cuándo eyacular, Pye? O quizá no te deje eyacular en absoluto. Eso ensuciaría su delicado y blanco cuerpo, ¿verdad? Tener en su cuerpo semen vulgar. No te molestes en coger eso. —Señaló hacia la mano de Harry suspendida cerca de su navaja—. No quisiera herir a un putero.

Los tres hombres se alejaron riéndose.

Harry se quedó helado. *Puta*. Era como habían llamado a su madre mucho tiempo atrás.

«Puta.»

El niño se movió debajo de su mano. Harry miró hacia abajo y cayó en la cuenta de que estaba apretándole el hombro demasiado fuerte. El muchacho no se quejó, simplemente se encogió un poco.

—¿Cómo te llamas? —le preguntó Harry.

—Will. —El chico levantó la vista para mirarlo y se enjugó la nariz con una mano—. Mi madre es una puta.

—Sí. —Harry soltó el hombro de Will—. La mía también lo era.

Aquella noche George iba de un lado a otro de la biblioteca. Las ventanas eran espejos negros que reflejaban la oscuridad de fuera. Se detuvo durante unos instantes y examinó su fantasmal reflejo. Su pelo estaba perfecto, cosa rara, pero Tiggle se lo había vuelto a arreglar después de cenar. Llevaba un vestido de color lavanda, uno de sus favoritos, y sus pendientes de perlas. Tal vez fuese engreída, pero creía que estaba atractiva, casi guapa, con ese vestido.

¡Si se sintiese igual de segura por dentro!

Estaba empezando a pensar que la biblioteca era el lugar equivocado para este encuentro. Pero ¿qué otra opción había realmente? Con sus hermanos instalados en Woldsly, no podía citar a Harry en sus dependencias, y las últimas dos veces que ella había ido a su cabaña... George notó calor en la cara. No habían hablado demasiado, ¿verdad? De modo que no había alternativa. Pero aun así, en cierto modo la biblioteca le parecía inapropiada.

El sonido de pisadas de botas resonó en el vestíbulo. George enderezó los hombros y se puso de cara a la puerta, una ofrenda solitaria esperando al dragón. O quizás al leopardo.

—Buenas noches, mi lady. —Harry entró tranquilamente en la biblioteca.

«Definitivamente, el leopardo.» Sintió que se le erizaba el vello de la nuca. Harry desprendía esta noche una especie de energía volátil.

—Buenas noches. ¿No quiere sentarse? —George señaló el sofá.

Él lanzó una rápida mirada en la dirección que ella indicaba y la miró de nuevo.

—Creo que no.

«¡Vaya!»

—Bien... —George inspiró y trató de recordar lo que había planeado decirle. Su discurso había tenido sentido en su habitación. Pero ahora, mientras Harry la miraba fijamente, *ahora* se desmenuzó como un pañuelo de papel mojado.

—¿Sí? —Él ladeó la cabeza como para oír mejor sus pensamientos—. ¿Lo quiere hacer en el sofá o en el suelo?

Confusa, George abrió desmesuradamente los ojos.

—No...

—¿En la silla? —inquirió Harry—. ¿Dónde quiere hacer el amor?

—¡Oh! —Ella sintió un incipiente rubor en las mejillas—. No le he hecho venir aquí para eso.

—¿No? —Harry arqueó las cejas—. ¿Está segura? Debe de haberme hecho venir aquí para algo.

—Yo no le he hecho... —George cerró los ojos y cabeceó y volvió a empezar—. Necesitamos hablar.

—Hablar —espetó—. ¿Quiere mi dimisión?

—No. ¿Qué le hace pensar eso?

—Mi lady. —Harry se rió, un sonido desagradable y ronco—. Puede que sea simplemente su criado, pero atribúyame un poco de inteligencia. Se ha pasado todo el día encerrada con sus tres aristocráticos hermanos, y después me cita en su biblioteca. ¿Qué es esto si no un despido?

George estaba perdiendo el control de la conversación. Extendió las manos con impotencia.

—Simplemente necesito hablar con usted.

—¿De qué desea hablar, mi lady?

—No... no lo sé. —George cerró los ojos con fuerza, procurando pensar. Harry no le estaba facilitando esto en absoluto—. Tony me está presionando para que tome una decisión sobre nosotros. Y no sé qué hacer.

—¿Me está preguntando a mí qué hacemos?

—Yo... —George respiró—. Sí.

—Siendo como soy un pobre plebeyo, a mí me parece muy sencillo —dijo Harry—. Seguir como hasta ahora.

George clavó los ojos en sus manos.

—Pero se trata de eso precisamente. No puedo.

Cuando alzó de nuevo la mirada, la expresión de Harry era tan hueca que bien podría haber estado mirando a los ojos de un cadáver. ¡Señor, cómo había empezado a odiar ese rostro inexpresivo!

—Entonces mañana tendrá mi dimisión.

—No. —Ella retorció las manos—. Eso no es en absoluto lo que quiero.

—Pero las dos cosas no pueden ser. —Harry parecía repentinamente cansado. Sus hermosos ojos verdes estaban apagados por algo que rozaba la desesperación—. Puede ser mi amante o me iré. No me quedaré porque le resulte conveniente, como ese caballo capón que tiene aquí en el establo. Lo monta cuando está en Woldsly y se olvida de él el resto del año. ¿Sabe siquiera cómo se llama?

George se quedó en blanco. El hecho era que no sabía cómo se llamaba el caballo.

—No es lo mismo.

—¿No? Perdone, pero ¿cómo es, mi lady? —La rabia emanaba de la máscara inexpresiva de Harry, pintando llamas escarlata en sus pómulos—. ¿Soy un semental de alquiler? ¿Bonito para retozar en la cama, pero después de fornicar no lo bastante bueno para enseñarlo a su familia?

George podía sentir que el rubor calentaba sus propias mejillas.

—¿Por qué está siendo tan cruel?

—¿Lo soy? —De pronto Harry estaba de pie frente a ella, demasiado cerca—. Debe perdonarme, mi lady. Eso es lo que una saca de un amante vulgar: un hombre cruel. —Con los dedos rodeaba la cara de George, los pulgares ardían en contacto con sus sienes. Ella sintió que al rozarla el corazón le brincaba en el pecho—. ¿No es eso lo que quería cuando me eligió para desvirgarla?

George pudo oler el alcohol en su aliento. ¿Era ése el motivo de esta hostilidad? ¿Estaba borracho? En tal caso, Harry no evidenciaba más indicios. Inspiró profundamente para controlar sus propias emociones, para intentar contrarrestar la terrible amargura de Harry.

—Yo...

Pero él no la dejó hablar. Por el contrario, le susurró con una voz cruel y fuerte:

—¿A un hombre tan cruel que la toma contra la puerta? ¿Un hombre tan cruel que la hace gritar cuando tiene un orgasmo? ¿Un hombre tan cruel que no tiene la amabilidad de desaparecer cuando ya no es deseado?

George se estremeció al oír las espantosas palabras y se esforzó por elaborar una respuesta. Pero era demasiado tarde. Harry se apoderó de su boca y succionó su labio inferior. La atrajo hacia sí bruscamente y frotó sus caderas contra las suyas. Allí estaba de nuevo, ese desenfrenado y desesperado deseo. Harry le agarró la falda con una mano, tirando hacia arriba. George oyó un crujido pero no logró que le preocupara.

Él metió la mano por debajo y encontró su monte con brutal precisión.

—*Esto* es lo se saca de un amante vulgar. —Arponeó su vaina con dos dedos.

Ella ahogó un grito ante la repentina intrusión, sintiendo que él la dilataba mientras la acariciaba con los dedos. No debería sentir nada, no debería reaccionar cuando él...

El pulgar de Harry presionó sobre su punto más sensible.

—Ninguna delicadeza, ni palabras bonitas. Sólo un pene duro y un coño caliente. —Recorrió la mejilla de George con la lengua—. Y su coño está caliente, mi lady —le susurró al oído—. Prácticamente me está chorreando en la mano.

Entonces ella gimió. A George le resultaba imposible no reaccionar a él, aun cuando la tocase furioso. Él le cubrió la boca con la suya, tragándose su gemido, haciendo con ella lo que quería. Hasta que ella estalló de golpe y unas olas de placer se expandieron por su cuerpo tan deprisa que se sintió aturdida. Se estremeció con los espasmos, agarrándose a Harry mientras éste la inclinaba hacia atrás sobre su brazo y bebía de su boca. Sacó los dedos de ella para acariciarle la cadera con ternura.

La boca de Harry se suavizó.

Entonces se separó de ella para susurrarle al oído:

—Ya se lo he dicho, decida lo que quiere antes de venir a mí. No soy un maldito perro faldero al que puede coger y acariciar y después ahuyentarlo otra vez. No puede deshacerse de mí con esa facilidad.

George tropezó, tanto por las palabras de Harry como por el hecho de que él la había soltado. Se asió al respaldo de una silla.

—Harry, yo...

Pero él ya había abandonado la biblioteca.

Capítulo *13*

*H*arry se despertó con un sabor a cerveza rancia en la boca. Esperó un momento antes de abrir los ojos. Aunque había pasado mucho tiempo, nunca olvidaba del todo la dolorosa tortura que suponía la luz del sol y una resaca. Cuando por fin, entreabrió sus ojos secos, vio que el dormitorio estaba demasiado iluminado para las primeras horas de la mañana. Había dormido demasiado. Refunfuñando, se incorporó con dificultad y se sentó unos instantes en el borde de su cama, con la cabeza entre las manos, sintiéndose extraordinariamente viejo.

¡Dios!, qué idiota había sido bebiendo demasiado ayer por la noche. Había estado tratando de seguir la pista de los rumores sobre la mujer envenenada en el páramo, yendo primero a la taberna White Mare y luego a Cock and Worm, pero Dick no estaba en su taberna y nadie más quiso hablar con él. Había visto recelo en cada uno de los rostros y, en algunos, odio. Entretanto, lo que el hombre de la cicatriz le había dicho en West Dikey había resonado en su cráneo como una salmodia. *Putero. Putero. Putero.* Quizás anoche hubiese estado intentando ahogar las palabras bebiendo múltiples jarras de cerveza.

Se oyó un estruendo procedente de la habitación principal de la cabaña.

Harry giró la cabeza con cuidado en esa dirección y suspiró. Probablemente Will estuviese hambriento. Se tambaleó hasta la puerta y miró fijamente.

El fuego llameaba y sobre la mesa había una tetera humeante.

Will se agazapó en el suelo, curiosamente inmóvil.

—Se me han caído las cucharas. Lo siento —susurró. Encogió su cuerpo como si estuviese intentando hacerse más pequeño, quizá desaparecer del todo.

Harry conocía esa postura. El chico esperaba que lo pegaran.

Entonces sacudió la cabeza.

—No pasa nada. —Su voz sonó como el roce de una pala en un suelo pedregoso. Se aclaró la garganta y se sentó—. Has hecho té, ¿verdad?

—Sí. —Will se puso de pie, sirvió una taza y se la entregó cuidadosamente.

—Gracias. —Harry tomó un sorbo y se escaldó la garganta. Hizo una mueca de dolor y esperó, pero su estómago se sentía mejor, de modo que tomó otro gran trago.

—He cortado un poco de pan para tostar, también. —Will trajo un plato para que Harry le echara un vistazo—. Aunque no tan bien como usted.

Harry contempló las rebanadas desiguales con recelo. No estaba seguro de que su barriga pudiese ingerir sólidos en ese momento, pero el niño necesitaba un elogio.

—Mejor que el intento de lady Georgina.

Su dolorida sonrisa se desvaneció cuando pensó en lo que le había dicho y hecho a su señora la pasada noche. Clavó los ojos en el fuego. En algún momento del día de hoy tendría que ir a disculparse. Suponiendo que ella le siguiese dirigiendo la palabra, claro está.

—Yo las tostaré. —Will debía de estar acostumbrado a los silencios repentinos e incómodos. Procedió a ensartar el pan en el tenedor torcido y buscar un sitio para suspenderlo sobre el fuego.

Harry lo observó. Will no tenía padre; gracias a Granville, tampoco madre. Únicamente a esa anciana, su abuela, y pocas veces había visto Harry a una mujer menos cariñosa. Sin embargo, aquí estaba él, cuidando competentemente de un adulto indispuesto por haber bebido demasiado. Tal vez había tenido que atender a su abuela tras una noche de alcohol. El pensamiento le supo amargo a Harry en la boca.

Tomó otro sorbo de té.

—Bueno, ya están —anunció Will, hablando como una mujer mayor. Dejó una pila de tostadas con mantequilla encima de la mesa y buscó rápidamente otra silla.

Harry mordió un trozo de tostada y se relamió la mantequilla derretida del pulgar. Reparó en que Will lo estaba mirando. Asintió.

—Está buena.

El niño sonrió, mostrando un hueco en sus dientes superiores.

Comieron amigablemente durante un rato.

—¿Se ha peleado con ella? —Will levantó rápidamente un dedo con una gota de mantequilla y se lo lamió—. Su señora, quiero decir.

—Podría llamarse así. —Harry se sirvió más té, esta vez revolviéndolo con una gran cucharada de azúcar.

—Mi abuela decía que la aristocracia es mala. Que no le importa si la gente normal vive o muere, siempre y cuando coma en vajilla de oro. —Will dibujó un círculo en la mesa con un dedo grasiento—. Pero su señora es simpática.

—Sí, lady Georgina no es como la mayoría.

—Y es guapa. —Will asintió para sí y cogió otra tostada.

Sí, también era guapa. Harry miró por la ventana de la cabaña, una sensación de intranquilidad empezó a surgir en él. ¿Lo dejaría ella disculparse?

—Naturalmente, no es una gran cocinera. No pudo cortar el pan recto. Tendrá que ayudarle con eso. —Will arrugó la frente pensativo—. ¿Come en vajilla de oro?

—No lo sé.

Will lo miró con recelo, como si Harry estuviese guardándose información importante. Después su mirada fue de compasión.

—Entonces, ¿no le ha invitado a cenar?

—No. —Bien, estaba esa cena en las dependencias de lady Georgina, pero no quería contarle eso a Will—. Aunque he tomado un té con ella.

—¿No tenía vajilla de oro para el té?

—No. —¿Por qué estaba dándole tantas explicaciones?

Will asintió astutamente.

—Tendrá que ir a cenar antes de que se dé usted cuenta. —Se acabó la tostada—. ¿Le ha llevado regalos?

—¿Regalos?

Will lo miró de nuevo compasivo.

—A todas las chicas les gustan los regalos; eso es lo que decía mi abuela. Y creo que tenía razón. A mí me gustan los regalos.

Harry apoyó la barbilla en las manos y sintió el pelo de su barba incipiente tieso como el alambre. Volvía a dolerle la cabeza, pero por lo visto Will creía que los regalos eran importantes. Y esto era lo máximo que el niño había hablado desde su aparición el día anterior.

—¿Qué clase de regalos? —inquirió Harry.

—Perlas, cajitas de oro, dulces. —Will agitó una tostada—. Cosas por el estilo. Un caballo estaría bien. ¿Tiene usted caballos?

—Solamente uno.

—¡Oh! —Era como si Harry lo hubiera decepcionado—. Entonces supongo que no puede regalarle eso.

Harry sacudió la cabeza.

—Y ella tiene muchos más caballos que yo.

—Entonces, ¿qué puede darle?

—No lo sé.

Harry no sabía qué quería ella de él. Contempló ceñudo el poso de su té. ¿Qué podía un hombre como él darle a una dama como ella? Ni dinero ni una casa. Eso ya lo tenía. Y el amor físico que él le daba (cualquier hombre medianamente competente podría hacerlo igual de bien). ¿Qué podía darle él que ella no tuviese ya? Quizá nada. Quizá lady Georgina pronto decidiría, sobre todo después de anoche, no volverlo a ver jamás.

Harry se puso de pie.

—Pero más importante que un regalo es que hoy necesito hablar con lady Georgina. —Avanzó hasta el aparador, cogió sus enseres de afeitar y empezó a afilar su cuchilla.

Will miró los platos sucios de la mesa.

—Yo puedo lavarlos.

—Buen chico.

Will debía de haber vuelto a llenar el hervidor tras hacer el té, porque ya estaba hirviendo. Harry dividió el agua caliente entre su palangana y un gran cuenco donde el chico podía lavar los platos. El pequeño espejo que empleaba para afeitarse le devolvió un rostro consumido. Harry frunció las cejas, a continuación empezó a rasurar la barba incipiente de sus mejillas. Su navaja de afeitar era vieja pero muy afilada, y un rasguño en su mentón no contribuiría a mejorar su aspecto. A sus espaldas, podía oír a Will lavando los platos.

Para cuando Will terminó, Harry estaba todo lo listo que podía estar. Se había lavado, cepillado el pelo y puesto una camisa limpia. La cabeza aún le retumbaba sin cesar, pero los círculos debajo de sus ojos habían empezado a desaparecer.

Will le echó un vistazo.

—Tiene buen aspecto, creo.

—Gracias.

—¿Debo quedarme aquí? —El rostro del muchacho era demasiado estoico para su corta edad.

Harry vaciló.

—¿Te gustaría ver las caballerizas de Woldsly mientras yo hablo con mi señora?

Will se puso al instante de pie.

—Sí, por favor.

—Pues vamos. —Harry se dirigió primero hacia la puerta. El niño podía montar detrás de él a lomos de su caballo.

Fuera, las nubes se acumulaban en el cielo. Pero hoy todavía no había llovido, y ensillar la yegua le llevaría un buen rato. Era poco razonable, pero estaba deseoso de ver a lady Georgina.

—Caminemos.

El chico lo seguía pisándole los talones, en silencio, pero con la emoción contenida. Estaban casi en el camino de acceso a Woldsly cuando Harry oyó el estruendo de las ruedas de un carruaje. Apretó el paso. El sonido aumentó cada vez más cercano.

Entonces echó a correr.

Justo cuando él salía del refugio del soto, pasó un carruaje, sacudiendo el suelo que había bajo sus pies y salpicando gotas de barro. Harry vislumbró el cabello pelirrojo de lady Georgina; entonces el carruaje viró y desapareció, indicando su paso únicamente el decreciente sonido de las ruedas.

—No creo que hoy pueda hablar con ella.

Harry se había olvidado de Will. Miró obnubilado hacia el chico que jadeaba a su lado.

—No, hoy no.

Una gruesa gota de lluvia lo salpicó en el hombro, y luego las nubes descargaron con fuerza.

El carruaje de Tony traqueteó al volver la esquina, y George se balanceó mientras miraba por la ventanilla. Había empezado a llover de nuevo, encharcando los pastos ya anegados, empujando las ramas de los árboles hacia la tierra y volviendo todo del mismo color gris pardo. Caían monótonos velos de agua sucia, empañando el paisaje y goteando por la ventanilla como lágrimas. Desde el interior del carruaje daba la impresión de que el mundo entero lloraba, conmovido por un pesar que no se disiparía.

—Quizá no pare.

—¿Qué? —inquirió Tony.

—La lluvia —explicó George—. Que quizá no pare. Quizá siga eternamente hasta que el barro de la carretera se convierta en un riachuelo y crezca y se transforme en un mar que se nos lleve flotando. —Resiguió con un dedo la condensación del interior de la ventanilla, dibujando líneas serpenteantes—. ¿Crees que tu carruaje flota?

—No —respondió Tony—. Pero yo no me preocuparía. La lluvia parará en algún momento, aunque ahora mismo parezca que no.

—Mmm... —George miró fijamente por la ventanilla—. ¿Y si no me importa que siga? Quizá no me importaría flotar. O hundirme.

Estaba haciendo lo correcto, eso le aseguraba todo el mundo. Dejar a Harry era la única opción adecuada que le quedaba. Era de una clase inferior y a él le molestaba su diferencia de rangos. La noche anterior, Harry había sido desagradable mostrando su resentimiento; y, sin embargo, George no podía culparlo. Harry Pye no estaba hecho para ser el perro faldero de nadie. A ella no le había parecido que lo estuviese aprisionando, pero él se sentía obviamente menospreciado. No tenían futuro juntos: la hija de un conde y un administrador de fincas. Ellos lo sabían; *todo el mundo* lo sabía. Ésta era una conclusión natural de un romance que, de entrada, jamás debería haber empezado.

Pero, aun así, George no podía quitarse de encima la sensación de que estaba huyendo.

Como si le leyese el pensamiento, Tony dijo:

—Es la decisión correcta.

—¿Lo es?

—No había otra.

—Me siento como una cobarde —musitó ella, que seguía mirando por la ventanilla.

—No eres una cobarde —repuso él con suavidad—. Esta opción no ha sido fácil para ti, lo sé. Los cobardes son personas que cogen el camino menos difícil, no el más duro.

—Pero he abandonado a Violet cuando más me necesita —objetó George.

—No, no lo has hecho —replicó Tony con firmeza—. Me has pasado a mí su problema. Ya he enviado a Oscar y a Ralph Londres. A nuestra llegada, deberían haber averiguado dónde vive este sinvergüenza. Entretanto, rusticar unas cuantas semanas más en el campo no le hará ningún daño, y tiene a la señorita Hope para hacerle compañía. Para eso le pagamos, al fin y al cabo —concluyó con sequedad.

Pero Euphie ya le había fallado en una ocasión a Violet. George cerró los ojos. ¿Y qué había de las ovejas envenenadas, la razón por la que en un inicio había viajado hasta Yorkshire? Los ataques eran cada vez más frecuentes. Al marcharse, había oído de pasada a dos criados hablando de una mujer envenenada. Debería haberse detenido y averiguar si la mujer fallecida tenía alguna conexión con las ovejas, pero, por contra, había dejado que Tony la sacara apresuradamente por la puerta. En cuanto tomó la decisión de abandonar Woldsly, sintió como si un extraño letargo se hubiese apoderado de su cuerpo. ¡Resultaba tan difícil concentrarse! ¡Tan difícil saber qué hacer! Su corazón le decía que actuaba mal, pero le era imposible hacer las cosas bien.

—Tienes que dejar de pensar en él —le advirtió Tony.

Su tono hizo que George le lanzara una mirada a su hermano, sentado en el asiento de cuero rojo sangre que había frente a ella. Tony parecía comprensivo y preocupado. Y triste; sus gruesas cejas estaban inclinadas hacia abajo. Unas lágrimas repentinas empañaron sus ojos, y George se volvió de nuevo a la ventanilla, aunque ahora no podía ver nada.

—Es sólo que Harry era tan... bueno. Me daba la impresión de que me entendía como nadie lo ha hecho, ni siquiera tú o tía Clara. Y yo no podía entenderlo a él. —Se rió entre dientes—. Quizás era eso lo que me atraía de él. Era como un rompecabezas que podría haber pasado el resto de mi vida analizando sin cansarme nunca de él. —Cruzaron con estruendo un puente—. No creo que vuelva a encontrar eso nunca.

—Lo siento mucho —confesó Tony.

George reposó la cabeza en el asiento.

—Eres un hermano tremendamente bondadoso, ¿lo sabías?

—He sido sumamente afortunado con mi asignación de hermanas. —Tony sonrió.

George trató de devolverle la sonrisa pero vio que no podía. En su lugar volvió a mirar por la ventanilla del carruaje. Pasaron por delante de un campo con ovejas empapadas, pobres e infelices criaturas. ¿Sabían nadar las ovejas? Tal vez flotarían si su pasto se inundaba, como mechones de pelo en un charco.

Ya habían salido de sus tierras y dentro de un día habrían dejado Yorkshire completamente a sus espaldas. Al término de la semana ella estaría en Londres, retomando su vida como si este viaje jamás hubiese existido. Dentro de tres o cuatro meses, Harry, en calidad de su administrador de fincas, quizá le escribiría para preguntarle si quería que le presentara un informe sobre sus tierras en persona. Y ella, recién llegada de una fiesta nocturna, quizá girase la carta que tenía en la mano y musitara: «Harry Pye. ¿Por qué estuve en su día entre sus brazos? Yo levantaba la vista hacia su rostro iluminado mientras él unía su cuerpo al mío, y me sentía viva». Quizá tiraría la carta sobre su escritorio y pensaría: «Pero eso fue hace mucho tiempo y en un lugar distinto. Tal vez fuese sólo un sueño».

Quizá pensaría eso.

George cerró los ojos. De algún modo sabía que jamás llegaría el día en que Harry Pye dejase de ser su primer recuerdo al despertarse y su último pensamiento al ser arrastrada por el sueño. Lo recordaría todos los días de su vida.

Lo recordaría y se lamentaría.

—Te dije que no tuvieras trato con las damas de la aristocracia. —Dick Crumb se sentó sin ser invitado frente a Harry a última hora de esa tarde.

Fascinante. Ahora recibía asesoramiento romántico de Dick. Harry examinó al propietario de la taberna Cock and Worm. Dick tenía aspecto de haber estado probando demasiadas cervezas del local. Su rostro estaba arrugado por la falta de sueño, y su pelo más fino, si eso era posible.

—Las aristócratas no dan más que problemas. Y aquí estás tú, metiendo las narices donde no te importa. —Dick se enjugó la cara.

Harry le lanzó una mirada a Will, que estaba sentado a su lado. Al fin le había comprado unos zapatos nuevos esta mañana. El niño había tenido los ojos clavados en sus pies, que se columpiaban debajo de la mesa, todo el tiempo que llevaban en la taberna. Pero ahora miraba fijamente a Dick.

—Ten. —Harry extrajo unos cuantos peniques de su bolsillo—. Ve a mirar si al panadero le queda algún bollo dulce.

Las monedas atrajeron de inmediato la atención de Will. Le sonrió abiertamente, cogió el dinero y salió deprisa por la puerta.

—Ése es Will Pollard, ¿verdad? —preguntó Dick.

—Sí —dijo Harry—. Su abuela lo ha abandonado.

—¿Y ahora vive contigo? —La ancha frente de Dick se frunció por la confusión, y se pasó el trapo por ella—. ¿Cómo es eso?

—Tengo sitio. Pronto tendré que encontrarle un hogar mejor, pero por ahora ¿por qué no?

—No lo sé. ¿Para que no te estorbe cuando ella venga a buscarte? —El hombre de cierta edad se inclinó hacia delante y bajó el tono de voz, pero su susurro era lo bastante alto como para ser claramente oído por todo el local.

Harry suspiró.

—Ha vuelto a Londres. Eso no pasará.

—Bueno. —Dick tomó un trago gigantesco de la jarra que había dejado frente a él al reunirse con Harry—. Sé que no quieres oír esto, pero es por tu bien. El pueblo llano y la aristocracia no están hechos para mezclarse. Es así como Dios lo quiso. Ellos están en sus vestíbulos de mármol con sus sirvientes para limpiarles el culo...

—Dick...

—Y nosotros trabajamos nuestra jornada honestamente y volvemos a casa para comer caliente. Si somos afortunados. —Dick dejó su jarra con fuerza para dar énfasis a su comentario—. Y es así como debe ser.

—Correcto. —Harry tenía la esperanza de detener ese sermón.

No hubo tal suerte.

—¿Y qué harías con la dama, si te cazara? —El hombre de cierta edad seguía sin detenerse—. Tendría tus huevos colgados junto a su cama a modo de timbre para llamar a los criados en menos de una semana. Probablemente tendrías que llevar una peluca rosa y calzones amarillos, aprender ese baile que la aristocracia baila de puntillas y suplicar como un perro para tener dinero para tus gastos. No —tomó otro trago de cerveza—, ésa no es vida para un hombre.

—Estoy de acuerdo. —Harry buscó cambiar de tercio—. ¿Dónde está tu hermana? Últimamente no la he visto.

Dick extrajo el trapo. Sacó brillo a la cúpula de su cabeza.

—¡Oh! Ya conoces a Janie. Era un poco rara de nacimiento y desde que Granville acabó con ella, ha estado aún peor.

Harry dejó su jarra lentamente.

—No me habías dicho que Granville abusó de Janie.

—¿Ah, no?

—No. ¿Cuándo sucedió eso?

—Hace quince años. No fue mucho después de que tu madre contrajera esa fiebre y muriera. —Dick se enjugó ahora el rostro y el cuello casi desesperadamente—. Janie tenía veinticinco años más o menos, una mujer adulta, salvo en su cabeza tal vez. Cualquiera menos Granville habría respetado eso. La habría dejado en paz. Pero él... —Dick escupió en las baldosas que tenía bajo los pies—. Para él era simplemente una conquista fácil.

—¿La violó?

—Quizás, al principio. No lo sé. —Dick desvió la mirada. Su mano se había detenido sobre su cabeza, todavía sujetando el trapo—. Verás, yo no lo supe, no durante mucho tiempo. Ella estaba viviendo conmigo, como hace ahora, pero Janie es diez años más joven que yo. Nuestro padre había fallecido años antes, y la madre de Janie murió cuando ella nació. —El hombretón dio un trago de su jarra.

Harry no dijo nada por miedo a interrumpir el flujo de la historia.

—Janie es más como una sobrina o una hija para mí que una hermana —dijo Dick. Sacó la mano de su cabeza y miró el trapo con rostro inexpresivo—. Y cuando me di cuenta de que salía a hurtadillas por las noches, la cosa ya duraba cierto tiempo. —Se le escapó una carcajada—. Cuando lo averigüe y le dije que parase, me dijo que él iba a casarse con ella. —Estuvo un momento en silencio.

Harry se tomó otra copa para arrastrar la bilis que se le había acumulado en la garganta. «Pobre, pobre Janie.»

—¿Lo entiendes? —Dick alzó la vista, y Harry vio lágrimas brillando en sus ojos—. Él había enviudado, de modo que ella pensó que lord Granville se casaría con ella. Nada de lo que dije pudo impedir que ella saliera sigilosamente y se encontrara con él por las noches. Se prolongó durante semanas y yo creí que me iba a volver loco. Después, naturalmente, la dejó. Como a un trapo sucio con el que se hubiese limpiado el semen.

—¿Qué hiciste?

Dick soltó otra carcajada y finalmente guardó su trapo.

—Nada. No había nada que yo pudiese hacer. Janie volvió y se portó como una buena chica. Me pasé un par de meses preocupado por si tendría que alojar a otro de los bastardos de Granville, pero tuvo suerte. —Levantó su jarra para beber, reparó en que estaba vacía, y la dejó de nuevo—. Probablemente haya sido la única vez en toda su vida que Janie ha tenido suerte. Y, además, tampoco fue mucha, ¿verdad?

Harry asintió.

—Dick, ¿crees...?

Lo interrumpió un tirón en el codo. Will había vuelto tan silenciosamente que los dos hombres no se habían dado cuenta.

—Sólo un momento, Will.

El niño tiró de nuevo.

—Está muerta.

—¿Qué? —Los dos hombres miraron al chico.

—Está muerta. Mi abuela. Está muerta. —Habló en un tono tan apagado que a Harry le preocupó más que la noticia.

—¿Cómo lo sabes? —preguntó.

—La encontraron en el páramo. Un granjero y sus hijos habían salido en busca de un animal extraviado. En un pasto de ovejas. —De repente Will miró fijamente a Harry a la cara—. Dicen que el envenenador de ovejas la mató.

Harry cerró los ojos. ¡Jesús! Con toda la gente que había, ¿por qué la mujer muerta tenía que ser la abuela de Will?

—No. —Dick sacudía la cabeza—. No puede ser. Es imposible que la matara el envenenador de ovejas.

—Encontraron perejil falso junto a ella, y estaba completamente retorcida... —Will frunció el rostro.

Harry rodeó con los brazos a Will por los hombros y atrajo al chico hacia sí.

—Lo siento. —El niño debía de seguir queriendo a la vieja bruja, incluso después de haberlo abandonado como a un trozo de excremento—. Tranquilo, chico. —Dio unas palmaditas en la espalda del niño y se sintió estúpidamente enfadado con la abuela de Will por haberse dejado matar.

—Será mejor que os vayáis —intervino la voz de Dick.

Harry alzó la vista, perplejo. El hombretón parecía pensativo... y preocupado.

Miró a Harry a los ojos.

—Si la gente cree que tú eres el envenenador, también creerá que tú has hecho esto.

—¡Por el amor de Dios, Dick! —A Will sólo le faltaba creer que Harry había matado a su abuela.

Will levantó su rostro lloroso de la camisa de Harry.

—Yo no he matado a tu abuela, Will.

—Lo sé, señor Pye.

—Bien. —Extrajo un pañuelo y se lo dio al niño—. Y llámame Harry.

—Sí, señor. —El labio inferior de Will empezó a temblar de nuevo.

—Dick tiene razón, será mejor que nos vayamos. De todas maneras, se está haciendo tarde. —Harry observó al chico—. ¿Estás listo?

Will asintió.

Se dirigieron hacia la puerta de la taberna. Ya había hombres formando corrillos y hablando. Algunos daba la impresión de que levantaban la vista y miraban a Harry iracundos mientras Will y él pasaban de largo, pero se lo podía haber imaginado después del comentario de Dick. Si la abuela de Will había sido realmente asesinada por el mismo hombre que había matado a las ovejas, la cosa no auguraba nada bueno. La gente de los alrededores estaba preocupada por su ganado. ¿Cuánto más temerosos estarían si ahora tenían que preocuparse por sus hijos, sus esposas, y quizá por ellos mismos?

A medida que se acercaba a la puerta, alguien lo empujó. Harry se tropezó, pero casi al instante tuvo su navaja en la mano. Cuando se giró, un muro de rostros hostiles le devolvió la mirada.

Alguien susurró:

—Asesino. —Pero nadie se movió.

—Vamos, Will. —Lentamente, Harry salió de espaldas de Cock and Worm.

Deprisa, encontró su yegua y subió a Will a lomos de ésta. Al montar, Harry miró a su alrededor. Un borracho estaba orinando junto a la fachada de la taberna, pero por lo demás la calle cada vez más oscura estaba desierta. La noticia de un asesinato se propagaría rápido, pero quizás al estar anocheciendo se retrasaría un poco. Seguramente tendría hasta la mañana para planear cómo afrontar esto.

Harry le chascó la lengua a la yegua y se adentró en el creciente atardecer, con Will agarrado a su espalda. Torcieron por el camino que llevaba a casa. El camino atravesaba la finca de Granville antes de cruzar el río hacia Woldsly. Las luces de la ciudad se desvanecían, dejando que la oscuridad los envolviera. No había salido la luna para iluminar el camino. Ni para delatar su presencia.

Harry espoleó a la yegua para que trotara.

—¿Lo van a colgar? —La voz de Will parecía asustada en la oscuridad.

—No. Necesitan más pruebas que un montón de habladurías para colgar a un hombre.

El ruido de unos cascos de caballo se oyó a sus espaldas.

Harry ladeó la cabeza. Más de un caballo. Y los alcazarían deprisa.

—Rodeáme con los brazos, Will.

Aguijoneó a la yegua al galope en cuanto notó que lo asían fuertemente por la cintura. La yegua bajó por el camino con gran estruendo. Pero llevaba a dos personas, y Harry sabía que los jinetes que los seguían pronto les darían alcance. Estaban en una pradera abierta. No había dónde esconderse. Podía desviar a la yegua del camino, pero en la oscuridad tendría bastantes posibilidades de meter los cascos en un hoyo y matarse todos. Y tenía que pensar en Will. Las pequeñas manos de éste se agarraban a su cintura. De la boca de la yegua salía espuma a borbotones, y Harry se inclinó sobre su cuello sudoroso para susurrarle palabras de ánimo. Si conseguían llegar al vado, a lo largo de la orilla había sitios para esconderse. O incluso podían meterse en el riachuelo de ser necesario y seguir el curso del agua río abajo.

—Casi hemos llegado al vado. ¡Allí estaremos bien! —le gritó Harry al niño.

Will debía de tener miedo, pero no emitió sonido alguno. Otro giro. Los pulmones de la yegua respiraban con agitación, como fuelles. Los jinetes que los seguían estaban cada vez más cerca, el sonido de los cascos de sus caballos se oía más fuerte. *¡Ya estaban!* La yegua galopó por el camino hasta el riachuelo. Harry casi suspiró de alivio. Casi. Entonces vio y se dio cuenta de que en ningún momento había habido esperanza alguna. Al otro lado del río unas sombras se movían en la penumbra. Más hombres a caballo lo esperaban allí.

Lo estaban conduciendo a una emboscada.

Harry lanzó una mirada por encima de su hombro. Quizá tenía medio minuto antes de que los jinetes los alcanzaran. Tiró de las riendas, haciéndole un corte en la boca a la pobre yegua. No tenía otro remedio. La yegua se medio encabritó, derrapando hasta detenerse. Harry despegó las manos de Will de su cintura. Cogió al chico por la muñeca y lo plantó en el suelo. Estaba llorando.

—Escóndete. ¡Ahora! —Harry sacudió la cabeza mientras el niño sollozaba una protesta—. No hay tiempo para eso. Tienes que permanecer escondido... hagan lo que hagan. Vuelve con Dick, dile que avise a Bennet Granville. Ahora, ¡corre!

Harry espoleó a la yegua y extrajo su navaja. No miró hacia atrás para ver si Will había hecho lo que le había ordenado. Si podía llevar a los asaltantes lo bastante lejos, quizá no se molestarían en retroceder por un niño pequeño. Se metió en el riachuelo a galope tendido. Harry notó que una sonrisa estiraba sus labios justo antes de que la yegua se precipitara contra el primer caballo.

Estaba rodeado de caballos que se habían zambullido en el agua espumeante. El hombre que tenía más cerca levantó el brazo, y Harry dirigió la navaja hacia la axila a la vista. Éste ni tan siquiera gimió cuando se cayó al riachuelo. A su alrededor, los caballos relinchaban y los hombres gritaban. Había manos extendidas para agarrarlo y él blandió su navaja con ferocidad. Desesperadamente. Otro hombre cayó al arroyo, chillando. Entonces lo tiraron de su caballo. Alguien le agarró la mano que sujetaba la navaja. Harry cerró su mano derecha, la del dedo amputado, en un puño y arremetió contra toda carne lo bastante cercana como para ser golpeada. Pero ellos eran muchos y él estaba solo, y le cayó un aluvión de patadas y golpes.

Al final, sucumbir fue sólo cuestión de tiempo.

Capítulo 14

*L*os hombres sirven para muchas cosas —dijo lady Beatrice Renault como si estuviese concediendo un punto cuestionable de debate—, pero dar consejo en *affaires de coeur* no es una de ellas. —Levantó el platillo con la taza de té hasta sus labios y tomó un pequeño sorbo.

George reprimió un suspiro. Llevaba más de una semana en Londres y hasta esta mañana había conseguido con éxito evitar a tía Beatrice. Todo esto era culpa de Oscar. De no haber sido tan imprudente como para dejar una carta de Violet a la vista, su tía Beatrice jamás habría averiguado lo de Harry y jamás se habría sentido obligada a venir y sermonear a George acerca del modo adecuado de mantener una aventura amorosa. Es cierto que Oscar había dejado la carta condenatoria en el cajón de su escritorio, pero cualquier idiota sabía que ése sería el primer sitio por el que tía Beatrice empezaría a curiosear en cuanto el mayordomo la dejara sola en el estudio tras haber venido de visita.

Definitivamente, era culpa de Oscar.

—Son demasiado sentimentales, ¡pobrecitos! —continuó tía Beatrice. Mordió un trozo de pastel y luego lo miró con el ceño fruncido—. ¿Lleva relleno de ciruela, Georgina? Te he dicho expresamente que las ciruelas no me sientan bien.

George lanzó una mirada al trozo de pastel causante del disgusto.

—Creo que es crema de chocolate, pero puedo llamar para que traigan otro pastel.

Tía Beatrice había invadido la residencia londinense de George, se había acomodado en una silla dorada de su bonita salita azul y blanca, y casi había exigido un té. George consideraba que el cocinero había hecho un trabajo excelente, teniendo en cuenta que nada le había advertido sobre un potencial invitado.

—¡Uf! —Lady Beatrice escarbó en el pastel de su plato, espachurrándolo—. Parecen ciruelas, pero si estás realmente segura... —Pegó otro mordisco, masticando con aire pensativo—. En consecuencia, están capacitados, a duras penas, para dirigir el gobierno, pero son un desastre total en asuntos familiares.

George se quedó unos instantes perpleja antes de recordar que su tía había estado hablando de hombres antes de las ciruelas.

—Completamente.

Tal vez si fingiera un ataque de vapores... Pero conociendo a tía Beatrice, probablemente le arrojase a la cara agua fría hasta que George admitiera estar consciente y entonces proseguiría con su sermón. Lo mejor era dejarla acabar.

—Ahora bien, a diferencia de lo que te dirán los hombres —continuó su tía—, una relación o dos o más es buena para una dama. Produce cierta agudeza mental y, naturalmente, sonrosa las mejillas.

Lady Beatrice se tocó su propia mejilla con la arreglada uña de un dedo. Ciertamente estaba rosácea, pero más por el colorete que por la naturaleza. Asimismo estaba decorada con tres lunares negros de terciopelo: dos estrellas y una luna creciente.

—Lo más importante que debe recordar una dama es ser discreta. —Tía Beatrice tomó un sorbo de su té—. Por ejemplo, he reparado en que si una se relaciona con dos o más caballeros durante el mismo periodo de tiempo, es indispensable que éstos no averigüen su mutua existencia.

Tía Beatrice era la menor de las hermanas Littleton. Tía Clara, que le había dejado a ella su fortuna, había sido la mayor, y su madre, Sarah, la hermana mediana. Las hermanas Littleton habían sido consideradas unas bellezas en su época, causando una sensación demoledora en toda la sociedad londinense. Las tres habían tenido matrimonios desdichados. Tía Clara se había casado con un hombre terriblemente religioso que había fallecido joven, dejándola sin hijos pero rica. Tía Beatrice se había casado con un hombre mucho mayor que ella, que la había dejado constantemente embarazada mientras vivió. Trágicamente, todos sus bebés murieron, bien por haberlos abortado o por haber nacido muertos.

En cuanto a Sarah, su propia madre... George tomó un sorbo de té. ¿Quién sabía qué había fallado exactamente en el matrimonio de sus padres? Quizá sólo que su madre y su padre no se habían querido. En cualquier caso, lady Maitland estaba postrada en la cama por enfermedades imaginarias desde hacía años.

—Hasta el más sofisticado de los hombres se convierte en un niño pequeño incapaz de compartir sus juguetes —continuaba ahora su tía Beatrice—. No más de tres es mi lema, y con tres una tiene que hacer realmente grandes malabarismos.

George se atragantó.

—¿Qué te ocurre, Georgina? —Lady Beatrice la miró molesta.

—Nada —contestó George entrecortadamente—. Ha sido una miga.

—De verdad que me preocupa que los ingleses sean una raza con...

—¡Qué suerte encontrar no uno, sino dos ejemplos de belleza femenina! —La puerta de la salita de George se abrió de golpe y apareció Oscar con un guapo joven que les hizo una reverencia a las damas.

Lady Beatrice arqueó las cejas y levantó una mejilla para que Oscar le diera un beso.

—Estamos ocupadas, querido. Vete. Tú no, Cecil. —El otro hombre había empezado a retroceder hacia la puerta—. Puedes quedarte. Eres el único hombre que conozco con un poco de sentido común, y eso merece ser fomentado.

Cecil Barclay sonrió e hizo otra reverencia.

—La señora es ciertamente amable.

Enarcó una ceja mirando a George, que daba palmadas en el cojín del sofá que tenía al lado. Conocía a Cecil y a su hermano menor, Freddy, desde que todos ellos usaban andador.

—Pero si Cecil se queda, entonces pido permiso para quedarme yo también. —Oscar se sentó y se sirvió un trozo de pastel.

George miró indignada a su hermano.

Oscar le contestó: «¿Qué?», moviendo los labios sin hablar.

Ella puso los ojos en blanco exasperada.

—¿Tomarás té, Cecil?

—Sí, por favor —respondió éste—. Oscar me ha arrastrado por

todo Tattersalls esta mañana para mirar caballos. Quiere un grupo de caballos parecido para su nuevo carruaje y asegura que en Londres no le sirve ninguno.

—Los caballeros gastan demasiado dinero únicamente en carne de caballo —declaró lady Beatrice.

—¿En qué otro tipo de carne querrías que invirtiéramos nuestro dinero? —Oscar abrió desmesuradamente sus pícaros ojos castaños.

Lady Beatrice le dio unos golpecitos excesivamente fuertes en la rodilla con su abanico.

—¡Uf! —Oscar se frotó la zona—. Quiero decir, ¿el pastel lleva relleno de ciruela?

George reprimió otro suspiro y miró por las ventanas de su residencia londinense. Aquí en Londres no estaba lloviendo, pero había una especie de neblina gris que lo cubría todo y dejaba a su paso una suciedad pegajosa. Había cometido un error. Ahora lo sabía, después de más de una semana alejada de Harry y Yorkshire. Debería haber aguantado y hacerle hablar. O hablar ella hasta que él se desmoronase y le dijese... ¿qué? ¿Sus temores? ¿Le recitase los defectos que veía en ella? ¿Por qué no la quería? Si era el final, por lo menos ella lo sabría. No estaría atrapada aquí en este estado de incertidumbre, incapaz de volver a su vida anterior y, sin embargo, incapaz de seguir adelante con lo que podría ser una nueva.

—¿Puedes venir, George? —le estaba hablando Cecil.

—¿Qué? —Parpadeó ella—. Lo lamento, me temo que no he oído la última parte.

Su tía y los caballeros intercambiaron una mirada dando a entender que tenían que hacer concesiones debido al estado mental de Georgina.

George apretó los dientes.

—Cecil decía que mañana por la noche irá al teatro y quería saber si podía acompañarte —explicó Oscar.

—De hecho, yo... —George se ahorró elaborar una excusa por la aparición de su mayordomo. Arrugó las cejas.

—¿Sí, Holmes?

—Le ruego me perdone, mi lady, pero acaba de llegar un mensajero de parte de lady Violet. —Holmes le ofreció una bandeja de plata sobre la cual reposaba una carta bastante enlodada.

George la cogió.

—Gracias.

El mayordomo hizo una reverencia y salió.

¿Habría seguido Wentworth a Violet hasta el norte? Habían creído que lo mejor era dejar a Violet en Woldsly presuponiendo que allí, lejos de la sociedad, es donde estaría más segura, pero quizá se hubiesen equivocado.

—Con vuestro permiso. —George no esperó al permiso de sus invitados, sino que se sirvió de un cuchillo para la mantequilla y rompió el sello de la carta. La letra de Violet se extendía frenéticamente por toda la página, borrada aquí y allí por manchas de tinta. «Mi querida hermana... Harry Pye golpeado y arrestado... detenido por Granville... acceso denegado... por favor, ven inmediatamente.»

Golpeado.

A George le tembló la mano. «¡Oh, Santo Dios, Harry!» Un sollozo se le anudó en la garganta. Trató de recordar la tendencia de Violet al melodrama. Quizás había dramatizado o, en todo caso, exagerado. Pero no, Violet no mentía. Si lord Granville tenía a Harry en sus garras, tal vez ya estuviese muerto.

—¿Georgie? —Ella levantó la vista y se encontró a Oscar arrodillado justo delante—. ¿Qué pasa?

En silencio, George giró la carta para que él pudiera leerla.

Oscar arrugó el entrecejo.

—Pero no había pruebas concretas de su culpabilidad, ¿verdad?

George sacudió la cabeza y respiró entrecortadamente.

—Lord Granville le guarda rencor a Harry. No necesita prueba alguna. —Cerró los ojos—. Nunca debí marcharme de Yorkshire.

—Era imposible que pudieras prever esto.

George se levantó y se dirigió hacia la puerta.

—¿Adónde vas? —Oscar la agarró del codo.

George se deshizo de él.

—¿Adónde crees que voy? Con él.

—Espera, yo...

Ella se volvió violentamente hacia su hermano.

—No puedo esperar. Puede que ya esté muerto.

Oscar alzó las manos como si se rindiera.

—Lo sé, lo sé, Georgie. Iba a decir que iré contigo. Veré lo que puedo hacer. —Se dirigió a Cecil—. ¿Puedes ir a caballo a contarle a Tony lo que ha pasado?

Cecil asintió.

—Ten. —Oscar le arrebató a George la carta de la mano—. Dale esto. Será preciso que venga cuando pueda.

—Por supuesto, viejo amigo. —Cecil parecía tener curiosidad, pero cogió la carta.

—Gracias. —Las lágrimas empezaron a resbalar por la cara de George.

—Tranquila. —Cecil iba a decirle algo más, pero entonces cabeceó y se marchó.

—Bien, no puedo decir que apruebe nada de todo esto, sea lo que sea. —Lady Beatrice había estado callada durante toda la escena, pero ahora se puso de pie—. No me gusta que se me oculten las cosas. En absoluto. Pero por esta vez esperaré a averiguar por qué tenéis todos tantas prisas.

—Por supuesto, tía. —George ya había medio salido por la puerta, y no estaba realmente escuchando.

—Georgina. —Lady Beatrice puso una palma en el rostro surcado de lágrimas de su sobrina, haciendo que ésta se detuviera—. Recuerda, querida, que no podemos impedir la voluntad de Dios, pero podemos ser fuertes. —Parecía repentinamente anciana—. En ocasiones es lo único que podemos hacer.

—La vieja señora Pollard ha sido asesinada, simple y llanamente. —Silas se reclinó en su sillón de cuero y miró a su hijo menor con satisfacción.

Bennet paseaba por la biblioteca como un joven león. En cambio, su hermano estaba encogido en una silla esquinera, demasiado pequeña, con las rodillas prácticamente pegadas a su mentón. Silas no lograba comprender por qué Thomas estaba en la biblioteca con ellos, pero en cualquier caso realmente no le importaba. Toda su atención estaba centrada en su hijo pequeño.

Durante toda la semana, desde que sus hombres habían traído a Harry Pye, Bennet había criticado a su padre con dureza y se había puesto furioso con él. Pero por mucho que lo intentase, había un hecho que no podía negar: una mujer había sido asesinada. Una anciana, es verdad, y, además, pobre. Una mujer de la que nadie se había preocupado mucho mientras vivía. Sin embargo, era un ser humano y, por tanto, al margen de su grado de decrepitud, estaba varios peldaños por encima de una oveja muerta.

Por lo menos según la opinión popular.

De hecho, Silas había empezado a preguntarse si se había equivocado en sus prisas por atrapar a Pye. Los ánimos de los lugareños estaban muy caldeados. A nadie le gustaba que un asesino anduviese suelto. Si se hubiera limitado a dejar que se las arreglase solo, alguien habría podido tomarse la justicia por su mano y habría linchado a ese bastardo. Quizás a esas alturas ya estaría muerto, y a largo plazo no habría mucha diferencia. Muerto ahora o muerto dentro de una semana, de un modo o de otro, Pye estaría pronto bien, bien muerto. Y después su hijo dejaría de discutir con él.

—Es posible que la hayan asesinado, pero Harry Pye no lo ha hecho. —Bennet estaba de pie delante del escritorio de su padre, con los brazos cruzados y los ojos llameantes.

Silas sintió que la impaciencia crecía en él. Todos los demás creían que el administrador de fincas era culpable. ¿Por qué entonces no podía creerlo su propio hijo?

Se sentó hacia delante y golpeteó el escritorio con el dedo índice como si pudiera perforar la caoba.

—La mató la cicuta, igual que a las ovejas. La talla de Harry fue hallada junto a su cadáver. Recuerda que es la segunda talla descubierta en estos crímenes. —Silas empujó las manos hacia delante, con las palmas hacia arriba—. ¿Qué más quieres?

—Sé que odias a Harry Pye, padre, pero ¿por qué iba él a dejar sus propias tallas junto a los cuerpos? ¿Por qué iba a autoinculparse?

—Es posible que esté loco —dijo Thomas tranquilamente desde la esquina. Silas lo miró con el ceño fruncido, pero Thomas estaba demasiado centrado en su hermano para darse cuenta—. La madre de Pye era una puta, al fin y al cabo; quizás heredase su mala sangre.

Bennet parecía dolido.

—Tom...

—¡No me llames así! —exclamó Thomas en tono agudo—. Soy tu

hermano mayor. Soy el heredero. Trátame con el respeto que merezco. Tú no eres más que un...

—¡Cállate! —rugió Silas.

Thomas se encogió ante el grito.

—Pero padre...

—¡Ya basta! —Silas miró iracundo hasta que a su hijo mayor le salieron colores del rubor; entonces se reclinó en la silla y devolvió su atención a Bennet—. ¿Qué querrías que hiciera?

Bennet le lanzó una mirada de disculpa a Thomas, que el otro ignoró, antes de contestar:

—No lo sé.

¡Ah!, la primera exteriorización de incertidumbre. Fue como un bálsamo para su alma.

—Soy el corregidor de este condado. Debo defender la ley como yo crea conveniente.

—Al menos déjame verlo.

—No. —Silas sacudió la cabeza—. Es un criminal peligroso. No sería responsable por mi parte dejar que te acercaras a él.

No hasta que sus hombres obtuvieran una confesión. Por el modo en que Pye aguantaba las palizas (soportando golpe tras golpe hasta que ya no se tenía en pie, hasta que se tambaleaba y se caía, pero aun así se negaba a hablar) quizá pasarían varios días más antes de que se derrumbara. Pero se derrumbaría. Y luego Silas lo colgaría del cuello hasta que muriese, y nadie, ni el rey ni Dios, podría interponerse.

Sí, podía esperar.

—¡Oh, por el amor de Dios! —Bennet deambulaba ahora nervioso—. Lo conozco desde que éramos unos críos. Es mi... —Hizo un alto y desechó la frase agitando la mano—. Sólo déjame hablar con él. Por favor.

Hacía mucho, mucho tiempo que el chico no suplicaba. Debería saber a estas alturas que suplicar únicamente le daba munición al adversario.

—No. —Silas cabeceó con pesar.

—¿Todavía está vivo?

Silas sonrió.

—Sí. Vivo, pero no especialmente bien.

El rostro de Bennet palideció. Miró fijamente a su padre como si fuese a pegarle, y de hecho Silas se preparó para un golpe.

—¡Que Dios te maldiga! —susurró Bennet.

—Quizá lo haga, ciertamente.

Bennet se giró hacia la puerta del estudio y tiró de ella para abrirla. Un niño pequeño y escuálido entró tambaleándose.

—¿Qué es esto? —Silas arqueó las cejas.

—Está conmigo. Vamos, Will.

—Deberías enseñar a tus criados a no escuchar junto a las puertas —le dijo Silas a su hijo articulando lentamente.

Por alguna razón sus palabras hicieron que Bennet se detuviera y se volviera. Le miró a él y al chico respectivamente.

—Realmente no sabes quién es, ¿verdad?

—¿Debería? —Silas estudió al muchacho. Algo en sus ojos castaños le resultaba familiar. Omitió la pregunta con un gesto de la mano. Daba igual—. El niño es un don nadie.

—¡Jesús! No te creo. —Bennet lo miró fijamente—. Todos nosotros no somos más que unos títeres para ti, ¿verdad?

Silas sacudió la cabeza.

—Sabes que no me gustan los acertijos.

Pero Bennet había agarrado al niño por el hombro y lo estaba conduciendo fuera de la biblioteca. La puerta se cerró tras ellos.

—Es un desagradecido —susurró Thomas desde el rincón—. Después de todo lo que has hecho por él, después de todo lo que yo he sufrido, es un desagradecido.

—¿A qué viene esto, chico? —gruñó Silas.

Thomas parpadeó y se levantó con aspecto extrañamente solemne:

—Siempre te he querido, padre. Haría cualquier cosa por ti. —Entonces también él abandonó la habitación.

Silas siguió con la mirada a su hijo unos instantes, luego sacudió de nuevo la cabeza. Se volvió hacia una pequeña puerta recortada en la madera que revestía las paredes de detrás de su escritorio y la golpeó. Por razones desconocidas, un antepasado de la familia Granville había construido un pasadizo desde la biblioteca hasta el sótano. Tras una breve espera, la puerta se abrió. Apareció un hombre fornido, agachando la cabeza para pasar. Llevaba el torso desnudo. Unos brazos gruesos y musculosos colgaban a lo largo de su cuerpo. El vello castaño que cubría la parte superior de su torso estaba espantosamente salpicado de sangre.

—¿Y bien? —preguntó Silas.

—Sigue sin hablar. —El hombretón extendió unas manos hinchadas—. Mis nudillos están realmente ensangrentados, y mi colega también lo ha intentado hoy.

Silas frunció el ceño.

—¿Tengo que traer a alguien más? Él está solo y no tiene ni mucho menos tu tamaño. A estas alturas debería estar silbando cualquier melodía que le pidieras.

—Sí, bueno, el cabrón ése es duro de pelar. He visto a tíos llorar como bebés después de lo que le hemos hecho a él.

—Si tú lo dices —se mofó Silas—. Véndate las manos y sigue intentándolo. Pronto se vendrá abajo y cuando lo haga, recibirás una gratificación. Y si no lo puedes hacer a lo largo del día de mañana, encontraré a alguien que pueda y os sustituya a ti y a tu colega.

—Sí, mi lord. —El hombretón miró fijamente a Silas, reprimiendo la rabia que ardía detrás de sus ojos antes de dar media vuelta. Bien, se desquitaría con Pye.

La puerta se cerró tras él y Silas sonrió. Pronto, muy pronto ya.

En alguna parte el agua goteaba.

Lentamente.

Continuamente.

Incesantemente.

Había goteado desde que se despertó por primera vez en esa habitación, había goteado todos los días desde entonces, y goteaba ahora. Era muy probable que el goteo acabara con él antes de que lo hicieran las palizas.

Harry encogió un hombro y se arrastró dolorosamente para ponerse de pie apoyado en la pared. Lo tenían retenido en una habitación diminuta. Creía que debía de haber pasado al menos una semana desde su captura, pero aquí resultaba difícil calcular el tiempo. Y había horas, quizá días, en que se había sentido insensible. En la parte alta de una pared había una ventana del tamaño de la cabeza de un niño, cubierta con una reja de hierro oxidado. Del exterior asomaban unas cuantas malas hierbas, de modo que sabía que la ventana estaba al nivel del suelo. Proporcionaba suficiente luz para iluminar su celda cuando el sol estaba a determinada altura. Las paredes eran de piedra húmeda, el suelo de tierra. No había nada más en la habitación a excepción de él mismo.

Bueno, es decir, normalmente.

Por las noches podía oír el chirrido de unos pies diminutos, correteando de aquí para allá. Los chirridos y los crujidos de pronto paraban y luego volvían a empezar. Ratones. O tal vez ratas.

Él odiaba las ratas.

Cuando estuvo en el hospicio de la ciudad, comprendió rápidamente que su padre y él morirían de hambre si él no podía ahuyentar a los demás para proteger sus raciones de comida. De modo que había aprendido a defenderse, deprisa y con brutalidad. Después de aquello el resto de chicos y hombres se habían mantenido alejados.

Pero las ratas no lo hacían.

Cuando anochecía, salían. Las criaturas salvajes del campo temían a las personas. Las ratas no. Se acercaban con sigilo hasta el bolsillo de un hombre para robarle su último trozo de pan. Metían el hocico en el pelo de un niño en busca de migas. Y si no encontraban ningún resto, se lo inventaban. Si un hombre dormía demasiado profundamente, fuese por el alcohol o por enfermedad, las ratas se ponían a roer. En los dedos de los pies o de las manos o en las orejas. Había hombres en el hospicio cuyas orejas eran flores irregulares. Uno sabía que ésos no durarían mucho tiempo más. Y si un hombre se moría mientras dormía, en ocasiones por la mañana su rostro resultaba irreconocible.

Naturalmente podías matar a las ratas si eras lo bastante rápido. Algunos chicos incluso las asaban sobre una hoguera y se las comían. Pero por muy hambriento que él estuviese (y había habido días en que sus entrañas se habían retorcido por la necesidad), jamás se pudo imaginar introduciéndose esa carne en la boca. Había un demonio en las ratas que, sin duda, se trasladaría a la barriga de uno e infectaría su alma, si se las comía. Y por muchas ratas que uno matara, siempre había más.

Así que ahora, por las noches, no dormía realmente. Porque había ratas por allí fuera y él sabía lo que podían hacerle a un hombre herido.

Los matones de Granville lo habían golpeado a diario, en ocasiones dos veces al día, desde hacía ya una semana. Su ojo derecho estaba cerrado por la hinchazón, el izquierdo no mucho mejor; su labio partido y vuelto a partir. Por lo menos había dos costillas rotas. Y tenía la sensación de haber perdido varios dientes. No había más de un palmo en todo su cuerpo que no estuviese cubierto de moretones. Era sólo cuestión de tiempo hasta que lo golpearan demasiado fuerte o en el lugar equivocado o hasta que su cuerpo simplemente le fallara.

Y luego las ratas...

Harry sacudió la cabeza. Lo que no podía entender era por qué Granville no lo había matado en el acto. Cuando se despertó al día siguiente de su captura en el riachuelo, durante un momento lo asombró simplemente ver que estaba vivo. ¿Por qué? ¿Por qué apresarlo con vida cuando seguramente Granville tenía intención de matarlo de todas formas? No paraban de decirle que confesara haber matado a la abuela de Will, pero seguro que eso a Granville en realidad no le importaba. El barón no necesitaba una confesión para colgarlo. Nadie se preocuparía mucho por la muerte de Harry ni protestaría porque lo mataran, salvo Will, quizás.

Harry suspiró y apoyó su dolorida cabeza en la mohosa pared de piedra. Eso no era verdad. Su señora se preocuparía. Dondequiera que estuviese, ya fuese en su lujosa residencia de Londres o en su mansión de Yorkshire, lloraría al enterarse de la muerte de su amante de cuna humilde. Desaparecería la luz de sus preciosos ojos azules, y su rostro se encogería.

En esta celda Harry había tenido muchas horas para reflexionar. De todas las cosas que lamentaba en su vida, había una que lamentaba especialmente: hacerle daño a lady Georgina.

Procedente del exterior oyó un murmullo de voces y el sonido de botas arrastrándose sobre la piedra. Harry ladeó la cabeza para escuchar. Venían para golpearlo otra vez. Se estremeció. Puede que su mente fuese fuerte, pero su cuerpo recordaba y temía el dolor. Cerró los ojos en ese instante antes de que ellos abrieran la puerta y todo empezase de nuevo. Pensó en lady Georgina. En otro tiempo y lugar, si ella no hubiese sido de tan alta cuna ni él tan vulgar, quizás hubiese funcionado. Quizá se hubiesen casado y tuviesen una pequeña cabaña. Ella quizás habría aprendido a cocinar, y a él tal vez lo esperase su dulce beso al llegar a casa. Por las noches quizá se habría acostado junto a ella y hubiese notado cómo subía y bajaba su cuerpo al respirar y se hubiese dejado sumir en un sueño sin sueños, con su brazo extendido sobre ella.

Podría haberla amado, a su señora.

Capítulo 15

*E*stá vivo? —El rostro de George se parecía a un trozo de papel estrujado y alisado de nuevo. Su vestido gris estaba tan arrugado que debía de haber dormido con él puesto desde Londres.

—Sí. —Violet abrazó a su hermana, tratando de no manifestar su sorpresa por el cambio de aspecto de ésta. Únicamente había estado fuera de Woldsly menos de dos semanas—. Sí, que yo sepa, pero. Lord Granville no deja que nadie lo vea.

La expresión de George se aligeró. Sus ojos seguían mirando fijamente con demasiado atención, como si parpadeando fuese a perderse algo importante.

—Entonces quizás esté muerto.

—¡Oh, no! —Desesperada, Violet miró a Oscar con los ojos desmesuradamente abiertos. «¡Socorro!»—. No lo creo...

—Si Harry Pye estuviese muerto, lo sabríamos, Georgie —intervino Oscar, saliendo al rescate de Violet—. Granville se estaría jactando. El hecho de que no lo esté significa que Pye aún está vivo. —Cogió a George del brazo como si estuviese guiando a una inválida—. Entra en Woldsly. Sentémonos y tomemos una taza de té.

—No, tengo que verlo. —George se quitó de encima la mano de Oscar como si éste fuera un vendedor excesivamente entusiasta que la importunara con unas flores marchitas.

Oscar no se inmutó.

—Lo sé, querida, pero, si pretendemos intervenir, es preciso que nos mostremos fuertes cuando nos enfrentemos con Granville. Es mejor que estemos frescos y descansados.

—¿Crees que le habrán dado el mensaje a Tony?

—Sí —dijo Oscar como si repitiese algo por enésima vez—. Estará viniendo justo detrás de nosotros. Preparémonos para cuando llegue. —Puso de nuevo la mano en el codo de George y esta vez ella dejó que Oscar la condujese por la escalera principal de Woldsly.

Violet los seguía, absolutamente perpleja. ¿Qué le pasaba a George? Había contado con que su hermana estuviese desconcertada, incluso con que llorara. Pero esto... esto era una especie de sufrimiento angustioso y sin lágrimas. Si hoy le comunicaran que Leonard, su amor de verano, había muerto, sentiría cierta melancolía. Quizá derramaría alguna lágrima y deambularía con cara mustia por la casa durante uno o dos días. Pero no estaría tan destrozada como ahora parecía estarlo George. Y, que ellos supieran, el señor Pye ni siquiera estaba muerto.

Era casi como si George lo amara.

Violet se detuvo de golpe y observó cómo se alejaba la espalda de su hermana, apoyada en su hermano. ¡No era posible! George era demasiado mayor para el amor. Claro que también era demasiado mayor para una aventura amorosa. Pero el amor, el amor verdadero, era otra cosa. Si George amaba al señor Pye, quizá quisiese casarse con él. Y si se casaba con él, bueno... formaría parte de la familia. ¡Oh, no! Harry probablemente no supiese qué tenedor usar para el pescado, o cómo dirigirse a un general retirado que además hubiese heredado el título de barón, o la forma adecuada de ayudar a una dama a montar a caballo a mujeriegas o... ¡Santo Dios!

George y Oscar habían llegado a la salita, y Oscar miró a su alrededor mientras la acompañaba dentro. Vio a Violet y la miró frunciendo el ceño. Ella aceleró para darles alcance.

En el interior de la salita, Oscar ayudó a George a sentarse.

—¿Has pedido té y refrescos? —le preguntó a Violet.

Ella sintió que su rostro se ruborizaba por la culpabilidad. Rápidamente se asomó por la puerta y le dijo a un criado lo que necesitaban.

—Violet, ¿qué sabes? —George la miraba fijamente—. En tu carta ponía que Harry había sido arrestado, pero no por qué ni cómo.

—Verás, encontraron el cadáver de una mujer. —Violet se sentó e intentó ordenar sus pensamientos—. En el páramo. La señora Piller o Poller o...

—¿Pollard?

—Sí. —Violet la miró con fijeza, sorprendida—. ¿Cómo lo sabías?

—Conozco a su nieto. —Con un gesto George le quitó importancia a la interrupción—. Sigue.

—Fue envenenada de la misma manera que las ovejas. Hallaron esas malas hierbas junto a ella, las que había junto a las ovejas muertas.

Oscar arqueó las cejas.

—Pero una mujer no sería tan estúpida como para comerse hierbajos venenosos como una oveja.

—Había una taza a su lado. —Violet se estremeció—. Con una especie de poso en ella. Creen que él, el envenenador, la obligó a bebérselo. —Miró con inquietud a su hermana.

—¿Cuándo fue eso? —preguntó George—. Seguro que si la hubieran encontrado antes de que nosotros nos fuésemos, alguien nos lo habría dicho.

—Bien, por lo visto no fue así —repuso Violet—. Los lugareños la encontraron el día antes de que te fueras, pero yo no me enteré hasta el día siguiente de tu partida. Y había una talla, alguna clase de animal. Dicen que lo hizo el señor Pye, así que debe de haberlo hecho él. Asesinarla, quiero decir.

Oscar le lanzó una mirada a George. Violet titubeó, anticipando una reacción de su hermana, pero ésta se limitó a levantar las cejas.

De modo que Violet siguió con tenacidad:

—Y la noche en que te fuiste arrestaron al señor Pye. Lo que pasa es que nadie me ha dicho gran cosa sobre este arresto, salvo que fueron necesarios siete hombres para ello y que dos resultaron gravemente heridos. Así que —Violet inspiró y dijo con cautela— debió de oponer bastante resistencia. —Miró a George expectante.

Su hermana clavó los ojos en el infinito, mordisqueándose el labio inferior con los dientes.

—¿A la señora Pollard la mataron el día antes de que yo me fuera?

—Bueno, no —contestó Violet—. En realidad se comenta que podría haber sido tres noches antes.

George miró de pronto a su hermana fijamente.

Violet se apresuró a continuar:

—Fue vista con vida en West Dikey cuatro noches antes de que tú te fueras; la vieron varias personas en una taberna, pero el granjero jura que ella no estaba allí a la mañana siguiente de que la vieran en West Dikey. Recuerda con claridad haber llevado a sus ovejas a ese pasto a la mañana siguiente. Pasaron varios días antes de que él regresara de nuevo al pasto donde fue descubierta. Y creen, por el estado del cadáver, debido al... ¡uf! —frunció la nariz del asco que le daba—, *deterioro*, que llevaba más de tres noches en el páramo. ¡Pufff...! —Violet se estremeció.

Trajeron el té, y Violet lo miró sintiendo náuseas. El cocinero había considerado oportuno incluir varios pasteles de crema de los que salía un relleno rosa, que dadas las circunstancias eran bastante repugnantes.

George hizo caso omiso del té.

—Violet, esto es muy importante. ¿Estás segura de que se cree que la mataron tres noches antes de la mañana en que yo me fui?

—Mmm. —Violet tragó saliva y apartó los ojos de los horribles pasteles de crema—. Sí, estoy segura.

—¡Gracias a Dios! —George cerró los ojos.

—Georgie, sé que sientes cariño por él, pero no puedes. —La voz de Oscar contenía una advertencia—. Simplemente no puedes.

—Su vida está en juego. —George se inclinó hacia su hermano como si pudiese infundirle su pasión—. ¿Qué clase de mujer sería si ignorase eso?

—¿El qué? —Violet miró a uno y otra respectivamente—. No lo entiendo.

—Es muy sencillo. —Al fin, George pareció reparar en la humeante tetera y alargó el brazo para servir—. Es imposible que Harry matase a la señora Pollard esa noche. —Le dio una taza a Violet y la miró a los ojos—. La pasó conmigo.

Harry estaba soñando.

En el sueño tenía lugar una pelea entre un ogro peligroso, un joven rey y una hermosa princesa. El horrible ogro y el joven rey tenían más o menos el aspecto consabido, teniendo en cuenta que era un sueño. Pero la princesa no tenía los labios como rubíes ni el pelo negro como el azabache. Tenía el cabello pelirrojo y los labios de lady Georgina. Mejor así. Después de todo era su sueño, y tenía derecho a que su princesa se pareciera a quien él quisiese. A su juicio, en el día a día el cabello pelirrojo y sedoso era mucho más bonito que los mechones negros y suaves.

El joven rey estaba charlando de leyes y pruebas y demás en un tono de categoría social superior tan refinado que a uno le entraba dolor de dientes. Harry entendía perfectamente por qué el ogro le contestaba gritando, tratando de ahogar el monólogo del joven rey. Él le gritaría al tipo, si pudiera. El joven rey por lo visto quería el ciervo de estaño. Harry reprimió una carcajada. Deseaba poder decirle al joven rey que el ciervo de estaño no tenía ningún valor. El ciervo hacía mucho tiempo que había perdido buena parte de su soporte y se aguantaba únicamente sobre tres patas. Y, además, el animal no era mágico. No podía hablar ni lo había hecho jamás.

Pero el joven rey era obstinado. Quería el ciervo, y tendría el ciervo, ¡por Dios! Con ese propósito, estaba importunando al ogro con ese estilo tan despótico de la aristocracia, como si el resto del mundo estuviese en esta Tierra meramente por la dicha de limpiar a lametazos las botas de su señoría. «Gracias, mi lord. Ha sido un placer, realmente un placer.»

Harry se habría puesto de parte del ogro, simplemente por principios pero algo iba mal. Parecía que la Princesa Georgina estuviese llorando. Enormes gotas líquidas rodaban por sus mejillas traslúcidas y se convertían lentamente en oro a medida que caían. Al golpear en el suelo de piedra tintineaban y se alejaban rodando.

Harry estaba hipnotizado; no podía apartar los ojos de su pesar. Deseaba gritarle al joven rey: «¡Aquí tenéis vuestra magia! Mirad a la dama que está junto a vos». Pero, naturalmente, no podía hablar. Y resultó que estaba equivocado: en realidad era la princesa, no el joven rey, quien quería el ciervo de estaño. El joven rey se limitaba a actuar como intermediario de la princesa. Bien, ésta era una cuestión completamente diferente. Si la Princesa Georgina deseaba el ciervo, debería tenerlo, aun cuando fuera una cosa vieja y desastrada.

Pero al horrible ogro le encantaba el ciervo de estaño; era su posesión más preciada. Para demostrarlo, tiró el ciervo al suelo y lo pisoteó hasta que éste gimió y se hizo añicos. El ogro lo miró fijamente, yaciendo allí a sus pies, sangrando plomo, y sonrió. Miró a los ojos a la princesa y señaló. «Tened, cogedlo. De todas formas lo he matado.»

Entonces sucedió una cosa asombrosa.

La Princesa Georgina se arrodilló junto al ciervo hecho añicos y lloró, y mientras lo hacía, sus lágrimas de oro cayeron sobre el animal. Allí donde caían, servían para fijar, soldando el estaño hasta que el ciervo estuvo de nuevo entero, hecho tanto de estaño como de oro. La princesa sonrió y abrazó al extraño animal contra su pecho, y allí el ciervo acurrucó la cabeza. Lo cogió en brazos, y el joven rey y ella se volvieron con su dudoso trofeo.

Pero Harry pudo ver por encima del hombro de la princesa que al ogro no le gustaba ese desenlace. Todo el amor que había sentido por el ciervo de estaño se había convertido ahora en odio hacia la princesa que se lo había arrebatado. Quiso gritarle al joven rey: «¡Cuidado! ¡Vigilad las espaldas de la princesa! ¡El ogro quiere hacerle daño y no descansará hasta que se haya vengado!». Pero por mucho que lo intentara, no podía hablar.

Nunca se puede en los sueños.

George acunaba la cabeza de Harry en su regazo y procuraba no sollozar por las horribles marcas que tenía en su rostro. Sus labios y sus ojos estaban negros e hinchados. Había manchas de sangre fresca de un corte que cruzaba una ceja y otro debajo de una oreja. Tenía el pelo grasiento y sucio, y ella mucho se temía que parte de la suciedad fuese, en realidad, sangre seca.

—Cuanto antes salgamos de aquí, mejor —musitó Oscar. Dio un portazo a la puerta del carruaje al subir.

—Desde luego. —Tony golpeteó con fuerza en el techo, avisando al cochero.

El carruaje se fue de la casa de Granville. George no necesitaba volverse para saber que su dueño los miraba fijamente con ojos malévolos. Fijó bien el cuerpo para amotiguarle a Harry los baches mientras él permanecía tumbado en el asiento contiguo al suyo.

Oscar examinó a Harry.

—Nunca había visto a un hombre tan brutalmente golpeado —susurró. Las palabras «y vivo» flotaron en el aire sin ser articuladas.

—¡Qué animales! —Tony desvió la vista.

—Vivirá —declaró George.

—Lord Granville cree que no; de lo contrario, jamás habría dejado que nos lo lleváramos. De hecho, prácticamente he tenido que hacer alarde de mi título. —Tony apretó los labios—. Debes prepararte para lo peor.

—¿Cómo? —George casi sonrió—. ¿Cómo me preparo a mí misma para verlo morir? No puedo, de modo que no lo haré. Así que creeré en su recuperación.

—¡Oh, querida! —exclamó Tony, y suspiró, pero no hizo más comentarios.

Aquello pareció una eternidad antes de que, al fin, se detuvieran frente a Woldsly. Oscar salió apresuradamente y Tony lo siguió más tranquilamente. George pudo oír cómo daban instrucciones a los criados y encontraban un tablero para poner a Harry encima. Ella miró hacia abajo. Él no se había movido ni un centímetro desde que lo habían tumbado sobre su regazo. Sus ojos estaban tan hinchados que George no estaba segura de que él pudiera abrirlos aun cuando estuviera despierto. Puso la palma de la mano en su cuello y notó su pulso, lento pero fuerte.

Los hombres regresaron y tomaron el control. Sacaron a Harry con dificultad del carruaje y lo colocaron encima del tablero que habían encontrado. Cuatro hombres lo subieron por las escaleras y lo metieron en la mansión. Luego tuvieron que subirlo por más escaleras, sudando y blasfemando pese a que George estaba presente. Por fin, colocaron a Harry en una cama de una pequeña habitación que había entre la de Tony y la suya propia, una solución intermedia. El dormitorio era apenas lo bastante grande para dar cabida a una cama, una cómoda, una mesilla de noche y una silla. En realidad tenía que haber sido un vestidor. Pero estaba cerca del de George y eso era lo único que importaba. Todos los hombres, incluso sus hermanos, salieron en tropel dejando la habitación repentinamente silenciosa. Durante todo el proceso Harry ni tan siquiera se había movido.

George se sentó cansada junto a él en la cama. Le puso de nuevo la mano en el cuello para notar los latidos de su corazón y cerró los ojos.

A sus espaldas se abrió la puerta.

—¡Santo Dios, pero qué le han hecho a ese hombre tan guapo! —Tiggle permaneció de pie al lado de George con una palangana de agua caliente. La doncella miró a George a los ojos, a continuación enderezó sus hombros—. En cualquier caso, acomodémoslo ¿no, mi lady?

Seis días después Harry abrió los ojos.

George estaba sentada junto a su cama en la pequeña y oscura habitación como había hecho todos los días y casi cada noche desde que a él lo tumbaran allí. Ella no perdió la esperanza cuando vio que él parpadeaba. Había abierto los ojos fugazmente con anterioridad y a George le había dado la impresión de que no la reconocía y que ni siquiera estaba completamente consciente.

Pero esta vez sus ojos esmeralda la miraron y se clavaron en ella.

—Mi lady. —Su voz era un graznido ronco.

«¡Oh, Dios mío, gracias!» George podría haber cantado un aleluya. Podría haber bailado un *reel* escocés por la habitación ella solita. Podría haberse arrodillado y rezado una oración dando las gracias.

Pero se limitó a acercarle una taza a los labios.

—¿Tiene sed?

Él asintió sin dejar de mirarla en ningún momento. Después de tragar le susurró:

—No llore.

—Lo siento. —George volvió a dejar la taza en la mesilla de noche—. Son lágrimas de felicidad.

Él la observó durante varios minutos más; entonces cerró de nuevo los ojos y se quedó dormido.

Ella le puso la mano en el cuello tal como había hecho innumerables veces durante esa última horrible semana. Lo había hecho con tanta frecuencia que se había convertido en un hábito. La sangre que había bajo su piel latía fuerte y continuadamente. Harry murmuró cuando lo tocó, y se movió.

George suspiró y se levantó. Pasó una hora dándose un espléndido y tranquilo baño y durmió una siesta que, de algún modo, duró hasta el anochecer. Cuando se despertó, se puso un vestido amarillo de cotonía con encaje en los codos y ordenó que le trajeran la cena a la habitación de Harry.

Él estaba despierto cuando ella entró en su dormitorio, y el corazón le dio un vuelco. Una cosa tan insignificante como ver sus ojos atentos para ella era muy importante.

Alguien le había ayudado a incorporarse.

—¿Cómo está Will?

—Muy bien. Está con Bennet Granville. —George fue a descorrer las cortinas.

El sol se iba ocultando, pero incluso esa tenue luz hacía que la habitación pareciese menos triste. Tomó nota mentalmente para ordenar a las criadas que por la mañana abrieran la única ventana que había para que desapareciese el olor a enfermedad.

Regresó junto a la cama.

—Por lo visto Will se escondió cuando a usted lo apresaron y luego volvió corriendo a West Dikey para contarle al dueño de la taberna Cock and Worm lo que había pasado. No es que el dueño pudiera hacer gran cosa.

—¡Ah!

George frunció las cejas al visualizar a Harry en esa celda siendo golpeado cada día sin que nadie le ayudase. Sacudió la cabeza.

—Will estaba sumamente preocupado por usted.

—Es un buen chico.

—Nos contó lo que pasó aquella noche. —George se sentó—. Usted le salvó la vida, ¿lo sabe?

Harry se encogió de hombros. Era evidente que no quería hablar de ello.

—¿Le apetece un poco de caldo de carne? —George levantó la tapa de la bandeja de comida que las criadas ya le habían traído.

En el lado de George había un plato de rosbif, humeante en su jugo y su salsa. Había patatas y zanahorias y un apetitoso pudín. En el lado de la bandeja de Harry había una solitaria taza de caldo de carne.

Harry le echó un vistazo a la comida y suspiró.

—Me encantaría un caldo de carne, mi lady.

George le acercó la taza a su rostro con intención de sostenerla como había hecho antes mientras él bebía, pero Harry le cogió la taza de los dedos.

—Gracias.

Ella se concentró en ordenar su bandeja y servirse un vaso de vino mientras miraba a Harry por el rabillo del ojo. Él bebió de la taza y la apoyó en su regazo sin derramar el caldo. Su pulso parecía firme. George se sintió un tanto aliviada. No había querido abochornarlo estando pendiente de él, pero precisamente el día anterior él había mostrado tener poca sensibilidad.

—¿Me explica su cuento de hadas, mi lady? —Desde esta tarde su voz se había fortalecido.

George sonrió.

—Seguramente habrá tenido el alma en vilo, preguntándose cómo termina.

Los labios amoratados de Harry esbozaron una sonrisa, pero contestó con seriedad:

—Sí, mi lady.

—Bien, veamos. —George se introdujo un trozo de rosbif en la boca y pensó mientras masticaba. La última vez que le había contado la historia... De pronto recordó que ella estaba completamente desnuda y que él había... George tragó con excesiva brusquedad y tuvo que coger su copa de vino. Simplemente *sabía* que se estaba ruborizando. Miró con disimulo a Harry, pero él estaba mirando hacia su caldo de carne con resignación.

Se aclaró la garganta.

—El Príncipe Leopardo se convirtió en un hombre. Asió su collar con corona y pidió como deseo una capa para volverse invisible. Lo cual debió de ser bastante práctico porque, como ya comentamos con anterioridad, lo más probable es que estuviera desnudo al convertirse en un hombre.

Harry arqueó las cejas mirándola por encima del borde de su taza.

Ella asintió remilgadamente.

—Se puso la capa y salió a derrotar a la horrible bruja y conseguir el Cisne de Oro. Y aunque hubo un pequeño contratiempo cuando ella lo transformó en un sapo...

Harry le sonrió. ¡Cómo se regodeaba ella cuando él sonreía!

—Finalmente, él pudo recuperar su condición natural y robar el Cisne de Oro y llevárselo al joven rey; quien, por supuesto, lo envió de inmediato al padre de la bella princesa.

George cortó un trozo de rosbif y se lo ofreció a Harry. Éste echó un vistazo al tenedor, pero en lugar de cogerlo se limitó a abrir la boca. Sus ojos se encontraron y él sostuvo su mirada mientras ella le metía la comida en la boca. Por alguna razón, esta transacción hizo que la respiración de George se agitara.

George clavó los ojos en su plato.

—Pero el joven rey seguía sin tener suerte, ya que el Cisne de Oro podía hablar exactamente igual que el Caballo de Oro. En un aparte, el otro rey, el padre de la princesa, lo interrogó y pronto descubrió que no era el joven rey quien le había robado a la horrible bruja el Cisne de Oro. ¿Patatas?

—Gracias. —Harry cerró los ojos al tiempo que sus labios arrastraban un bocado del tenedor de George.

A George se le hizo la boca agua por empatía. Se aclaró la garganta.

—Así que el padre de la princesa, enfurecido, salió a enfrentarse con el joven rey. Y el primero dijo: «De acuerdo, el Cisne de Oro es muy bonito, pero no precisamente útil. Debéis traerme la Anguila de Oro custodiada por el dragón de siete cabezas que vive en las Montañas de la Luna».

—¿Una anguila?

George le ofreció una cucharada de pudín, pero Harry miró a su señora con recelo.

Ella agitó la cuchara debajo de su nariz.

—Sí, una anguila.

Harry agarró su mano y guió la cuchara hacia sus labios.

—Parece bastante extraño, ¿verdad? —continuó George jadeando—. Le pregunté a la tía del cocinero al respecto, pero estaba completamente segura. —Pinchó otro trozo de rosbif y se lo dio—. Yo misma habría pensado, no sé, en un lobo o un unicornio.

Harry tragó.

—Un unicornio, no. Se parece demasiado al caballo.

—Supongo que sí. Pero, en cualquier caso, algo más exótico. —Arrugó la nariz mirando el pudín—. Las anguilas, aun cuando sean de oro, no le parecen exóticas, ¿verdad que no?

—No.

—A mí tampoco. —George jugueteó con el pudín—. Naturalmente, la tía del cocinero ya está mayor. Debe de tener al menos ochenta años. —Levantó la vista y se encontró a Harry mirando fijamente el pudín que ella acababa de destrozar—. ¡Oh, lo siento! ¿Le apetece un poco más?

—Por favor.

Ella le dio un poco de pudín, observando mientras sus labios envolvían la cuchara. ¡Dios! Tenía unos labios adorables, incluso así, amoratados.

—Sea como sea, el joven rey cabalgó al trote de vuelta a casa, y estoy convencida de que estuvo bastante antipático cuando le dijo al Príncipe Leopardo que tenía que recuperar la Anguila de Oro. Pero el Príncipe Leopardo no tenía alternativa, ¿verdad? Se convirtió en un hombre y con una mano cogió su collar con la corona de la esmeralda, y adivine qué pidió esta vez.

—No lo sé, mi lady.

—Unas botas de cien leguas. —George se reclinó satisfecha—. ¿Se lo imagina? Quien se las pusiera podría atravesar cien leguas de un solo paso.

Harry hizo una mueca burlona.

—No debería preguntarlo, mi lady, pero ¿cómo podía eso ayudar al Príncipe Leopardo a llegar a las Montañas de la Luna?

George lo miró fijamente. Nunca había pensado en ello.

—No tengo ni idea. Serían maravillosas para ir por tierra, pero ¿funcionarían en el aire?

Harry asintió con solemnidad.

—Me temo que es un problema.

Distraída, George le dio el resto de su rosbif mientras reflexionaba sobre esta pregunta. Le estaba ofreciendo el último bocado cuando cayó en la cuenta de que él la había estado observando todo el rato.

—Harry... —Titubeó. Él estaba débil, apenas lo bastante recuperado para sentarse erguido. George no debería aprovecharse de él, pero necesitaba saberlo.

—¿Sí?

Lo preguntó antes de pararse a pensarlo.

—¿Por qué su padre atacó a lord Granville?

Él se tensó.

George lamentó al instante la pregunta. Era más que evidente que él no quería hablar de esa época. ¡Qué cruel por su parte!

—Mi madre era la puta de Granville. —Sus palabras fueron rotundas.

A George se le cortó el aliento. Nunca había oído a Harry mencionar a su madre con anterioridad.

—Era una mujer hermosa, mi madre. —Miró hacia su mano derecha y la flexionó—. Demasiado hermosa para ser la esposa de un guardabosques. Tenía el pelo completamente negro y unos brillantes ojos verdes. Cuando íbamos a la ciudad, los hombres solían mirarla al pasar. Incluso de pequeño me hacía sentir incómodo.

—¿Fue una buena madre?

Harry se encogió de hombros.

—Era la única madre que tenía. No tengo ninguna otra con quien compararla. Me daba de comer y me vestía. Mi padre hacía casi todo lo demás.

George se miró sus propias manos, combatiendo las lágrimas, pero siguió oyendo las palabras de Harry, ásperas y lentas.

—De pequeño en ocasiones solía cantarme, tarde por la noche, si no podía dormirme. Canciones de amor tristes. Tenía la voz aguda, y no muy fuerte, y no quería cantar si la miraba a la cara. Pero era una delicia escucharla. —Harry suspiró—. Al menos eso creía yo en aquella época.

Ella asintió, moviéndose apenas, demasiado temerosa de interrumpir el flujo de sus palabras.

—Se trasladaron aquí, mi padre y mi madre, nada más casarse. No lo sé con exactitud; he tenido que reconstruir los hechos a partir de conversaciones que he oído por casualidad, pero creo que ella se lió con Granville poco después de venir aquí.

—¿Antes de que naciera usted? —inquirió George con cautela.

Él la miró fijamente con sus ojos esmeralda y asintió una vez.

George soltó el aire lentamente.

—¿Lo sabía su padre?

Harry hizo una mueca de disgusto.

—Debía de saberlo. Granville se llevó a Bennet.

Ella parpadeó. Era imposible que lo hubiese oído bien.

—¿Bennet Granville es...?

—Mi hermano —contestó Harry en voz baja—. El hijo de mi madre.

—Pero ¿cómo pudo hacer una cosa así? ¿Nadie se dio cuenta cuando se llevó el bebé a su casa?

Harry profirió un sonido que era casi una carcajada.

—¡Oh! Lo sabía todo el mundo; probablemente habrá bastante gente de por aquí que todavía lo recuerde, pero Granville siempre ha sido un tirano. Cuando dijo que el bebé era su hijo legítimo, nadie se atrevió a contradecirle. Ni siquiera su legítima esposa.

—¿Y su padre?

Harry se miró las manos con las cejas fruncidas.

—No me acuerdo, yo sólo tenía unos dos años, pero creo que mi padre debió de perdonarla. Y ella debió de prometer mantenerse alejada de Granville. Pero mintió.

—¿Qué ocurrió? —preguntó George.

—Mi padre la pilló. No sé si mi padre siempre supo que ella había vuelto con Granville y miró hacia otra parte, o si se engañó a sí mismo creyendo que ella había hecho borrón y cuenta nueva o... —Sacudió la cabeza con impaciencia—. Pero no importa. Cuando yo tenía doce años, se la encontró en la cama con Granville.

—¿Y?

Harry hizo una mueca de pesar.

—Y se abalanzó sobre la yugular de él. Granville era mucho más corpulento, y lo venció. Mi padre fue humillado. Pero aun así Granville mandó que lo azotaran.

—¿Y usted? Me dijo que a usted también lo azotó.

—Yo era joven. Cuando empezaron a azotar a mi padre con ese enorme látigo... —Harry tragó saliva—. Entré como una flecha. Fue una estupidez.

—Estaba intentando salvar a su padre.

—Sí, lo estaba. Y lo único que obtuve por el esfuerzo fue esto. —Harry levantó su mano derecha mutilada.

—No lo entiendo.

—Procuré protegerme la cara, y el látigo me dio en esta mano, ¿lo ve? —Harry señaló una larga cicatriz que recorría la parte interior de sus dedos—. El látigo por poco me los corta todos, pero el tercer dedo fue el peor. Lord Granville ordenó a uno de sus hombres que me lo cortara. Dijo que me estaba haciendo un favor.

«¡Oh, cielos!» George sintió que la rabia se le anudaba en la garganta. Cubrió la mano derecha de Harry con la suya. Él la giró para estar palma con palma. George entrelazó cuidadosamente sus dedos con los de él.

—Mi padre se quedó sin trabajo y tan gravemente lisiado por los azotes que al cabo de un tiempo fuimos a parar a un hospicio. —Harry apartó la vista de ella, pero sus manos seguían unidas.

—¿Y su madre? ¿También acabó en un hospicio? —le preguntó George en voz baja.

La mano de Harry apretó la suya casi haciéndole daño.

—No. Ella se quedó con Granville. Como su puta. Muchos años más tarde me enteré de que había muerto a causa de la peste. Pero yo no volví a hablar con ella después de aquel día. Del día en que mi padre y yo fuimos azotados.

George inspiró profundamente.

—¿La quería usted, Harry?

Entonces él sonrió torciendo la boca.

—Todos los niños quieren a sus madres, mi lady.

George cerró los ojos. ¿Qué clase de mujer abandonaría a su hijo para ser la amante de un hombre acaudalado? Ahora sabía muchas cosas de Harry, pero su conocimiento era casi demasiado doloroso para soportarlo. Apoyó la cabeza sobre el regazo de él y sintió que le acariciaba el pelo. Era extraño. Era George quien debería estar consolándolo tras sus revelaciones; pero, en cambio, él la consolaba a ella.

Harry exhaló como un suspiro.

—Ahora entenderá por qué debo marcharme.

Capítulo 16

*P*ero ¿por qué debe marcharse? —inquirió George.

Paseó de un lado a otro de la pequeña habitación. Tenía ganas de aporrear la cama. De aporrear la cómoda. De aporrear a Harry. Habían pasado casi dos semanas desde la primera vez que lo dijo. Dos semanas en las cuales se había vuelto a poner de pie, sus magulladuras habían perdido color adquiriendo el amarillo verdoso de la recuperación, y a duras penas cojeaba. Pero en esas dos semanas se había mantenido inflexible. La dejaría en cuanto se hubiese repuesto.

Todos los días ella iba a visitarlo a su diminuto dormitorio, y todos los días tenían la misma discusión. George ya no podía soportar esta habitación estrecha (a saber lo que Harry pensaría al respecto) y estaba a punto de chillar. Él pronto la dejaría, simplemente se iría por la puerta, y ella seguía sin saber *por qué*.

Ahora Harry suspiró. Debía de estar cansado del acoso al que lo había sometido.

—No funcionaría, mi lady. Usted y yo. Seguro que lo sabe y no tardará en estar de acuerdo conmigo. —Hablaba en voz baja y tranquila. Con sensatez.

Ella no.

—¡Ni hablar! —George gritó como una niña pequeña a la que le dicen que debe irse a la cama. Lo único que le faltaba era patalear.

¡Oh, Señor! Sabía que se estaba poniendo desagradable, pero no podía parar. No podía evitar suplicar y gimotear y darle la lata. La idea de no volver a ver a Harry le inundaba el pecho de un pánico cegador.

Inspiró profundamente y procuró hablar con más tranquilidad.

—Podríamos casarnos. Le amo...

—¡No! —Harry dio un puñetazo en la pared, el sonido fue como si hubieran disparado un cañón en la habitación.

George lo miró con fijeza. Sabía perfectamente que Harry la amaba. Lo sabía por el modo en que decía *mi lady*, tan bajo que era casi un ronroneo. Porque le costaba apartar la vista de ella cuando la miraba a los ojos. Por la intensidad con la que habían hecho el amor antes de que a él lo hirieran. ¿Por qué no podía...?

Él cabeceó.

—No, lo lamento, mi lady.

A George se le llenaron los ojos de lágrimas. Los frotó ahuyentándolas.

—Al menos haga el favor de explicarme por qué no cree que deberíamos casarnos. Porque yo, simplemente, no entiendo por qué no.

—¿Por qué? *¿Por qué?* —Harry se rió con fuerza—. A ver qué le parece este motivo: si me casara con usted, mi lady, toda Inglaterra pensaría que lo hice por su dinero. Y cómo resolveríamos exactamente la parte económica, ¿eh? ¿Me daría usted una cantidad trimestral? —Se quedó de pie con las manos en las caderas y la miró fijamente.

—No tendría por qué ser así.

—¿No? ¿Quizá le gustaría poner todo su dinero a mi nombre?

Ella titubeó durante un segundo fatídico.

—No, por supuesto que no. —Harry alzó los brazos—. De modo que yo sería su mascota. Su prostituto. ¿Acaso cree que alguno de sus amigos me invitaría a cenar? ¿Que su familia me aceptaría?

—*Sí*. Sí lo harían. —Desplazó la mandíbula hacia delante—. Y usted *no* es...

—¿No lo soy? —Había dolor en sus ojos verdes.

—No, nunca —susurró ella. Extendió las manos suplicante—. Sabe que para mí no es eso. Es mucho más. Le...

—*No*.

Pero esta vez George siguió hablando.

—...*amo*. Le amo, Harry. Le amo. ¿Eso no significa nada para usted?

—Naturalmente que sí. —Él cerró los ojos—. Razón de más para no dejar que la sociedad la ponga a usted en la picota.

—No será tan dramático como eso. Y aunque lo fuera, no me importa.

—Le importaría después de que entendieran por qué se casó conmigo. Le importaría entonces. —Harry avanzaba hacia ella, y a George no le gustaba su mirada.

—No me...

Él la agarró por la parte superior de los brazos casi con demasiada suavidad, como si se contuviese gracias a una fuerza de voluntad manifiesta.

—No tardarían en saberlo —dijo él—. ¿Por qué más iba a casarse conmigo? ¿Un plebeyo sin dinero ni poder? ¿Con usted, la hija de un conde? —Se acercó más a ella y le susurró—: ¿No lo adivina? —Su aliento en la oreja de George le envió escalofríos cuello abajo. Había pasado mucho tiempo desde la última vez que la había tocado.

—No me importa lo que piensen de mí —repitió ella con obstinación.

—¿No? —La palabra fue susurrada en sus cabellos—. Pero, verá, mi lady, aun así lo nuestro no funcionaría. Todavía queda un problema.

—¿Cuál?

—Que a *mí* sí que me importa lo que piensen de usted. —Harry puso sus labios sobre los suyos en un beso con sabor a rabia y desesperación.

George lo agarró de la cabeza. Le arrancó de un tirón el lazo que llevaba en el pelo y deslizó los dedos por éste. Y le devolvió el beso, contrarrestando la rabia con más rabia. ¡Si Harry dejara simplemente de pensar! Le pellizcó el labio inferior, sintió el gemido que atravesaba su cuerpo y abrió la boca invitándolo seductora. Y él aceptó la invitación, metiéndole su lengua en la boca y ladeando su rostro frente al de ella. Enmarcándole el rostro con sus manos, acariciando y castigándole la boca con la suya. Harry la besó como si fuera el último abrazo que jamás compartirían.

Como si él la fuese a abandonar mañana.

George asió su pelo con más fuerza al pensar en eso. A Harry le debió de doler, pero ella no estaba dispuesta a soltarlo. Presionó el cuerpo contra el de él hasta que notó su erección incluso a través de la voluminosa ropa de ambos. Entonces se frotó contra su cuerpo.

Harry interrumpió su beso e intentó levantar la cabeza.

—Mi lady, no podemos...

—¡Chsss...! —musitó George. Salpicó su mandíbula de besos—. No quiero oír que *no podemos*. Lo deseo. Lo necesito.

Ella le lamió el pulso en su garganta, que sabía a sal y a hombre. Harry se estremeció. Le clavó los dientes en el cuello. Le soltó el pelo con una mano y le desgarró la camisa, rasgándola al abrirla y dejándole un hombro al descubierto.

—Mi lady, yo, ¡ah...! —Soltó un gemido cuando ella le lamió el pezón desnudo.

Por el modo en que Harry la sujetó de las nalgas y la estrechó con fuerza contra su entrepierna, ya no tenía interés alguno en protestar. Mejor. George nunca había caído en que los pezones de un hombre fueran sensibles. Alguien debería dar a conocer este dato a la población femenina en general. Cogió el diminuto pezón entre los dientes y lo mordisqueó con delicadeza. Él le apretó las nalgas con sus grandes manos. Ella levantó la cabeza y de un tirón le quitó completamente la camisa. Definitivamente mejor. De todas las cosas que Dios había creado en esta Tierra, sin duda el pecho de un hombre debía de estar entre las más hermosas. O quizá fuese sólo el pecho de Harry. Entonces deslizó las manos sobre sus hombros, rozando con suavidad las cicatrices de las palizas.

¡Había estado tan cerca de perderlo!

Acto seguido, sus dedos descendieron para dibujar un círculo alrededor de sus pezones, haciendo que Harry cerrara los ojos, y luego descendieron más, hasta la delgada línea de vello que tenía debajo de su ombligo. Le debió de hacer cosquillas con las uñas, porque él hundió el estómago. Luego llegó a los pantalones. Exploró el cierre y dio con los botones escondidos. George los abrió, consciente durante todo el rato de que su pene estaba debajo, ya duro y tensando la tela. Alzó la vista una sola vez y se lo encontró observándola con los párpados entornados. El fuego esmeralda de sus ojos hizo que ella se retorciera. Un flujo lento de humedad empezó a manar de su propio centro.

George le abrió los pantalones a Harry y halló su premio, asomando por la parte superior de la ropa interior.

—Quíteselos. —Ella se obligó a mirarlo—. Por favor.

Harry arqueó una ceja pero se sacó obediente los pantalones, la ropa interior, las medias y los zapatos. A continuación alargó los brazos hacia la parte frontal del vestido de George.

—No. Todavía no. —Ella se apartó de él con coquetería—. No puedo pensar cuando me toca.

Harry fue tras ella.

—De eso se trata, mi lady.

El trasero de George chocó contra la cama. Sostuvo las manos en alto para evitar que él se acercara.

—No para *mí*.

Harry se acercó a ella sin tocarla realmente; el calor que emanaba de su pecho desnudo era casi intimidatorio.

—La última vez que jugó conmigo por poco me muero.

—Pero no se murió.

Él la observó con la mirada recelosa.

—Confíe en mí.

Harry suspiró.

—Sabe que no puedo negarle nada, mi lady.

—Bien. Ahora suba a la cama.

Harry hizo una mueca, pero cumplió órdenes y se tumbó de lado. Su pene se arqueaba hacia arriba, prácticamente tocándole el ombligo.

—Desabrócheme.

George se puso de espaldas y sintió sus dedos mientras él le desabrochaba el vestido. Cuando llegó hasta el final, ella se alejó fuera de su alcance y se volvió. Dejó caer el corpiño. No llevaba corsé y los ojos de Harry se clavaron rápidamente en sus pezones, asomando por la tela de su camisa. George se puso las manos en la cintura y culebreó para sacarse el vestido.

Harry entornó los ojos.

Ella se sentó en una silla y se quitó las ligas y se bajó las medias. Llevando únicamente la camisa, caminó hasta la cama. Cuando se subió a ella, junto a él, Harry alargó el brazo para tomarla de inmediato.

—No, esto no vale. —George frunció las cejas—. Usted no puede tocarme. —Miró hacia la hilera de pernos labrados del cabecero de la cama—. Cójase ahí.

Harry se giró para mirar, a continuación se echó, y sujetó un perno con cada mano. Con los brazos por encima de la cabeza, se le marcaron los músculos de la parte superior de brazos y pecho.

George se relamió el labio inferior.

—No puede soltarse hasta que yo se lo diga.

—Como desee —gruñó él, que no sonaba nada sumiso. Debía de haber parecido débil en tan comprometida posición. En cambio, a George le recordaba un leopardo salvaje capturado y atado. Se quedó allí echado, mirándola inquisitivo con un rastro de una sonrisa sarcástica en los labios.

Lo mejor sería no acercarse demasiado.

George deslizó una uña por su pecho.

—Quizá debería atarle las muñecas a la cama.

Harry levantó rápidamente las cejas.

—Sólo para estar segura —lo tranquilizó con dulzura.

—Mi lady —advirtió él.

—¡Bah, da igual! Pero tiene que prometerme no moverse.

—Le doy mi palabra de honor de que no soltaré el cabecero de la cama hasta que usted me dé permiso.

—Eso no es lo que he dicho.

Pero era bastante parecido. George se inclinó sobre él y le lamió la punta de su pene.

—*¡Jesús!*

Ella levantó la cabeza y arrugó la frente.

—No me ha dicho que no hablara. —Harry jadeó—. ¡Por el amor de Dios, vuelva a hacer eso!

—Tal vez. Si me apetece. —George se acercó un poco más, ignorando la palabrota de queja de Harry.

En esta ocasión George levantó su pene a un lado y plantó una serie de diminutos y húmedos besos en su vientre. Finalizó cuando llegó al oscuro y fuerte vello que había por encima de su erección. Abrió la boca y rozó su piel con los dientes.

—Mierda. —Harry contuvo el aliento.

Aquí su olor era acre. Ella le separó las piernas y le pasó los dedos por el escroto. Pudo notar aquello que los hombres llamaban *piedras* rodando en su interior. Apretó con mucho, mucho cuidado.

—*Demonios.*

Ella sonrió al oírlo blasfemar. George le sujetó el pene entre el dedo índice y el pulgar. Lanzó una mirada hacia el rostro de Harry.

Éste parecía preocupado.

Bueno. Ahora, ¿qué tal si...? George agachó la cabeza y lamió la parte inferior de su virilidad. Le supo a sal y a piel e inspiró su aroma.

Movió los dedos y pasó la lengrua alrededor de la cabeza del pene, justo donde empezaba a hincharse. Harry gimió; de modo que ella repitió el proceso y luego se le ocurrió besar la mismísima punta de donde brotaban gotas de semen.

—Métasela en la boca. —La voz de Harry era profundamente áspera, grave y suplicante.

A George la excitó a más no poder. No quería obedecer su orden. Por otra parte.... Abrió la boca alrededor de su pene. Era muy grande. Sin duda, Harry no se refería a todo el pene. Se metió la cabeza en la boca, como si fuera un pequeño melocotón. Sólo que los melocotones eran dulces y esto tenía un olor almizcleño. Sabía a hombre.

—Chúpemela.

George se sobresaltó. ¿En serio? Frunció la boca y las caderas de Harry se levantaron de la cama, sobresaltándola de nuevo.

—¡Ah..., *Dios*!

Su reacción, su evidente placer por lo que ella le estaba haciendo, la excitó. Podía sentir esa parte de sí misma palpitante. Apretó con fuerza un muslo contra otro y chupó el pene de Harry. Saboreó su semen y se preguntó si alcanzaría el clímax en su boca. Pero George quería que estuviera dentro de ella cuando eso sucediera. Lamió una vez más y se incorporó para sentarse sobre él a horcajadas. Guió su erección a donde debería estar, pero ahora parecía muy grande. Presionó y sintió cómo él empezaba a abrirle la vulva. A introducirse y empujar. George miró hacia abajo. La suave piel roja del pene de Harry desapareció en su vello femenino. Ella gimió y casi se desintegró allí mismo.

—Déjeme moverme —susurró él.

George no podía hablar. Asintió.

Harry se puso una mano en el pene para que éste no se moviera y la otra en el trasero de George.

—Inclínese hacia mí.

Ella lo hizo y él la penetró de pronto, casi hasta el final. George contuvo el aliento y notó unas lágrimas inesperadas. «Harry.» Harry estaba haciendo el amor con ella. Cerró los ojos y presionó sus caderas contra las suyas. Al mismo tiempo notó que el pulgar de Harry le tocaba esa parte. George gimió y reculó hacia arriba hasta que únicamente quedó en su interior la cabeza del pene, concentrándose en el placer de ambos. Bajó, presionando contra él. Subió, manteniendo con precariedad el equilibrio sobre la cima. Bajó, el pulgar de Harry presionando contra la parte más sensible de ella. Subió...

Pero de pronto él hizo un alto. Apretó con fuerza las nalgas de George y rodaron hasta que ella quedó debajo de él. A continuación se apoyó en sus manos y la penetró deprisa y con frenesí. Ella intentó moverse, reaccionar, pero él la había inmovilizado sobre el colchón con su peso, la dominaba y la dirigía con su carne. George arqueó la cabeza y separó las piernas indefensa. Le permitió un acceso total. Se entregó a él mientras éste continuaba con sus incesantes embestidas. Él gemía con cada embestida en su cuerpo, y casi sonaba como un sollozo. ¿Lo sentía tanto como ella?

Entonces George se desintegró y vio estrellas, un espléndido chorro de luz inundó su ser. Oyó vagamente el grito de él y notó que daba marcha atrás, como una pequeña muerte.

Después se tumbó junto a ella, jadeando.

—¡Ojalá no hiciera eso! —George le acarició el cuello. Tenía la lengua pesada por la saciedad—. ¡Ojalá siguiera dentro de mí hasta el final!

—Sabe que no puedo hacer eso, mi lady. —Su voz no parecía estar mejor.

George se giró y se acurrucó contra él. Con la mano lo acarició bajando por su sudoroso vientre hasta que de nuevo encontró su pene. Lo cogió. La discusión podía esperar hasta mañana.

Pero cuando se despertó por la mañana, Harry se había ido.

Bennet estaba acostado con un brazo apoyado sobre la cabeza y un pie colgando de la cama. A la luz de la luna, algo metálico brillaba débilmente alrededor de su cuello. Estaba roncando.

Harry cruzó con sigilo la oscura habitación, pisando con los pies cuidadosamente. Debería haberse marchado de la zona la noche en que se había levantado de la cama de su señora, ahora hacía una semana. Y ésa había sido su intención. Fue más difícil de lo debería haber sido observar a su señora durmiendo, ver su cuerpo relajado después de haberle dado placer, y ahora debía abandonarla. Sencillamente, no había otra opción. Habían mantenido en secreto su recuperación para que Granville no se enterara, pero era sólo cuestión de tiempo antes de que Silas lo averiguara. Y cuando lo hiciera, la vida de lady Georgina correría peligro. Granville estaba loco. Harry lo había comprobado de primera mano durante su estancia en las mazmorras del lord. Éste había dado rienda suelta a lo que sea que lo impulsara a buscar su muerte. Lord Granville no se detendría ante nada (ni siquiera una mujer inocente) con tal de verle muerto. Sería una irresponsabilidad poner en peligro la vida de su señora por una aventura amorosa que no tenía futuro.

Todo esto lo sabía y, sin embargo, algo seguía reteniéndolo aquí en Yorkshire. Por consiguiente, se había vuelto un experto en moverse a hurtadillas. Se escondía de la atenta mirada de Granville y los hombres que habían empezado a deambular por las colinas hacía unos cuantos días buscándolo. Esta noche prácticamente no había hecho ruido, tan sólo un ligero crujido con sus botas de piel. El hombre tumbado en la cama no se movió en absoluto.

Aun así, el chico que estaba en el catre junto a la cama abrió los ojos.

Harry se detuvo y observó a Will. El niño asintió levemente. Él le devolvió el asentimiento. Caminó hasta la cama. Durante unos instantes se quedó de pie mirando a Bennet. A continuación se inclinó hacia delante y le tapó la boca con la mano. Éste se encogió convulsivo. Alargó los brazos y trató de apartar la mano de Harry.

—¿Qué...?

Harry volvió a cubrirle con brusquedad la boca con la mano, refunfuñando mientras Bennet le daba codazos.

—¡Chsss...! ¡Eh, mentecato, que soy yo!

Bennet forcejeó durante un segundo más, y luego dio la impresión de que las palabras de Harry le llegaban al cerebro. Se quedó helado.

Con cautela, Harry levantó su mano.

—¿Harry?

—¡Qué suerte la tuya! —Habló en un tono apenas más alto que un susurro—. Haces tal ruido al dormir que podrías atraer a unos maleantes. Hasta el chico se ha despertado antes que tú.

Bennet se ladeó en la cama.

—¿Will? ¿Estás ahí?

—Sí, señor. —Will se había incorporado en algún momento del forcejeo.

—¡Jesús! —Bennet se dejó caer de nuevo en la cama, tapándose los ojos con un brazo—. Casi me da una apoplejía.

—Has llevado una vida muy tranquila en Londres. —Harry esbozó una sonrisa—. ¿No es cierto, Will?

—Bue-eno. —Era evidente que el chico no quería decir nada en contra de su nuevo mentor—. No le iría mal estar más atento.

—Gracias, joven Will. —Bennet retiró el brazo para mirar indignado a Harry—. ¿Qué haces entrando a hurtadillas en mi habitación de madrugada?

Harry se sentó en la cama con la espalda apoyada en uno de los postes del extremo. Empujó suavemente las piernas de Bennet con una bota. El otro hombre miró la bota con fijeza e indignación antes de moverse.

Harry estiró las piernas.

—Me marcho.

—¿De modo que has venido a despedirte?

—No exactamente. —Clavó los ojos en las uñas de los dedos de su mano derecha. En el lugar donde tenía que haber un dedo que no estaba—. Tu padre está empeñado en matarme. Y no le ha gustado en absoluto que lady Georgina me salvara.

Bennet asintió.

—Lleva toda la semana hecho una furia por la casa, exclamando a gritos que mandaría que te arrestaran. Está loco.

—Sí. También es el corregidor.

—¿Qué puedes hacer? ¿Qué puede hacer quien sea?

—Puedo encontrar a quienquiera que esté realmente matando las ovejas. —Harry le lanzó una mirada a Will—. Y también al asesino de la señora Pollard. Quizás eso disminuya su rabia. —Y deje de estar dirigida a mi señora.

Bennet se incorporó.

—Muy bien. Pero ¿cómo vas a encontrar al asesino?

Harry miró fijamente. Un colgante que pendía de una delgada cadena alrededor del cuello de Bennet se había movido hacia delante: un pequeño halcón toscamente tallado.

Harry parpadeó, recordando.

Hacía mucho, mucho tiempo. Una mañana tan luminosa y soleada que abrir los ojos completamente hacia el intenso azul del cielo hacía daño. *Benny y él se habían tumbado boca arriba en la cima de la colina, mascando hierba.*

—Toma esto. —*Harry extrajo la talla de su bolsillo y se la entregó a Benny.*

Benny la giró con sus sucios dedos.

—Un pájaro.

—Es un halcón, ¿no lo ves?

—Naturalmente que lo veo. —*Benny alzó la vista—. ¿Quién lo ha hecho?*

—Yo.

—¿De verdad? ¿Tú lo has tallado? —*Benny lo miró fijamente asombrado.*

—Sí. —*Harry se encogió de hombros—. Mi padre me ha enseñado. Aún es el primero que hago, así que no está muy bien.*

—Me gusta.

Harry volvió a encogerse de hombros y entornó los ojos debido al cegador cielo azul.

—Puedes quedártelo si quieres.

—Gracias.

Habían descansado un rato, casi quedándose dormidos bajo el calor del sol.

Entonces Benny se incorporó:

—Tengo algo para ti.

Se había vaciado ambos bolsillos y luego los había vuelto a llenar, extrayendo finalmente una navaja pequeña y sucia. Benny la frotó contra sus pantalones y se la dio a Harry.

Harry miró con detenimiento el mango nacarado y probó el filo con el pulgar.

—Gracias, Benny. Me irá bien para tallar.

Harry no podía recordar qué habían hecho él y Bennet el resto de aquel día. Probablemente habían paseado en sus ponys. Quizás habían pescado en el riachuelo. Habían vuelto a casa hambrientos. Así era como habían pasado la mayoría de los días en esa época. Y realmente no importaba. Al día siguiente por la tarde su padre sorprendió a su madre en la cama con el viejo Granville.

Harry levantó la mirada y se encontró con unos ojos tan verdes como los suyos.

—Siempre lo he llevado. —Bennet tocó el pequeño halcón.

Harry asintió y apartó momentáneamente los ojos de su hermano.

—Antes de ser arrestado había empezado a preguntar por la zona, y esta pasada semana lo he intentado de nuevo, con discreción, no vaya a ser que tu padre me siga la pista. —Volvió a mirar a Bennet, controlando ahora la expresión de su cara—. Por lo visto nadie sabe gran cosa, pero hay mucha gente, aparte de mí mismo, que tiene motivos para odiar a tu padre.

—Probablemente la mayor parte del condado.

Harry ignoró el sarcasmo.

—He pensado que tal vez debería indagar un poco más en el pasado. —Bennet arqueó las cejas—. Tu niñera aún vive, ¿verdad?

—¿La vieja Alice Humboldt? —Bennet bostezó—. Sí, está viva. Su cabaña fue el primer sitio donde paré al volver a la comarca. Y tienes razón, es posible que sepa algo. Era una niñera muy discreta, pero siempre se fijaba en todo.

—Bien. —Harry se levantó—. Entonces es la persona a la que hay que interrogar. ¿Quieres venir?

—¿Ahora?

Harry esbozó una sonrisa. Había olvidado lo divertido que era provocar a Bennet.

—Tenía intención de esperar a que amaneciera —contestó con seriedad—, pero si estás impaciente por ir ahora...

—No, no, al amanecer está bien. —Bennet hizo una mueca contrariado—. Me imagino que no puedes esperar hasta las nueve.

Harry lo miró.

—No, por supuesto que no. —Bennet volvió a bostezar, descoyuntándose por poco la parte posterior de la cabeza—. Nos vemos en la cabaña de la niñera, ¿vale?

—Yo también iré —declaró Will desde el catre.

Harry y Bennet le lanzaron una mirada al niño. El primero casi se había olvidado de él. El segundo enarcó las cejas mirando a Harry, dejando que él tomara la decisión.

—Sí, tú también irás —concedió Harry.

—Gracias —dijo Will—. Tengo algo para usted.

Hurgó debajo de su almohada y apareció con un objeto largo y delgado envuelto en un trapo. Se lo ofreció. Harry cogió el paquete y lo desenvolvió. Su navaja, limpia y engrasada, descansaba en la palma de su mano.

—La encontré en el riachuelo —comentó Will— después de que lo apresaran. He estado cuidándola por usted. Hasta que estuviera lista para volver a tenerla.

Era lo más largo que Harry había oído salir de los labios del chico.

Harry sonrió.

—Gracias, Will.

George tocó el pequeño cisne que nadaba en su almohada. Era la segunda talla que Harry le había regalado. La primera había sido un caballo encabritado. Se había ido de su casa hacía siete días, pero no se había marchado de la comarca. Eso resultaba obvio por las diminutas tallas que, de algún modo, le había dejado en su almohada.

—Le ha regalado otra, ¿verdad, mi lady? —Tiggle iba de un lado a otro de la habitación, guardando su vestido y recogiendo ropa sucia para echar a la colada.

George cogió el cisne.

—Sí.

Tras recibir la primera talla George había interrogado a los criados. Nadie le había visto entrar o salir de Woldsly, ni siquiera Oscar, que tenía el horario irregular de un soltero. Su hermano mediano se había quedado después de que Tony se hubiera ido a Londres. Oscar dijo que era para hacerles compañía a ella y a Violet, pero George sospechaba que el verdadero motivo estaba más relacionado con sus acreedores de Londres.

—¡Qué romántico por parte del señor Pye! ¿No? —Tiggle suspiró.

—O exasperante. —George miró el cisne arrugando la nariz y lo colocó con cuidado en su tocador junto al caballo.

—O me imagino que exasperante, mi lady —convino Tiggle.

La doncella se acercó y apoyó una mano en el hombro de George, hundiéndola suavemente en la silla frente al tocador. Cogió el cepillo con el dorso de plata y empezó a pasárselo por los cabellos. Tiggle empezó por las puntas y siguió con las raíces, desenredando los nudos. Ella cerró los ojos.

—Si no le importa que se lo diga, mi lady, los hombres no siempre ven las cosas de la misma forma que nosotras.

—No puedo evitar pensar que el señor Pye se cayó de cabeza siendo un bebé. —George apretó los ojos con fuerza—. ¿Por qué no vuelve conmigo?

—No lo sé, mi lady. —Desenredados los nudos, Tiggle empezó a cepillarle con suavidad desde la coronilla hasta las puntas de su pelo.

George suspiró de placer.

—Pero tampoco se ha ido demasiado lejos, ¿verdad? —señaló la doncella.

—Mmm. —Entonces inclinó la cabeza para que Tiggle pudiese trabajar ese lado.

—Quiere irse, usted misma lo ha dicho, mi lady, pero no se ha ido. —Tiggle empezó por el otro lado, cepillando con suavidad desde la sien—. Es lógico pensar, pues, que quizá no pueda.

—Me estás hablando con acertijos y estoy demasiado cansada para comprenderlos.

—Simplemente digo que quizá no pueda dejarla, mi lady. —Tiggle dejó el cepillo dando un golpe y empezó a trenzarle el pelo.

—Pues de nada me sirve si tampoco se atreve a enfrentarse conmigo. —George frunció el entrecejo frente al espejo.

—Creo que volverá. —La doncella ató un lazo al extremo de la trenza de George y se inclinó sobre su hombro para buscar su mirada en el espejo—. Y cuando venga, será preciso que se lo cuente, si no le importa que se lo diga, mi lady.

George se sonrojó. Tenía la esperanza de que Tiggle no lo notara, pero debería haber sabido que la doncella reparaba en todo.

—Todavía no hay modo de saberlo.

—Sí, lo hay. Y siendo usted tan regular como... —Tiggle le lanzó una mirada de desaprobación—. Buenas noches, mi lady.

Salió de la habitación.

George suspiró y hundió la cabeza en sus manos. Mejor que Tiggle estuviese en lo cierto con respecto a Harry. Porque si tardaba demasiado en regresar, no habría necesidad de contarle que estaba embarazada.

Lo vería.

Capítulo 17

¿Sí? —El arrugado rostro se asomó por la abertura de la puerta.

Harry miró hacia abajo. La cabeza de la anciana no le llegaba al esternón. La joroba de su espalda la encorvaba tanto que tuvo que mirar a ambos lados y hacia arriba para ver quién llamaba.

—Buenos días, señora Humboldt. Mi nombre es Harry Pye. Me gustaría hablar con usted.

—Pues será mejor que entre ¿no, joven? —La diminuta figura sonrió mirando hacia la oreja izquierda de Harry y abrió más la puerta. Sólo entonces, con la luz que dejaba entrar la puerta abierta, vio las cataratas que nublaban los ojos azules de la anciana.

—Gracias, señora.

Bennet y Will habían llegado antes que él. Estaban sentados frente a una lumbre que ardía lentamente, la única luz de la oscura habitación. Will estaba mascando un bollo y tenía los ojos puestos en otro que había en una bandeja.

—Llegas tarde ¿no te parece? —Bennet estaba más despierto de lo que lo había estado cinco horas antes. Parecía bastante satisfecho de haber sido el primero en llegar.

—Algunos tenemos que viajar por caminos secundarios.

Harry ayudó a la señora Humboldt a acomodarse en una butaca tapizada que tenía un montón de cojines tejidos a mano. Un gato de manchas negras, blancas y amarillentas apareció pisando sin hacer ruido y maullando. Saltó sobre el regazo de la anciana señora y ronroneó con fuerza incluso antes de que ella empezara a acariciarle la espalda.

—Coja un bollo, señor Pye. Y si no le importa, puede servirse el té usted mismo. —La voz de la señora Humboldt era débil y aflautada—. Veamos, muchachos, ¿de qué han venido a hablar conmigo para que tengan que hacerlo en secreto?

Harry esbozó una sonrisa. Puede que los ojos de la anciana estuvieran deteriorándose, pero no su mente ciertamente.

—De lord Granville y sus enemigos.

La señora Humboldt sonrió con dulzura.

—En ese caso, ¿tiene usted todo el día, joven? Porque si tuviera que enumerar a todos los que alguna vez le han guardado rencor a ese señor, mañana por la mañana todavía estaría hablando.

Bennet se rió.

—Tiene toda la razón, señora —convino Harry—. Pero a quien busco es a la persona que está envenenando a las ovejas. ¿Quién odia tanto a Granville como para querer cometer esa atrocidad?

La anciana ladeó la cabeza y clavó los ojos en el fuego durante unos instantes, el único sonido de la habitación era el ronroneo del gato y el de Will comiéndose su bollo.

—De hecho —comentó la mujer lentamente—, yo también he estado pensando en la matanza de esas ovejas. —Frunció la boca—. Es un asunto feo y diabólico, porque si bien perjudica al granjero, a lord Granville apenas le afecta. Me parece que lo que en realidad debería preguntar, joven, es quién tiene el valor de hacerlo. —La señora Humboldt tomó un sorbo de té.

Bennet empezó a hablar. Harry sacudió la cabeza.

—Se necesita un corazón de piedra para que a uno no le importe ir detrás del lord perjudicando a otros por el camino. —La señora Humboldt golpeteó su rodilla con un dedo tembloroso para enfatizar su punto de vista—. Un corazón de piedra y también valiente. Lord Granville es la ley y la mano dura en este condado, y cualquiera que vaya en contra de él se juega su propia vida.

—¿Quién encaja en tu descripción, nanny? —Bennet se inclinó hacia delante con impaciencia.

—Se me ocurren dos hombres que encajan, al menos en parte. —Arrugó la frente—. Pero ninguno de los dos está del todo bien. —Se llevó su taza de té a los labios con una mano temblorosa.

Bennet se movió en su silla, sacudiendo una pierna hacia arriba y hacia abajo, y suspiró.

Harry se inclinó hacia delante en su propia silla y cogió un bollo.

Bennet le dirigió una indignada mirada de incredulidad.

Harry enarcó las cejas mientras le pegaba un mordisco.

—Dick Crumb —declaró la anciana, y Harry bajó el bollo—. Hace algún tiempo, su hermana, Janie, la que está mal de la cabeza, fue seducida por este señor. Una cosa terrible, aprovecharse de esa joven. —Las comisuras de los labios de la señora Humboldt se arrugaron, frunciéndose—. Y Dick, cuando lo descubrió, bueno, por poco perdió la cabeza. Dijo que habría matado a ese hombre, de haber sido otro cualquiera salvo el lord. Que igualmente lo mataría.

Harry frunció el entrecejo. Dick no le había dicho que había amenazado de muerte a Granville, aunque ¿qué hombre lo haría? Sin duda, eso por sí solo...

La señora Humboldt ofreció su taza y Bennet le sirvió té en silencio y volvió a entregarle la taza en la mano.

—Pero —continuó la anciana— Dick no es un hombre cruel. Duro, sí, pero no tiene el corazón de piedra. En cuanto al otro hombre —la señora Humboldt miró en dirección a Bennet—, quizá sea mejor no remover las cosas.

Bennet parecía desconcertado.

—¿A quién te refieres?

Will dejó de comer. Miró respectivamente a Bennet y a la anciana. «¡Maldita sea!» Harry tenía la sensación de que sabía adónde apuntaba la señora Humboldt. Quizá lo mejor sería dejarlo correr.

Bennet percibió cierta incomodidad en Harry. Se inclinó hacia delante con tensión, los codos apoyados en las rodillas, ahora ambos talones golpeteando el suelo.

—Dínoslo.

—A Thomas.

«¡Mierda!» Harry apartó la vista.

—¿Thomas, qué? —Por lo visto Bennet cayó de pronto en la cuenta. Dejó momentáneamente de moverse, y entonces salió disparado de la silla, caminando por el diminuto espacio frente a la lumbre—. ¿Thomas, mi *hermano*? —Se echó a reír—. No puedes hablar en serio. Es un... un *cobarde*. No le diría que no a nuestro padre aunque éste le dijera que caga perlas y que el sol sale por el oeste.

La anciana apretó los labios al oír esa vulgaridad.

—Lo siento, nanny —se disculpó Bennet—. Pero ¡Thomas! Ha vivido tanto tiempo bajo la opresión de mi padre que tiene callos en las nalgas.

—Sí, lo sé. —A diferencia del joven Granville, la señora Humboldt estaba tranquila. Debía de haberse imaginado su reacción. O quizás estuviese simplemente habituada a que él se moviera constantemente—. Por eso precisamente lo he nombrado.

Bennet la miró con fijeza.

—Un hombre que pasa tanto tiempo sometido al poder de su padre no puede ser normal. Su padre sintió antipatía por Thomas cuando éste era muy joven. Yo nunca lo entendí. —La anciana cabeceó—. Que lord Granville odiase tantísimo a su propio hijo.

—Pero aun así, él jamás... —Las palabras de Bennet se apagaron, y se volvió bruscamente.

La señora Humboldt parecía triste.

—Sería capaz. Usted mismo lo sabe, señor Bennet. Lo demuestra la forma en que su padre lo ha tratado. Thomas es como un árbol que intenta crecer por la grieta de una roca. Torcido. No del todo recto.

—Pero...

—¿Recuerda los ratones que en ocasiones atrapaba cuando era pequeño? Una vez lo sorprendí con uno que había cogido. Le había cortado las patas, y estaba obervando cómo intentaba arrastrarse.

—¡Oh, Dios! —exclamó Bennet.

—Tuve que matarlo. Pero luego no pude castigarlo, pobre crío. Su padre ya le pegaba bastante. Nunca más volví a verlo con un ratón, pero no creo que dejase de atraparlos. Simplemente aprendió a ocultármelos mejor.

—No tenemos que seguir con esto —advirtió Harry.

Bennet se giró, su mirada era de desesperación.

—¿Y si es él quien envenena a las ovejas? ¿Y si mata a alguien más?

Su pregunta flotó en el aire. Nadie podía responderla, salvo Bennet.

Por lo visto éste cayó en la cuenta de que le correspondía contestar. Enderezó sus anchos hombros.

—Si es Thomas, ha asesinado a una mujer. Debo detenerlo.

Harry asintió.

—Yo hablaré con Dick Crumb.

—Estupendo —dijo Bennet—. Nos has ayudado, nanny. Ves cosas que nadie más ve.

—Tal vez con mis ojos ya no, pero siempre fui capaz de leer a las personas. —La señora Humboldt le ofreció una mano temblorosa al hombre que antiguamente había cuidado.

Bennet la agarró.

—Que Dios lo conserve y lo proteja, señor Bennet —declaró ella—. La tarea que tiene por delante no es fácil.

Éste se agachó para besar su mejilla marchita.

—Gracias, nanny. —Se irguió y le dio una palmadita a Will en el hombro—. Será mejor que nos vayamos, Will, antes de que te acabes esos dos últimos bollos.

La anciana sonrió.

—Deje que el muchacho se lleve lo que queda. Hace ya mucho tiempo que no tengo que alimentar a un niño.

—Gracias, señora. —Will se metió los bollos en los bolsillos.

Ella los acompañó hasta la puerta y se quedó allí despidiéndose con la mano mientras ellos se alejaban a caballo.

—Había olvidado lo astuta que es nanny. Thomas y yo nunca conseguíamos que nada le pasara desapercibido. —El rostro de Bennet se ensombreció al pronunciar el nombre de su hermano.

Harry le lanzó una mirada.

—Si quieres, puedes posponer tu conversación con Thomas hasta mañana, después de que yo tantee a Dick Crumb. De todas formas, tendré que esperar a que anochezca para encontrarlo. El mejor momento para pillar a Dick es a partir de las diez en la taberna Cock and Worm.

—No, no quiero esperar otro día más para hablar con Thomas. Es mejor hacerlo de inmediato.

Cabalgaron durante ochocientos metros o más en silencio, Will agarrando a Bennet por detrás.

—Entonces, ¿en cuanto demos con quienquiera que esté haciendo esto —comentó Bennet— te irás?

—Eso es. —Harry miraba hacia el camino que se extendía frente a él, pero pudo sentir la mirada de Bennet sobre él.

—Me había dado la impresión de que lady Georgina y tú teníais una... mmm... relación amistosa.

Harry le dirigió a Bennet una mirada que normalmente haría callar a un hombre.

A él no.

—Porque, quiero decir que es un poco bestia ¿no? Que uno esté recién repuesto y abandone a una dama.

—No soy de su clase.

—Sí, pero es obvio que eso a ella no le importa, ¿verdad? De lo contrario nunca se hubiera molestado en iniciar algo contigo.

—Yo...

—Y si no te importa que te sea franco, ella debe de estar locamente enamorada de ti. —Bennet lo miró de arriba abajo como si Harry fuera un trozo de res podrida—. Me refiero a que no tienes precisamente la clase de rostro por el que las mujeres se desmayan. Un rostro parecido al mío...

—Bennet...

—No lo digo por alardear, pero podría contarte una magnífica anécdota de una chica encantadora de Londres...

—*Bennet*.

—¿Qué?

Harry asintió en dirección a Will, que tenía los ojos desmesuradamente abiertos y estaba escuchando cuanto se decía.

—¡Oh! —Bennet tosió—. Vale, ¿te veo mañana, pues? Quedaremos e intercambiaremos información.

Se habían acercado a una arboleda que marcaba el punto donde el camino principal cruzaba el sendero por el que viajaban.

—Muy bien. —Harry detuvo su yegua—. En cualquier caso, debo torcer por aquí. Y, ¿Bennet?

—¿Sí? —Volvió el rostro y el sol le dio de lleno, iluminando las líneas de expresión que tenía alrededor de los ojos.

—Ten cuidado —le advirtió Harry—. Si es Thomas, será peligroso.

—Ten cuidado tú también, Harry.

Éste asintió.

—¡Buena suerte!

Bennet se despidió con la mano y se alejó a caballo.

Harry pasó el resto de horas diurnas escondido. Al anochecer partió hacia West Dikey y la taberna Cock and Worm. Agachó la cabeza al entrar y escudriñó a la muchedumbre tapado por el sombrero de ala baja. Una mesa de granjeros que fumaba en pipas de barro en el rincón estalló en sonoras carcajadas. Una camarera de aspecto avejentado esquivó con gran soltura una gruesa mano dirigida a su trasero y se dirigió a la barra.

—¿Está Dick está noche? —vociferó Harry en su oído.

—Lo siento, cariño. —La camarera pivotó y cargó sobre su hombro una bandeja con bebidas—. Quizá venga más tarde.

Harry frunció las cejas y le pidió una pinta al joven de la barra, un chico que recordaba haber visto con anterioridad una o dos veces. ¿Estaba Dick escondido en la trastienda o realmente no estaba en el local? Se apoyó en la barra de madera mientras pensaba y observaba a un caballero, sin duda un viajero, a juzgar por el barro de sus botas, entrando y mirando estupefacto a su alrededor. El hombre tenía un rostro atractivo, pero largo y soso, bastante parecido al de una cabra. Harry sacudió la cabeza. El viajero debía de haber confundido el letrero con el de White Mare. No tenía el perfil habitual de los clientes de la taberna Cock and Worm.

El chico deslizó sobre la barra la jarra de cerveza para Harry, y éste a su vez le pasó rodando unas cuantas monedas. Se desplazó un sitio y tomó un sorbo mientras el viajero se acercaba a la barra.

—Disculpe, pero ¿sabe cómo se va a la Mansión Woldsly?

Harry se quedó momentáneamente helado, con la jarra en los labios. El forastero no le había prestado ninguna atención; estaba apoyado en la barra hablándole al camarero.

—¿Cómo ha dicho? —chilló el chico.

—La Mansión Woldsly. —El forastero levantó la voz—. La finca de lady Georgina Maitland. Soy íntimo amigo de su hermana pequeña, lady Violet. No logro encontrar el camino...

La mirada del camarero se clavó rápidamente en Harry.

Harry le dio una palmada al forastero en el hombro, haciendo que éste se sobresaltara.

—Yo puedo enseñarle el camino, amigo, en cuanto termine mi cerveza.

El hombre se volvió con la cara iluminada.

—¿Lo haría?

—Sin ningún problema. —Harry asintió en dirección al camarero—. Otra pinta aquí, para mi amigo. Lo siento, no he oído su nombre.

—Wentworth. Leonard Wentworth.

—¡Ah! —Harry reprimió una sonrisa feroz—. Busquemos una mesa, ¿le parece? —En cuanto el hombre se giró, Harry se apoyó en la barra y le susurró urgentes instrucciones al camarero, luego le dio una moneda.

Una hora más tarde, cuando el hermano mediano de los Maitland entró tranquilamente en Cock and Worm, Wentworth iba por su cuarta pinta. Harry llevaba ya cierto rato tomándose la segunda y se sentía como si necesitara un baño. Wentworth se había mostrado bastante comunicativo sobre sus relaciones sexuales con una quinceañera, sus esperanzas de casarse y lo que haría con el dinero de lady Violet en cuanto pusiera sus manos en él.

De modo que sintió cierto alivio cuando divisó el cabello pelirrojo de Maitland.

—¡Venga aquí! —le chilló al recién llegado.

Sólo había hablado una o dos veces con el hermano mediano de lady Georgina, y lo cierto es que no se había mostrado especialmente amable con él. Pero toda la animosidad de Maitland estaba en este momento reservada al acompañante de Harry. Se abrió paso hasta ellos con una mirada que habría hecho salir corriendo a Wentworth, de haber estado sobrio.

—Harry. —El hombre pelirrojo lo saludó asintiendo la cabeza; sólo entonces recordó su nombre: Oscar.

—Maitland. —Harry asintió—. Me gustaría presentarle a un conocido mío, Leonard Wentworth. Dice que este pasado verano sedujo a su hermana pequeña.

Wentworth palideció.

—¡Eh! E-e-espere un...

—¿De veras? —repuso Oscar arrastrando las palabras.

—En efecto —contestó Harry—. Me ha estado hablando de sus deudas y de cómo la dote de lady Violet le ayudará a cubrirlas, una vez que la haya chantajeado para que se case con él.

—Curioso. —Oscar sonrió abiertamente—. Tal vez deberíamos discutir esto fuera. —Cogió a Wentworth por un brazo.

—¿Quiere que le ayude? —se ofreció Harry.

—Por favor.

Harry lo cogió por el otro brazo.

—¡Maldita sea! —fue todo cuanto Wentworth dijo antes de que lo sacaran a la fuerza por las puertas.

—Tengo el carruaje aquí. —Oscar había dejado de sonreír.

Wentworth gimoteó.

Oscar le dio con indiferencia unos coscorrones en la cabeza y Wentworth se desvaneció.

—Lo llevaré a Londres con mis hermanos.

—¿Necesita mi ayuda durante el trayecto? —inquirió Harry.

Oscar sacudió la cabeza.

—Ya ha conseguido que bebiera bastante. Dormirá la mayor parte del viaje.

Subieron el cuerpo ahora inerte de Wentworth al carruaje.

Oscar se sacudió el polvo de las manos.

—Gracias, Harry. Le debemos una.

—No, no me deben nada.

Maitland titubeó.

—Bien, gracias igualmente.

Harry levantó la mano a modo de saludo, y el carruaje arrancó.

Oscar asomó la cabeza por la ventanilla del carruaje que se alejaba.

—¡Oiga, Harry!

—¿Qué?

—Puede venir a casa. —Oscar se despidió con la mano y escondió la cabeza.

Harry se quedó mirando mientras el carruaje doblaba la esquina a gran velocidad.

George había dejado de dormir bien. Quizá fuera por la vida que crecía en su interior, que hacía notar su presencia alterándole el sueño. Quizá fuera por pensar en las decisiones que pronto debería tomar. O quizá fuera porque se estaba preguntando dónde pasaría la noche Harry. ¿Dormiría bajo las estrellas, estremeciéndose envuelto en una capa? ¿Habría encontrado un refugio con amigos en alguna parte? ¿Estaría esta noche dándole calor a otra mujer?

No, mejor no pensar en eso.

Cambió de lado y miró fijamente hacia la oscura ventana de su habitación. Quizá fuera simplemente el aire fresco otoñal. La rama de un árbol crujió por el viento. George tiró de la colcha hasta cubrirse la barbilla. Había encontrado el último regalo de Harry horas antes cuando se disponía a acostarse. Una pequeña anguila bastante curiosa. Al principio había creído que era una serpiente, antes de recordar el cuento de hadas. Entonces pudo ver la diminuta aleta a lo largo del dorso de la criatura. ¿Completaba eso su colección? Harry había creado todos los animales que el Príncipe Leopardo había conseguido para la princesa. Tal vez fuera su manera de decirle adiós.

Una sombra se movió al otro lado de la ventana, y el marco se levantó suavemente. Harry Pye pasó una pierna por el alféizar y entró en su habitación.

«Gracias a Dios.»

—¿Es así como ha estado entrando y saliendo?

—La mayor parte de las veces me he colado por la puerta de la cocina. —Harry cerró la ventana con cuidado.

—Eso no es ni mucho menos tan romántico como usar la ventana. —George se incorporó y se abrazó las rodillas pegadas al pecho.

—No, pero es mucho más fácil.

—Vi que había que saltar tres pisos hasta el suelo.

—Con rosales espinosos abajo, mi lady. Espero que también los viera. —Anduvo tranquilamente hasta la cama.

—Mmm. He visto las rosas. Naturalmente, ahora que sé que se limitaba a usar la entrada de la cocina...

—Esta noche, no.

—No, esta noche no —convino George. ¡Oh, cómo le quería! Sus ojos verdes siempre vigilantes. Sus palabras, tan cuidadosamente elegidas—. Pero, aun así, me temo que algunos de mis sueños se han hecho añicos.

Harry esbozó una sonrisa. Su boca en ocasiones lo delataba.

—Esta noche he encontrado la anguila. —George asintió con la cabeza en dirección a su tocador.

Él no siguió su mirada. Por el contrario, continuó mirándola a ella.

—Tengo uno más. —Extendió el puño y abrió la mano.

En su palma había un leopardo.

—¿Por qué está enjaulado?

George se lo quitó y lo miró con detenimiento. Era una obra de una habilidad increíble. La jaula era de una sola pieza pero separada del leopardo que había dentro. Habría tenido que tallar el animal en el interior de la jaula. A su vez el leopardo llevaba una minúscula cadena alrededor de su cuello, y cada uno de los eslabones estaba cuidadosamente delineado. Una corona diminuta, diminuta, colgaba de la cadena.

—Es una maravilla —dijo ella—, pero ¿por qué ha tallado al leopardo dentro de una jaula?

Harry se encogió de hombros.

—Está encantado ¿no?

—Supongo que sí, pero...

—Pensé que me preguntaría por qué estoy aquí. —Harry caminó hasta el tocador.

Tendría que decírselo pronto, pero todavía no. No, mientras él pareciera estar a punto de huir. George puso el leopardo enjaulado sobre sus rodillas.

—No, simplemente me alegro de que esté conmigo. —Introdujo un dedo a través de los barrotes y movió con cuidado el collar del animal—. Siempre me hará feliz que venga a verme.

—¿Siempre? —Harry estaba mirando los animales tallados.

—Sí.

—Mmm... —musitó él evasivo—. En ocasiones me hecho a mí mismo esa pregunta: ¿por qué sigo viniendo cuando ya me he despedido?

—¿Y tiene una respuesta? —George contuvo el aliento, esperanzada.

—No. Salvo que no logro permanecer alejado.

—Quizá sea ésa la respuesta, entonces.

—No, es demasiado sencilla. —Harry se volvió para mirarla—. Un hombre debería ser capaz de gobernar su vida, de tomar sus decisiones de un modo más razonado. Dije que la abandonaría, y por tanto debería haberlo hecho.

—¿De veras? —George dejó el leopardo en la mesilla que había junto a su cama y apoyó el mentón en sus rodillas—. Pero entonces, ¿para qué están las emociones? El Señor se las dio a los hombres igual que les dio el pensamiento intelectual. Seguro que quería que usáramos también nuestros sentimientos.

Harry frunció las cejas.

—Las emociones no deberían dominar el pensamiento razonado.

—¿Por qué no? —inquirió George con suavidad—. Si el Señor nos dio ambas cosas, entonces seguro que sus emociones, su amor hacia mí, son tan importantes como lo que piense acerca de nuestra relación. Quizá sean más importantes.

—¿Lo son para usted? —Harry empezó a caminar de nuevo hacia la cama.

—Sí. —George levantó la cabeza—. Mi amor por usted es más importante que los miedos que pueda tener con respecto al matrimonio o a dejar que un hombre tenga control sobre mí.

—¿Qué miedos son ésos, mi lady? —Harry había llegado otra vez junto a su cama. Le acarició una mejilla con un dedo.

—Que pueda engañarme con otra mujer. —George apoyó la mejilla en su mano—. Que con el tiempo podamos distanciarnos e incluso que lleguemos a odiarnos el uno al otro. —Esperó, pero él no intentó apaciguar sus preocupaciones. Suspiró—. Mis propios padres no tuvieron un matrimonio dichoso.

—Los míos tampoco. —Harry se sentó en la cama para quitarse las botas—. Mi madre engañó a mi padre durante años; quizá durante todo su matrimonio. Sin embargo, él la perdonó una y otra vez. Hasta que ya no pudo perdonarla más. —Se sacó el abrigo.

—La amaba —declaró George con suavidad.

—Sí, y eso lo debilitó y a la larga lo llevó a la muerte.

George no pudo consolarlo mejor de lo que él había sido capaz de consolarla. Ella nunca lo engañaría con otro hombre; eso lo sabía. Pero ¿quién sabía si ella no lo conduciría de otra forma a su destrucción? ¿Lo debilitaba amarla?

George examinó su leopardo enjaulado.

—Es liberado, ¿sabe?

Harry paró de desabotonarse el chaleco y enarcó las cejas.

Ella cogió la talla.

—El Príncipe Leopardo. Al final es liberado.

—Cuéntemelo. —Se sacó el chaleco.

George inspiró profundamente y dijo despacio:

—El joven rey le llevó la Anguila de Oro al padre de la princesa, al igual que con los otros regalos. Pero la Anguila de Oro era diferente.

—Era fea. —Harry empezó a desabrocharse la camisa.

—Bueno, sí —admitió George—. Pero además de eso, podía hablar, y era astuta. Cuando el padre de la princesa se quedó solo, le dijo: «¡Bah! Ese enclenque ha sido tan capaz de robarme como el viento. Prestad atención, decidle al joven rey que la hermosa princesa se casará únicamente con el hombre que lleve la cadena de oro con la corona de la esmeralda. Entonces tendréis al hombre que ha hecho todas estas cosas maravillosas. Ese hombre y ninguno otro será su prometido».

—Estoy empezando a sospechar que se inventa fragmentos de este cuento de hadas, mi lady. —Harry tiró su camisa sobre una silla.

George alzó una mano.

—Le doy mi palabra como que me llamo Maitland, que es exactamente como me lo contó la tía del cocinero en la cocina de mi residencia de Londres mientras tomábamos un té y bollos.

—¡Ya!

George se reclinó contra el cabecero.

—De modo que el padre de la princesa se dirigió de nuevo al joven rey y le repitió las palabras de la Anguila de Oro. El joven rey sonrió y dijo: «¡Oh, eso será fácil!» Y ni siquiera tuvo que volver a casa, puesto que se había traído al Príncipe Leopardo consigo. Fue hasta el Príncipe Leopardo y dijo: «Dame esa cadena que llevas colgada al cuello». —Hizo un breve alto para observar cómo Harry empezaba a desabrocharse los pantalones—. ¿Y qué cree que dijo el Príncipe Leopardo?

Él resopló.

—¿Váyase al infierno? —Le lanzó una mirada a George.

—No, naturalmente que no. —Ella arrugó la frente con seriedad—. Nadie habla así en los cuentos de hadas.

—Quizá deberían.

George ignoró su comentario entre dientes.

—El Príncipe Leopardo dijo: «Es imposible, mi señor, ya que si me quito esta cadena no tardaré en efermar y morir». El joven rey contestó: «¡Vaya, qué pena! Porque me ha sido bastante útil, pero ahora necesito la cadena, de modo que debe dármela de inmediato». Y eso hizo el Príncipe Leopardo. —George miró a Harry, esperando una protesta, un comentario, algo.

Pero él se limitó a devolverle la mirada y se quitó los pantalones. Esto hizo que ella olvidara temporalmente por qué parte del cuento de hadas iba. Observó mientras él se sentaba en la cama junto a ella, completamente desnudo.

—¿Y? —musitó Harry—. ¿Eso es todo? ¿El Príncipe Leopardo muere y el joven rey se casa con la hermosa princesa?

George alargó el brazo y le desató el lazo negro que sujetaba su cola. Deslizó los dedos por su pelo castaño, extendiéndolo sobre sus hombros.

—No.

—¿Entonces?

—Dése la vuelta.

Harry arqueó las cejas, pero se volvió de espaldas a ella.

—El joven rey se fue a ver al padre de la princesa —dijo George con tranquilidad mientras deslizaba las manos por su espalda, notando los baches de su columna—. Y el padre de la princesa tuvo que reconocer que llevaba la cadena descrita por la Anguila de Oro. A regañadientes, mandó llamar a su hija, la hermosa princesa. —Se detuvo para hundir los pulgares en los músculos que subían desde sus hombros hasta su cuello.

Harry dejó que la cabeza le cayera hacia delante.

—¡Ah...!

—Pero la hermosa princesa le echó un vistazo al joven rey y se empezó a reír. Naturalmente, todos los cortesanos y damas y señores, y la gente que merodeaba por una corte real se limitó a mirar fijamente a la hermosa princesa. No lograban entender por qué se reía. —George masajeó con los dedos los músculos de la nuca de Harry.

Éste gimió.

George se inclinó hacia delante y le susurró al oído mientras presionaba en los músculos de sus hombros.

—Por fin, su padre, el rey, le preguntó: «¿Cuál es la causa de tanta risa, hija mía?» Y la hermosa princesa contestó: «¡Es que la cadena no le quedad bien!»

—¿Cómo puede una cadena no quedar bien? —masculló Harry por encima de su hombro.

—¡Chsss...! —George volvió a empujarle la cabeza hacia abajo—. No lo sé. Probablemente le colgase hasta las rodillas o algo. —Hundió los pulgares en las colinas que recorrían su columna—. En cualquier caso, la hermosa princesa recorrió la corte con la mirada y dijo: «Ahí está. Ése es el hombre al que pertenece la cadena». Y, naturalmente, era el Príncipe Leopardo...

—¿Qué? ¿Simplemente lo reconoció entre la multitud? —Esta vez Harry se escabulló de sus manos.

—¡Sí! —George puso las manos en jarras—. Sí, simplemente lo reconoció entre la multitud. Era un Príncipe Leopardo encantado, ¿recuerda? Estoy convencida de que su aspecto destacaba bastante.

—Ha dicho que se estaba muriendo. —Ahora Harry estaba casi malhumorado—. Seguramente su aspecto era un completo desastre.

—Bueno, no después de que la hermosa princesa le volviese a poner la cadena. —George cruzó los brazos. La verdad es que, en ocasiones, los hombres eran muy poco razonables—. Mejoró al instante, y la hermosa princesa lo besó y se casaron.

—A lo mejor fue el beso lo que lo reanimó. —Harry hizo una mueca. Se inclinó hacia George—. ¿Y se rompió el hechizo? ¿Nunca volvió a convertirse en un leopardo?

Ella parpadeó.

—La tía del cocinero no me lo dijo. Yo diría que no, ¿y usted? Quiero decir que eso es lo habitual en los cuentos de hadas, el hechizo se rompe y se casan.

George estaba frunciendo las cejas pensativa y por lo tanto Harry la cogió desprevenida cuando se abalanzó sobre ella y le agarró de las muñecas. Tiró de sus manos colocándolas por encima de su cabeza y se inclinó sobre ella amenazadoramente.

—Pero quizá la princesa habría preferido que siguiera siendo un Príncipe Leopardo.

—¿A qué se refiere? —inquirió George, parpadeando.

—Me refiero —él le mordisqueó el cuello— a que tal vez su noche de bodas habría sido más interesante.

George se retorció por las sensaciones que él le estaba despertando y ahogó una risa nerviosa.

—¿No sería eso bestialismo?

—No. —Harry cogió sus muñecas con una mano y usó la otra para destaparla con brusquedad—. Me temo que en eso está equivocada, mi lady. —Le levantó la camisa, dejando al descubierto sus piernas desnudas. Ella las abrió de manera seductora y él acomodó allí sus caderas, haciendo que ella soltara un grito por el contacto—. El bestialismo

—musitó Harry en su oído— es la unión entre un ser humano y un animal corriente, tales como un caballo, un toro o un gallo. La actividad sexual con un leopardo, por otra parte, es meramente exótica. —Empujó con sus caderas, introduciendo la longitud de su pene entre los pliegues de George y tocándola justo *allí*.

George cerró los ojos.

—¿Un gallo?

—En teoría. —Harry le lamió el cuello.

—Pero ¿cómo podría un gallo...?

Él usó la mano que tenía libre para pellizcarle el pezón.

Ella gimió y se arqueó debajo de él, separando más las rodillas.

—Parece muy interesada en los gallos —ronroneó Harry. Le frotó el pezón con un pulgar.

Él no había movido sus caderas desde la primera embestida. George procuró levantar las suyas para animarlo, pero todo el peso de Harry yacía pesadamente sobre ella, y se dio cuenta de que él no se movería hasta que quisiera hacerlo.

—En realidad, podría decirse que estoy más interesada en el pene de un *gallo** en particular.

—Mi lady. —Harry levantó la cabeza y ella pudo ver el reprobador fruncimiento de sus labios—. Me temo que no apruebo semejante lenguaje.

Ella sintió una oleada de deseo erótico.

—Lo siento. —George bajó las pestañas con timidez—. ¿Qué puedo hacer para ganar su aprobación?

Hubo silencio.

George empezó a preguntarse si habría traspasado alguna frontera. Pero entonces levantó la vista y vio que Harry intentaba reprimir una sonrisa.

Él agachó la cabeza hasta que estuvieron frente a frente.

—No será fácil recuperar mi gracia. —Le rozó el pezón con una uña.

—¿No?

---

* Gallo: en el original pone «cock». Juego de palabras que se pierde en su traducción al castellano, ya que el término inglés significa tanto gallo como pene. (*N. de la T.*)

—No. —Casi casualmente Harry tiró del lazo de su camisa y la abrió. Rodeó su seno con una mano. A George le pareció que la palma de su mano estaba increíblemente caliente—. Tendrá que esforzarse mucho. —Él meneó sus caderas, deslizándose entre los pliegues de ella.

—Mmm...

Harry dejó de moverse.

—¿Mi lady?

—¿Qué? —masculló George con irritación. Ella subió ligeramente, pero él no se movió.

—Preste atención. —Le pellizcó otra vez el pezón.

—*Eso* hago. —George abrió mucho los ojos para demostrarlo.

Harry se movió de nuevo. Angustiosamente despacio. Ella pudo sentir la cabeza de su erección resbalando hacia abajo, casi hasta la entrada, y luego volviendo a subir para besarle el clítoris.

—Quiere ganar mi aprobación —le recordó él.

—Sí. —George habría estado de acuerdo en casi cualquier cosa que él dijera.

—¿Y cómo va a hacerlo?

Ella estuvo inspirada.

—Complaciéndolo, señor.

Dio la impresión de que él reflexionaba seriamente sobre eso. Entretanto, su pene friccionaba contra ella y su mano le acariciaba el pecho.

—Bien, sí, ésa podría ser una manera de hacerlo. ¿Está segura de que es ésa la manera que quiere elegir?

—¡Oh, sí! —George asintió con entusiasmo.

—¿Y cómo me complacerá? —Su voz había bajado hasta ese tono grave que quería decir que estaba muy excitado.

—¿Follándomelo, señor?

Harry se quedó helado. Por un momento ella temió haberlo podido aturdir.

Entonces él levantó las caderas.

—Eso bastará. —Y la penetró con fuerza y deprisa.

Ella sintió que un grito nacía en su garganta mientras él la clavaba contra el colchón con el rostro desprovisto de cualquier indicio de picardía. George levantó las piernas y le envolvió las caderas, hundiendo los talones en sus nalgas. Harry le había soltado las muñecas, y ella tiró de su pelo para bajarle la cabeza y besarlo. Con intensidad. Con voracidad. Con desesperación.

«Por favor, por favor, Señor, no dejes que ésta sea la última vez.»

Harry estaba imparable, y ella pudo sentir la explosión creciendo en su interior, pero la postergó, obligándose a abrir los ojos. Era importante que viera a Harry, que estuvieran juntos al final. El rostro de él brillaba por el sudor; tenía las aletas de la nariz hinchadas. Mientras ella observaba, él rompió el ritmo. George le soltó el pelo para agarrarse a sus hombros, todo su ser estaba concentrado en mantenerlo en su interior.

Y ella lo sintió al eyacular.

Él retrocedió, sus caderas aún pegadas a las de George. Ella pudo sentir su pene latiendo dentro. Pudo sentir el chorro y el calor de su semen llenándola. Arqueó la cabeza y sucumbió a las olas de su propio orgasmo, que la recorrían y la inundaban junto con el de Harry. Fue magnífico, distinto a cuanto había sentido nunca, que él eyaculara dentro de su cuerpo. Las lágrimas resbalaron por sus sienes hasta sus cabellos enmarañados. ¿Cómo iba a poder dejarlo marchar después de esto?

Harry se movió de pronto y trató de retroceder.

—Lo siento. No quería...

—¡Chsss...! —George le cubrió la boca con sus dedos, silenciando su disculpa—. Estoy engordando.

Capítulo 18

*D*io la impresión de que la palabra *engordando* reverberaba por la habitación de lady Georgina, rebotando en las paredes de color azul china y exquisitas cortinas de encaje del dosel de la cama. Durante unos instantes Harry creyó que ella se refería a que él la había dejado embarazada justo en ese momento, al haberla llenado con su semen, cuando a él lo habían seducido la fuerza de su orgasmo y la oleada adicional de sus sentimientos hacia ella.

Del amor hacia su lady Georgina.

Aun sabiendo que tenía que retroceder, sencillamente había sido incapaz de resistirse al momento. Incapaz de resistirse a la mujer.

Entonces recobró la sensatez. Se apartó de lady Georgina y la miró fijamente. Estaba embarazada. Sintió una oleada de rabia absurda, de dolor porque todas sus dudas y preocupación al final no importaran.

George estaba embarazada.

Tendría que casarse con ella. Quisiera o no, tendría que hacerlo. Tuviera o no fuerzas para dejarse llevar y creer en su amor mutuo. Fuera o no capaz de encajar en su vida, tan alejada de su experiencia. Todo eso quedaba ahora al margen. Dicho claramente, ya no importaba nada. Había caído en la trampa de su propio semen y el cuerpo de una mujer. Casi le entraron ganas de reírse. La parte menos inteligente de sí mismo había tomado la decisión por él.

Harry cayó en la cuenta de que llevaba demasiado rato mirando fijamente a su dama. La esperanzada expresión del rostro de George se había vuelto más cautelosa. Abrió la boca para tranquilizarla cuando por el rabillo del ojo vio un centelleo. Levantó la cabeza. En la ventana danzaban unas luces amarillas y naranjas.

Harry se levantó y caminó a zancadas hasta la ventana.

—¿Qué es? —preguntó lady Georgina tras él.

A lo lejos, una pirámide de luz iluminaba la noche, resplandeciendo como algo salido del mismísimo infierno.

—Harry. —Él notó los dedos de ella sobre su hombro desnudo—. ¿Qué...?

—La casa de Granville está en llamas. —«Bennet.» Un pánico, puro e instintivo, inundó sus venas.

Lady Georgina ahogó un grito.

—¡Oh, Dios mío!

Harry se volvió y cogió su camisa, poniéndosela.

—Tengo que irme. Veré si puedo ayudar de alguna manera. —¿Estaría Bennet durmiendo esta noche en casa de su padre?

—Por supuesto. —Ella se agachó para cogerle los pantalones—. Yo vendré con usted.

—No. —Él le arrebató los pantalones de la mano y procuró controlar su voz—. No. Usted debe quedarse aquí.

Lady Georgina frunció las cejas con esa obstinación propia de ella. Harry no tenía tiempo para esto. Ahora Bennet lo necesitaba.

—Pero yo... —empezó ella.

—Escúcheme. —Harry acabó de meterse la camisa por dentro de los pantalones y sujetó a su señora por la parte superior de los brazos—. Quiero que haga lo que le digo. Granville es peligroso. Usted no le gusta. Vi la mirada que le lanzó cuando me rescató de sus tiernos cuidados.

—Pero seguro que usted me necesitará.

Ella no estaba escuchando sus palabras. Se consideraba invencible, era su bella dama, y sencillamente haría lo que quisiera. A pesar de lo que él pensara; a pesar de Granville; a pesar del peligro que ella y el bebé corrieran.

Harry sintió que el miedo aumentaba hasta un nivel insoportable en su interior.

—No la necesitaré allí. —La zarandeó—. Estorbará. Podría morir, ¿lo entiende?

—Entiendo que esté preocupado, Harry, pero...

¿No se rendía nunca esta mujer?

—¡Maldita sea! —Harry buscó desesperadamente sus botas—. No puedo ocuparme del fuego y de usted a la vez. ¡Quédese aquí!

Allí estaban, medio ocultas por el faldón cubre somier. Sacó sus botas y se las puso, a continuación cogió deprisa su abrigo y su chaleco. Corrió hasta la puerta. De nada serviría salir de nuevo por la ventana (pronto toda Inglaterra sabría que había estado en la cama de su señora).

En la puerta se volvió para repetir:

—¡Quédese aquí!

Al mirarla por última vez, le pareció que lady Georgina hacía pucheros.

Voló escaleras abajo mientras se ponía el abrigo. Tendría que pedir un montón de disculpas cuando volviera, pero ahora no tenía tiempo para pensar en eso. Su hermano lo necesitaba. Corrió hasta la puerta principal, despertando a un criado dormido a su paso, y entonces salió a la noche. La gravilla crujía bajo sus botas. Dobló la esquina de Woldsly corriendo. Había atado la yegua no lejos de la ventana de su señora.

Venga. «¡Venga!»

La yegua estaba en las sombras, dormitando. Saltó sobre la montura, sobresaltando al caballo. La espoleó para que galopara, bordeando la mansión. Cuando llegaron al sendero de entrada la yegua iba a toda velocidad. Aquí, al aire libre, daba la impresión de que el fuego se elevaba más imponente en el cielo. Incluso desde esta distancia, Harry pudo ver las llamas saltando en el cielo. Le pareció oler el humo. Parecía colosal. ¿Habría sido engullida toda la casa de Granville? La yegua llegó a la carretera y aminoró justo lo suficiente para asegurarse de que no había obstáculos delante. Si Bennet y Will estaban dentro dormidos...

Harry desechó la idea. No pensaría hasta que llegase a la casa y viera los daños.

Pasado el riachuelo, las luces relucían en las cabañas que salpicaban las colinas. Los granjeros que vivían y trabajaban en las tierras de Granville estaban despiertos y debían de estar al tanto del incendio. Pero, curiosamente, no tropezó con nadie más que se apresurara hacia el fuego. ¿Habrían seguido con lo que estaban haciendo o estaban acurrucados en el interior de sus cabañas, fingiendo que no veían? Coronó la pendiente hasta las verjas de la casa de Granville, y el viento le trajo humo y cenizas danzantes a la cara. La yegua estaba manchada de espuma, pero él la aguijoneó por el camino de acceso.

Y entonces lo vio. El incendio había rodeado los establos, pero la casa estaba todavía intacta.

La yegua se encabritó al ver el fuego. Harry hizo que desistiera y la obligó a acercarse más. A medida que se aproximaban, pudo oír a hombres que gritaban y el horrible rugido de las llamas devorando los establos. Granville se vanagloriaba de sus caballos, y probablemente tuviese veinte o más en esas cuadras.

Únicamente dos de ellos estaban fuera de las caballerizas.

La yegua avanzó hasta el patio chacoloteando, sin ser percibida por el dueño ni por los criados de éste. Los hombres se aglomeraban, medio vestidos, aparentemente aturdidos. Sus rostros ennegrecidos estaban extrañamente iluminados por las llamas; el blanco de sus ojos y dientes reflejaba el resplandor. Unos cuantos habían formado una fila y arrojaban endebles cubos de agua al infierno, no haciendo más que enfurecer más al monstruo. En medio de todo ello, Silas Granville era una silueta salida del infierno. Con su camisa de dormir, sus piernas desnudas prolongándose desde unos zapatos de hebilla, su pelo gris desordenadamente en punta, daba vueltas por el patio, agitando los puños.

—¡Vaya a buscarlo! ¡Vaya a buscarlo! —Granville abofeteó a un hombre, tirándolo sobre los adoquines—. ¡Malditos sean todos ustedes! ¡Los veré salir huyendo de mis tierras! ¡Los veré colgados, canallas asquerosos! *¡Que alguien vaya a buscar a mi hijo!*

Únicamente al oír la última palabra Harry se dio cuenta de que había un hombre atrapado en el infierno. Contempló las caballerizas en llamas. Éstas lamían hambrientas las paredes. *¿Se trataba de Thomas o de Bennet?*

—¡Nooo!

De algún modo, por encima del rugido y de los gritos, oyó el débil lamento. Harry se volvió en su dirección y vio a Will, materialmente levantado del suelo por un corpulento criado. El chico forcejeaba y peleaba a la vez que clavaba su mirada en las llamas.

—¡Nooo!

Bennet estaba allí dentro.

Harry saltó del caballo y corrió hasta la fila de hombres que transportaban agua. Cogió un cubo lleno y se lo volcó sobre su propia cabeza, ahogando un grito mientras le caía el agua fría.

—¡Guau! —exclamó alguien.

Harry ignoró el grito y se metió en los establos.

Fue como zambullirse en el sol. El calor lo rodeó y lo abrumó, impulsándolo ávidamente al suelo. El agua de su pelo y ropa silbó al convertirse en vapor. Un muro negro de humo obstaculizaba su camino. A su alrededor, los caballos relinchaban su miedo. Olió las cenizas y, para su horror, carne que se quemaba. Y en todas partes, por todo el espacio restante, las espantosas llamas devorando los establos y cuanto había en ellos.

—¡Bennet! —Tenía aliento para un grito.

Su segunda inspiración le introdujo cenizas y un calor abrasador en los pulmones. Harry se atragantó, incapaz de hablar. Tiró de su camisa húmeda y se cubrió nariz y boca, pero la diferencia fue poca. Tropezó como un borracho, palpando desesperadamente con sus manos. ¿Cuánto tiempo podía vivir un hombre sin aire? Su pie golpeó algo. Al no poder ver, cayó hacia delante. Aterrizó sobre un cuerpo, percibió unos cabellos.

—Harry. —Una voz terriblemente áspera. «Bennet.»

Harry se apresuró a palpar con las manos. Había encontrado a Benent. Y a otro hombre.

—Tengo que sacarlo. —Bennet estaba de rodillas, esforzándose por tirar del hombre, moviendo el peso muerto sólo tres o cuatro centímetros.

Más cerca del suelo, el aire era un poco mejor. Harry abrió la boca, llenándose los pulmones, y agarró uno de los brazos del hombre inconsciente. Tiró. Se abrasó el pecho y le dolió la espalda como si los músculos se le estuvieran desgarrando. Bennet había sujetado el otro brazo del hombre, pero era obvio que estaba al límite de sus fuerzas. Sólo pudo tirar débilmente. Harry esperó y *rezó* para que estuvieran moviéndose en dirección a la puerta de los establos, para que no hubiera dado la vuelta debido al humo, los gritos, las cenizas y la muerte. Si iban en la dirección equivocada, morirían allí mismo. Sus cuerpos se abrasarían tanto que nadie sabría quién era quién.

«Mi señora me necesita.» Apretó los dientes y tiró pese al dolor de sus brazos.

«Pronto seré padre.» Se le atascó el pie y se tambaleó, pero mantuvo el equilibrio.

«Mi hijo me necesitará.» Podía oír a Bennet sollozando a sus espaldas, fuese por el humo o por el miedo, Harry no lo sabía.

«Por favor, Señor, los dos me necesitan. Déjame vivir.»

Y Harry la vio: la puerta de los establos. Soltó un grito inarticulado y tosió convulsivamente. Un último y terrible tirón y saldrían por las puertas de las caballerizas. El frío aire nocturno los abrazó como el beso de una madre. Harry se tambaleó, sujetando todavía al hombre inconsciente. Entonces aparecieron otros hombres, gritando y ayudándoles a alejarse de las llamas. Cayó sobre los adoquines, Bennet junto a él. Notó unos dedos pequeños en su cara.

Abrió los ojos y vio a Will frente a él.

—Harry, ha vuelto.

—Sí, he vuelto. —Harry se rió y luego empezó a toser, abrazando al agitado niño contra su pecho. Alguien trajo un vaso de agua, y él sorbió agradecido. Se volvió a Bennet con una sonrisa en el rostro.

Bennet aún lloraba. Tosió convulsivamente y estrechó al hombre inconsciente en sus brazos.

Harry arqueó las cejas.

—¿Quién...?

—Es el señor Thomas —le susurró Will al oído—. Entró en los establos cuando vio el fuego. Por los caballos. Pero no salió y Bennet corrió a buscarlo. —El niño dio de nuevo unas palmaditas en el rostro de Harry—. Me obligó a quedarme con ese hombre. Pensé que jamás volvería a salir. Y entonces entró usted también. —Will rodeó el cuello de Harry con sus delgados brazos, casi estrangulándolo.

Harry se liberó con suavidad de los brazos del muchacho y miró al hombre que habían sacado de las caballerizas. Tenía media cara roja y con ampollas, el pelo chamuscado, negro y corto en ese lado. Pero la otra mitad lo identificaba como el hermano mayor de Bennet. Harry puso el lateral de su mano debajo de la nariz de Thomas. A continuación desplazó los dedos hasta el cuello del hombre.

Nada.

Tocó el hombro de Bennet.

—Está muerto.

—No —repuso Bennet con voz áspera y horrible—. No. Dentro ha cogido mi mano. Estaba vivo. —Levantó la vista con ojos enrojecidos—. Lo hemos sacado, Harry. Lo hemos salvado.

—Lo lamento. —Harry se sentía indefenso.

—¡Tú! —A sus espaldas se oyó el rugido de Granville.

Harry se puso de pie de un brinco, cerrando los puños con fuerza.

—¡Harry Pye, has sido tú, maldito criminal, quien ha provocado este incendio! ¡Arréstenlo! Te veré...

—Me ha salvado la vida, padre —declaró Bennet atragantándose—. Deja a Harry en paz. Sabes tan bien como yo que él no ha provocado el incendio.

—¡Yo qué voy a saber! —Granville avanzó amenazante.

Harry sacó su navaja y se acuclilló en posición de pelea.

—¡Oh, por el amor de Dios! Thomas está muerto —manifestó Bennet.

—¿Qué? —Por primera vez Granville miró hacia su primogénito, que yacía a sus pies—. ¿Muerto?

—Sí —respondió Bennet con amargura—. Ha entrado para sacar a tus malditos caballos y ha muerto.

Granville frunció el entrecejo.

—Yo no le he dicho en ningún momento que entrara allí. Era una estupidez hacer una cosa así, al igual que todo lo demás que siempre ha hecho. Estúpido e inútil.

—¡Jesús! —susurró Bennet—. Todavía está caliente. Ha dejado de respirar hace tan sólo unos minutos y ya lo estás humillando. —Miró a su padre con rabia—. Eran tus caballos. Probablemente entró allí para conseguir tu aprobación y ni siquiera puedes darle eso una vez muerto. —Bennet dejó que la cabeza de Thomas descansara sobre los duros adoquines y se levantó.

—Tú también eres un estúpido por haber ido detrás de él —masculló Granville.

Por unos instantes, Harry creyó que Bennet golpearía a su padre.

—Tú ni siquiera tienes sentimientos, ¿verdad? —dijo Bennet.

Granville arrugó la frente como si no lo hubiese oído, y quizá fuera así. La voz de su hijo estaba prácticamente destrozada.

A pesar de todo Bennet se giró.

—¿Has hablado con Dick Crumb? —le preguntó a Harry en voz tan baja que nadie más pudo oírlo—. No creo que Thomas provocase este incendio y luego se metiera en él.

—No —repuso Harry—. Antes he ido a la taberna Cock and Worm, pero no ha aparecido.

El rostro de Bennet era sombrío.

—Entonces vayamos a buscarlo ahora.

Harry asintió. Ya no había modo de extinguir el fuego. Si Dick Crumb había provocado este incendio, lo colgarían por ello.

George contempló el amanecer con resignación. Harry había dicho que no la necesitaba, y ayer por la noche no había vuelto.

El mensaje era bastante claro.

¡Oh! Sabía que había hablado con prisa, que cuando Harry había dicho: «No la necesito», había sido por temor a que lord Granville le hiciera daño a ella. Pero George no podía evitar sentir que en ese momento de prisas desesperadas él había confesado una verdad oculta. Harry controlaba muy bien sus palabras, siempre iba con mucho cuidado para no ofenderla. ¿Le habría dicho alguna vez que simplemente no quería estar con ella, de no haber sido llevado a ello?

George giró el pequeño leopardo tallado en sus manos. Éste le devolvió la mirada, sus ojos inexpresivos en el interior de su jaula. ¿Se veía Harry reflejado en el animal? Ella no había tenido intención de enjaularlo; únicamente había querido amarlo. Pero por mucho que quisiera, no podía cambiar el hecho de que ella fuese una aristócrata y él un plebeyo. La propia circunstancia de sus distintos rangos parecía ser la base de la angustia de él. Y eso jamás cambiaría.

Se levantó cautelosamente de la cama, vacilante cuando su estómago le dio un desagradable vuelco.

—¡Mi lady! —Tiggle irrumpió en la habitación.

George alzó la vista, sobresaltada.

—¿Qué ocurre?

—El señor Thomas Granville ha muerto.

—¡Santo Dios! —George se volvió a sentar en el borde de la cama. Con su propia desdicha casi había olvidado el incendio.

—Los establos de Granville ardieron anoche —continuó Tiggle, sin tener en cuenta la consternación de su señora—. Dicen que fue provocado intencionadamente. Y el señor Thomas Granville entró corriendo para salvar los caballos, pero no salió. Entonces el señor Bennet Granville entró pese a las súplicas de su padre de que no lo hiciera.

—¿Bennet también ha muerto?

—No, mi lady. —Tiggle sacudió la cabeza, haciendo que se le soltara una horquilla—. Pero estuvo tanto tiempo dentro que todo el mundo creyó que ambos habían muerto. Y entonces apareció el señor Pye a caballo. Entró de inmediato en los establos...

—¡Harry! —George se levantó de un salto horrorizada. La habitación dio vueltas a su alrededor de una forma nauseabunda.

—No, no, mi lady. —Tiggle la detuvo antes de que George pudiera correr hacia la puerta. O desmayarse—. Está bien. El señor Pye está bien.

George se desplomó con una mano sobre el corazón. Tenía el estómago en la garganta.

—Tiggle, ¡qué sofoco!

—Lo lamento, mi lady. Pero el señor Pye los sacó a los dos, al señor Thomas y al señor Bennet.

—¿Salvó a Bennet, pues? —George cerró los ojos y tragó saliva.

—Sí, mi lady. Después de lo que lord Granville le hizo al señor Pye, nadie podía creérselo. El señor Pye habría salvado a ambos, pero el señor Thomas ya estaba muerto. Terriblemente abrasado.

Al pensar en ello el estómago de George sufrió una sacudida.

—Pobre Bennet. Perder a un hermano de esa manera.

—Sí, debe de haber sido difícil para el señor Bennet. Dicen que estaba abrazado al cuerpo de su hermano como si no fuese a soltarlo nunca. Y que lord Granville ni se inmutó. Apenas miró a su hijo muerto.

—Lord Granville debe de estar loco. —George cerró los ojos y se estremeció.

—De hecho, algunos lo piensan. —Tiggle la miró arqueando las cejas—. ¡Por favor, mi lady, está usted muy pálida! Lo que necesita es una buena taza de té caliente. —Fue apresuradamente hacia la puerta.

George se tumbó de nuevo, cerrando los ojos. Quizá si se quedara muy quieta durante un ratito...

Tiggle regresó, sus tacones golpeaban el suelo de madera.

—He pensado que le sentaría muy bien su vestido verde claro para cuando el señor Pye venga a verla...

—Llevaré el marrón estampado.

—Pero, mi lady. —Tiggle parecía escandalizada—. Sencillamente no es el adecuado para recibir a un caballero. Al menos no a un caballero especial. ¡Vaya, después de anoche...!

George tragó saliva y procuró hacer acopio de sus fuerzas para oponerse a su doncella.

—No volveré a ver al señor Pye. Nos iremos hoy a Londres.

Tiggle respiró con brusquedad.

Las tripas de George rugieron. Se preparó para lo que vendría a continuación.

—Mi lady —dijo Tiggle—, prácticamente todos los criados de esta casa saben quién vino a verla ayer por la noche a sus dependencias privadas. ¡Y luego su valiente actuación en casa de Granville! Las criadas más jóvenes llevan toda la mañana suspirando por el señor Pye, y la única razón por la que las mayores no suspiran también es la mirada que hay en los ojos del señor Greaves. No puede dejar al señor Pye.

Todo el mundo estaba en su contra. George sintió que una oleada de autocompasión y náuseas crecía en ella.

—No lo dejo. Simplemente hemos acordado que es mejor que nos separemos.

—Bobadas. Lo siento, mi lady. Normalmente no le digo lo que pienso —repuso Tiggle con aparente sinceridad—, pero ese hombre la ama. Es un buen hombre, Harry Pye. Será un buen marido. Y el bebé que usted lleva es suyo.

—Soy perfectamente consciente de eso —le espetó George malhumorada—. Puede que el señor Pye me ame, pero no quiere amarme. Por favor, Tiggle, no puedo quedarme, esperando y aferrándome a él. —Abrió mucho los ojos por la desesperación—. ¿Acaso no lo ve? Se casará conmigo por honor o compasión y se pasará el resto de su vida odiándome. Debo marcharme.

—¡Oh, mi lady...!

—*Por favor*.

—Muy bien —concedió Tiggle—. Creo que está cometiendo un error, pero haré las maletas para irnos, si es eso lo que quiere.

—Sí, es lo que quiero —concluyó George.

Y acto seguido vomitó en el orinal.

El sol llevaba más de una hora iluminando el cielo matutino cuando Harry y Bennet se acercaron a caballo hasta la pequeña y ruinosa cabaña. Habían pasado la mayor parte de la noche esperando en la taberna Cock and Worm, aun cuando ya a la media hora Harry había sospechado que era inútil.

Primero se habían asegurado de que Will estuviese a salvo llevando al somnoliento niño a la cabaña de la señora Humboldt. Pese a la intempestiva hora esa anciana se había mostrado encantada de quedarse con el chico y lo habían dejado embutiéndose felizmente la boca de pastelitos. Después habían cabalgado hasta la taberna Cock and Worm.

Tanto Dick Crumb como su hermana vivían encima de la taberna en unas habitaciones de techo bajo que estaban sorprendentemente ordenadas. Al registrarlas, con la cabeza rozando los dinteles, Harry pensó que Dick debía de tener que agacharse continuamente en su propia casa. Naturalmente, ni Dick ni Janie estaban allí; de hecho, la taberna ni siquiera había abierto esa noche, para gran disgusto de los diversos palurdos que merodeaban frente a la puerta. Dick y Janie tenían tan pocas posesiones que era difícil saber si se habían llevado algo de las habitaciones. Pero Harry no creía que se hubieran llevado nada. Era extraño. Seguro que si Dick hubiese decidido huir con su hermana, al menos se habría llevado las cosas de Janie. Pero sus pocas prendas de ropa (un vestido extra, algunas camisas y un patético par de medias repletas de agujeros) seguían colgadas del perchero que había en su habitación debajo del techo inclinado. Había incluso una pequeña bolsa de cuero con diversas monedas de plata escondida debajo del delgado colchón de Dick.

De modo que pensando que el dueño de la taberna volvería cuando menos a por el dinero, Harry y Bennet se habían escondido en la oscura taberna. Habían tosido y escupido flemas negras una o dos veces, pero no habían hablado. La muerte de Thomas había dejado a Bennet paralizado. Se había quedado mirando al infinito, con los ojos muy ausentes. Y Harry había reflexionado sobre su vida futura con una esposa y un hijo y un estilo de vida completamente nuevo.

A medida que el amanecer iluminaba la oscura habitación y fue evidente que Dick no iba a aparecer, Harry recordó la cabaña. La cabaña de los Crumb, la choza donde Dick y su hermana habían sido criados, estaba en ruinas desde hacía mucho tiempo. Pero quizá Dick la usara como refugio temporal. Era mucho más probable que a estas alturas estuviese ya en el condado vecino, pero valía la pena comprobarlo.

Ahora, a medida que se aproximaban, la cabaña parecía desierta. El tejado de paja se había derrumbado en su práctica totalidad, y una pared se había desmoronado, dejando que la chimenea señalase desnuda al cielo. Descabalgaron y las botas de Harry se hundieron en el barro, lo que sin duda motivó que la cabaña fuese abandonada. Aquí el río que fluía detrás de la diminuta casa se desbordaba de sus márgenes, convirtiendo la zona en un pantano. Probablemente la cabaña se inundaba cada primavera. Era un lugar insalubre donde vivir. Harry no entendía por qué nadie querría construir algo aquí.

—No sé si deberíamos llamar siquiera —dijo.

Miraron hacia la puerta, ladeada hacia dentro debajo de un dintel inclinado.

—Echemos un vistazo detrás —comentó Bennet.

Harry caminó sobre el barro con el mayor sigilo que pudo, pero sus botas producían un chapoteo cuando el fango las absorbía con cada paso. Si Dick estaba aquí, ya estaría sobre aviso.

Llevaba la delantera cuando volvió la esquina y se paró en seco. Unas plantas de la altura de un hombre crecían en el suelo pantanoso que había detrás de la cabaña. Tenían delicadas ramas con hojas y algunas aún inflorescencias.

Cicuta.

—¡Señor! —exclamó Bennet. Se había reunido con Harry, pero no eran las plantas lo que miraba.

Harry siguió la dirección de su mirada y vio que toda la pared posterior de la cabaña había desaparecido. De una de las vigas restantes había atada una cuerda de cuyo extremo pendía un patético bulto.

Janie Crumb se había colgado.

Capítulo 19

*M*i hermana no sabía lo que hacía. —Dick Crumb estaba sentado con la espalda apoyada en la deteriorada piedra de la cabaña. Aún llevaba puesto su manchado delantal de la taberna, y con una mano sujetaba con fuerza un pañuelo arrugado.

Harry echó un vistazo al cuerpo de Janie, que se bamboleaba tan sólo a escasos metros de donde estaba su hermano sentado. Janie tenía el cuello grotescamente alargado, y la lengua ennegrecida sobresalía de sus labios hinchados.

Ya nada podía hacerse por Janie Crumb.

—Nunca estuvo bien, pobre cría, no después de lo que él le hizo —continuó Dick.

¿Cuánto tiempo llevaba ahí sentado?

—Solía escaparse por las noches. Vagaba por los campos. Quizás hacía otras cosas de las que yo no quería enterarme. —Dick sacudió la cabeza—. Tardé un tiempo en darme cuenta de que tal vez tramaba algo más. Y entonces la señora Pollard murió. —Dick levantó la vista. Sus ojos estaban inyectados de sangre, sus párpados enrojecidos—. Vino después de que te cogieran, Harry. Estaba fuera de sí, con todo el pelo alborotado. Dijo que ella no lo había hecho. Que no había matado a la señora Pollard como había hecho con las ovejas. Llamó demonio al señor Granville y lo maldijo. —El hombretón frunció las cejas como un niño desconcertado—. Dijo que lord Granville había matado a la anciana Pollard. Janie estaba loca. Simplemente loca de remate.

—Lo sé —convino Harry.

Dick Crumb asintió, como si lo aliviara que él estuviera de acuerdo.

—Yo no supe qué hacer. Era mi hermana pequeña, loca o no. —Se enjugó la cúpula de su cabeza con una mano temblorosa—. La única familia que me quedaba. Mi hermana pequeña. ¡La quería, Harry!

El cuerpo que colgaba de la cuerda pareció girar a modo de horrible respuesta.

—Así que no hice nada. Y ayer por la noche, cuando me enteré de que había prendido fuego a las caballerizas de Granville, vine aquí corriendo. Este viejo lugar siempre había sido su escondite. No sé qué habría hecho. Pero me la encontré así. —Alargó las manos hacia el cadáver como si rezara—. Así. Lo lamento tanto. —El hombretón empezó a llorar, enormes y agitados sollozos que hacían temblar sus hombros.

Harry desvió la vista. ¿Qué podía uno hacer frente a un dolor tan sobrecogedor?

—No tiene motivos para disculparse, señor Crumb —dijo Bennet por detrás de Harry.

Dick levantó la cabeza. Los mocos brillaban debajo de su nariz.

—La culpa es de mi padre, no suya. —Bennet asintió secamente y retrocedió rodeando la cabaña.

Harry extrajo su navaja. Arrastró una silla debajo del cadáver, subió y cortó la cuerda. Janie se desplomó, repentinamente liberada de su castigo autoimpuesto. Él cogió el cuerpo y lo dejó con cuidado en el suelo. Mientras lo hacía notó que algo pequeño y duro caía del bolsillo de Janie. Se inclinó para verlo y vio una de sus tallas: un pato. Rápidamente, acarició el pequeño pájaro. ¿Había estado Janie todo este tiempo colocando sus tallas junto a los animales envenenados? ¿Por qué? ¿Había sido su intención enemistarlo con Granville? Quizás hubiese visto en él su instrumento de venganza. Entonces le lanzó una mirada a Dick, pero el hombre de cierta edad tenía los ojos simplemente clavados en el rostro de su hermana muerta. Decirle que la intención de Janie había sido incriminarle a él de sus crímenes tan sólo entristecería más a Dick. Harry se metió el pato en el bolsillo.

—Gracias, Harry —dijo Dick. Se quitó el delantal y tapó la desfigurada cara de su hermana.

—Lo siento. —Harry apoyó una mano sobre el hombro del otro hombre.

Dick asintió, el dolor se apoderó de él de nuevo.

Harry se volvió para reunirse con Bennet. La última imagen que tuvo de Dick Crumb fue la de un hombre corpulento inclinándose, una montaña de pesar, sobre la ligera silueta del cuerpo de su hermana.

A sus espaldas la cicuta bailaba elegantemente.

—Desde luego, últimamente se ha viajado mucho —musitó Euphie, sonriendo afablemente a todo el carruaje—. De Yorkshire a Londres y viceversa. ¡Vaya, parece que la gente apenas respira antes de volver a salir corriendo! Creo que no recuerdo tanto ir y venir desde, bueno, desde nunca.

Violet suspiró, cabeceó ligeramente y miró por la ventanilla. Tiggle, sentada al lado de Violet, parecía desconcertada. Y George, apretujada junto a Euphie en el mismo asiento, cerró los ojos y agarró con fuerza la palangana de estaño que había traído consigo por si acaso. «No vomitaré. No vomitaré. No vomitaré.»

El carruaje dio bandazos al volver la esquina, empujándola contra la ventanilla cubierta de gotas de lluvia. De pronto decidió que su estómago estaba mejor si mantenía los ojos abiertos.

—Esto es absurdo —resopló Violet, y cruzó los brazos—. Si de todas formas vas a casarte, simplemente no veo qué tiene de malo el señor Pye. Al fin y al cabo le gustas. Estoy segura de que podemos ayudarle si tiene problemas con sus <u>Hs</u>.

¿Sus <u>Hs</u>?

—Eras tú la que pensaba que era un asesino de ovejas. —George se estaba cansando de la casi universal desaprobación dirigida contra su persona.

A juzgar por la reacción de sorpresa de sus criados ante la marcha de George, cualquiera diría que Harry era un verdadero santo. Hasta Greaves se había quedado de pie en las escaleras de Woldsly, con la lluvia goteando por su larga nariz, mirándola con tristeza mientras se subía al carruaje.

—Eso era antes —repuso Violet con una lógica irrefutable—.

Hace al menos tres semanas que he dejado de creer que sea el envenenador.

—¡Oh, Señor!

—¡Mi lady! —exclamó Euphie—. Como damas que somos, jamás deberíamos usar el nombre de Dios en vano. Estoy convencida de que ha sido un error por su parte.

Violet miró fijamente a Euphie con exagerado asombro mientras a su lado Tiggle ponía los ojos en blanco. George suspiró y apoyó la cabeza en los cojines.

—Y, además, el señor Pye es bastante guapo. —Violet no estaba dispuesta a dar por concluida esta discusión. Jamás—. Para ser un administrador de fincas. No es muy probable que encuentres a otro más guapo.

—¿Administrador de fincas o marido? —preguntó George con rabia.

—¿Se está usted planteando el matrimonio, mi lady? —inquirió Euphie con los ojos muy abiertos, como una paloma mostrando interés.

—¡No! —replicó George.

Que fue prácticamente sofocado por el «¡sí!» de Violet.

Euphie parpadeó con rapidez.

—El matrimonio es una condición bendita, conveniente incluso para las damas más respetables. Naturalmente, yo misma nunca he experimentado esa comunión celestial con un caballero, pero eso no quiere decir que no respalde sus rituales sin reservas.

—Tendrás que casarte con *alguien* —insistió Violet. Señaló sin delicadeza hacia el abdomen de George—. A menos que pretendas hacer un largo viaje por el continente.

—Ampliar la mente viajando... —empezó Euphie.

—No tengo intención de recorrer el continente. —George interrumpió a Euphie antes de que pudiera coger carrerilla y estar parloteando sobre los viajes hasta que llegaran a Londres—. Quizá podría casarme con Cecil Barclay.

—¡Cecil! —Violet miró atónita a su hermana como si ésta hubiera anunciado su intención de contraer matrimonio con un bacalao. George pensaba que Violet sería un tanto más comprensiva, teniendo en cuenta el apuro que ella misma acababa de pasar—. ¿Te has vuelto loca de remate? Aplastarás a Cecil como si fuera un conejito de pelo suave.

—¿Qué quieres decir? —George tragó saliva y presionó la mano contra su vientre—. Hablas de mí como si fuera una arpía.

—Bueno, ya que lo mencionas...

George entornó los ojos.

—El señor Pye es tranquilo, pero al menos nunca te ha dado la espalda. —Violet abrió mucho los ojos—. ¿Has pensado en lo que hará cuando descubra que has huido de él? Son los silenciosos los que tienen más carácter, ¿sabes?

—No sé de dónde sacas estas ideas melodramáticas. Y, además, no he huido. —George ignoró a su hermana, mirando intencionadamente alrededor del carruaje, que en este momento estaba alejándose de Yorkshire a sacudidas—. Y no creo que él vaya a hacer nada. —El estómago le dio un vuelco al imaginarse a Harry descubriendo que ella se había ido.

Violet parecía dubitativa.

—El señor Pye no me ha parecido la clase de hombre que se limita a quedarse con los brazos cruzados y dejar que su amada encuentre otro hombre con el que casarse.

—No soy la amada del señor Pye.

—No estoy segura de cómo más podría llamarse...

—¡Violet! —George agarró con fuerza la palangana de estaño debajo de su mentón. «No vomitaré. No vomitaré. No...»

—¿Está bastante enamorada, mi lady? —preguntó Euphie con voz estridente—. Porque está casi verde. ¿Sabía que su madre tenía exactamente esa misma cara cuando estaba —la dama de compañía se inclinó hacia delante y susurró como si un caballero pudiera de algún modo oírla dentro del carruaje en movimiento— *engordando* con lady Violet? —Euphie se reclinó y se sonrosó intensamente—. Pero, naturalmente, ése no puede ser su problema.

Violet miró fijamente a Euphie como hipnotizada.

Tiggle hundió la cara en sus manos.

Y George gimió. Se moriría antes de llegar a Londres.

—¿Qué quiere decir que se ha ido? —Harry procuró mantener la voz en el mismo tono. Estaba de pie en el vestíbulo principal de Woldsly.

Había venido aquí para ver a su señora, y ahora el mayordomo le estaba diciendo que Georgina se había marchado hacía más de una hora.

Greaves retrocedió un paso.

—Exactamente eso, señor Pye. —El mayordomo se aclaró la garganta—. Lady Georgina, acompañada de lady Violet y la señorita Hope se ha ido esta mañana bastante temprano a Londres.

—¡Y un cuerno! —¿Había George recibido noticias urgentes acerca de un familiar, quizá de uno de sus hermanos?

—Señor Pye. —El mayordomo se irguió ofendido.

—He tenido una noche muy dura, señor Greaves. —Y una mañana aún más dura. Harry se pasó una mano por la dolorida frente—. ¿Le han traído una carta a mi señora? ¿O ha venido un mensajero? ¿Ha venido un mensajero trayendo alguna clase de noticia?

—No. No que le incumba a usted, señor Pye. —Greaves lo miró fulminador desde su estrecha nariz—. Ahora, ¿puedo acompañarlo a la puerta?

Harry dio dos rápidos pasos y agarró al mayordomo de la pechera. Un paso más y estrelló al hombre contra la pared, agrietando el yeso.

—Resulta que lo que mi señora hace *es* de mi incumbencia. —Harry se acercó lo bastante como para oler los polvos de la peluca de Greaves—. Lleva un hijo mío y pronto será mi esposa. ¿Está claro?

El mayordomo asintió, haciendo que una fina capa de polvos cayera sobre sus hombros.

—Bien. —Harry soltó al otro hombre.

¿Qué la haría irse tan repentinamente? Frunciendo las cejas, subió los peldaños de la curva escalinata principal de dos en dos y recorrió el largo pasillo hasta la habitación de su señora. ¿Se le había escapado algo? ¿Había dicho lo que no debía? El problema con las mujeres era que podía tratarse prácticamente de cualquier cosa.

Harry abrió con fuerza la puerta de la habitación, asustando a una criada que limpiaba la chimenea. Zanqueó hasta el tocador de lady Georgina. La superficie había sido despejada. Abrió cajones y los cerró con la misma rapidez. Estaban vacíos a excepción de diversas horquillas y un pañuelo olvidado. La doncella salió corriendo de la habitación. Harry se incorporó del tocador y examinó la habitación. Las puertas del armario estaban entornadas y vacías. Sobre la mesilla de noche había un candelabro solitario. La propia cama ya estaba deshecha. No había nada que indicara adónde había ido George.

Salió de la habitación y corrió de nuevo escaleras abajo, consciente de que los criados estaban al tanto de sus movimientos. Sabía que debía de parecer un loco, corriendo por la mansión y afirmando que la hija de un conde era su novia. Bien, ¡que se fueran todos al infierno! No se rendiría. Era ella la que había llevado las cosas tan lejos. Ella le había arrojado el guante y luego había ido a por él. Esta vez no esperaría a que George entrara en razón. Quién sabe cuánto tiempo tardaría en asumir el enfado que sea que tuviese. Es posible que él fuese un plebeyo, es posible que fuese pobre, pero por su vida que sería el marido de lady Georgina, y su esposa necesitaba aprender que no podía simplemente esfumarse cada vez que algo la molestara.

Harry se montó en la pobre yegua, ya medio dormida, y la hizo girar en dirección a su propia y pequeña cabaña. Recogería lo básico e indispensable. Si se daba prisa, quizá la pillase antes de llegar a Lincoln.

Cinco minutos después Harry abrió la puerta de su cabaña, pensando en lo que se llevaría, pero todo pensamiento se detuvo cuando vio la mesa. El leopardo se encontraba encima de ella. Harry cogió el animal tallado. Estaba exactamente igual que la última vez que lo había visto sobre la palma de la mano de George, fuera de la jaula.

George había liberado al leopardo.

Durante un minuto, clavó los ojos en la criatura de madera que tenía en la mano, acariciando con el pulgar la suave espalda que con tanto esmero había tallado. Entonces miró de nuevo hacia la mesa. Había una nota. La cogió con una mano temblorosa.

Mi querido Harry:

Lo siento. Nunca fue mi intención enjaularlo. Ahora comprendo que no estaría bien imponerme en contra de su voluntad. Me ocuparé de todo yo misma. Le adjunto algo que redacté la última vez que estuve en Londres.

Georgina.

El segundo papel era un documento legal. Lady Georgina le había cedido la finca de Woldsly.

No.

Harry releyó la magnífica letra. El documento seguía siendo el mismo.

No. No. *No.* Estrujó el papel en su puño. ¿Tanto lo odiaba George? ¿Lo odiaba lo suficiente para cederle parte de su herencia con tal de expulsarlo de su vida? Se desplomó en una silla y miró fijamente la inservible bola de papel de su mano. Quizás al fin George había entrado en razón. Al fin se había dado cuenta del bajo nivel social que él tenía con respecto a ella. En ese caso, no habría salvación para él. Se rió, pero incluso para sus propios oídos, lo que salió fue más parecido a un sollozo. Se había pasado las últimas semanas apartando de sí a lady Georgina, pero incluso al hacerlo había sido consciente.

Ella era la persona.

La única mujer para él en esta vida. Si ella lo dejaba, no habría otra. Y eso a él le había parecido bien. Su vida había sido aceptable hasta ahora ¿no? Podía continuar sin ella. Pero, de algún modo, en las últimas semanas George había anidado en su vida. En él. Y las cosas que con tanta naturalidad le había ofrecido, una esposa y una familia, un hogar, esas cosas habían acabado siendo como la carne y el vino delante de un hombre que durante toda su vida únicamente ha tomado pan y agua.

Vitales.

Harry miró hacia el papel estrujado y se dio cuenta de que tenía miedo. Miedo de no poder hacer esto bien. Miedo de no volver a sentirse pleno.

Miedo de haber perdido a su amada y al hijo que tendrían en común.

Dos caballos.

Silas resopló y le propinó una patada a una viga aún candente. Dos caballos de un establo de veintinueve. Hasta el último acto de Thomas había sido un desacierto; había conseguido salvar únicamente a un par de jamelgos antes de sucumbir a las llamas. La atmósfera era densa por el hedor de la carne quemada. Algunos de los hombres que estaban arrastrando a los animales muertos tenían arcadas a pesar de las bufandas que les cubrían sus bocas. Eran unos nenazas, lloriqueando por la peste y la suciedad.

Silas contempló los restos de sus enormes caballerizas. Ahora eran un montón de escombros humeantes. Todo debido a una mujer desquiciada, eso decía Bennet. Era una lástima que se hubiera suicidado. Habría constituido un buen ejemplo para los campesinos de la zona que hubiera caído en manos del verdugo. Pero al final tal vez hasta hubiera tenido que darle las gracias a esa puta loca. Ella había matado a su primogénito, lo que ahora convertía a Bennet en su heredero. Se habían acabado los viajes a Londres para el joven. Como heredero, tendría que quedarse en la casa familiar y aprender a llevar la finca. Silas sonrió de nuevo curvando el labio superior. Ahora tenía a Bennet. Es posible que el muchacho se opusiera y pataleara, pero sabía cuál era su deber. El heredero de Granville debía supervisar la finca.

Un jinete llegó con estrépito al patio. Silas por poco se atragantó al ver quién era.

—¡Fuera! ¡Fuera, miserable! —¿Cómo osaba Harry Pye entrar como si nada en su finca? Silas se dirigió hacia el caballo y el jinete.

Pye descabalgó sin siquiera mirar en dirección a él.

—Apártese de mi camino, vejestorio. —Empezó a caminar hacia la casa.

—¡Ustedes! —A Silas se le atascó la ira en la garganta. Se volvió a los jornaleros embobados—. ¡Cójanlo! ¡Sáquenlo de mis tierras, malditos sean!

—Que lo intenten. —Pye habló en voz baja a sus espaldas.

Varios hombres retrocedieron, los muy cobardes. Silas se giró y vio que Pye llevaba una larga y delgada navaja en su mano izquierda.

El sinvergüenza pivotó en dirección a él.

—¿Qué tal si se defiende usted solo, Granville?

Silas se quedó inmóvil, abriendo y cerrando los puños. De haber sido veinte años más joven, no lo habría dudado. Le ardía el pecho.

—¿No? —se burló Pye—. Entonces no le importará que hable con su hijo. —Corrió escaleras arriba hasta la casa y desapareció en su interior.

«Patán apestoso y vulgar». Silas le dio un revés al criado que tenía más cerca. Al hombre lo pilló desprevenido y lo tumbó. Los demás trabajadores observaron a su compañero, que se revolcaba en el estiércol del patio de las caballerizas. Uno le tendió la mano al hombre que estaba en el suelo.

—Cuando acabe esta jornada, están todos despedidos —ordenó Silas, y no esperó a oír los gruñidos a sus espaldas.

Subió sus propias escaleras, frotándose el fuego que sentía en el pecho. Él mismo expulsaría a ese bastardo, aunque el fuego lo matara. No tendría que ir muy lejos. Al entrar en el enorme vestíbulo, pudo oír voces procedentes de la sala de la parte delantera donde habían colocado el cadáver de Thomas.

Silas abrió la puerta con fuerza, golpeándola contra la pared.

Pye y Bennet levantaron la vista desde donde estaban, cerca de la mesa donde yacía el cadáver chamuscado de Thomas. Bennet apartó la mirada deliberadamente.

—Puedo irme contigo, pero antes tengo que ver a Thomas enterrado como Dios manda. —Debido al incendio su voz era un áspero susurro.

—Por supuesto. De todas formas, mi caballo necesitará descansar después de anoche —contestó Pye.

—¡Eh! Espera un momento —dijo Silas interrumpiendo la intimidad de ambos—. Tú no te vas a ninguna parte, Bennet. Desde luego no con este bastardo.

—Iré a donde me dé la gana.

—No, no lo harás —insistió Silas. El ardiente dolor se extendió a su brazo—. Ahora eres el heredero de la finca. Te quedarás aquí mismo, si quieres que te dé un penique más.

Bennet levantó la vista por fin. Silas nunca había visto tanto odio en los ojos de otro hombre.

—No quiero ni un penique ni nada más de ti. Me iré a Londres en cuanto Thomas haya sido decentemente enterrado.

—¿Con él? —Silas movió bruscamente la cabeza en dirección a Pye, pero no esperó a una respuesta—. De modo que tu sangre de baja estirpe ha empezado a aflorar, ¿eh?

Ambos hombres se volvieron.

Silas sonrió satisfecho.

—Tu madre era una puta, eso lo sabes, ¿verdad? Yo ni siquiera fui el primero con quien ella le puso los cuernos a John Pye. Esa mujer tenía un picor que simplemente no podía rascar un solo hombre. De no haber muerto tan pronto, ahora mismo estaría abriéndose de piernas en la cuneta con tal de sentir un pene.

—Tal vez fuese una puta infiel y mentirosa, pero era una santa comparada con usted —repuso Pye.

Silas se echó a reír. No pudo evitarlo. ¡Menudo chiste! El muchacho no debía de tener ni idea. Respiró entrecortadamente.

—¿No sabes sumar, chico? No debe de ser algo que enseñen en los hospicios, ¿eh? —Otra risa ahogada lo sacudió—. Bien, deja que te lo explique despacio y con claridad. Tu madre vino aquí antes de que tú fueras concebido. Hay tantas probabilidades de que seas mi hijo como de John Pye. Es más, por el modo en que jadeaba conmigo...

—No. —Curiosamente, Pye no manifestó ninguna reacción—. Es posible que usted plantara la semilla en mi madre, pero John Pye y sólo John Pye fue mi padre.

—*Padre* —espetó Silas—, dudo que John Pye fuera siquiera capaz de preñar a una mujer.

Durante unos instantes Silas creyó que Pye se abalanzaría sobre su cuello, y el corazón le brincó dolorosamente. Pero el bastardo se apartó y caminó hasta la ventana, como si él no mereciera el esfuerzo.

Silas miró con semblante ceñudo y gesticuló con desdén.

—¿Ves de qué te salvé, Bennet?

—¿Salvarme? —Su hijo abrió la boca como si se riera, pero no emitió ningún sonido—. ¿Cómo me salvaste? ¿Trayéndome a este mausoleo? ¿Dejándome al tierno cuidado de la bruja de tu esposa? ¿Una mujer que debía de sentir el aguijón de la humillación cada una de las veces que me miraba? ¿Favoreciéndome a mí antes que a Thomas, de modo que fuera imposible que nunca tuviéramos una relación normal? —Ahora Bennet gritaba con voz ronca—. ¿Desterrando a Harry, mi *hermano*? ¡Dios! Dime, padre, ¿cómo me salvaste exactamente?

—Sal por esa puerta, chico, y jamás volveré a recibirte, seas o no el heredero. —El dolor en el pecho había regresado. Silas se frotó el esternón—. No obtendrás más dinero, más ayuda por mi parte. Te morirás de hambre en una zanja.

—Muy bien. —Bennet se volvió—. Harry, Will está en la cocina. Puedo tener las maletas hechas en media hora.

—¡Bennet! —Fue como si la palabra hubiera sido arrancada de los pulmones de Silas.

Su hijo se alejó andando.

—He matado por ti, chico. —¡Maldita sea! No quería arrastrarse por su propio hijo.

Bennet se giró; en su rostro había una expresión mezcla de horror y repugnancia.

—¿Que tú, *qué*?

—He asesinado por ti. —Silas creyó que chillaba, pero las palabras no sonaron tan fuertes como antes.

—¡Jesús! ¿Ha dicho que asesinó a alguien? —La voz de Bennet pareció que flotaba a su alrededor.

El dolor de su pecho se había esparcido y convertido en un fuego que le atravesó ardiendo la espalda. Silas se tambaleó. Trató de agarrarse a una silla y se cayó, volcando la silla junto a él. Permaneció tumbado de lado y sintió que las llamas le lamían ávidamente el brazo y el hombro. Le llegó el olor a ceniza del cadáver de su hijo y de su propia orina.

—Ayúdame. —Tenía un hilo de voz.

Alguien se inclinó sobre él. Unas botas llenaron su visión.

—Ayúdame.

Entonces vio el rostro de Pye frente al suyo propio.

—Usted mató a la señora Pollard, ¿verdad, Granville? Es así como asesinó. Janie Crumb nunca tuvo la entereza para hacerle comer veneno a otra mujer.

—¡Oh, Dios mío! —Bennet susurró con su deteriorada voz.

De pronto la bilis inundó la garganta de Silas, y éste respiró agitadamente, asfixiándose con el contenido de su propio estómago. La lana de la alfombra le irritó la mejilla mientras se convulsionaba.

Vagamente, Silas vio que Pye se apartaba a un lado, esquivando el charco de vómito.

«Ayúdame.»

Le dio la impresión de que los ojos verdes de Harry Pye lo penetraban.

—Jamás imploré piedad cuando hizo que me golpearan. ¿Sabe por qué?

Silas sacudió la cabeza.

—No fue por orgullo o valentía —oyó que decía Pye.

El fuego trepó hasta la garganta de Silas. La sala se oscurecía.

—Mi padre le suplicó piedad cuando hizo que lo azotaran. Usted lo ignoró. No tiene piedad.

Silas se atragantó, tosiendo sobre ascuas candentes.

—Está muerto —dijo alguien.

Para entonces el fuego había llegado a los ojos de Silas y ya dejó de importarle.

Capítulo 20

*T*e has vuelto loca. —Tony se reclinó en el sofá como si su aseveración zanjase el asunto.

Estaban en la elegante salita de la residencia de Tony. Frente a él, George estaba rígidamente sentada en un sillón con la ahora siempre presente palangana preparada a sus pies. Oscar merodeaba por la sala, comiendo ruidosamente un bollo. Sin duda, Violet y Ralph estarían turnándose para pegar sus orejas a la puerta.

George suspiró. Habían llegado ayer a Londres, y le daba la impresión de que desde entonces se había pasado todo el tiempo debatiendo su estado con sus hermanos. «Debería simplemente haber huido con Cecil.» Podría haber informado a su familia a través de una nota y ni siquiera haber estado presente para oír la conmoción resultante.

—No, me he vuelto cuerda —repuso ella—. ¿Por qué todo el mundo era antes contrario a mi relación con Harry y ahora no paráis de presionarme para que esté con él?

—Antes no estabas embarazada, Georgie —señaló Oscar con amabilidad. Tenía un cardenal atenuado en la parte alta de una mejilla, y ella reparó brevemente en él, preguntándose dónde se lo habría hecho.

—Muchas gracias. —George hizo una mueca de disgusto mientras su barriga rugía con fuerza—. Creo que soy consciente de mi estado. No veo que tenga importancia.

Tony suspiró.

—No seas obtusa. Sabes perfectamente que tu estado es la razón por la que necesitas casarte. El problema es el hombre que has elegido...

—Debes reconocer que la cosa es un poco complicada. —Desde su sitio junto a la repisa de la chimenea, Oscar se inclinó hacia delante y agitó hacia George un bollo, esparciendo migas—. Me refiero a que llevas dentro un hijo de ese tipo. Parece ciertamente adecuado que él tuviera la oportunidad de casarse contigo.

Maravilloso. Justamente Oscar la estaba sermoneando sobre el decoro.

—Es un administrador de fincas. No hace mucho tú mismo me dijiste que un administrador de fincas simplemente *no era apropiado*. —George bajó el tono de voz por hacer una pasable imitación del tono de Oscar—. Cecil viene de una familia muy respetable. Y a ti te cae bien. —Cruzó los brazos, segura de su argumento.

—Me decepciona terriblemente tu falta de moral, Georgie. No te puedo decir lo decepcionante que es para mí esta apreciación de la mente femenina. Podría muy bien convertirme en un cínico durante muchos años. —Oscar frunció las cejas—. Un hombre tiene derechos con respecto a su progenie. No importa cuál sea su clase, el principio es el mismo. —Pegó un mordisco a su bollo para enfatizar.

—Por no hablar del pobre Cecil —musitó Tony—, al que se le endosaría el hijo de otra persona. ¿Cómo piensas explicar eso?

—De hecho, probablemente eso no sea un problema —masculló Oscar *sotto voce*.

—¿No?

—No. Cecil no está tan interesado en las mujeres.

—No está inter... ¡*Oh*! —Tony se aclaró la garganta y se alisó el chaleco dando un tirón. George reparó por primera vez en que tenía los nudillos pelados—. Bien. Y ésa es otra cosa que debes considerar tú, George. Seguramente no querrás tener *ésa* clase de matrimonio.

—En realidad, no importa qué clase de matrimonio tenga, ¿verdad? —Su labio inferior tembló. «Ahora no.» Durante los últimos días se había sorprendido a sí misma casi constantemente al borde del llanto.

—Por supuesto que importa. —Tony se sentía claramente ofendido.

—Queremos que seas feliz, Georgie —dijo Oscar—. Antes se te veía feliz con Pye.

George se mordió el labio. No lloraría.

—Pero él no era feliz conmigo.

Oscar intercambió una mirada con Tony.

Tony frunció sus pobladas cejas.

—Si es preciso persuadir a Pye para que se case contigo...

—¡No! —George inspiró con un estremecimiento—. No. ¿No po-
déis entender que obligarle a casarse conmigo sería mucho peor que el
matrimonio con Cecil? ¿O que no casarme?

—No veo por qué. —Oscar miró ceñudo—. Quizás al principio se
opusiera, pero creo que una vez casado no tardaría en estar conforme.

—¿Lo estarías tú? —George miró a Oscar fijamente.

Él parecía desconcertado.

Ella miró después a Tony.

—¿Cualquiera de vosotros? ¿Si los hermanos de vuestras novias os
obligaran a casaros, perdonaríais y olvidaríais enseguida?

—Bueno, tal vez... —empezó Oscar.

Tony le quitó la palabra.

—No.

George arqueó las cejas.

—Mira... —intervino Oscar de nuevo.

La puerta se abrió y Cecil Barclay asomó la cabeza.

—¡Oh, perdón! No quería interrumpir. Volveré más tarde, si os parece.

—¡No! —George bajó el tono de voz—. Pasa, Cecil, pasa. Precisamente hablábamos de ti.

—¡Oh! —Miró con cautela a Tony y a Oscar, pero cerró la puerta
a sus espaldas y entró en la sala. Se sacudió una manga, esparciendo gotas de agua—. Hace un tiempo espantoso fuera. No recuerdo cuándo
fue la última vez que llovió tanto.

—¿Has leído mi carta? —inquirió George.

Oscar murmuró algo y se dejó caer en un sillón. Tony apoyó el
mentón en una mano, unos largos y huesudos dedos cubriendo su boca.

—Absolutamente. —Cecil le lanzó una mirada a Tony—. Me parece una propuesta interesante. Deduzco que has hablado de esta idea con
tus hermanos y que cuenta con su aprobación.

George se tragó la oleada de una náusea.

—¡Oh, sí!

Oscar murmuró, esta vez en voz más alta.

Tony enarcó una ceja poblada.

—Pero ¿cuenta con tu aprobación, Cecil? —George se obligó a sí misma a preguntar.

Cecil respondió. Había estado mirando a Oscar desplomado en un sillón, con bastante preocupación.

—Sí. Sí, la verdad es que sí. De hecho, resuelve un problema bastante delicado. Debido a una enfermedad infantil, dudo que sea capaz de, mmm..., engendrar a un... un... —Cecil hizo una pausa, mirando con cierta fijeza la barriga de George.

George presionó una mano contra su vientre, deseando desesperadamente que se calmara.

—Bueno, bueno, bueno. —Cecil había recuperado su capacidad de hablar. Extrajo un pañuelo y se enjugó el labio superior—. Sólo hay un problema, por así decirlo.

—¡Vaya! —Tony dejó caer la mano.

—Sí. —Cecil se sentó en un sillón cerca de George, y ella se sintió culpable al darse cuenta de que había olvidado ofrecerle asiento—. Es el título, me temo. No es gran cosa, únicamente un título de baronet de poca importancia que tiene mi abuelo, pero la finca que lo acompaña es bastante grande. —Cecil se pasó el pañuelo por la frente—. Enorme, puestos a ser vulgar.

—¿Y no querrías que el niño lo heredara? —comentó Tony con tranquilidad.

—No. Es decir, sí. —Cecil respiró entrecortadamente—. Es el propósito de la propuesta ¿no? Tener un heredero. No, el problema radica en mi tía. Concretamente en tía Irene. La puñetera siempre me ha culpado de ser el siguiente en la línea de la herencia. —Cecil se estremeció—. Lo cierto es que me daría miedo tropezarme con esa vieja bruja en un callejón oscuro. Podría aprovechar la ocasión para que la sucesión estuviera un poco más cerca de su propio hijo, Alphonse.

—Pese a lo fascinante de esta historia familiar, Cecil, viejo amigo, ¿qué tiene que ver esto con Georgie? —le preguntó Oscar. Durante el relato de Cecil se había incorporado.

—¿Acaso no lo ves? Tía Irene podría cuestionar a cualquier heredero que llegara, mmm..., un poco pronto.

Tony lo miró fijamente.

—¿Qué me dices de tu hermano pequeño, Freddy?

Cecil asintió.

—Sí, lo sé. Una mujer cuerda entendería que hay mucha gente que se interpone entre su Alphonse y la herencia, pero de eso se trata precisamente. Tía Irene no está en sus cabales.

—¡Ah! —Tony se reclinó, aparentemente pensativo.

—¿Y qué vamos a hacer? —Lo único que quería George era retirarse a sus dependencias y dormir.

—De hacerse, lo mejor es que se haga rápido* —comentó Oscar en voz baja.

—¿Qué? —Cecil frunció las cejas.

Pero Tony se incorporó y asintió.

—Sí. Naturalmente, has citado mal a Macbeth, pero tienes toda la razón. —Se volvió a Cecil—. ¿Cuánto puedes tardar en obtener un permiso especial?

—Yo... —Cecil parpadeó—. ¿Dos semanas?

Oscar sacudió la cabeza.

—Demasiado tiempo. Dos, tres días como mucho. Conozco a un tipo que obtuvo uno en menos de veinticuatro horas desde que lo solicitó.

—Pero el Arzobispo de...

—Canterbury es un amigo personal de tía Beatrice —declaró Oscar—. Ahora mismo está en Londres. Precisamente el otro día me lo estuvo comentando. —Dio unas palmadas a Cecil en la espalda—. ¡Venga, te ayudaré a encontrarlo! Y felicidades. Estoy seguro de que serás un cuñado excelente.

—¡Oh, mmm..., gracias!

Oscar y Cecil salieron de la sala dando un portazo.

George miró a Tony.

Éste bajó una comisura de su ancha boca.

—Será mejor que empieces a buscar un vestido de novia, Georgie.

Y en ese momento fue cuando George se dio cuenta de que estaba prometida... con el hombre equivocado.

Cogió la palangana justo a tiempo.

---

* En el original se cita una frase que aparece en la obra *Macbeth*, de Shakespeare: «If it were done when 'tis done, then 'twere well it were done quickly» [Se haga cuando se haga, estaría bien que se hiciera rápido]. *(N. de la T.)*

La lluvia caía con fuerza. Harry pisó sin cautela y el pie se le hundió hasta el tobillo en el barro exudado. El camino entero era más un riachuelo que fluía que un suelo firme.

—¡Jesús! —Bennet jadeó desde lo alto de su caballo—. Creo que me está saliendo moho entre los dedos de los pies. No me puedo creer que llueva tanto. ¿Tú sí? Cuatro días seguidos sin ningún descanso.

—Un asco —masculló Will indistintamente desde su sitio detrás de Bennet. Su rostro estaba casi oculto por la capa de Bennet.

Había empezado a llover el día del funeral por Thomas y había continuado durante el entierro de lord Granville al día siguiente, pero Harry no lo dijo. Bennet conocía bastante bien los hechos.

—Sí, cierto, es un asco. —La yegua le acarició la nuca con el morro, soplando un aliento tibio y rancio contra su piel.

El caballo había empezado a cojear hacía kilómetro y medio. Harry había intentado echarle un vistado al casco repleto de barro, pero no había encontrado nada visiblemente mal. Ahora no le quedaba más remedio que acompañar a la yegua a pie hasta la próxima población. Acompañarla despacio.

—¿Qué piensas hacer cuando demos alcance a lady Georgina? —le preguntó Bennet.

Harry se volvió para escudriñarlo a través del aguacero. Bennet tenía una expresión de estudiada indiferencia.

—Voy a casarme con ella —declaró él.

—Mmm... Intuía que ése era tu plan general. —Bennet se rascó la barbilla—. Pero se ha marchado a Londres. Debes reconocer que más bien parece que ella pudiera ser, bueno, *reacia* a la idea.

—Lleva a mi hijo dentro. —Una ráfaga de viento salpicó juguetonamente de gotas de lluvia heladas la cara de Harry. Tenía las mejillas tan paralizadas por el frío que apenas las sintió.

—Esa parte me desconcierta. —Bennet se aclaró la garganta—. Porque lo lógico sería pensar que una dama en semejante estado corriera hacia ti con los brazos abiertos. En cambio, da la impresión de que huye.

—Ya hemos hablado de eso.

—Sí —convino Bennet—. Pero, quiero decir, ¿le dijiste algo antes?

—No.

—Porque las mujeres pueden ser tremendamente sensibles cuando están embarazadas.

Harry levantó una ceja.

—¿Y eso cómo lo sabes?

—Todo el mundo... —Bennet bajó la barbilla, haciendo que un chorro de agua cayera directamente desde su tricornio sobre su regazo—. ¡Maldita sea! —Se enderezó—. Todo el mundo sabe lo de las mujeres embarazadas. Es de dominio público. Quizá no le hayas prestado suficiente atención.

—Recibió bastante atención de mi persona —gruñó Harry con irritación. Se fijó en que los ojos marrones de Will miraban inquietos alrededor de la espalda de Bennet e hizo una mueca de disgusto—. Especialmente la noche antes de irse.

—¡Oh! ¡Ah! —Bennet arrugó la frente pensativo.

Harry buscó otro tema distinto.

—Te agradezco que vengas conmigo —dijo—. Lamento que tuvieras que precipitar el funeral por Thomas. Y el de tu padre.

—De hecho —Bennet se aclaró la garganta—, me alegra que estuvieras allí, precipitado o no. Thomas y yo no estábamos unidos, pero era mi hermano. Y fue duro ocuparme de la herencia y también de su funeral. En cuanto a mi padre... —Bennet se enjugó la nariz que le goteaba y se encogió de hombros.

Harry se salpicó al cruzar un charco. No es que importara. Ya estaba calado hasta los huesos.

—Naturalmente, tú también eres mi hermano —declaró Bennet.

Harry le lanzó una mirada. Bennet estaba mirando hacia el camino con ojos entornados.

—El único hermano que tengo ahora. —Bennet se volvió y le dedicó una sonrisa sorprendentemente cariñosa.

Harry esbozó una sonrisa.

—Sí.

—Aparte de Will, que está aquí. —Bennet asintió refiriéndose al niño que llevaba agarrado a su espalda como un mono.

Will abrió desmesuradamente los ojos.

—¿Qué?

Harry frunció el ceño. No había querido contárselo a Will, pues temía crear confusión en la ya complicada vida del chico, pero por lo visto Bennet no pensaba esperar para discutir el tema.

—Al parecer, es muy posible que mi padre quizá fuera también el tuyo —le dijo ahora Bennet al chico—. Tenemos los ojos parecidos, ¿sabes?

—Pero los míos son marrones. —Will arrugó el entrecejo.

—Se refiere a la forma —aclaró Harry.

—¡Oh! —Will pensó en eso un rato, luego lo miró de reojo—. ¿Qué hay de Harry? ¿También soy su hermano?

—No lo sabemos —contestó Harry tranquilamente—. Pero como no lo sabemos, podríamos afirmar que lo somos. Si no te importa, ¿te importa?

Will cabeceó enérgicamente.

—Bueno —concluyó Bennet—, ahora que está arreglado, estoy seguro de que Will está tan preocupado como yo por tu inminente boda.

—¿Qué? —La sonrisa que había empezado a formarse en los labios de Harry se esfumó.

—La cosa es que lady Georgina es la hermana del conde de Maitland. —Bennet frunció la boca—. Y si ella decide cerrarse en banda... podría ser un problema que tuviéramos que enfrentarnos a un conde.

—¡Uf! —exclamó Harry. No se le había ocurrido antes que pudiera tener que tratar con los hermanos de su señora para poder hablar con ella. Pero si ella estaba realmente furiosa con él...—. ¡Maldita sea!

—Exacto. —Bennet asintió—. Sería útil que, cuando lleguemos a la siguiente población, pudiéramos enviarle un mensaje a alguien en Londres. Para que estén preparados, por decirlo así. Sobre todo si tardamos un rato en conseguir un caballo fresco para ti. —Bennet miró hacia la yegua, que definitivamente se rezagaba.

—Sí.

—Por no mencionar que sería agradable tener a alguien que nos respaldara cuando le plantemos cara a Maitland —continuó Bennet—. Conozco a un par de tipos en Londres, naturalmente. Tal vez, si logramos convencerlos de que se trata de una especie de broma, estén dispuestos a ello. —Arrugó la frente—. No suelen estar sobrios, pero si los imbuyo de la seriedad...

—Yo tengo algunos amigos —comentó Harry.

—¿Quién?

—Edward de Raaf y Simon Iddesleigh.

—¿El conde de Swartingham? —Bennet abrió los ojos desmesuradamente—. E Iddesleigh también tiene título, ¿verdad?

—Es el vizconde de Iddesleigh.

—¿Cómo demonios los has conocido?

—A través de la Sociedad Agraria.

—¿De los agricultores? —Bennet arrugó la nariz como si hubiese olido algo desagradable—. ¿No hablan de nabos?

Harry hizo una mueca.

—Es para caballeros interesados en la agricultura, sí.

—Supongo que aglutina a toda clase de gente. —Bennet aún parecía dubitativo—. ¡Señor, Harry! No tenía ni idea. Con amigos como ésos, ¿por qué diantres pierdes el tiempo conmigo y con Will?

—Vosotros dos sois mis hermanos ¿no?

—¡Sí! —chilló Will.

—Eso somos. —Una amplia sonrisa invadió el rostro de Bennet.

Y entonces echó atrás la cabeza y se rió bajo la lluvia.

—Este azul es muy bonito, mi lady. —Tiggle sostenía el vestido en cuestión, extendiendo la falda sobre su brazo.

George echó un vistazo al vestido tan tentadoramente mostrado y trató de manifestar cierto entusiasmo. O que como mínimo le importara para bien o para mal. Era el día de su boda. Tiggle y ella estaban en su habitación de su residencia londinense, que en este momento tenía esparcidos los vestidos de intensos colores que había rechazado. A George le estaba costando convencerse a sí misma de que la boda era real. Tan sólo había pasado una semana escasa desde que ella y sus hermanos hablaran con Cecil, y ahora se estaba arreglando para casarse con él. Su vida había adquirido los rasgos de uno de esos sueños horribles en los que era inevitable un espantoso y fatídico destino y nadie podía oír los gritos.

—¿Mi lady? —la instó Tiggle.

Si ahora gritaba, ¿la oiría alguien? George se encogió de hombros.

—No lo sé. El escote no me queda realmente bien, ¿verdad?

Tiggle frunció la boca y apartó el azul.

—Entonces, ¿qué me dice del de brocado amarillo? El escote es cuadrado y bastante bajo, pero podríamos meterle una pañoleta de encaje, si quiere.

George arrugó la nariz sin mirar.

—No me apetecen todos los volantes que hay en la parte inferior de la falda. Hacen que parezca un pastel demasiado decorado con mazapán.

Como realmente debería vestir era de negro. De negro con un velo negro. Descendió la mirada hacia su tocador y con un dedo tocó el pequeño caballo tallado que había sobre él. El cisne y la anguila estaban a cada uno de los lados del caballo. Parecían bastante desamparados sin la vigilancia del leopardo, pero ella se lo había dejado a Harry.

—Tendrá que decidirse pronto, mi lady —dijo Tiggle a sus espaldas—. Contraerá matrimonio en menos de dos horas.

George suspiró. Tiggle estaba siendo tremendamente amable con ella. Normalmente, a estas alturas el aspecto de su doncella estaría avinagrado. Y estaba en lo cierto. Era inútil aferrarse a los sueños. Pronto tendría un bebé. Su bienestar era de mucha mayor importancia que las estúpidas fantasías de una mujer a la que le gustaba recopilar cuentos de hadas.

—Creo que el verde, el que tiene lirios bordados —comentó George—. No está tan nuevo como los otros, pero está bastante bien y siempre he tenido la sensación de que me sienta bien.

Tiggle suspiró, posiblemente de alivio.

—Una buen elección, mi lady. Iré a buscarlo.

George asintió. Abrió uno de los cajones poco profundos de la parte superior de su tocador. En el interior había una sencilla caja de madera. La abrió y metió dentro cuidadosamente el caballo, el cisne y la anguila.

—¿Mi lady? —Tiggle estaba esperando con el vestido.

George cerró la caja y el cajón y se volvió para prepararse para la boda.

—¿Es aquí donde se reúnen los agricultores? —Bennet miraba con incredulidad la pequeña entrada a la cafetería. Estaba en la última planta (realmente el sótano) de un edificio medio de entramado de madera de una estrecha callejuela—. No irá a derrumbarse el lugar, ¿verdad? —Lanzó una mirada hacia la segunda planta, que se erguía amenazadoramente sobre el callejón.

—No lo ha hecho todavía. —Harry se agachó y entró en el local lleno de humo con Will pegado a él. Le había pedido a de Raaf que se encontraron aquí.

A sus espaldas, oyó que Bennet decía un improperio cuando su cabeza chocó con el dintel.

—Más vale que el café sea bueno.

—Lo es.

—¡Harry! —Un hombre corpulento y con marcas de la viruela lo saludó desde una mesa.

—Lord Swartingham. —Harry avanzó hacia la mesa—. Gracias por venir, mi lord. ¿Puedo presentarle a mis hermanos, Bennet Granville y Will?

Edward de Raaf, quinto conde de Swartingham, frunció el entrecejo.

—Te he dicho que me llames Edward o de Raaf. Esto de *mi lord* es ridículo.

Harry se limitó a sonreír y se dirigió al segundo hombre que había a la mesa.

—Lord Iddesleigh. No esperaba verlo. Bennet, Will, éste es Simon Iddesleigh.

—¿Qué tal está? —Bennet hizo una reverencia.

Will simplemente agachó la cabeza.

—Encantado. —Iddesleigh, un esbelto aristócrata de ojos gris hielo, inclinó la cabeza—. Ignoraba que Harry tuviera familia. Pensaba que había salido completamente formado de una roca como Atenea. O quizá de una remolacha. Eso demuestra que uno no siempre puede fiarse de las apariencias.

—Bueno, me alegra que haya venido. —Harry levantó dos dedos hacia un chico que pasaba por delante y tomó asiento, haciéndoles sitio a Bennet y a Will.

Iddesleigh agitó una muñeca ribeteada de encaje.

—Hoy tampoco había mucho más que hacer, de todas formas. Se me ha ocurrido apuntarme. O era eso, o asistir a una conferencia de Lillipin sobre la estratificación del abono y, por fascinante que pueda ser el tema de la descomposición, no sé cómo se pueden aguantar tres horas enteras hablando de ese tema.

—Lillipin podría —musitó de Raaf.

El chico dejó bruscamente dos tazas de café humeante y se giró deprisa.

Harry tomó un sorbo muy caliente y suspiró.

—¿Tiene el permiso especial?

—Aquí mismo. —De Raaf se dio unas palmaditas en el bolsillo—. ¿Crees que la familia pondrá reparos?

Harry asintió.

—Lady Georgina es hermana del conde de Maitland... —Pero se detuvo porque Iddesleigh se había atragantado con su café.

—¿Qué te pasa, Simon? —espetó de Raaf.

—Perdón. —Iddesleigh respiró entrecortadamente—. ¿Tu pretendida es la hermana de Maitland?

—Sí. —Harry sintió que se le tensaban los hombros.

—¿La hermana *mayor*?

Harry se limitó a mirar fijamente; el miedo lo invadió.

—¡Por el amor de Dios, suéltalo ya! —suplicó de Raaf.

—Podrías haberme dicho cómo se llamaba la novia, de Raaf. Me he enterado de la noticia esta misma mañana por Freddy Barclay. Casualmente hemos coincidido en mi sastre, un tipo maravilloso...

—Simon —gruñó de Raaf.

—¡Oh! Está bien. —Iddesleigh se puso repentinamente serio—. Se casa. Tu lady Georgina. Con Cecil Barclay...

«No.» Harry cerró los ojos, pero no pudo dejar de oír las palabras de Iddesleigh.

—Hoy.

Tony estaba esperando fuera, con las manos entrelazadas detrás de la espalda, cuando George salió de su residencia. Las gotas de lluvia le salpicaron los hombros del gabán. Su carruaje, que llevaba el blasón en dorado de los Maitland en las puertas, estaba preparado junto al bordillo.

Se volvió mientras George bajaba por las escaleras y frunció las cejas preocupado.

—Empezaba a pensar que tendría que entrar a buscarte.

—Buenos días, Tony. —George extendió la mano.

Él la envolvió con su propia gran mano, y ayudó a su hermana a subirse al carruaje.

Tony se sentó delante de ella, el cuero chirrió mientras se acomodaba.

—Estoy seguro de que pronto dejará de llover.

George miró hacia las manos de su hermano, apoyadas en sus rodillas, y reparó de nuevo en los nudillos encostrados.

—¿Qué te ha pasado?

Tony dobló su mano derecha como evaluando los rasguños.

—No es nada. La semana pasada solucionamos lo de Wentworth.

—¿Solucionamos?

—Oscar, Ralph y yo —contestó Tony—. Eso no importa ahora. Escucha, George —se inclinó hacia delante con los codos sobre las rodillas—, no tienes que pasar por esto. Cecil lo entenderá, y podemos encontrar alguna solución. Que te refugies en el campo o...

—No —lo interrumpió George—. No, te lo agradezco, Tony, pero ésta es la mejor manera. Para el bebé, para Cecil e incluso para mí.

George inspiró profundamente. No había querido reconocerlo, ni siquiera en su fuero interno, pero ahora le hizo frente: en algún rincón de su interior había albergado secretamente la esperanza de que Harry la detendría. Pesarosa, hizo una mueca de disgusto. Había esperado que él apareciera galopando sobre un semental blanco y se la llevara en volandas. Que quizá diera unas vueltas sobre su semental mientras peleaba con diez hombres y se alejara galopando hacia el sol poniente con ella.

Pero eso no iba a suceder.

Harry Pye era un administrador de fincas que tenía una vieja yegua y una vida propia. Y ella era una mujer embarazada de 28 años. Ya era hora de dejar atrás el pasado.

Logró dedicarle una sonrisa a Tony. No era gran cosa, a juzgar por el rostro indeciso de su hermano, pero era lo mejor que podía hacerlo en este momento.

—No te preocupes por mí. Soy una mujer adulta. Tengo que hacer frente a mis responsabildades.

—Pero...

George sacudió la cabeza.

Tony omitió lo que sea que fuese a decir. Miró fijamente por la ventanilla, tamborileando sobre su rodilla con sus largos dedos.

—¡Maldita sea, detesto esto!

Media hora después, el carruaje se detuvo delante de una deslucida y pequeña iglesia de un barrio poco elegante de Londres.

Tony descendió los peldaños del carruaje y después ayudó a George a bajar.

—Recuerda que todavía puedes parar esto —le susurró Tony al oído mientras ponía la mano de George en el recodo de su brazo.

George se limitó a apretar los labios.

Dentro, la iglesia estaba oscura y un tanto fría, con un ligero olor a moho suspendido en el aire. Sobre el altar, un pequeño rosetón colgaba entre las sombras; la luz de fuera era demasiado débil para saber de qué color podía ser el cristal. Tony y George recorrieron la nave sin alfombrar, sus pasos reverberaban en las viejas losas. Diversas velas estaban encendidas en la parte delantera junto al altar, complementando la tenue luz procedente del triforio. Un pequeño grupo de gente se había congregado allí. George vio a Oscar, a Ralph y a Violet, así como a su inminente marido, Cecil, y al hermano de éste, Freddy. Ralph lucía un moretón amarillento en un ojo.

—¡Ah..., la novia, deduzco! —El vicario miró con ojos entornados por encima de sus gafas de media luna—. Bien, bien. ¿Y su nombre es, mmm...? —Consultó un trozo de papel que llevaba anotado y metido en su Biblia—. ¿Georgina Regina Catherine Maitland? ¿Sí? Pero ¡qué nombre más raro para una mujer!

George se aclaró la garganta, reprimiendo una carcajada histérica y una náusea repentina. «¡Oh, por favor, Señor, ahora no!»

—En realidad, mi nombre de pila es Georgina.

—¿Georgiana? —inquitió el vicario.

—No, *Georgina*. —¿Realmente importaba? Si este hombre estúpido decía mal el nombre durante el oficio, ¿acaso no se casaría ella con Cecil?

—Georgina. Bueno. Bien, pues, si ya estamos todos y estamos listos... —La nobleza congregada asintió con docilidad—. Entonces procedamos. Jovencita, por favor, colóquese aquí.

El vicario los hizo mover a todos hasta que George y Cecil estuvieron el uno al lado del otro, con Tony junto a George y Freddy junto a Cecil en calidad de padrino.

—Bueno. —El vicario les guiñó un ojo y a continuación se pasó un largo minuto revolviendo en su papel y su Biblia. Se aclaró la garganta—. Hermanos —empezó en un extraño falsete.

George dio un respingo. El pobre hombre debía de pensar que se le oía mejor.

—Estamos aquí reunidos...

¡Plum!

El ruido de las puertas de la iglesia golpeando contra la pared reverberó por toda la nave. El grupo se volvió al unísono para mirar.

Cuatro hombres avanzaban con seriedad por el pasillo, seguidos de un niño pequeño.

El vicario frunció las cejas.

—Grosero. Muy grosero. Es asombroso lo que la gente se piensa que puede hacer impunemente hoy en día.

Pero los hombres habían llegado ahora al altar.

—Disculpe, pero me parece que tiene usted a mi dama —dijo uno de ellos con una voz serena y grave que envió auténticos escalofríos por la columna vertebral de George.

«Harry.»

Capítulo 21

*E*l tintineo del acero contra acero resonó en las paredes de la pequeña iglesia cuando todos los hombres del cortejo nupcial desenvainaron sus espadas simultáneamente, emulados a continuación por Bennet, de Raaf e Iddesleigh, que desenfundaron sus armas. Bennet parecía muy serio. Había empujado a Will hacia un banco en cuanto se habían acercado al altar, y ahora blandía su espada en alto con el cuerpo ladeado. El rostro pálido y con marcas de la viruela de Edward de Raaf estaba alerta, su brazo firme. Iddesleigh tenía una expresión aburrida y sostenía su espada con ligereza; sus dedos largos y envueltos en encaje casi laxos. Por supuesto que Iddesleigh era probablemente más peligroso que cualquiera de los demás con una espada.

Harry suspiró.

No había dormido en dos días. Estaba cubierto de barro y, sin duda, olía mal. No podía recordar su última comida. Y se había pasado la última hora terrible, vertiginosa y espantosa cabalgando a toda velocidad para cruzar Londres, pensando que nunca llegarían a tiempo de impedir que su señora se casara con otro hombre.

«Suficiente.»

Harry zanqueó entre la confusión de aristócratas que blandían armas hasta llegar junto a su señora.

—¿Podemos hablar, mi lady?

—Pero, quiero decir... —El escuálido hombre rubio que había al lado de George, probablemente el novio, ¡maldito fuera!, protestó.

Harry volvió la cabeza y miró al hombre a los ojos.

El novio retrocedió tan deprisa que por poco tropezó.

—¡Muy bien! ¡Muy bien! Seguro que es muy importante, ¿verdad? —Enfundó su espada con una mano temblorosa.

—¿Quién es usted, joven? —El vicario miró a Harry con los ojos entornados por encima de sus gafas.

Harry apretó los dientes y estiró los labios en algo parecido a una sonrisa.

—Soy el padre del hijo que espera lady Georgina.

De Raaf se aclaró la garganta.

Uno de los hermanos de su señora murmuró:

—¡Jesús!

Y Lady Violet se rió nerviosamente.

El clérigo pestañeó deprisa sus miopes ojos azul claro.

—Bien, pues, sugiero que ciertamente hable con esta dama. Puede usar la sacristía. —Cerró la Biblia.

—Gracias. —Harry cerró una mano alrededor de la muñeca de su señora y tiró de ella hacia la pequeña puerta que había en un lateral. Necesitaba llegar a la sacristía antes de que su dolor estallara. A sus espaldas el silencio era absoluto.

Arrastró a su señora hasta la sacristía y cerró la puerta de una patada.

—¿Qué *demonios* pretendía con esto? —Harry extrajo el documento legal en el que ella le cedía Woldsly. Lo sostuvo frente al rostro de George y lo agitó, apenas conteniendo la rabia, la angustia—. ¿Creyó que podría sobornarme?

Lady Georgina retrocedió al ver el papel, su cara era de confusión.

—Yo...

—Piénselo bien, mi lady. —Harry hizo añicos el papel y lo tiró al suelo. La agarró de la parte superior de los brazos, hundiendo en su carne los dedos temblorosos—. No soy un criado al que pueda despedir con un regalo excesivamente generoso.

—Yo sólo...

—No me despedirá de ninguna manera.

Lady Georgina volvió a abrir la boca, pero él no esperó a que ella hablara. No quería oír cómo lo rechazaba. De modo que le cubrió los labios con los suyos. Aterrizó sobre la boca suave y jugosa de George e introdujo la lengua. Le puso la mano debajo de su barbilla y sintió la vibración de su gemido en su garganta. Ya tenía el pene duro y anhelante. Deseaba aporrearlo contra ella, aporrearlo dentro de ella. Deslizarse en su interior y quedarse allí hasta que ella le explicara por qué había huido. Hasta que le prometiera no volver a hacerlo jamás.

La empujó contra una maciza mesa de caballetes y sintió que su cuerpo se entregaba al suyo. Esa sumisión le proporcionó una pequeña cantidad de control.

—¿Por qué? —gimió él sobre sus labios—. ¿Por qué me dejó?

Ella emitió un leve sonido, y él le mordió el labio inferior para silenciarla.

—La necesito. —Le lamió el labio magullado para aliviarlo—. No puedo pensar con claridad sin usted. Todo mi mundo está patas arriba, y voy por él dolido, queriendo hacer daño a alguien.

La besó otra vez, con la boca abierta, para asegurarse de que ella estaba realmente aquí en sus brazos. Su boca estaba caliente y húmeda y sabía a su té de la mañana. Harry podría pasarse el resto de su vida simplemente saboreándola.

—Me duele. Aquí. —Cogió la mano de George y colocó su palma contra su propio pecho—. Y aquí. —La guió más abajo y empujó con brusquedad el pene contra sus dedos.

Eso le hacía sentir bien, volver a tener la mano de George sobre él, pero no bastaba.

Harry cogió a su señora en brazos y la sentó en la mesa.

—Usted también me necesita. Sé que me necesita. —Le levantó la falda y escondió la mano debajo de ésta, acariciándole los muslos.

—Harry...

—¡Chsss...! —susurró él pegado a su boca—. No hable. No piense. Simplemente sienta. —Con los dedos encontró su vulva, y estaba húmeda—. ¡Oh, sí! ¿Lo nota?

—Harry, yo no...

Él tocó su clítoris en forma de guisante y ella gimió con los ojos cerrados. El sonido lo encendió.

—Silencio, mi lady. —Se desabotonó los pantalones y separó más las piernas de George, avanzando entre ellas.

George volvió a gemir.

A él no le importaba mucho, pero quizás ella tuviera vergüenza. Después.

—¡Chsss...! Tiene que estar callada. Muy callada. —Presionó con el pene contra su lubrificada abertura.

Al notar el pene George abrió repentinamente los ojos.

—Pero, Harry...

—¿Mi lady? —Él empujó con cuidado. *¡Oh, Dios, cómo lo oprimía!*

Ella se agarró a él como si no fuera a soltarlo jamás. Y por él no había ningún problema. Estaría más que encantado de permanecer aquí mismo eternamente. O quizás un poco más adentro.

Empujó otra vez.

—¡Oh, Harry! —suspiró su señora.

Alguien aporreó la puerta.

Ella se sobresaltó, apretando a Harry en su interior. Él reprimió un gemido.

—¿George? ¿Estás bien? —Uno de los hermanos.

Harry retrocedió un poco y la embistió con cuidado. Con ternura.

—Contéstele.

—¿Está cerrado? —Su señora arqueó la espalda cuando él la penetró—. ¿Está la puerta cerrada?

Harry apretó los dientes.

—No. —Envolvió sus nalgas desnudas con las manos.

El aporreo empezó de nuevo.

—¿George? ¿Es necesario que entre?

Su señora jadeó.

Él de algún modo sonrió en medio de su terrible deseo.

—¿Debería entrar? —Harry la embistió intensamente, enterrándose en el calor de George. Pasara lo que pasara, él no huiría. En cualquier caso, no creía que pudiera.

—No —jadeó George.

—¿Qué? —Se oyó desde la puerta.

—¡No! —chilló ella—. ¡Ahhh! ¡Vete, Tony! Harry y yo necesitamos charlar un poco más.

Harry arqueó una ceja.

—¿Charlar?

Ella lo miró rabiosa, su rostro sonrojado y húmedo.

—¿Estás segura? —Por lo visto Tony quería profundamente a su hermana.

Harry sabía que valoraría ese hecho más tarde. Llevó una mano al punto de unión entre ambos. La tocó.

—¡Sí! —gritó George.

—Muy bien, pues. —Los pasos se alejaron.

Su señora levantó las piernas para envolverle las caderas y se inclinó hacia delante para morderle la boca.

—Acábelo.

Harry tenía los ojos entornados por la sensación, por la perfección de George. Ésta era su dama, y él la reclamaría. Su pecho se llenó de gratitud por haberle sido dada esta segunda oportunidad.

Pero ella seguía esperando.

—Como desee. —Él presionó su pulgar con firmeza en ella y al mismo tiempo la penetró con fuerza y deprisa, moviendo la mesa.

—¡Oh, Dios mío! —gimió ella.

—Muérdame el hombro —jadeó Harry, aumentando aún más la velocidad.

Él sintió el pellizco incluso a través de su abrigo de paño fino. Y entonces estalló dentro de ella, echando atrás su propia cabeza y rechinando los dientes para evitar gritar de éxtasis.

—*¡Dios!*

Su cuerpo entero tembló por los espasmos, y tuvo que apoyar un brazo encima de la mesa para aguantar a ambos. Cerró las rodillas para mantenerse erguido y jadeó:

—¿Se casará conmigo, mi lady?

—¿*Ahora* lo pregunta? —La voz de George era débil.

Al menos él no era el único afectado.

—Sí. Y no me iré hasta que me dé una respuesta.

—¿De qué pueden estar hablando todo este rato? —le preguntó Violet a nadie en particular. Se estremeció y deseó haber pensado en traer un chal. Hacía frío en la iglesia.

El vicario musitó algo y se acomodó con más holgura en un banco delantero. Tenía los ojos cerrados. Ella sospechó que se había quedado dormido.

Violet golpeteó las baldosas con el pie. Al principio, cuando Harry y sus amigos habían aparecido, la cosa había sido bastante tensa, realmente emocionante, con todas esas espadas blandidas. Había estado convencida de que se desataría algún tipo de pelea. Había estado completamente preparada para empezar a desgarrarse las enaguas de la manera prohibida, en caso de que se derramase sangre. Pero a medida que transcurrían los minutos, los caballeros habían empezado a parecer, bien, *aburridos*.

El hombre corpulento con el rostro lleno de cicatrices empezó a meter la punta de su espada en las grietas de las baldosas de la iglesia. El hombre de aspecto elegante miraba iracundo a su amigo y lo aleccionaba en el adecuado mantenimiento de las espadas. El tercer hombre del grupo de Harry tenía el pelo castaño y llevaba un abrigo tremendamente polvoriento. Eso era todo lo que sabía de él, porque estaba de espaldas a todo el mundo mientras examinaba ociosamente las vidrieras de la iglesia. Había un niño pequeño a su lado y daba la impresión de que le estaba señalando las escenas bíblicas representadas en los vitrales.

Entretanto, Oscar, Ralph, Cecil y Freddy, los defensores del honor de George, discutían sobre la manera correcta de blandir una espada. Ralph tenía un ojo hinchado y que se estaba volviendo amarillo verdoso, y Oscar cojeaba. Tendría que indagar eso más tarde.

Violet suspiró. Todo era bastante decepcionante.

—Me estaba preguntando... ¿tú no eres de Raaf? —Tras llamar a la puerta de la sacristía Tony había vuelto con una expresión extraña, casi abochornada. Se dirigió al hombre de las cicatrices—. Quiero decir, el conde de Swartingham.

—Sí. —El hombretón arrugó el entrecejo con ferocidad.

—Soy Maitland. —Tony extendió su mano.

Durante unos instantes lord Swartingham clavó los ojos en la extremidad que le había sido ofrecida, luego envainó su espada.

—¿Qué tal estás? —Inclinó la cabeza hacia el hombre elegante—. Éste es Iddesleigh, el vizconde de Iddesleigh.

—¡Oh, cómo no! —Tony también le dio la mano a él—. He oído hablar de ti, de Raaf.

—¿Ah, sí? —El hombretón miró receloso.

—Sí. —Tony se mostró impasible—. Leí un manuscrito tuyo hace algún tiempo. Sobre la rotación de cultivos.

—¡Ah...! —La cara del hombre corpulento se despejó—. ¿Practicas la rotación de cultivos en tus tierras?

—Hemos empezado a hacerlo. Estamos un poco más al norte que tú, y los guisantes son uno de los principales cultivos de la zona.

—Y la cebada y los nabos —intervino Oscar. Ralph y él se acercaron.

—Naturalmente —musitó lord Swartingham.

«¿Nabos?» Violet se quedó mirando fijamente. Hablaban de agricultura como si estuvieran tomando un té por la tarde. O más bien, en este caso, en la taberna del barrio.

—Perdonad. —Tony señaló a sus hermanos—. Éstos son Oscar y Ralph, mis hermanos pequeños.

—¿Qué tal estáis?

Otra ronda de apretones de manos masculinas.

Violet sacudió la cabeza sin decir nada. Jamás, jamás, *jamás* entendería a los hombres.

—¡Oh! Y éstos son Cecil y Freddy Barclay. —Tony se aclaró la garganta—. Cecil iba a casarse con mi hermana.

—Me temo que ya no —replicó Cecil afligido.

Todos se rieron entre dientes, los muy bobos.

—Y usted debe de ser la hermana pequeña —dijo una voz masculina al oído de Violet.

Violet se volvió y se encontró de pie, tras ella, al tercer amigo de Harry. Había dejado al niño golpeando un banco con los talones. De cerca, los ojos del hombre eran de un verde precioso, y era sospechosamente guapo.

Violet entornó sus propios ojos.

—¿Quién es usted?

—Granville, Bennet Granville. —Él hizo una reverencia.

Violet, no. Esto era demasiado confuso. ¿Por qué iba un Granville a ayudar a Harry?

—Lord Granville por poco mató al señor Pye. —Ella levantó la vista hacia Bennet Granville con el semblante ceñudo.

—Sí, me temo que era mi padre. —Su sonrisa se desvaneció un poco—. La culpa no es mía, se lo aseguro. Yo tuve muy poco que ver en mi concepción.

Violet sintió que su boca empezaba a relajarse en una sonrisa y la eliminó implacablemente.

—¿Qué hace aquí?

—Bueno, es una larga historia... —El señor Granville hizo un alto, y desvió la vista por encima de la cabeza de Violet—. ¡Ah..., creo que están saliendo!

Y las preguntas que Violet había estado a punto de formular se escurrieron de su mente. Se giró para ver si George había decidido con qué hombre se casaría.

George suspiró voluptuosamente. Podría quedarse dormida ahí mismo en brazos de Harry. Aun cuando estuviera sentada encima de la mesa de una sacristía.

—¿Y bien? —Él le dio un pequeño empujón con el mentón.

Por lo visto Harry quería una respuesta ahora. Ella trató de pensar, esperando que su cerebro no estuviera tan inerte como sus piernas.

—Yo le quiero, Harry, sabe que le quiero. Pero ¿qué me dice de sus reservas? ¿De que otros piensen que es mi... —George tragó saliva, detestaba decir la palabra— ...mascota?

Él le acarició con la nariz el pelo de la sien.

—No puedo negar que me molestará. Eso y lo que dirán de usted. Pero la cosa es —Harry levantó la cabeza y ella vio que su mirada esmeralda se había ablandado, casi vulnerable— que no creo que pueda vivir sin usted, mi lady.

—¡Oh, Harry! —George le acunó la cara con las palmas de sus manos—. A mis hermanos les cae bien, igual que a Violet. Y, realmente, ellos son los más importantes al fin y al cabo. Para mí el resto está en segundo plano.

Él sonrió y, como siempre, a George le brincó el corazón al verlo.

—Entonces, ¿se casará conmigo y será mi mujer durante el resto de nuestras vidas?

—Sí. Sí, por supuesto que me casaré con usted. —Ella notó que las lágrimas se agolpaban en sus ojos—. Le quiero con locura, ya lo sabe.

—Y yo a usted —dijo él bastante distraído, en opinión de George. Harry salió cuidadosamente de la sensible carne de su cuerpo.

—¡Oh! ¿Es necesario? —George procuró retenerlo.

—Me temo que sí. —Harry se volvió a abotonar rápidamente los pantalones—. Allí fuera nos esperan.

—¡Oh, deje que esperen! —Ella frunció la nariz. Harry acababa de proponerle matrimonio de la forma más romántica. ¿No podía saborear el momento?

Harry se inclinó hacia delante para bajarle la falda y darle un beso en la nariz.

—Después tendremos un montón de tiempo para no hacer nada.

—¿Después?

—Después de casarnos. —Harry la miró arqueando las cejas—. Acaba de darme el sí.

—Pero no me imaginaba que sería ahora mismo. —Revisó su corpiño. ¿Por qué no había un espejo ahí dentro?

—Estaba dispuesta a casarse de inmediato con ese petimetre de ahí fuera. —Harry gesticuló alargando un brazo.

—Eso era distinto. —¿Tenía aspecto de haber estado haciendo lo que había estado haciendo?—. Y Cecil no es un petimetre; es... —George percibió que la expresión de Harry se había ensombrecido de forma alarmante. Quizá fuera el momento de cambiar de tema—. No podemos casarnos. Necesitamos un permiso.

—Ya tengo uno. —Harry se dio unas palmaditas en el bolsillo del abrigo, que se arrugó.

—¿Cómo...?

Él la interrumpió con un beso que únicamente podía ser descrito como magistral.

—¿Va a casarse conmigo o no?

George se agarró con fuerza a sus brazos. Realmente, algunos de los besos de Harry la dejaban bastante débil.

—Voy a casarme con usted.

—Estupendo. —Harry le pasó un brazo por debajo del suyo y la condujo hacia la puerta.

—¡Deténgase!

—¿Qué?

Los hombres podían llegar a ser muy obtusos.

—¿Parece como si me acabara de dar un revolcón?

Harry esbozó una sonrisa.

—Parece la mujer más hermosa del mundo. —Volvió a besarla con intensidad. Harry no había contestado exactamente a su pregunta, pero ahora era demasiado tarde.

Harry abrió la puerta.

Los dos bandos se habían fusionado en un solo grupo, arremolinado junto al altar. Gracias a Dios, no se habían peleado, ¿verdad? Todo el mundo se giró expectante.

George se aclaró la garganta, intentando enlazar las palabras adecuadas. Entonces vio algo y se paró en seco.

—Harry...

—¿Mi lady?

—Mire —señaló ella.

Una alfombra persa de luces bailaba en el antes deslucido suelo: azules cobalto, rojos rubí y amarillos ámbar. George siguió el rayo de luz hasta su origen, el rosetón que había sobre el altar. Resplandecía, iluminado desde el exterior por la luz del sol.

—Ha salido el sol —susurró George maravillada—. Casi había olvidado cómo era. ¿Cree que habrá salido también en Yorkshire?

Los ojos verdes de Harry la miraron centelleantes.

—No me cabe la menor duda, mi lady.

—¡Ejem! —George alzó la vista y vio que Violet los miraba fijamente con bastante exasperación—. ¿*Y bien*?

George sonrió.

—Hoy me caso con el señor Pye.

Violet soltó un grito.

—¡Ya era hora! —exclamó alguien, probablemente Oscar.

George hizo caso omiso y procuró parecer compungida al dirigirse al pobre Cecil:

—Lo siento mucho, Cecil. Yo...

Pero Cecil la interrumpió.

—No te preocupes, preciosa. Es una anécdota que surgirá en todas las cenas a las que asista este año. No todos los días plantan a un hombre en el altar.

—¿Eh? —Un chillido procedente del banco delantero hizo reaccionar a todo el mundo. El vicario se enderezó la peluca. Volvió a ponerse las gafas sobre la nariz y escudriñó a los congregados hasta que sus ojos se iluminaron al ver a George—. Bien, pues, señorita. ¿Con cuál de estos caballeros va a casarse?

—Con éste. —George apretó el brazo de Harry.

El vicario examinó a Harry y miró con desdén.

—No parece muy distinto del otro.

—Aun así, éste es el hombre al que quiero.

—Muy bien. —El vicario miró a Harry frunciendo el ceño—. ¿Tiene usted un permiso?

—Sí. —Extrajo el trozo de papel—. Y mis hermanos harán de padrinos.

Bennet se colocó al lado de Harry y se quedó de pie con Will sólo un poco más atrás. El chico parecía horrorizado y a la vez emocionado.

—¿*Hermanos*? —susurró Violet.

—Luego te lo explico —contestó George. Parpadeó para ahuyentar las repentinas lágrimas.

—Mi cena está esperando, de modo que empezaremos. —El vicario se aclaró ruidosamente la garganta. Otra vez comenzó con la misma voz de falsete que había empleado antes—. Hermanos...

Todo lo demás fue diferente.

El sol brillaba a través del rosetón, iluminando y calentando la pequeña iglesia. Tony parecía aliviado, como si le hubieran quitado un terrible peso de encima. Ralph sonreía abiertamente junto a él. Oscar le guiñó un ojo a George cuando ella captó su mirada. Violet no dejó de lanzar miradas de perplejidad a Bennet, pero entremedio le sonrió a su hermana. Bennet permaneció de pie un poco torpemente al lado de Harry, pero también parecía orgulloso. Will daba saltos de puntillas por la excitación.

Y Harry...

George lo miró y sintió que una inmensa burbuja de felicidad crecía en su interior. Harry la observaba como si ella fuera el centro de su alma. No sonreía, pero sus preciosos ojos esmeralda eran cálidos y serenos.

Cuando llegó el momento de darse el sí quiero, George se inclinó hacia Harry y le susurró:

—Me olvidé de una cosa cuando le conté el final del cuento de hadas.

Su casi esposo la miró sonriendo y preguntó con seriedad:

—¿El qué, mi lady?

Ella saboreó el momento y el amor de la mirada de Harry, luego declaró:

—¡Y vivieron felices para siempre jamás!

—Eso es —susurró Harry a su vez, y la besó.

Vagamente, George oyó que el vicario protestaba:

—¡No, no, todavía no! —Y a continuación dijo—: ¡Oh! Da igual, los declaro marido y mujer.

Y así era como debía ser, pensó George al tiempo que abría la boca debajo de la de su esposo. Era la mujer de Harry.

Y Harry era su marido.

www.titania.org

Visite nuestro sitio web y descubra cómo ganar
premios leyendo fabulosas historias.

Además, sin salir de su casa, podrá conocer
las últimas novedades de
Susan King, Jo Beverley o Mary Jo Putney,
entre otras excelentes escritoras.

Escoja, sin compromiso y con tranquilidad,
la historia que más le seduzca
leyendo el primer capítulo de cualquier libro
de Titania.

Vote por su libro preferido y envíe su opinión
para informar a otros lectores.

Y mucho más…